Paul Gurk

Berlin

Roman

Agora Verlag

Dieses Buch ist 1923 begonnen und 1925 beendet
Paul Gurk

Fotosatz: DER SATZ. Dieter Rosjat, Berlin · Druck: Strauß & Cramer, Hirschberg · Buchbinderische Verarbeitung: Karl Schaumann, Darmstadt
Umschlaggestaltung unter Verwendung einer Aufnahme vom Auguste-Viktoria-Platz (Landesbildstelle Berlin, Nr. 214 556) und eine Aufnahme des Dichters aus dem Jahr 1920 (Paul-Gurk-Sammlung, Archiv der Akademie der Künste Berlin): Monika Schlösser-Fischer
ISBN: 3-87008-089-2

Ich bin Berlin, die große Stadt, aller Laster und Lüste voll! In mir geht der Betrug als Schoßhund am blauen Band, die Lüge als verehrte Kokotte mit dem geschminkten Kuß! Der Mord trägt den Orden der Heroen, und die selige Rücksichtslosigkeit besitzt das Erdreich! Und doch sind alle Bücher in mir voll von der Rücksicht!
Ich weiß aber auch, daß du das brauchst, Land, um dich rein und seelenhaft zu fühlen!
Ich bin Berlin –
und habe alle Landschaft in mir!
Meine Türme sind Berge, meine rauchenden Schlote Schroffen, meine Häusersaat ist ein Roggenfeld voll eitler Spreu und nährender Gedanken – und mehr als du!
An den Feldwegen und an ihren Rainen blühen die wilden Blüten der Anbietung, des Rausches, und die versunken läutenden blauen Glocken des einsamen Dichters!

I FEBRUAR

Der Buchtrödler Eckenpenn lehnte an seinem Wagen, ein fliegender Handel, der seit zwei Jahrzehnten an derselben Stelle hielt – zwischen einem Kanalräumerloch und einem ewig ausgesprungenen Stück Asphalt, drei Schritte links vor dem Eingang zu einer Kunsthandlung, zehn Schritte rechts von einem Torweg.
Die Wahl dieses Platzes war das Ergebnis der letzten selbständigen Intelligenzanwendung Eckenpenns. Seit jenem Tage hatte er beschlossen, den Geist als freien Beruf aufzugeben, das aktive Denken in die Reserve der Träume zu entlassen und von dem abgelegten Geist anderer zu leben.
Der Platz war gut gewählt.
Der Kunstladen mit den Radierungen und den für die fällige jährliche Unsterblichkeit gemäß Übereinkommen bestimmten literarischen Neuerscheinungen, sorgsam und mit revolutionärer Delikatesse abgetönt gegen die schwere Serienbestimmtheit der Nochklassiker mit ihren monumentalen Ledermänteln, zog alle Liebhaber und Kenner des Geistes an, besonders diejenigen, welche nicht in der Lage waren, außer dem Auge auch die Hand zu betätigen. Da dies aber die hochprozentige Mehrzahl war, so konnte Eckenpenn hoffen, daß die vorerwähnte Idealität sich leichter bereitfinden würde, die billigen Schaugerichte seiner Buchpalette sich einzuverleiben. Daß die langsam ergilbenden Folianten in Goldexpreß auf der ersten obersten Reihe jemals gekauft werden würden, damit rechnete der Buchtrödler nicht. Sie dienten

zur Befestigung des Wagens bei Sturm und Regenstößen. Eckenpenn musterte diese Hausgeister mit Liebe. Eine Lücke in ihnen wäre empfunden worden, als hätte sich ein wichtiger Knochen entfernt.
Der Torweg aber war oft von langen Handwagen oder Plattenwagen befahren. Sie enthielten teils Tuchballen, teils Messingstangen von aufreizender Länge und impertinenter Stößigkeit. Nicht selten gaben sie freundnachbarlichen Anlaß, die wandernde Last des Bürgersteigs zu beschauendem Verweilen zu zwingen. Die Bücher auf der Platte boten in solchen Fällen bequeme Niederlassungspunkte für unbeschäftigte Augen.
Mit aufrichtiger Rührung und Dankbarkeit aber schwebten Eckenpenns Gedanken über das traditionelle Asphaltloch vor seinem Stand, das noch jede Revolution und jede Regierungsform überstehen konnte. Sein Mund war noch nie gestopft worden! Einmal, zu Zeiten des verflossenen sechsten Kanzlers (der Buchtrödler zählte die Ereignisse nach diesen Olympiaden), hatte ein Asphaltwagen gegenüber geraucht und etliche Knaben und Mädchen mit flüssigen Asphaltkugeln für die Spitzen ihrer Flitzbogenpfeile versorgt; nach zwei Tagen jedoch hatte damals ein Lastkraftwagen drittletzter Konstruktion die Senke wieder erscheinen lassen und sein Nachfolger die Lochursprünglichkeit wiederhergestellt. Der alte Geschichtsprofessor Dr. Hettwer, dem gerade seine Frau und der Zustand seines Regenschirmes einen Ausgang gestattet hatten, wollte in diesem Loch die Schwelle zur Unterwelt der Großstadt erkennen und stand tiefsinnig davor, mit seinem Schirm im Staube an einem Stammbaum der Flavier arbeitend, bis er von einem Sprengwagen zum Weitergehen aufgefordert worden war.
Eckenpenn also war dem Loch dankbar. Er liebte es.

Denn da es von allen Autos, Lastkraftwagen und Droschken, selbst von schleudernden Handwagen und Rollern vorsichtig vermieden werden mußte, wurde seine Auslage in einem sorgfältigen rechten Bogen umfahren, der sie und die Außenbetrachter schützte. So kann zuweilen ein Abgrund Sicherheit bringen — in der Großstadt! — — —
Es war die graue Stunde ...
In der Hauptstraße, auf die vier Häuser weiter die ruhige Seitenstraße zulief, brauste schon der verwirrende Kontrapunkt des Lebens, stoßweise, in unerklärlichen und abgebrochenen Rhythmen.
Das Leben sog die Leere und Stille ein und stieß dann in donnernden Gaswolken den Hauch seines Mundes von sich. Das Gebrüll von Tönen, in Staub gekaut, stieß sich ineinander. Unaufhörlich floß das Blut durchschnittener, geschrammter Schreie und Töne auf das zermahlene Pflaster: das Blut der Stadt in seinen ewigen Kämpfen und Revolten.
Und doch war es nur erst der zweite und noch gebändigte Ruf des Tages, nicht der große Schrei nach Gier, den der Abend ausstößt. Nie war Stille in dieser Straße. Die wiedermahlenden Kühe der Ruhe fanden nicht einen Halm auf dem Asphalt und nicht einen Platz, auf dem sie lagern konnten, ohne von vergossenem, verstaubtem Öl befleckt und von den Messerschärfen der elektrischen Lichtbänder geschnitten zu werden ...
Eckenpenn sah von seinem ruhigen Ort, am Wagen gelehnt, in das Gebrause. Die in der Ferne herabstürzenden Häuser seiner Straße hatten noch die grauen Schlafmäntel nicht ganz abgeworfen. Das Licht schlief noch. Die Sonne lag zögernd, zum zerreißenden Sprunge geduckt, hinter den Wolken aus grauem Rosa. Aber fern blaute es ruhig wie abschließendes Gebirge. Nur der Querstrom

der Straße schoß erregt durch die graue Stunde ... Der Buchtrödler stand und nahm das Bild in sich ein. Bald würde die rosa Stunde kommen, dann die gelbe Stunde, dann die weißen Stunden, die blaue Stunde, die lila Stunde, die rote Stunde, die heimlichste Stunde, die grüne Stunde – und zuletzt würden die schwarzblauen Stunden der Nacht über der Stadt liegen und sie aussaugen, die gleißenden Stundenwirbel der elektrischen Lichtbogen, in denen er ermüdet, in den Stiefeln einknickend, den Weg zu seiner einsamen Schlafkammer entlang tastete. – –

Der Vorfrühling der Großstadt war da. Das Benzin roch ein wenig anders, zu den immerwährend blühenden Apfelsinenschalen des Rinnsteins kam eine zerplatzte Murmel aus buntem Ton, die ein streifendes Rad halbiert hatte, und ein Stück Peitschenschnur, das einem vorwitzig trieselnden Jungen bei der Flucht vor einem Postwagen entflogen war. Daran merkte Eckenpenn hier die Jahreszeit; denn die klebrigen Knospen der Kastanien konnte er nur morgens und abends am Kanal sehen, und die Händler mit Weidenzweigen und Erlenkätzchen standen weiter unten am großen Platz. –

Es war noch kühl.

Eckenpenn schob die Fäuste in die weiten Taschen seines Bozener Mantels und nahm ihn nach vorn zusammen. Der Mantel war noch älter als sein Bücherwagen. Unzählige Herbste, Winter und Frühlinge hatten ihn gebeizt und seine Fasern durch Wind, Hagel, Regen, Säuren, Schneewasser und die planetarischen Abgänge von schwingenden Rädern ausgeprobt: er war fest, ein zuverlässiger Freund, an Farbe und Gehabe den harzigen, sturmgebogenen Kammkiefern gleich – und auch der Buchtrödler sah einem zähen, verstürmten Krüppelholz

ähnlich. Sein Gesicht war fahlbraun: braun vom Leben auf der freien Straße, fahl aber von dem laugenden Atem der Stadt. Er war als junger Mensch aus den Meilern und den gedrängten, schweigenden Wäldern des schlesischen Gebirges in die große Stadt gekommen. Sie hatte ihn eingesogen und nicht wieder in die Berge entlassen — nur daß noch die Augenbrauen und der Faserbart dem borkigen grauen Silber von Mooshaargehängen glichen ...
Eckenpenn drehte sich halbschräg um.
Der Durchbruch der Sonne sandte die flinken Winde voran, die die Wolkenvorhänge aufzogen und sie weit über den Himmel rollten. — Der Buchtrödler empfand sich beim Zusammennehmen des Mantels gedrückt. Als er jedoch in eine besondere, hintere, unergründliche Tasche faßte, fühlte er einen Band seines kantigen Umgangsfreundes — einen Band Morgenstern — lächelte — und vergab ihm. Da aber kein des Kaufes verdächtiger Literaturfreund zu sehen war, auch die Stunde noch früh und die Witterung zu beschauen weniger geeignet, so zog er den Band aus der klüftereichen Tasche, Orkus genannt, und las mit tiefer Teilnahme das Lied vom Gingganz. — Nach einer Weile fühlte er, daß seine Buchplatte mit der preiswertesten deutschen Literatur leise schwankte. Offenbar hatte ein Mensch wählend in die chaotisch gestürzten Haufen gegriffen, die eine hinweisende Hand aus Schlemmkreide mit den Preisgrenzen von zehn bis sechzig Reichspfennigen belastete.
Eckenpenn sah auf.
Er bemerkte ein Mädchen, das vielleicht Käuferin werden konnte — und legte das Buch hin.
Auf den ersten Blick erschien das Mädchen jung, auf den zweiten alt — und auf den dritten wieder jung. Sie trug ein braunes verwaschenes Kleid und hatte ein graugelb

gewürfeltes Umschlagtuch umgenommen. Ihr Haar schien noch schwarz, es war von einem Hornpfeil durchstoßen. Ihre Schultern waren schmal und von der Eckigkeit ungenutzt vergangener, verarbeiteter Jugend. –
Der Buchtrödler schob ihr etwas Lyrik in die Nähe. Dann wandte er sich wieder ab. Er ließ seinen Besuchern Zeit zum Blättern und zum Prüfen. Dies kleinste Warenhaus der Literatur war ohne Kaufzwang und zeichnete sich vor vielen großen Karawansereien dadurch zum Vorteil aus, daß der Inhaber – zugleich Verkäufer und Packer – nichts anpries und niemand zum Kauf reizte oder unter Zuhilfenahme der menschlichen Verkehrssitte nötigte. –
Das Umschlagtuch des Mädchens hatte Eckenpenn daran erinnert, daß die gelbe Stunde an diesem Tage in einem besonderen Zeichen stehe. Er sah in die abzweigende Querstraße. Lieferwagen gaben das letzte her. Zuweilen schoß ein Auto herum, das Verdeck zurückgeschlagen, bis zur gigantischen Unform mit Ballen beladen. Aber diese Blöcke waren fertige Sachen, mit grauen oder blauen Tüchern umwunden und verknotet. Hausdiener und Burschen, die Haare schweißverklebt, die Gesichter von Eile verzerrt, die Zigaretten zugleich gekaut und sprühend, sprangen in der Fahrt auf die Trittbretter und rissen die Ballen heraus. Von Faust zu Faust schwangen sich die Ballen. Die verschlossenen Großkontore und Hoftüren standen um diese Stunde offen und fraßbereit. Die stille, graubraune Straße mit den erstaubenden Firmenschildern voll gedunkelter, altverschnörkelter Buchstaben hatte Fieber.
Eckenpenn wußte jetzt: es war heute Liefertag in der Konfektion ...
Nun sah er auch die abgehetzten Motten und Bienen der Arbeit. Sieben Tage und sieben Nächte, lauerndes Zer-

schneiden, Vorheften, Nähen, Steppen, Befestigen der Knopflöcher, Bügeln — verblakte Luft, herber Schweiß, hintrübende Augen, Gezänk, überhitztes Zählen, zerrissene Träumereien: das lief jetzt mit schweren Packen und lieferte ab.

»Haben Sie — abgeliefert?« fragte Eckenpenn unwillkürlich und deutete mit der Schulter.

Das Mädchen nickte ernsthaft. Dann sagte sie: »Es ist ja Torheit. — Ich kann nichts kaufen. Es ist wenig diese Woche herausgekommen. Wenn man alles abzieht ... Ich kann kaum mit der Straßenbahn zurückfahren ... Nur — ich bleibe manchmal stehen — und suche die Braut von Messina. Das rollt so — anders als meine Singer! — Entschuldigen Sie!« —

Der Buchhändler sah sie aufmerksam an. Bin ich in meiner Art, dachte er bei sich, nicht auch ein Fischer? Auch mit Büchern fischt man Menschen ... Dann ließ er leise noch einige Hefte hingleiten ...

»Lesen Sie doch! Es kann nicht jeder kaufen!«

Das Mädchen griff zögernd nach einem blauen Heft und schlug auf. In der Beugung des Kopfes kam eine schmale weiße Strähne neben dem Hornpfeil hervor. Als sie nach einiger Zeit zufällig den Blick hob, sah sie, daß der alte, kleine Mann in dem sturmfarbigen Mantel — errötet war.

Der Mann und das Mädchen sahen sich an.

Ihre Blicke sprachen zueinander.

Der Blick des Mädchens sprach:

»Ich bin so müde ...

Ich habe die Nacht durchgenäht und taumele ... Kaum halte ich mich am Wagen fest ...

Ich habe die Sehnsucht nach etwas anderem, das anders ist als Maschine treten, staffieren, Finger zerstechen ...

Es ist etwas in mir, das tanzen will!

Hier tanzen Worte! Darum blieb ich stehen — und las!
Wie ist es möglich, daß ein alter Mann rot wird und sich schämt, da er doch über sechzig Jahre alt ist und das Leben gesehen hat!« —
Der Buchhändler Eckenpenn sprach in seinem Blick:
»Wo kommst du her, Mädchen — das du alt wirst und um dein Jungsein betrogen bist?
Seit zweiundzwanzig Jahren stehe ich hier und sah dich nicht — bis jetzt!
Wie kamst du darauf, *dies* Buch zu nehmen und aufzuschlagen?
Dies ist die Stadt, die keinen werden läßt, was er ist!
Jeder ist anders als sein Geschäft, anders als sein Tag zu sein scheint, und hat nachtgesichtige Träume!
Hier sind selbst die Tiere nicht mehr Kreatur, und es gibt Menschen, die drei- und viermal gebrochen sind und nicht mehr wissen, was sie sind — und daß sie sind!
Hier rennt man, weil man nicht mehr gehen kann! — —
Deine Stirn ist zerstochen von Gedanken! Unter deinen Augen ist die Nähnadel hin und her gefahren. Dein Mund ist blind, zusammengeschlagen. In deine Wangen fielen die kalten Stunden und höhlten sie aus.«
Da fuhr das Mädchen auf: »Ich muß gehen ...«
Der Buchhändler fragte still: »Wie kommt es, daß Sie noch nie an meinen Wagen gekommen sind?«
Das Mädchen antwortete zögernd: »Ich gehe sonst eine andere Straße ... Es ist ein Zufall. — Stehen Sie schon lange hier?«
»Seit zweiundzwanzig Jahren. Mein Wagen übernachtet dort im Hause. Man kennt mich. Mittags frühstücke ich in einer Kaffeestube. Abends verkaufe ich Bücher in den Lokalen und Studentenkneipen. Dann gehe ich in meine Schlafstelle.« — Und als das Mädchen mit einer Frage

zögerte, antwortete Eckenpenn: »Menschen meiner Art sind immer einsam. — — Aber — gefällt Ihnen das Buch?«

»Es sind Gedichte, nicht wahr? — Sie sind ... so anders ... Ich komme nicht sogleich hinein.«

Der Buchhändler errötete wieder.

»Sie wurden vor achtunddreißig Jahren gedruckt. Ich — habe sie gemacht ...«

Das Mädchen ließ das Heft mit einem Ruck fallen und sah ihn an.

Eckenpenn flüsterte eilig: »Nehmen Sie es mit und lesen Sie! Und dann sagen Sie, was Sie denken!« — —

Drei Fabrikmädchen gingen vorbei. Die Fabrik, die gierig und zäh auch die Hinterhäuser der Stadtmitte anfraß, ließ ihre lebendigen Maschinen auf eine Viertelstunde hinaus.

Die drei Mädchen, fleischig, mit wüsten Haaren, die glitzernde Spange tief rechts, schoben untergefaßt mit wiegenden Schritten und schrammten die Näherin an. Dann grinsten sie und spien Erdnußschalen aus.

Das Mädchen schien zu erwachen.

»Wann schämen sich die? Sie werden höchstens rot, wenn sie ein Boxer oder ein Preistänzer bei der Öffentlichen für Shimmy oder Foxtrott auffordert! — Ich kann die Gedichte nicht kaufen ...«

»Nehmen Sie sie mit!«

»Vielleicht kann ich selbst kommen, wenn ich wieder abliefere — oder ich schicke ...«

Das Mädchen war fort. — —

Nun war die weiße Stunde da.

Die Stunde der Konfektion lag wieder in Apathie, in einem schweren Verdauungsschlaf. Nur in den Höfen, in den Speicherräumen, in den multerigen Gängen der Läger und Kontore kreisten die Säfte, ein scheinbar sinnloses Sichwinden und Verkrampfen, bis die Ware verbaut und verstapelt war. Auf der Straße aber, die in das lichte Dämmer eines Platzes mündete, wandelte dienstberuhigt, zuweilen angenehm durch Dialektgespräche und nackte Arme der Küchenmädchen unterbrochen, der Postbote. — —

Die große Straße schoß unaufhörlich Raketen des Lärms vorbei. Ihr Wesen war die Explosion. Nicht eines Auges Heben schleuderte sie das gleiche Bild, und doch war es immer der eine große Strom: *die Straße,* immer eine der aufgerissenen Schlagadern der Stadt! — Sie schäumte Schreie und Bellen, warf das blitzende Zucken von silbernen Automobilen und wegbeworfenen Tourenwagen auf, schnitt kreisende Hupenwarnungen dazwischen, ward von den Armen des Verkehrspolizisten stromlos gemacht, hielt wie im Krampf das Blut zurück — und dann schoß es doppelt in wüsten Strudeln, das aufgehäufte Blut! — Die Menschen trieben gleich fliehenden Punkten auf dem Schaum der Kreisung, helle, gelbe, grüne, schwarze Farbspritzer, rasend, ohne eigenen Willen, dem Explosionsrhythmus unterworfen, von Benzinwolke eingehüllt ...

Eckenpenn sah zum abertausendsten Male dieses Bild, das ihn bannte, und das ihn wie mit dem Stich eines grausamen und süßen Speeres auf seinen Platz genagelt hatte. Auch das war ein Grund — damals — vor zweiundzwanzig Jahren: — der tiefste! — —

Nun — gegen Mittag — kamen auch gelegentliche Käufer. Nicht die Damen, die ihr irdisch Teil in die Extrakte aller Erdteile eingewickelt hatten und den Boden zur Schonung der Gesundheit und ihres Schuhwerks nicht beeindruckten. Sie zogen es in hygienischer Freundlichkeit vor, die Masse der laufenden Menschen und die Staubdecke nicht zu vermehren. Ihre Autos warteten vor den schimmernden Läden, in denen sie der süßen und volkswirtschaftlich ersprießlichen Gewohnheit des Kaufens oblagen, indes die Autos, von den igelstarrenden Schoffören mit Zeitung und Zigarette bewacht, die Goldränderung der Straße bildeten.

Unverändert standen sie, die Eckkulissen des Reichtums; der tobende Verkehr mußte demütige Schlingen um sie ausbiegen ...

Der Buchtrödler besuchte diese Welt nie. Er neigte auch mehr dazu, sich die berufsmäßig verbindlichen Verkäufer und Verkäuferinnen vorzustellen, die ihm gelegentlich doch etwas Goldschnitt oder ein Schlagerrepertoire entführten, und die erst abends um 7 Uhr einen Abglanz der Mondäne im Mietsauto zeigten. Eckenpenn konnte sich diese Steinblüten, diese Orchideen der Stadt, nicht in einem Kretscham unter absynthtrinkenden, bohrend-eigenwilligen Bergarbeitern denken; aber – eine verheimlichte Neigung schwang doch um diese bizarre, zwecklose Schönheit, die fähig war, ein System der Unnatur zur Natur zu steigern. Was wäre der Blumenladen der Stadt ohne die Orchideen? Zwar schien es Eckenpenn, als ob in den letzten Jahren zuviel Orchideen und Orchisersatz sich zeige ...

Da kam einer seiner Stammkunden, ein schwarzbärtiger, hagerer Mensch, der alle Woche einmal ein Bändchen extremste Lyrik kaufte, um auf der Straßenbahnrückfahrt des grimmigen Vergnügens einer körperlichen und seelischen Verdauungsstoßreise sicher zu sein! Der Buchtrödler konnte diesem Mann fast für ein Jahr dienen; denn er hatte einige vierzig Bändchen dieser Art, und der Schwarzbärtige kaufte sogar Exemplare, deren Rhyth-

men durch Reißzwecken gestört waren. Nach einem Jahr aber würde die fruchtbare Erde, vom Miste der Zeit gedüngt, wieder unzählige lyrische Gänseblümchen, Grashalme, brünstige Nelken und erlösende Kompositen getrieben haben, die sämtlich von ihrer heiligen Sendung und der Erst- und Einmaligkeit ihres Erscheinens sowie ihrer Blumenart überzeugt wären!
Eckenpenn lächelte grimmig — — über sich ...
Und ein Dienstmädchen aus der schlafenden Konfektionsstraße, das den Devisenhund der Herrschaft spazieren führte (er hatte eine Goldplombe), fragte in rotleuchtender Verlegenheit nach einem Briefsteller (für Liebende).
Eckenpenn sah das Mädchen mit herzlichem Wohlwollen an. So war das noch nicht ganz ausgestorben und von der Hausangestellten mit Reiseschreibmaschine, Einheitsstenographie, Jazzband, Leichners Fettpuder und Farbstift verschlungen!
Nach zwei Sätzen wußte der Buchtrödler, daß das Mädchen aus Pommern zugezogen sei und ihre erste Stelle habe. Zu gemäßigtem Preis empfing sie ihren Schriftsteller. Eckenpenn war überzeugt, die Liebe würde die individuellen Interpunktionsfehler und orthographischen Gefühlsverschiebungen von selbst hineinbringen. Die zweite oder dritte Stellung aber würde wahrscheinlich in der Fabrik sein ...
Es war jetzt ein Augenblick glänzender Tagesklarheit. Über der großen Straße lag die Sonne breit und nahm den Damm und die beiden Fußsteige, die aufbrüllenden Verkäufer der Mittagspresse, die sausenden Zeitungsradler mit den hängenden Rücken — und alle Gerechten und Ungerechten in ihre Arme. Eckenpenns Wagen aber lag in einem zarten blauen Schatten, und nur die Schau-

fenster der Kunsthandlung wurden am Rand licht gestreift. Schräg herab aber flirrte der Goldstaub, aus seiner Armseligkeit für eine kurze Stunde in die Sonnenseligkeit genommen, bis er wieder grau und blinder Kehricht würde ...

Ein junger Mensch von höchster und letzter Eleganz stand mit gelöster Vornehmheit vor den Radierungen. Als er sich jetzt mit dem Lächeln eines vollkommen zufriedenen Gemütes und absoluter Ungeschäftigkeit umwandte und mit glücklicher Interesselosigkeit Eckenpenns Auslage musterte, erkannte ihn der Buchtrödler als den wieder aufs allerletzte aufgemachten Elegant, den er seit einem Jahr etwa zu verschiedenen Tageszeiten und als jeweiligen Träger der Mode und völliger, glückseliger Sündlosigkeit gesehen hatte. Zuweilen war er mit einer Dame oder mit einem Herrn zu beobachten, die Dame jünger, die Herren älter als er, die Damen erfreut, die Herren bestürzt und sorgenvoll. Dann schien er mit vornehmer Gelassenheit endlose Perioden abzurollen.

Der Herr nahm ein Buch vorsichtig in Augenschein. Der Buchtrödler wußte, daß er nie etwas kaufte. Dies schien ein Prinzip zu sein. — Ein älterer Herr, noch im Pelz und einem tanzenden goldenen Zwicker, ging vorüber. Der Herr der Zeitlosigkeit machte eine kurze, ruhige Bewegung, grüßte und schritt neben dem Herrn im Pelz hin. Eckenpenn sah noch einen ärgerlichen Blick und ein ergebenes Zucken. — —

Also war schon wieder eine neue Mode in der Stadt. Sogar eine neue Herrenmode! Zwar: sie wechselten neuerdings häufiger als die Damenmoden. Auch die Literatur tat also! — —

In diesem Augenblick pfiff es durchdringend und erstarb dann in einem traurigen, abgesenkten Heulen. Kurz dar-

auf war alles mit Fabrikmädchen und mangelhaft angezogenen Lehrjungen bedeckt.
Sie rauchten Zigaretten oder rissen Fetzen aus den Doppelstullen, kauten Bonbons und Pralinen.
Zwei Burschen, blaß, mit Öl- und Rußflecken auf den Gesichtern, standen am Wagen. Ein grünes Heft wurde für 10 Pfg. erstanden: das Schulprogramm eines abgebauten Schulrats über die freie Schule mit dem planfreien Schulplan, nach dem Interesse und den Idealen der Kinder orientiert. – Der andere Bursche fragte, ob das »Kapital« von Marx da sei – und was es koste –. Der Buchtrödler bedauerte höflich und sanft; er habe weder Kapital noch Marx am Lager. So große Werke seien unverkäuflich. Er empfahl die Volksbibliotheken und Lesehallen oder allenfalls die Staatsbibliothek.
Der Bursche zerbiß die Zigarette. Eine steile Falte war auf seiner Stirn. – (Eckenpenn log. Das »Kapital« war eine der sichersten Sturmstützen seines Wagens. Aber er hatte die modernste Lyrik davorgestellt.) – –
Es war Mittagspause. Das Licht selbst in der Straße des Buchtrödlers schien von den herausgestoßenen Fabrikfüllungen mit ihrer Maschinengeschwätzigkeit, von ihren Abgängen an öliger Staubluft und Nahrungsresten eingeschüchtert und überdeckt zu sein. Die Sonne zog Wolken um sich. Aber über die einundachtzig Zacken der Fabeldrachenwolken spähte doch ein scharfer, fast stechend warmen Strahl nach der Stadt.
Eckenpenn erinnerte sich, daß es Zeit sei, zu frühstücken und seine gewöhnliche Kaffeestube in der großen Stadt aufzusuchen. Es gingen ihm sonst die Börsengespräche und sein hinkender Freund Fox Randolfini verloren ...
Im Begriff, den Wagen in den Torweg und seine gewöhnliche Unterstellung in eine Autogarage zu bringen, ließ

ihn ein johlendes Geschrei und ein unbändiges Gelächter innehalten.
Der verrückte Bengel mit der grimmassierenden Tanzwut war da! So kam er in seinen Springtanzbewegungen durch die Stadt selbst hierher! Das letzte Mal hatte Eckenpenn ihn eine halbe Stunde östlich bei einem Abendgang durch Cafés gesehen.
Der Verrückte, abgezehrt, nur Gelenk, in einem zerrissenen blauen Fabrikanzug, eine frische Rose aus Treibhäusern in der Hand, pfiff, sang und tanzte, die Arme vorwärts und rückwärts schlenkernd. Auf eine unerklärliche Weise wußte er stets die neuesten Melodien und rhythmischen Zuckungen, nach denen die Stadt tanzte.
Der Tanz des Irren machte die Fabrikmädchen aufkreischen und dann sich wie angesteckt winden. – Eckenpenn fühlte sich an seinen Platz gebannt. – –
Der Irre war eine ganze Kapelle. Er sang gequetscht, schrillte Flöten, bog eine dünne hohe Geige, rollte ein schmachtendes, tremolierendes Cello, knatterte den Klavierrhythmus, wimmerte spitz und stählern das Banjo. Aus seinem offenen Munde lief das betrunkene um den Ton Herumheulen und Torkeln der Saxophone. Seine Knochen waren ein Schlagzeug von schärfster Präzision. Aus seinen Grimassen und aus den dunklen Augen wogte das lüsterne Schreien und ließ die drehenden Rauchschwaden und den Schweißdunst des Tanzsaales entstehen. Das gehackte, wahnsinnig beschleunigte Zeitmaß mit den plötzlichen, arhythmischen Pausen, die wie ein Boxschlag pfiffen, Gongschreie und Hupenheulen, das gleichzeitig kalte und irrsinnig taumelnde Blut der Zeit war in dem Tanz des Irren, der Rhythmus und das Tempo der großen Straße: Shimmy!
Der Damm und die Fußwege wogten von Tanzenden –

ein Sichschieben, Winden, Aufheulen und Schreien, Fetzen von Worten aus dem letzten Schlager! –
Der Irre war fort. Aber sein Tanz tobte unter den Mädchen und Burschen weiter, und Eckenpenn schien es, als wäre die große Wund- und Rauchinfektion über die ganze Stadt gekommen. Die Häuser taumelten. Ihre Giebel wanderten in einem eckigen, trunkenen Gesang. Die Wolken waren Zigarettendunst. Die Sonne wurde zu einer Starkstromlampe in dem schweißigen, staubvollen Tanzsaal Welt! –
Da gellte ein scharfer, schmerzschneidender Schrei.
In der großen Straße lief es zusammen – wie eine Beule von Menschen. Nach Sekunden rannte das Gerücht bis zu Eckenpenn: Es war einer von einem Auto überfahren worden. Tot. – Da erwachte der Buchtrödler, griff nach seinem Stullenpaket und schob den Wagen in den Hof. – –
In der Kaffeestube war kaum mehr ein Platz zu haben. Der Buchtrödler wand sich durch die bösartig nach dem Fuß schnappende Tür, da er nicht die selbstverständliche, großartige Rücksichtslosigkeit der zweireihigen Jünglinge und der Damen in Affenhaut aufbrachte, die die Tür mit souveränem Ruck aufschleuderten, so daß sie erstarrt im offenen rechten Winkel verharrte, solchergestalt die Käufer und Gäste mit frischer Zugluft versorgend. An dem Verkaufsstand für Tee, Kaffee, Zucker, Kakao und allerlei Leckereien vorbei schritt er zur Kasse, löste seinen Bon und schaute nach seinem Wandpfeilerplatz aus. Fox Randolfini war nicht mehr da. Nur zwei ältere Damen mit einer gefüllten Einkaufstasche und einem entsprechenden Mops saßen auf drei Hockern.
Eckenpenn verneigte sich verlegen und nahm seine Stullen heraus. Die Damen, im Besitz von Keks und Schokolade, rümpften.

Als die wohlbekannte Verkäuferin im schwarzen Kleid mit weißer Schürze ihm den kochenden, starken Kaffee brachte, sah Eckenpenn sie fragend an und deutete mit dem Blick auf den Hocker neben sich.
Das Mädchen, rot und abgejagt, krauste die Stirn und flüsterte: »Der Herr Randolfini mußte schon gehen. Er sagte etwas Komisches. Ich habe vielleicht auch falsch verstanden. — Ich soll Ihnen sagen, sie müßten alle drei wieder einen Abend der Gehirnerweichung machen. — Kann das stimmen?«
Der Buchtrödler lächelte: »Es ist schon richtig!« —
Das Mädchen hastete mit dem Kaffeebrett weiter, und da Eckenpenn still in seine Schmalzstulle biß, erhoben sich die Damen voll Würde und gingen. Der Mops versuchte, den Hals zu drehen ...
Eckenpenn trank mit Genuß. Dieser Kaffee war der schwarze Lichtpunkt seines Tages. — Fox Randolfini also wünschte, mit ihm zu reden, wirklich zu reden, statt mit leerem Gesicht dazuhocken und der schallenden, zischenden oder meckernden Kaufmanns- und Börsenweisheit zu lauschen. Heute aber hörte er kaum, daß der neuerliche Valutasturz ein wahrer, zu rechter Zeit wie Manna vom Himmel herabgekommener Segen Gottes für einige witternde Baissiers gewesen sei. — — —
In diesem Gewimmel, in dem Klirren der Tassen, dem Kommen und Gehen, dem Summen der Stimmen, das sich zusammenmischte und klang gleich dem Reiben von Pferden an der Kette: hier konnte der Buchtrödler mit seinen tiefsten Gedanken der Einsamkeit sprechen! —
Wie war doch der alte und übersichtige Professor Hettwer zu ihm gekommen? —
Eckenpenn mußte lächeln ...
Mitten auf dem Pflaster einer der befahrensten Brücken-

zugänge des Zentrums sah er einst, als er hastig kreuzend quer über den Damm schritt, einen graubärtigen Mann in langem Schoßrock stehen, starr über das Pflaster gebeugt, mit seinem Stock deutend und zeichnend. Er schien weder das Klingeln der Straßenbahn noch das entrüstete Doppelpfeifen und Kreischen der Autos zu hören. Der Buchtrödler konnte ihn noch gerade von einem Vorderrad hinwegziehen ... Der alte Mann faßte ihn nachdenklich am Arm und schritt auf das andere Ufer. »Dank Ihnen schön«, brummte er, warf wie einen alten Lappen die Worte weg: »Professor Hettwer«, und fügte dann eifrig hinzu: »Wissen Sie, daß gerade da vor 550 Jahren der Narrenkäfig gestanden hat, in den der Büttel nachts alle aufgelesenen Betrunkenen gesperrt hat? Ohne Ansehen, denn er stellte sie morgens von 6 bis 8 Uhr aus und bekam einen Groschen dafür. – Die Jören spuckten nach ihnen. Das Ding sah aus wie ein großer Gänsestall. Davor war ein Jaucheloch, in dem anno 1398 ein Dominikanermönch elendiglich ersoff. Die Chronik sagt nicht, auf welchen Pfaden. Da erst mußten auf Schluß des Hohen Rates die Gewerke das Jaucheloch zuschaufeln. – Und doch hat mich das Mistvieh von Wagen bis oben bespritzt!« –

An einem warmen Junitage aber hinkte ein langer, gelbblauer Mensch, in einen Winterüberzieher gepreßt, an seinem Wagen vorbei, sah ihn an, blieb stehen – und kehrte zurück. Einen schwarzen, dünnen Schnurrbart, auf ungarische Art nach unten gebogen, nahm er in den Mund, kaute ihn, so daß er jetzt selbst einem Chinesen glich – und trat dann an die Auslage. – Eckenpenn hielt ihm einen Band Schopenhauer entgegen. Der Hinkende verzog den Mund, hüstelte und sagte mit einer fremdartig kalten, leisen Stimme: »Schopenhauer lebte in sei-

nem Pessimismus wie eine Made in einem Kadaver. Er hatte auch falsche Zähne ...« –
Eckenpenn sah hoch.
Die Wanduhr forderte zum Gehen auf ...
Der Hinkende hatte einen alten Alchimistenschmöker gekauft. – So war es gekommen ...
Die Näherin stand noch einen Augenblick vor Eckenpenn – mit umrandeten, ausgeblaßten Augen. Ihre Lippen bewegten sich in seinen Versen. – Dann ging der Buchtrödler ...
Es war schon hohe Zeit, wenn er den immerhin möglichen Zustrom der Nachmittagsstunden nützen wollte. Sättigung erzeugte Wohlwollen, eine größere Leichtigkeit zu Ausgaben und Geneigtheit zur Beschäftigung mit leichtem geistigen Nachtisch. –
Eckenpenn dachte wieder an seine Verse ...
Sie deuchten ihm ein Gleichnis seines Schicksal zu sein und daher auf eine dem nur gewöhnlich Klugen geheimnisvolle und unverständliche Art mit seinem Lebensablauf verbunden. Als er sie vor einem Jahr etwa aus dem Nachlaß eines Erhängten erwarb, der sein Materialwarendasein sicher nicht mit den irrsinnigen Sprüngen der Valuta und vielleicht nicht mit seinen Träumen vereinbaren konnte, war ihm damals, als sei seine frühere Gestalt wie ein Alpdruck in die jetzige gefallen. Seit einem Jahr hatte heut zum erstenmal ein Mensch nach dem blauen Heft gegriffen. Nun war es ihm, als müsse er mit der Neugier eines Dämonen zusehen, was geschehen würde, und in welche Hände dieses Heft weiterhin kommen würde. – – –
An den Straßenbahnen hingen Trauben von Menschen. Es war, als hätte sich an jeden Wagen ein Schwarm wilder Bienen gesetzt.

Der Buchtrödler ging schnell. Er merkte nicht, daß er gegen den Strom lief. Zornige Blicke und quergestellte Ellenbogen suchten ihm bemerkbar zu machen, daß er rechts zu gehen habe und das von Tisch kommende Personal nicht stören dürfe!
Eckenpenn dachte im Gehen: »Damals, als ich glaubte, Verse machen zu müssen, weil ihr Rhythmus der noch unverstandene und unerkannte Gang der Welt sei, das neue Gesetz im Sein des Werdens, – kam ich zu früh. Als meine Zeit kam, war sie schon vorüber. – Der Empörer von gestern war der Zurückgebliebene von heute! – Das war mein Los, nicht zur rechten Zeit gekommen zu sein. Ich, der Buchtrödler Eckenpenn!« –
Er lachte im Gehen, so daß alle überrascht aufsahen ... Der Buchtrödler schob den Wagen eilig wieder auf den alten Platz. –
Die blaue Stunde war ihm schon halb entschlüpft. Aber noch hing ihr zartes, erstes Verdunkeln in der Luft, ein Überreden des Lichts, daß es nicht weh täte, sich unter seine Schleier und Netze zu begeben. Und der große törichte König Licht tut es lächelnd, senkt sich in das warme, lösende Schattenbad und weiß nicht, daß der große rote Mörderstrahl der Macht ihn erschlagen wird ...
Es war noch so warm, daß sich der Buchtrödler auf die Wagendeichsel setzen konnte. Ein wunderlicher Februar, seit den letzten Tagen fast von der Weiche beginnenden Föhns erfüllt! – Er hatte das so oft in der Stadt erlebt, daß sich die Jahreszeiten und in ihnen wieder die Monate umstülpten, zwei, drei Jahre im Jahr, ein Frühling im Winter, ein Herbst im Sommer – als sei auch dies ein Zeichen, daß die große Stadt auch die Regel, die mild aus dem Wandel der Gestirne träuft, auf herrische Weise zerhackt und in ihren Rhythmus zwingt. –

Graue Schleierwolken senkten sich tiefer und ließen die Lilastunde früher kommen. Der Platz am Ende der stillen Querstraße schien sich um Stunden Weges entfernt zu haben, und seine Türme verschwanden im rötlichen Blau des Dunstes.

Eckenpenn saß wie in einem Wachtraum. Die allzufrühe Wärme schläferte ihn fast ein.

Es kamen noch hin und wieder Passanten heran und wühlten in den Büchern und Heften. Sie fragten nach dem Preis, lasen ein Weilchen, kauften auch wohl. Eckenpenn lief auch einmal bei einem größeren Geldstück schnell zu dem Doppelstand von Bananen, Apfelsinen und Zigaretten, um zu wechseln. Hier war immer kleines Geld zu haben. – Aber alles tat er mechanisch, ohne klärendes Interesse, nur aus der Gewohnheit heraus, aus der die Uhren gehen, weil sie aufgezogen sind, und die Zeit da ist, weil man sie mißt. – Und dann kommt die Stunde, in der das korrekte Tun eines Lebens dem jähen, brechenden Handeln der unteren Natur weichen muß! –

In dem Buchtrödler schwang den ganzen Nachmittag der Schritt und das Klingen seiner alten Verse, die niemand kannte, und die sich zu ihm als letzten Ort zurückgefunden hatten.

Die einzige Dämmerung kam sehr früh. Es wurde noch einmal auf kurze Zeit hell. Rote Wolken schwammen auf der Müdigkeit des fahlen, abgeblaßten Stahlhimmels. Dann kam ein grünes, unirdisches, apokalyptisches Licht, und dann ward es dunkel. –

Eckenpenn verschloß seinen Wagen.

Er war müde und hatte heute wenig Lust, durch die Lokale und Konditoreien zu traben, in denen man ihn schon kannte und duldete. Doch tat er drei sichere

Sachen in den Orkus, nämlich Bismarcks Gedanken und Erinnerungen, das Leben der Königin Luise (für die sich ein ihm merkwürdiges Interesse neuerdings zeigte) – und Häckels Welträtsel. Das Leben der Königin Luise wurde sogar von einer zu Besuch ausgeführten Landfrau gekauft.

Der Buchtrödler ging sonst den langen Weg bis zu seiner Schlafstelle zu Fuß. Aber heute war er zu lufterschöpft und von einer weichen Schläfrigkeit befangen. Er lief also bis zum Untergrundbahnhof am großen Platz, auf dem die Scheinwerfer sich jagten und die Menschen wie geängstete Kreisel von Schutzinsel zu Schutzinsel sprangen. Mit müdem Blick sah er noch einen großen Lastwagen mit roten Fahnen, auf dem eine gedrängte Schar von Mädchen und Knaben, scharf akzentuiert, die Internationale sangen. Da erinnerte er sich, daß im nächsten Monat wieder einmal Wahlen stattfinden würden ...

In der Untergrundbahn schlief er im Schaukeln des Wagens stehend ein, vom Wall der gepreßten, rauchenden Menschen gehalten.

Als Eckenpenn ausstieg, die Treppe hinauftaumelte und die Augen auftat, überwältigte ihn plötzlich das Bild der schwarzblauen Nacht mit den im feuchten Nebel riesenhaft aufschießenden Steinblöcken und Türmen, mit dem warm spiegelnden Pflaster und den unzähligen in die Tiefe abfliehenden elektrischen Bogenlampen mit ihrem sternhaft rieselnden, weißen Traumlicht. In jäher, glücklicher Wachheit breitete er die Arme aus und rief: »Wie bist du schön, Stadt!«

Vor dem Gelächter zweier eleganter Paare senkte der Buchtrödler beschämt den Blick. Da sah er auf dem feuchten Pflaster eine fortgeworfene Primel. Wie in Reue nahm er sie auf. Das Bild der primelbedeckten Frühlingsbergwiesen kam aus den Nebeln der toten Zeit und ließ die kaltgewordenen Augen schmelzen den gefrorenen Teichen des Gebirges gleich. Er fühlte sich, als sei er Rübezahl, der irr und machtlos gewordene Geist des Gebirges, der auf die elektrischen Felder ging, um Menschen wachsen zu sehen und zu zählen, Menschen, die ohne Erdsaft sind, in der Hast der Atemlosigkeit aufschießen, trocken und ohne Blüten und Frucht, – Rüben, die nach einem Zauberwort der grausamen Prinzessin Stadt Gesichter bekamen und eine Rolle spielten. – Was wollte er hier in seiner törichten Liebe zu ihr? – Kurz vor seiner letzten Querstraße, da, wo die Häuser anfingen, ärmlich zu werden und nach Haß, Schwatzhaftigkeit, Zusammendruck und Menschen zu riechen, sah er zufällig in einem Kneipenfenster eine Flasche mit der Aufschrift: Enzianschnaps!

Eckenpenn ging hinein, trank zwei Gläser von dem scharfen Zeug, das den Namen der blauen Blume führte. Dann schlurfte er in seine Schlafstelle, leise, um seine Wirtsleute und ihr rabiates Gezänk nicht aufzuwecken. – –

II MÄRZ

Eckenpenn stand an einem Märzmorgen sehr früh auf. Während der Nacht war sein Schlafwirt — oder der Mann seiner Schlafwirtin — spät nach Haus gekommen und hatte in der Trunkenheit getobt. Es war, wie in solchen Fällen gewöhnlich, zu einem Dreikampf zwischen der Frau Lehnert, ihrer Tochter Hermine und dem trunkenen Tischler Lehnert gekommen. Diesmal stand Hermine auf der Seite der Mutter. Beim letzten Male vor etwa zehn Tagen half sie dem Vater. Sie verteilte ihre Kraft genau zwischen den Eltern und erhielt dadurch ein liebevolles Verständnis auf beiden Seiten für die Zeiten der Nüchternheit, in denen Frau Lehnert bestimmend tätig war. Sie ging waschen. Lehnert trank gelegentlich Politurspiritus. —

Der Buchtrödler hatte eine Weile wachgelegen und mit trübem Widerwillen gelauscht. Auch später kam der Schlaf nicht mehr mit dem gleichmäßigen, dunklen Tuch, sondern es war, als schlügen schwarze und helle Flügel wechselnd herab, und eine Schar gieriger Träume flatterte um seine Stirn. Dazu war es empfindlich kalt. Der März hatte gegen Frühlingsanfang eisige Kälte gebracht ...

So ging Eckenpenn früher als sonst. Auf dem Spirituskocher hatte er sich seinen Kaffee gekocht und inzwischen aus dem Fensterschrank Brot und Schmalz genommen. Der Bogen Fettpapier zum Einwickeln hielt schon 14 Tage dicht, still und rühmlich, eine Ausnahme in der Stadt. Den oberen Bogen lieferten noch immer die

schamhaften, gelblichen Umhüllungen der Restauflagen. —
Die halbdunklen Straßen waren mit gefrorenem Schnee bedeckt. Aber der Schnee war nicht rein, sondern isabellfarben mit Schattenpartien aus grauen Müllstrichen! Von Zeit zu Zeit bildeten Konservenbüchsen, Abfallstükke, alte Reifen Interpunktionen in der Schneezeile. In der Mitte der Straße flirrten braungefrorene Rillen, Radspuren, die Verkehr und Mittagssonne zu trübem Brei geschmolzen hatten. In der Nacht waren sie wieder festgefroren und dienten jetzt zwei Betrunkenen als Schlitterbahn. Die Genialität des Schnapses balancierte die merkwürdigen Kurven aus, so daß beide sich aufrecht hielten. Nüchternen wäre es nicht gelungen. Als sie aber untergefaßt auf dem Fußsteig zu gehen versuchten, rissen sie sich gegenseitig um.
Eckenpenn lächelte. Dieses Bild versöhnte ihn ein wenig mit der scheußlichen Nacht. Aber er mußte sich sagen — und sagte sich das seit Jahren —, daß er mit seinen wenigen Groschen keine Ansprüche auf ethische und raumkünstlerische Gipfelleistungen machen könne. Und aus dem Miste wuchs Hermine, die amoralische Lilie, die weder arbeitete noch spann — und doch erntete, die selbstverständliche, ohne Nachdenken Schönheit, die keine Tugend hat, weil sie Jugend und Gesundheit ist! —
Der Buchtrödler steckte die Hände in die Seitentaschen seines Sturmmantels und stieß den Kopf gesenkt gegen den Wind. Im Orkus lagen die Stullen neben einer spanischen Grammatik, die er fast für nichts neulich einem Müllfahrer abgehandelt hatte. Er hatte bei seiner Küchenlampe ein wenig darin geschnüffelt, — nun mußte sie auf den Markt ...
Da stieß er mit einer Klebekolonne zusammen. Ein ge-

waltiger Stoß, politische Flüche und Spuckschüsse ließen ihm plötzlich in das Gedächtnis kommen, daß heute Wahl sei, und daß er sich infolgedessen mit dem Professor Hettwer und Fox Randolfini schon um fünf Uhr in seiner Kaffeestube verabredet habe. Denn an einem solchen Tage kauft die Stadt keine Restauflagen oder spanische Grammatiken, und der Buchwagen wird ein Hindernis des Volkes und seiner Gesinnungserklärungen.
Eckenpenn, von der Zwecklosigkeit jeder Wahl überzeugt, ging schon lange Jahre nicht mehr in die Zelle, die abgeschlossen ist, damit niemand der eigenen Meinung zusehen könne. Er würde nicht einmal sich selbst wählen können. Wie sollte er es übers Herz bringen, andere zu wählen? — Und da er noch überlegte, wie sehr doch die Wahl den Gewählten verändere, und daß noch nie die Wähler mit ihrem Gewählten zufrieden gewesen seien, stolperte er fast über einen Farbentopf und trat beinahe einem eifrig arbeitenden Menschen auf die Hand, der seine Überzeugung als Suggestivrat mit schwarzer Ölfarbe durch die Schablone auf die Sandsteinplatten des Bürgersteiges pinselte.

Eckenpenn erhielt greuliche Flüche und Stöße, so daß er es vorzog, sich flüchtend dem Verdacht der Bespitzelung durch eine andere Partei zu entziehen. Dabei konnte er noch gerade sehen, daß an einer Ecke, offenbar im Dunkel der Nacht, bei einer Taschenlampe, schwarze und rote Farben handgemein geworden waren. Riesige Farbzungen leckten in den Schnee. Spritzer hingen wie Gehirnreste an den Mauern.

Der Buchtrödler bog jetzt in die Kanalstraße mit ihren mächtigen Kastanienbäumen ein. Die Wässer waren gefroren. Unwillig zusammengestoßene Schollen, vor zwei Tagen noch in schwerer Schwärze nach dem launischen

Gesetze der Winde kreiselnd, hatten sich verbissen zusammengeschoben und mit mürrischen Kanten zornig aneinander geklammert. Über der Tiefe schwelten Eisnebel, mißfarbene Gespenstertücher. — Die Brücke schwang einen klirrenden Bogen über den Kanal, als spränge ein kaltes, eisernes Denken von Ufer zu Ufer — hinweg über das auslaugende, kriechende Betteln der Tiefe.
Eckenpenn schauderte zusammen. Sie waren von Eisen, die Leute in den geschlossenen Autos mit den Veilchensträußen im silbernen Halter, gelb und schwammig in die Polster gelehnt, krokodilhäutig, die Füße von sich gestreckt, die Zigarre im Mund, die Zeitung in der Hand, das kühl lauernde Auge möwengleich auf die fetten Bisse der Kurse stürzend; auf die Konjunktur, die von Ufer zu Ufer schießt, über das trübe Gewimmel der kleinen Menschen von Sitte und Gewohnheit hinweg, über das Gesetz, das nur schwache Herzen mit der faulen Stelle Gewissen faßt und sich unterwirft. Sie beschritten die Stadt, und wenn sie fielen, so stürzten sie wenigstens tief und jäh, aber sie glitten nicht mit sehenden Augen langsam, Jahr um Jahr, in den Abgrund, sie, immer Titanen, die ihre goldenen Stühle neben die verfallenen Sitze der Götter stellten! —
Der Buchtrödler hob die müden Augen.
An den grauen Mauern der Vorgärten und Gitter klebten reihenweise und übereinander, sich deckend, auslöschend und sich steigernd, Plakate und schrien ihre kategorischen Beschwörungsformeln in den beginnenden Morgen. Auf dem Damm lagen noch die Papierreste der gestrigen Überredungsflut. Eine Kraftdroschke mit fahl hinter den Scheiben aufdämmernden Nachtschwärmern riß die Fetzen hoch und zwang sie zum Nachtaumeln.

Dann erschien ein einsamer Straßenkehrer, der letzte der Nachtkolonne, und machte mit dem Besen Platz für die Pamphlete und Manifeste des heutigen Schlachttages. Eckenpenn ging auf die andere Seite hinüber, unmittelbar am Kanalgeländer. Die Bänke waren vereist. Finger hatten primitivste Kunstbetätigungen verübt. Hier, wo die Kastanienäste vom feuchten Dunst der lebendigen Wässer angezogen, sich schwer herabsenkten und ihre äußersten Zweige eintauchten, hatte die brutale Wucht des Schneefalls und des Eissturmes schwächere Äste abgebrochen und den in der Februarwärme emporquellenden Saft verhärtet und einfrieren lassen. —

Als der Buchtrödler eiliger ging, — denn aus einer einmündenden Straße schlug eine breite Last Ostwind, — hörte er ungleiche Schritte hinter sich und den Ruf einer spöttischen Stimme, die nur einer hatte: Fox Randolfini!

»Großsiegelbewahrer der kleinen Literatur, bist du in solch einer Hast zu gehen — zu wählen?«

»Fox!« erstaunte Eckenpenn, »was treibt dich so früh hinaus?«

»Natürlich die Kälte. Völlig logische Folge, wenn die Wirtin sechs Kohlen zu wenig eingelegt hat. Nebstbei die innige Sehnsucht, noch bei guter Zeit und frischem Zustand diese erhabenen Manifestationen der neuesten Schaltungen kochender Volksseele zu studieren. Noch ehe die Hunde sie benutzt haben und der stärkere, andersgelagerte Winde sie abgerissen hat.«

»Hast du kein Geld, daß deine Wirtin nicht genug heizt?« fragte der Buchtrödler vorsichtig.

»Ich bin meine einzige Wirtin, du Sturm- und Wechselbalg der Literatur! Das solltest du wissen! Aber wer mit der Literatur umgeht, verliert das Gedächtnis! Immerhin hat meine Stellung im Kino vorgestern wegen Entfernung

des Direktors ihr Ende erreicht, so daß die äußere Heizung zunächst um 30 Prozent herabzusetzen ist. Für die innere Heizung werde ich sogleich etwas anlegen und eine fliegende Wurst essen.
Jetzt schnattern meine Zähne. Durchaus chemische Wirkung! Wieder durchaus logische Folge dessen, daß ich nicht rennen kann, wie du, Eckenpenn, Berlins fliegender Buchtrödler. Wie du weißt, hinke ich!« –
Der Buchtrödler errötete. Er würde sich Vorwürfe gemacht haben, daß er dem sonderbaren Freunde durch mehrere Abprallungen hindurch weh getan habe, wenn er nicht oft genug erfahren hätte, wie völlig unempfindlich Randolfini gegen Lob und Tadel, gegen Beleidigung oder Schmeichelei war. Es schien kein Blut und kein Gefühl in ihm zu sein, nur eine Demonstration von Ursache und Wirkung. Wie aus diesen Gedankenspinnen heraus fragte Randolfini: »Kannst du mir sagen, Eckenpenn, ob ich gehe, weil ich die Beine hebe, oder ob ich die Beine hebe, weil ich gehe?«
Eckenpenn lächelte. Aber der schneidende Wind riß das Lächeln sofort hinweg. »Soweit ich beurteilen kann, läufst du, weil du frierst.«
Der hinkende Freund blieb einen Augenblick stehen. – »Sage, grüner Gnom, hast du immer gütigen Witz, wenn du nüchtern bist? – Das wäre eine merkwürdige menschliche Wickelung!«
»Ich habe bereits Kaffee getrunken und eine Schrippe von gestern eingeweicht.«
»So ... Was tut die berühmte Hermine?«
»Sie schlief noch.«
»Muß ein merkwürdiges Exemplar von Erz als Herzstelle haben! Offenbar ist dieser dein Schwarm imstande, jeden Wechselstrom in Gleichstrom zu verwandeln. Also es

kann ihr nie schlecht gehen. Dies Wesen wäre nach zwei Jahren interessant — zu beobachten ... — Aber, um zurückzukommen; du weißt doch, die Schwerkraft der Erde macht uns laufen, die große Masse, das kleine Widerstrebende!«

»Vielleicht gibt es darum keine Führer«, sagte Eckenpenn nachdenklich, und bohrte die Fäuste tiefer in die Taschen.

Randolfini sah den Buchtrödler kühl und abwägend an. »Wer sollte auch dieser Zeit und diesem Volke Führer sein? Revolutionen können sie nicht machen, nur Revolten. Zu schaffen verstehen sie nicht, nur Geschäfte. Wichtig ist sich der Wicht, da er als gleichgeartete und gleichgelagerte Faser in Massen auftritt. Wer sollte auch heute die übermenschliche Selbstlosigkeit aufbringen, Führer zu sein? Vor Übelkeit müßte er sie köpfen! — Immerhin, du Gefühlsfliegender, hast du dir eine zahme Bockwurst von Rind und Schwein verdient. Denken auf nüchternen Magen ist ungesund. Es greift die Stromreserven an.«

Beim letzten Kastanienbaum, als sie links in die breite Straße dieser Gegend einbiegen wollten, blieb Eckenpenn stehen. Schwermütig deutete er auf einen Zweig. »An dem wollten schon die Knospen kommen ... Fox, du denkst und fühlst mit der Leber und der Galle. Du weißt nicht, wie hold die klebrige Bitternis einer Kastanienknospe, die aufschwillt wie eine reifende Brust, dem Herzen eingeht!«

»Ich verzichte auf Herz«, sagte Randolfini, »es ist ein Motor, der bei Inanspruchnahme unregelmäßig arbeitet, bei sogenannten Taktvollen taktlos, so daß er ihnen selbst viele Schmerzen macht, wie geschrieben stehet ...«

»Sieh doch, ein Schmetterling!« Der Buchtrödler rief es,

ganz aufgeregt. »Ein zu früh gekommener! Die ideale Torheit, die ihre Hüllen sprengt, sobald mit ein wenig Sonne die Zeit gekommen zu sein scheint! Immer ist es schade!«

»Zitronenfalter!« stellte Fox Randolfini fest.

Der Schmetterling, mit zerrissenen Flügeln, flatterte mühsam am Boden entlang ... Eckenpenn fühlte, wie seine Augen unzuverlässig wurden ...

»Chemische Reaktion. Der Brennspiegel zündet das Papier an.« Fox Randolfini schüttelt sich vor Kälte. — »Real aber ist die Spiritusflamme, die die Wurst im Wasserbade wärmt und prall macht. Ihre Haut platzt — vor Wärme. Mein teurer Gnom und Eckenpenn: es ist nichts mit dem strahlenden Frühling, mit Liebe und Lenz, der bräutlichen Schwester und dem bräutlichen Bruder, mit der knospenbeflügelten Sehnsucht und ähnlichen Versrequisiten! In jedem Jahr die gleiche, alte, selige Narrheit! Die ersten Knospen kommen und brechen auf in der Sonne. Dann naht sich unser vielgeliebter März — oder April — oder Maiwinter — und drosselt sie ab. — Aber die Natur wird nicht schlau. Wärme treibt, Kälte zerreibt. Es ist nichts mit dem Gefühl ... Komm, du chemische Reaktion!«

Fox Randolfini ergriff den taumelnden Schmetterling und zertrat ihn. Sein Gesicht zuckte grimmig.

»Wie er leidet, der Fox!« dachte der Buchtrödler bei sich, und es war ihm, als sei er selbst zertreten worden. —

»Unsere Wege trennen sich, — oder vielmehr: dieser Weg trennt unsere Wege! Vergiß nicht: um fünf Uhr zum Kaffee! Wenn du eine riesenhafte Schwarte — trotz der Wählerei — absetzen kannst, bin ich imstande, einen Extrakaffee von dir entgegenzunehmen. — Klavier zu hoppeln brauche ich heute nicht. Man hat also Zeit ... Ich werde mich jetzt in die mählich beginnenden Ansammlungen schmarotzen, nebstbei die schief auf Pappe gewickelte Spule Volk genießen. – *A rividerci!* – Halt! Dort drüben steht der Wurstheilige. Zuverlässige Tradition. Auch bei minus acht Grad!«

Ein anregender Fleisch- und Fettgeruch kam auf sie zu. So ließ Eckenpenn sich verleiten, gleich Fox stehenzubleiben und mit einer Schrippe und Senf als Beigabe eine dampfende Wurst zu verzehren, die Randolfini als Lohengrins Warnung zu bezeichnen pflegte. Dann hinkte der Freund fort …

Der Buchtrödler machte sich eilig auf den Weg, um sein Geschäft zu öffnen. Es war ja nicht anzunehmen, daß sich viel Erquickliches ereignen würde, aber er fühlte eine Art Verpflichtung gegen die Straße. Er gehörte mit zum Bilde – und: wo sollte er sonst hin? Schließlich konnte ihm auch einmal das Außerordentliche begegnen, das ihm noch früheren Schluß und eine längere Aufwärmung im Kaffeelokal gestattete. –

Es fiel ihm ein, daß die Näherin mit seinen Versen noch niemals dagewesen sei, auch an Liefertagen nicht. Er hätte gern gewußt, wie seine Gedichte auf ein unbelastetes, nur sehnsüchtiges und bedrücktes Gemüt gewirkt hätten. Sollte schon seine erste Erfahrung die letzte gewesen sein? –

Die Straße glich unter dem rotgrau verhängten Himmel einer riesigen Stalaktitenlandschaft. Aus dem Wolkicht kamen die zackigen Giebel herab, von den Traufen der Dächer hingen Eiszapfen, alle Vorsprünge und Ornamente, alle Fensterbleche waren mit Schneelinien umrändert. Aus der trüben Höhe fielen wie Eistropfen Möwen und wilde Enten. Das Hungerkreischen der Möwen erstarb schnell. Sie zogen sich nach den Brücken und Kanälen. Die halbzahmen, auf den Heiligen und in den Kirchennischen nistenden Tauben aber bettelten auf der Straße. Ihre darbende Freiheit suchte gierig nach Körnerresten und Futterabfällen. –

Die Menschen gingen frierend und vorsichtig. Droschken und Lastgespanne blieben heute von der Straße. Nur die schwere Wucht der mahlenden Tonnenautos preßte den Schnee zusammen und ließ ein schrillendes Pfeifen unter den Rädern hervorkommen, als würden im Inferno die Seelen von Wucherern gepeinigt ...

Auf der großen Straße aber hatten die Salzstreuer bereits den Verkehr gesichert und die weiße Decke in braunen Brei verwandelt, aus dem feuchte Kälte dampfte.

Auch hier herrschte das Plakat. Am Eingang der Kunsthandlung preßte sich ein großes rotes Manifest wie das Siegel eines Gerichtsvollziehers und stach das feiste Schwein Bourgeoisie mit dem Messer der Weltrevolution.

Schräg gegenüber, am Eingang der Konfektionsstraße, in einer Kneipe, war ein Wahllokal. Sonst nur für einen internen Kundenkreis bestimmt, hatte sie heute eine amtliche, öffentliche, staatsbürgerliche Wirksamkeit. –

Der Buchtrödler lief hin und her, schlug die Arme übereinander und blies sich in die Hände. Das Geschäft war und blieb eingefroren. Er hätte besser getan, sich als Schlepper oder Plakatträger zu vermieten. Aber hier fror es wenigstens auf eigene Rechnung; das erschien ihm in den Resten eines aus untergegangener Moralformation stammenden Persönlichkeitsstolzes besser, als auf Staats-oder Parteikosten warm zu sein und Kognak gleich Gesinnung zu setzen. –

Er merkte nicht, daß ein Mädchen mit einem zotteligen

Bubenkopf, aber in halben Lackschuhen und holzfarbenen Florstrümpfen, ihn schon seit einiger Zeit betrachtete. Jetzt trat sie auf ihn zu.
»Stehn Sie schon zweiundzwanzig Jahre hier?« fragte das Mädchen mit einer hellen, kaltspöttischen Stimme. »Ja ... Womit kann ich Ihnen dienen, Fräulein?«
»Sie?« grinste das Mädchen, – »mit garnischt! Aber das alte Reff, die Blusennäherin, hat mir gestern ne janze Reichsmark gegeben. Ich soll Ihnen das Buch wiederbringen. – Da is es!«
Sie schleuderte das blaue Heft auf den Wagen.
»Wo ist das Fräulein? Ist sie krank?« fragte Eckenpenn bestürzt.
»Nee.« Das Mädchen verkrampfte sich vor Lachen. »Vorgestern haben se ihre Mutter einjebuddelt. Diese Nacht ist se jetürmt! – Lausig kalt!«
Damit lief das Mädchen fort.
Eckenpenn nahm mechanisch das Heft auf. Ein Zettel fiel heraus: zwei Zeilen der Hast und der Unruhe. »Ich will sehen, ob ich noch leben kann. Gehören Sie zu denen, die für mich beten können? Lachen Sie darüber.«
Der Buchtrödler stand lange Zeit, in einer inneren Kälte erstarrt, am Wagen. War diese Tat die erste Wirkung, die vom Rhythmus seiner Verse ausgegangen war?
Oder war sie nur der erste Stoß, der diese geduckte Seele schwingen machte? –
Als er wieder aufsah, bemerkte er, daß sich das Gesicht seiner Straße verändert hatte. Der Schneenebel hatte sich gelblich angehellt. Es waren plötzlich Menschen da, mehr als sonst in belebten Tagen. Vor dem Wahllokal hatten sich Plakatträger und Stimmzettelverteiler eingefunden, ein Haufe von stampfenden und frierenden Menschen, die Stangen mit bunten Pappen trugen.

Sämtliche vertretenen Parteien retteten allein das Vaterland und traten für den Schutz der ehrlichen und wahren Arbeit ein, sollte sie nun von Kopf oder Hand geleistet werden. Zum Wohl des Volkes waren die Herzarbeiter vergessen. Nur abgründige Bosheit konnte von andersgearteten Parteien behaupten, daß sie an ihr erheucheltes Programm glaubten und nicht alle sechzig Millionen der totalen Aussaugung und Verarmung entgegenführten. Drei auffällig rabiate Beißzangen waren zufolge allgemeiner Schätzung geneigt, nach vollzogener Wahl eine Koalition zu bilden. Jedoch boten sich die Plakatträger Zigaretten an, und die Frauen und Mädchen sprachen von anderen Dingen. Ernst und im Festgewand schritten die Leute in das Lokal, voll von einer geschwellten und gehobenen Stimme, die sie ganz bereit waren, gemäß öffentlicher Aufforderung abzugeben ...

Eckenpenn betrachtete diese Prozession erstaunt. Woher kam nur soviel Würde auf einen Fleck? — Nur ein im minderen Grade Betrunkener war darunter, und zwei eben Wahlmündige kauten verächtlich Apfelsinen.

Ein Auto raste durch die Straße. Ein entthronter Hupendreiklang schmetterte. Einige junge Leute mit aufgeregten Gesichtern schleuderten als Auspuff Stöße von Wahlaufrufen — es geht *Dich allein* an! — auf die Straße. Mit Geheul stürzten sich Halbwüchsige darauf. In zwei Sekunden waren die Zettel zerfetzt und beschmutzt. — Nun waren die Gegner bürgerlich tot ....

In diesem Augenblick, als Eckenpenn eben einen Aufruf lesen wollte, den der Wind auf seine Buchplatte gewirbelt hatte, wurde er von einem sorgfältig angezogenen Herrn angesprochen. Es war Doktor Seidenschwanz, ein Autor, der sich durch leidenschaftliche Novellen und Studien aus der Verbrecherwelt und der Nachtseite der

menschlichen Natur sowie durch Filmmanuskripte, Sketches und Einakter mit Zweiseelenfronten und Doppelleben nebst okkultem Einschlag einen Namen und eine Villa gemacht hatte. Sein blondes Haar war seidig frisiert und geölt, so daß eine hohe Stirn dichterische Verklärung strahlen konnte. Eine Hornbrille bedeckte die lichtgrauen Augen, von den Wangen und dem Kinn des spiegelglatten Gesichtes, das einem Asphaltpflaster des Geistes glich, waren alle Haarandeutungen entfernt. Man konnte einen leicht bläßlichen Puder bemerken. – Der Buchtrödler fühlte sich angenehm abgelenkt und überrascht. Doktor Seidenschwanz kam selten, war aber ein guter Kunde und ein Freund von Anekdoten.
»Ich bin ganz abgeschlagen, lieber Freund«, seufzte der Doktor und schob die Hornbrille hoch. Seine Augen hatten einen müden, nun elegischen Glanz, seine Stirn zeigte zwei gramvolle Falten. »Hinter das Manuskript hat der Filmregisseur den Schweiß gesetzt und die Diva das Rasiermesser ... Wissen Sie nicht irgendeine nette Verbrecheranekdote, daß man wieder auf andere Gedanken kommt?«
Eckenpenn dachte nach.
»Ich war vor einem halben Jahr einmal bei einer Gerichtsverhandlung im Zuschauerraum und versuchte, bei den Kriminalstudenten ein paar dicke Wälzer über die sexuelle Frage und die Beeinträchtigungen von Zeugen durch Sinnestäuschungen abzusetzen. Auch einige ganz eng gedruckte griechische Texte hatte ich bei mir. Es hat sich kaum gelohnt. Ich habe es bald aufgegeben. Damals handelte es sich auch um eine Art Wahl. Aber es handelte sich um Frauen ... –«
»Aha – die Damenwahl«, schnalzte Doktor Seidenschwanz. »Guter Titel!«

»Ja«, fuhr der Buchtrödler fort, »ein Schwindler mit guten Formen und schlechtem Deutsch hatte die junge, sehr vermögende Witwe eines Fabrikbesitzers ausgebeutet und sich alsdann entfernt. Die Dame erkannte in einem Verbrecheralbum sehr bald und ganz sicher in einem lang gesuchten Raubmörder ihren Freund wieder. Die Polizei setzte sich energisch dahinter und verhaftete ihn wirklich in einer Kaschemme. Schwerer Kampf. Es war aber nicht der Raubmörder, mit dem er große Ähnlichkeit hatte. Auch der Raubmörder wurde infolge einer Dummheit im Trunk ermittelt und zum Tode verurteilt. Die Geliebte des toten Raubmörders aber war im Zuschauerraum – damals und sah verklärt auf die Ähnlichkeit. Beide Damen stürzten mit einem Wehgeheul nach der Verurteilung des Hochstaplers über ihn und gründeten einen Bund zur Pflege und Behebung seiner Nöte. Der ganze Saal war gerührt ...«
»Oh – oh – – famos!« entzückte sich der Doktor. »Famoses Sujet! Die Liebe ist doch dicker als drei Steine!«
In diesem Augenblick ging der Herr der völligen Unbeschäftigkeit vorüber. Doktor Seidenschwanz lüftete achtungsvoll mit ernster Höflichkeit den Hut. Der Elegante dankte mit einem heiteren, offenen Lächeln.
»Jetzt weiß ich«, flüsterte der Buchtrödler erregt, »das ist – Dorian Gray ...«
»Still«, winkte der Doktor, »sein kleiner Finger hat Ohren ... Jetzt ist er um die Ecke ... Wissen Sie, lieber Freund, wer das ist?«
»Nein. Ich sah den Herrn immer promenierend, schön und rosig – und göttlich angezogen. Er erschien mir stets als die sündenfreie, ewige Schönheit und Jugend – gleich Dorian Gray.«
»Nun, lieber Freund«, lächelte der Autor eigentümlich,

»er ist ein Dorian Gray letzter Befleckung. Aber er sieht aus wie sein erstes und jugendlichstes Bild. Sie sind vor ihm sicher, denn Sie haben keinen Ruf und kein Geld. Es soll Männer geben, die — — — auch seine Liebe hoch bezahlen. Aber ich muß eilen ...«

Damit ging der Doktor. —

Eckenpenn stand bestürzt und sann über diese Verdunkelung einer lichten Landschaft nach. Selbst das immer stärkere Treiben der Mittagsstunde vermochte er nicht zu hören.

Da wandte sich Doktor Seidenschwanz um, schlug sich leicht an die Stirn und kehrte zurück.

»Ich habe ganz und gar meinen vorhabenden Kauf vergessen!« Damit sah er sich flüchtig auf der Buchplatte um, nahm das blaue Heft und legte einen Geldschein hin.

»Geben Sie mir um Gottes willen nichts heraus, lieber Freund! Auf Wiedersehen!«

Eckenpenn errötete ...

Er konnte mindestens eine Stunde früher Schluß machen und selbst nach guter Mittagspause am Nachmittag freigebig sein! Dann stieg etwas wie posthume Autorenangst in ihm auf: jetzt würde zum erstenmal ein anerkannter Dichter seine Verse lesen!

Die Sonne hatte sich jetzt, wie immer um diese Zeit, in den letzten Tagen, durch die hohen Dunstdämme genagt und ließ die blaue See des Himmels ausrollen. Von den Dächern tropfte für kurze Zeit der tauende Schnee. Die Stalaktitenlandschaft schmolz langsam herab, um nach einer kurzen Stunde wieder zu vereisen.

Eckenpenn schob den Wagen ein und faßte nach seinem Stullenpaket im Orkus. Nur flüchtig sah er auf die großen Umzüge von farbigen Wagen, meist völlig mit gel-

lenden Aufrufen beklebt und von entschlossenen und mit rabiater Überzeugung erfüllten Personen beiderlei Geschlechts bestanden. Das hatte er noch am Nachmittag und am Abend genügend zu erwarten! Ihn lockte die Wärme, der Kaffee, das Frühstück und das Studium von elf verschiedenen Flugblättern, die ihm auf dem kurzen Weg in die Hand gedrückt worden waren! Nur einmal in der großen Straße mit ihrem gellenden, zerhackten Gebrause, in der schon jetzt Menschen entlang schlingerten, fremdartige, von Kälte, politischer Wucht und Schnaps trunken, in der er durch raschelnde Blätter Papier waten mußte wie im Herbst durch welkes Laub, nur einmal blieb der Buchtrödler erstaunt stehen. Um einen Laternenpfahl war das Bild eines langhaarigen Menschen geklebt, eines ethisch-religiös-politischen Schwarmpropheten, mit dem handschriftlichen Spruch darunter: »Friede ernährt, Unfriede verzehrt. Darum habt ihr nichts zu essen!«
Eckenpenn zuckte zusammen, von der Wahrheit getroffen wie von einem Hieb. Ein Trupp von Herren lachte über dieses Plakat ... Gewiß, der Mensch auf dem Bilde sah mindestens halb verrückt aus. Aber in dieser Zeit, da die Verständigen sämtlich taumelten und mit Ernsthaftigkeit irrsinniges Zeug trieben oder sinnlose, unausführbare Gesetze erließen, war es da nicht in Ordnung, daß der Wahnsinn im Recht war? — —
Eckenpenn fand kaum einen Platz. Die Börse und die niedere Finanz der Konfektionsjünglinge oder Reisenden blieb heute unvertreten. Fox Randolfini fehlte. Er ließ sich, kalt und spöttisch beobachtend, im Getriebe wärmen. Zu seinem Erstaunen sah Eckenpenn jedoch Professor Hettwer und seine Frau. — In dieser Zusammenstellung durfte weder der Professor noch er es wagen, ihre

Freundschaft oder auch nur ihre Bekanntschaft — sei es auch nur durch einen leichten Gruß — zu erkennen zu geben. Eckenpenn ließ einzig einen scheuen Blick hinübergleiten, der Professor aber, die Zotten des graubüscheligen Haares heute kurz geschnitten und mit Haarwässern bearbeitet, saß hilflos und schwer, die weitsichtigen Augen erhoben, auf seinem Hocker. Nur ein Zucken der weißen, dichten Augenbrauen deutete ein Erkennen und Neigung an, aber — es erbebte nichts davon ...

Amalie Hettwer (ihr Taufname war Amalaswintha) saß königlich, die rechte Hand mit dem Schildpattlorgnon zum Auge erhoben, das Doppelkinn ruhte auf einem schwarzen, hochgeschlossenen Mantel. —

Der Buchtrödler schlürfte seinen Kaffee und aß. Heute fiel das nicht unliebsam auf ...

Wie kam der Professor nur hierher? —

Da fiel ihm ein, daß er wahrscheinlich zum Wahllokal geschleppt worden sei, denn Frau Professor, wie er wußte, hielt streng auf Wahrung staatsbürgerlicher Rechte und gab sich Mühe, mit gotischer Hoheit auf junge Mädchen guter Familien und auf uneheliche Mütter schlechter Herkunft einzuwirken. Vielleicht hatte sie sogar schräg gegenüber von Eckenpenn Stand gewählt ... Professor Hettwer wohnte im Schatten einer Kirche, ganz nahe, in einer stillen Ecke von verträumter Zeitlosigkeit, durch die das Rauschen eines uralten, versprengten, aus abgelaufenen Zeiten einsam übriggebliebenen riesenhaften Kastanienbaumes wehte.

Müde nickte Eckenpenn auf dem Hocker. Die schlechte Nacht voll Schnapslärm und mit gellenden Entblößungen widerwärtigster, unterer Triebe, die wind- und menschenbewegte Straße hatten ihn so zermürbt, daß er in der Dunstwärme fast schlief, das Gehen und Surren, die halb gedämpften Worte und Ausrufe wehten um ihn wie das Rauschen von Kastanienblättern. Aus dem heißen starken Kaffee stieg die glühende Sonne des Morgenlandes, der Orient mit seinem aromatischen Blühen: – er schlief ...

Als er auffuhr, erweckt aus köstlicher Fahrt auf den schwarzen Gewässern des Schlafs, in denen das schweigende Ruder Orchideengarben von Funkelträumen aufpflügt, sah er, daß der Professor gegangen war. – Streitendes Schnattern hatte ihn aufgestöbert.

Eine Gruppe merkwürdiger Wesen war plötzlich da, offenbar noch Mädchen und Jünglinge, wenn auch zum Teil reichlich in höhere Grenzen vorgeschoben. Aber es schien, als ob infolge eines Koboldstreiches beide Geschlechter die Kleider vertauscht hätten und sich nun Mühe gaben, Körper und Geistform dieser Umwandlung anzupassen. Offensichtlich waren sie mitten auf dem Wege. Die Jünglinge trugen langes, gelocktes Haar, Blusen mit umgeschlagenen Kragen, in den Hüften bauschig und gegürtet, die Mädchen die Zigarette, den Bubenkopf und Sackpaletots mit breiten Schultern und schmalen Hüften. Sie sprachen tief und energisch, während ein junger Mensch in hellem, erregtem Ton über Nacktkultur dozierte. –

Der Buchtrödler hörte mit tiefem Erstaunen von der Höhle Zarathustras und theosophischen Zeichen reden, untermischt mit schmierigen Entrüstungen über geistige Größen oder über Verleger mit Literatengezänk.

Homosexuelle Probleme wurden mit heftigster Deutlichkeit abgehandelt, kraftvoll über das Verhältniswesen Abwesender gesprochen, und ein bebrilltes mageres Mädchen, die schlichten Haare schwefelgelb gefärbt, stellte

über Briefe vermittels des siderischen Pendels die sexuelle Prozentigkeit fest. Ein sanftes, weibliches Wesen mit schlumpriger Lässigkeit steckte Schokolade in den Mund, rauchte Lungenzug und erklärte Schopenhauer für einen Trottel, empfahl dagegen Henry Bergson, wie ja überhaupt alle deutschen Professoren Esel seien ...
Eckenpenn fühlte sich erschlagen. Die Distanz des Lachens war ihm noch nicht gekommen, der kurze, befreiende Sprung aus dem lecken Boot an das Ufer. Er kam sich hoffnungslos alt und dumm vor. Ihm war, als tröffe greisenhaftes Fischhaar um ihn, als seien Moosgehänge und Schwimmhäute zwischen seinen Fingern gewachsen, und er säße auf dem Grund aller Zeiten, korallenalt, während die jungen, stürmenden Wogen des Jetzt über ihn hinwegliefen. — — So flüchtete er hinaus ...
Das Gesicht der Stadt hatte sich in dieser halben Stunde auf das seltsamste verändert. Das jäh verdunkelte Tuch schien sich herabgesenkt zu haben, an den vier Gegenden aufgefangen und gespießt durch Türme mit dem Riesenschornstein eines Gaswerks. An den zerrissenen Rändern troff ein fahles Schwefelgelb herab wie vergiftetes, zersetztes Blut. Die entlaufende Winddogge sprang in gewaltigen Sätzen zu den Straßenecken, drehte sich dort, heulte und stieß den Sturm aus dem Maul. Die Zähne des Frostes waren mürbe geworden. Die Luft biß nicht mehr. Die verdunkelten Straßen in ihrer Überfülle von Menschen und Gefährten glichen berstenden Adern. Elektrisches Licht begann aufzuflammen, einzelnes, so daß die schwüle Finsternis nur deutlicher und drohender erschien. In diesem Augenblick hörte Eckenpenn ein metallisches Surren und Sausen in der Luft. Er blieb stehen und starrte in den Himmel. Zwei Doppeldecker rannten oben entlang, in einem seltsamen gelben Licht aufschim-

mernd. Menschen liefen zusammen, blieben auf dem Straßendamm stehen. Da kam es wie ausgesäte Hagelkörner herab, ein Wurf zuerst, dann ausgefächert, größer und schwankender, gleich breiten Schneeflocken, — endlich ein unübersehbarer Schwarm von Flugblättern ...
Wählt! Wählt! — —
Im Augenblick war die Straße mit wühlenden Kindern und aufgeregten Passanten bedeckt. Die Zettel wurden zerfetzt, im Schnee zerstampft, aus den Händen gerissen, gierig durchflogen — und achtlos oder mit höhnischem Gelächter in den Rinnstein geworfen ...
Wählt!
Nun aber löste sich, als der Buchtrödler an der stilleren Spreeseite hinabging, einer Bahn der Ruhe in der Hast entgegen, die schwerhängende, dunkle Wolke in weich und zärtlich schwebende Flocken auf.
Der Buchtrödler griff befreit in die Luft und haschte. Er wählte den Schnee, der über alles hinsank und jede häßliche Kontur weißleuchtend und schön machte ...
Auf der anderen Seite, wenig entfernt im Winkel der Spreebeugung, lag ein enger, vom Verkehr vergewaltigter Platz. Von ihm aus ging die Jagd der Autos über den Wolken Benzindampfes hinter sich; hierher aber, über den schmalen Fluß hinweg, den der warme, fettige Ölauslauf von Färbereien und Fabriken trübte, hierher kam nur selten der Dunst schlecht vergasten Schweröls.
Eckenpenn blieb einen Augenblick am Geländer stehen und blickte in den Fluß. Die fluoreszierenden Ölfäden im Wasser zogen schillernde Bänder wie Tänzerinnenschleier. Gezackte Lilaölkerne schuppten sich in irisierenden Flossen aus, Farbenfabelfische, Raumdichtungen, wie sie die jüngste Kunst ersehnte und nicht finden konnte, weil sie Literatur und Philosophie malen wollte,

nicht aber die zwecklose Schönheit, die für Sonntagsaugen als Abfall aus dem Zweck blüht! –
Dann wandte sich der Buchtrödler um und ging an den stillen Häusern entlang.
Älteste Stadt war hier, eingesunkene Häuser mit winzigen Fenstern und großen Ziegeldächern gleich großen Großmutterhauben, mit flachen Steintreppen, die über kurzatmige Kellerhälse hinwegführten. Nur eine Katze schlich geschmeidig und bedachtsam an den Kellern entlang, über eine ausgetretene Treppe huschte eine alte Frau mit einer blauen Zuckertüte in der Hand. In den spiegelnden Fensterscheiben, die jeden Sonnenstrahl auffingen und damit spielten, standen Myrtentöpfe, Balsaminen, Amaryllis, Fuchsien, sorgsam eingetütete Hyazinthenzwiebeln, Tulpen und in zweien eine Kakteenzucht. Ein kleines Mädchen saß hinter einem Fenster und zog ernsthaft bunte Wollfäden über einen Pappstern.
Eckenpenn atmete den wirklichen Frieden ein. Hier, drei Minuten nur von den Kesseln der Hölle entfernt, stand er in einem offenen Haustor und sah in einen Hof: Zäune, Gartenschuppen, Gießkannen, den riesenhaften Lindenbaum, der sommers betörend duftete, den Efeu, der über die Mauer hing, die Tauben und Hühner, die unter dem Baum das auf den Schnee gestreute Futter suchten. – Dann wandte er sich zurück und schritt hastig seiner Straße wieder zu. –
Autos, mit Parteifarben ausgezeichnet, jagten um die Ecken. Redner wurden befördert. Sturmtruppler der Partei sahen rot, besorgt und wichtig aus. Andere strahlten Glauben, Lastwagen mit Schellenpferden fuhren Propagandarunden um besondere Stimmbezirke. Posaunenchöre bliesen die Nationalhymne der oder jener Partei, feierlich von Männern, Frauen oder Kindern gesun-

gen, je nach der Art des Wagens oder zu lösenden Problems ...

Der Schneefall war lichter geworden. So bildeten sich an den Laternenpfählen und Anschlagsäulen Debattierklubs. Wahlaussichten wurden mit Grobheit und geballten Fäusten entschieden. Zuweilen kam schon die Prügelei als Volksentscheid. —

Der Buchtrödler stand kaum eine Stunde an seinem Wagen. Er war jetzt schon müde. Zeigte sich das Jenseits der Sechzig schon so stark?

Oder war es das verkehrte Wetter, das den frühlingsoffenen Körper mit Kälte narrte?

Eckenpenn entschied sich für diese Ursache; denn es schien ihm eines Schlesiers aus dem Gebirg unwürdig, schon in seinen Jahren alt zu werden — schlimmer: alt zu sein. Zäh, nüchtern, gelenkig, diesseitig und doch verträumt, groschensehnsüchtig und doch Märchenblut und Mystik in sich, klein — denn die Türen der Häuserchen ließen ein hemmungsloses Wachsen nicht zu: waren sie nicht alle so, die Kinder seines Dorfes, das atemlos den Berg hinankletterte, Haus für Haus, jedes dem andern auf den Kopf und so niedrig, daß man die Feuerleiter vom Dach nehmen konnte ...

Was tat die Näherin jetzt?

Was nannte sie das Leben?

Was war für sie das rätselhaft ersehnte »etwas vom Leben haben?«

Was ist »etwas«?

Nicht alles? — Nicht — nichts — ?

»Männeken machen Sie die Bude zu! Es kommt doch keiner«, sagte da ein riesiger, rotgefrorener Sicherheitspolizist wohlwollend und legte eine schwer behandschuhte Faust auf Eckenpenns Schulter. »Wenn unsere Publi-

kümmer bloß noch een bisken munterer werden, jeht Ihnen vielleicht 'n Rad vom Wagen ab!«
Der Buchtrödler fuhr hoch und erkannte die Richtigkeit dieser Mahnung. Die Menschengruppen wurden immer größer und schrien immer erregter, um sich warm zu machen. So packte er zusammen und ging schon um vier Uhr in die Kaffeestube zurück. Im stillen gedachte er dankbar des Autors Doktor Seidenschwanz und seines vornehmen Mäzenatentums.
Zu seinem Erstaunen saß Fox Randolfini bereits allein an einem warmen Tisch. Er sah so grimmig und kältetriefend aus, daß diese unsympathische Gestalt Herrn und Frau Jedermann bisher erfolgreich abgeschreckt hatte.
»Ja, da bist du starr, Gnom und Eckenpenn! Du Mensch mit der sogenannten Seele! Du Unikum, das ins Märkische Museum gehört. Vermache deinen Kadaver! Laß deine Haut als Einband für die fünfzigste Goethe-Prachtausgabe nehmen, gegerbt genug ist sie – und deinen unsterblichen Lodenmantel als Zeltbahn und Malgrund für eine Berliner Madonna! Ja – unsereiner hat auch schon Kaffee! – Ich brauche deine Bettelei nicht, Eckenpenn!«
Fox warf zwei silberne Markstücke hoch.
»Die eine ist linksradikal, die andere ist rechtsradikal!«
Eckenpenn setzte sich vorsichtig, damit er nicht die Härte des Orkus spüre. Er lächelte die Kaffeespenderin freundlich an. Nächst Hermine hatte er für sie das wärmste Gefühl.
»Sage, Fox, hast du etwa in Wahlversammlungen als Klavierspieler mitgewirkt?«
»Nein – da brauchen sie ein anderes Instrument. Ich habe Flugblätter verteilt für rechts und links, um die

Wirkung zu neutralisieren. So ist mein chemisches Gewissen beruhigt.« — Eckenpenn trank.
»Hast du überhaupt ein Gewissen, Fox«, fragte Eckenpenn vorsichtig und pustete über den dampfenden Kaffee.
»Doch — ein sehr empfindliches sogar«, sagte Fox Randolfini, und es war, als ob sich sein Bart noch mehr krümmte, »das unseres Freundes Mephistopheles! Ich bin der Mann des Ausgleiches zum Nichts; denn besser ist, daß Nichts entstünde. Ich vermeide jede chemische Reaktion, besonders diejenige, so man Zeugung nennt, da ich der Meinung bin, daß organisches Leben Sünde bedeute ... —
Eckenpenn kannte diese Art des Freundes. Er lächelte versöhnlich. »Ich bin für meine Person nicht schuld«, sagte er und setzte hinzu: »Ob der Professor gewählt hat? Ob er kommt?«
»Natürlich hat er gewählt. Er kommt auch, da Frau Amalaswintha sicher Wahlvorstandsbeisitzerin ist und zählen muß.«
»Der Professor war schon einmal hier, aber inkognito — mit ihr!« sagte der Buchtrödler. »Hat er eigentlich noch Kinder, oder sind sie alle tot?«
»Ehe Pan marode war, hatte er viele Kinder«, antwortete Fox Randolfini. »Warum sollte Pan nicht fruchtbar sein? Merkst du nicht, du fliegendes Buch, daß er Pan ist, alt und übersichtig geworden, der hilflos in die Stadt verschlagene Pan, der Historiker wurde, er — der senil gewordene Sprungbock, weil er selbst Historie ist, landschaftssehnsüchtig — und hier das Iguanodon und den Ikterus, die Semnonen und das Spreeurtal sucht? Aber da flattert er ja durch den Raum!
Professor Hettwer, groß und schwerfällig, einen Regen-

schirm wie abtastend in die Luft gestreckt, kam etwas schwankend in die Kaffeestube. Die rechte Hand hielt er wie ein Dach über die Augen und suchte. Als er die beiden Freunde bemerkte, winkte er und ließ sich auf den Hocker fallen. Sein braunes Verwitterungsgesicht mit den greisen Brauen und den tief versenkten, ganz hellen Augen öffneten sich wie eine verschlossene Landschaft der Sonne. — Er reichte Eckenpenn und Fox die Hand, lächelte und schwieg lange Zeit ...

Als der Kaffee gebracht wurde, zog Eckenpenn vorsichtig ein dünnes Heft aus dem Orkus und legte es neben die Tasse des Professors. Es war der Jahresbericht eines Gymnasiums mit einer Studie über das Hausmeiertum bei den Merowingern und mit einer Abhandlung eines jungen strebenden Studienassessors über die Vergletscherung Norddeutschlands in der letzten Eiszeit.

Professor Hettwer knurrte glücklich und fuhr mit seiner Bärentatze in die Richtung von Eckenpenns Hand, während er herabgekrümmt schon las ...

Nach einer ganzen Zeit sah er hoch, entsann sich und fragte: »Schon gewählt?«

Fox Randolfini zeigte einen Augenblick seine Zähne, Zähne, gelb, spitzgefeilt wie Wolfsstifte.

»Ich habe nicht die Ehre, wahlberechtigt zu sein ...«

Der Buchtrödler blickte unruhig und sagte erstaunt: »Bist du denn wirklich Ausländer, Fox? Oder sind dir die bürgerlichen Ehrenrechte aberkannt?«

»Ich dachte ihr wüßtet das?«, antwortete Fox Randolfini. »Es ist ja möglich, daß ich irgendwo in Deutschland geboren bin. Zugegen war ich nicht. Meine Mutter hat sich offenbar sehr bald aus dem Staube gemacht — oder vielmehr in den Staub — mein Vater aber schon vorher. Mein letzter Paß, den ich bei meinem letzten Landeswechsel

bekam, sprach von Staatenlosigkeit oder etwas ähnlichem. Oder von der Entlassung aus dem oder jenem Untertanenverband — oder von der in der Kindheitsform vergessenen Aufnahme in das geheiligte Jagdrevier eines Staates. — Also konnte ich noch keine bürgerlichen Ehrenrechte erwerben.«
Der Professor schob seine Brille hoch.
»So — Fox«, sagte er und schob die Brauen zusammen. »Merkwürdig, da bist du also rechtlich — zumindest staatsrechtlich — gar kein Mensch?«
»Ich lege nicht Wert darauf, es zu sein«, entgegnete Fox kühl und trank Kaffee. »Ich habe auch meinen Namen vergessen. Fox Randolfini — mein Künstlername ...« (verächtlich spie er das Wort aus) »ist eine Atrappe wie das ganze Künstlertum.«
»Aber wo hast du denn gelebt? Als Kind?« fragte Eckenpenn und sah den gelbgesichteten Freund an, als entdeckte er diesen Menschen zum zweitenmal.
»Auf dem Planwagen«, knurrte Fox und schwieg. —
»Merkwürdige Mode das — bei den Merowingern ...«
Der Professor dachte nach und seine Augen blinzelten. »Damals schickten sie die Könige ins Kloster — heute die Frauen ... nicht.«
Er sah sich hastig um, bemerkte ein freundschaftliches Lächeln auf Eckenpenns Gesicht und fragte kurz: »Gewählt, Eckenpenn?«
»Ich gehöre nicht zu denen, die das Gesicht eines Landes ändern können — wie soll ich da wählen?« antwortete der Buchtrödler still. »Ich kann auch nicht mehr glauben, daß irgendeine Partei das könnte — oder selbst wollte — und große Kerle, die über dem Gewissen stehen und das Gewissen von sich ausgehen machen, sehe ich nicht. — Die ich wählen soll, kenne ich nicht. Und wenn Leute von

Kenntnissen gewählt sind, werden sie sicher nicht besser im Charakter und durch die Maschinerie des Parlaments unbedeutender – und dümmer. Ich würde auch nicht etwa wünschen, daß mich andere wählen. Und dann – können sich die Menschen hier nicht unterordnen. Sie haben ihre Stimme auch nicht wirklich abgegeben, sondern krakeelen nachher an ihren Sitzungen und Vereinen herum! Sie hofmeistern ihre sogenannten Vertrauensleute. – Nein«, schloß der Buchtrödler nachdenklich, »ich bin zu alt zum Wählen. Das ist etwas für ganz junge Leute. Die glauben noch, daß vor ihnen alle Geschlechter idiotisch waren und daß ihre Väter Narren sind, daß das Staatsschiff oder die Gesellschaft der Nationen oder Paneuropa oder die Internationale auf ihre erstmalige Genialität wartet! – Ich fand auch diesmal nicht mehr durch. Fünfzehn Parteien haben recht und sind amtlich zugelassen. Drei oder vier haben sich zu spät gemeldet, und dürfen nicht gewählt werden ... Ich bin zu alt und zu töricht dazu!«

»Ich mußte natürlich wählen«, sagte der Professor und sah die Freunde durchdringend an. – – Fox kaute seinen Schnurrbart. Der Buchtrödler hatte eine neue Karte erstanden und sah der Bringerin der Lust freundlich entgegen. Als der Kaffee dastand, hob der Professor die Tasse, sagte »Prosit«, trank und fügte mit einem listigen Lächeln hinzu: »Ich habe alle fünfzehn Parteien angekreuzt, sie wollen alle leben ...«

Der Buchtrödler lachte fröhlich. Fox aber sagte plötzlich gelangweilt und höhnisch: »Ich weiß nicht, was ihr alten Krippensetzer mit dem Affenrudiment Seele in der Stadt und in dieser Tempozeit wollt? Der eine lebt vom Abfall der Literaturunzucht und betet den Dunstkreis der großen Sphinx, der Atmosphäre der Stadt an, weil er unfähig war, ihre Schenkel aufzureißen, der andere mümmelt emeritiert und ohne Zähne in dem Müllhaufen der Geschichte herum und sucht sich den Begriff Heimat aus alten Scharteken und unverständlich gewordenen, übriggebliebenen Menschensprachfetzen zusammen – im Schatten der Gattin! Jede Kellerjöhre, die durch zwei Finger pfeift, um Luftballons bettelt und Bonbons stiehlt, ist euch über und steckt mit ihren Dreckfingern die Gegenwart in den Mund! Von deinen Geschöpfen aber, Professor, ist nichts übriggeblieben als ein Retortensohn, ein Wissenschaftsausgelaugter, ein Fächelchengelehrter, der sein Leben an die Erforschung einer Art der Krustazeen setzt und nicht merkt, daß er selber ein Krebstier ist – wie ihr alle!« –

Der Professor blickte hilflos um sich. Seine Lippen zitterten. Die Hand mit einem Stück Zucker blieb in der Luft stehen. Er sah Eckenpenn an und sagte mühsam: »Du hast ja recht, Fox. Ich bin ein Taper. Ich bin ja über fünfundsechzig und darf nicht mehr Vorlesungen halten! Aber es ist schamlos, recht zu haben – und Wahrheiten laut zu sagen. Wahrheiten verschweigt man; denn sie gelten nur für die Zeit eines Schweigens. Ausgesprochene Wahrheit ist schon Lüge, weil sie Herzlosigkeit ist!« –

Eckenpenn sah, wie Fox den erregten Professor lange anblickte. Dann stand er auf und lächelte. Zum erstenmal sah ihn Eckenpenn lächeln. Er ergriff die breite, hilflose Hand des Professors, küßte sie und sagte: »Lebe wohl, großer alter Mann!«

Dann hinkte er hinaus – –

Am späten Abend entsann sich Eckenpenn, als er in einem Menschengedränge eingekeilt vor einem mächtigen Lautsprecher stand, der von Zeit zu Zeit die neuesten

Wahlresultate auskreischte, daß er den Professor nach Schluß der Kaffeestube in eine Art Kutscherkneipe mitgenommen habe. In der Kaffeestube hatten sie in schweigender Sympathie gesessen. Der Buchtrödler mußte durch endlose Minuten mitfühlen, wie ein abgelaufenes Leben sich noch einmal rückwärts abspulte, zuckte und zerbrach. Er mußte den Kampf mit ansehen, aus dem Zusammenbruch diese und jene Illusion zu retten, aus dem Trümmerkasten noch eine Geige zu leimen ...

In der kleinen Winkelkneipe, in der Eckenpenn zu essen pflegte, war sonst gegen Abend kaum ein Mensch. Der Buchtrödler bekam gewöhnlich die letzte oder vorletzte Portion, billig zusammengesucht und reichlich. Der Andrang nach Geschäfts- und Fabrikschluß war schon vorüber, die Flut der Abendstammgäste war noch nicht eingetroffen. Heute aber war ein Gewimmel und Streiten. Es wurde politisiert und eine Runde Schnaps ausgetrudelt. Der Professor und Eckenpenn saßen schweigend.

Dann, nach einer langen Zeit, lächelte der Professor scheu, wie zu einem ersten Versuch, sah Eckenpenn an und sagte: »Nun hat die alte Schlange wieder Erde in ihrem Bauch! – Immer wieder fühlen wir den Stock, wenn der grimmige Hagen Fox sich prügelt!«

Er zog, indem er sich wie in Gewohnheit verlegen umsah, eine kurze Pfeife aus der Tasche und stopfte sie mit schlechtem Tabak, daß ihr Rauch den Gästen gut und brüderlich einging ...

Der Buchtrödler aber hatte gesehen, wie das Kind in dem alten Pan wieder aufstand und groß wurde – und er atmete jetzt noch auf.

Dann waren sie gegangen, der Professor wieder in alten Stadterinnerungen vergraben, hin und wieder die Linie eines längst verschütteten Grabens aufzeigend oder von

einem Vorstadttheater, einem Weißbierlokal, oder einer Bronzegedächtnistafel redend. Schließlich, in der Nähe seiner Wohnung, hatte Eckenpenn den Sohn des Professors erblickt, der offensichtlich schon auf seinen alten Herrn, vielleicht kraft Auftrages, Ausschau hielt. Der Professor hatte sich daraufhin gestrafft, den Regenschirm vorgestreckt und war nach eiligem Händedruck gegangen ...
schirm vorgestreckt und war nach eiligem Händedruck gegangen ...
Jetzt hielt das vielköpfige Ungeheuer, das nur ein Maul und kein Gehirn hat, den Buchtrödler umschlossen. Er entsann sich nicht, wie es gekommen war, daß er bei seinem Wandern durch eine zeitlose Versunkenheit eingefangen wurde. Es war wohl so, daß er, ohne es zu wissen, wie durch einen riesenhaften Staubsauger gepackt und in die Menge gewirbelt worden war. Nun fühlte er, wie das Nachdenken willenlos macht und den der Ichempfindung beraubten Denker der Masse in irgendeiner Form ausliefert!
Der ungeheure Heerwurm war in einem ständigen Bewegen, Kreisen, Sichwinden und blieb doch auf dem Platz! Er verdaute das Gerücht. — An seinen Rändern faserte er aus, aber neues erregtes, willenloses Gewürm wurde aufgetrieben und in den schwarzen Leib gepreßt. Ein Murren und Brausen kam aus ihm: das Zischeln und die halblauten Erregungen des Wartens. Auf dem hartgefrorenen Asphaltpflaster preßten die stampfenden Füße ein Knirschen, Klopfen, Reiben und Singen. Der Rauch des Atems blies ineinander und wurde eine schwere Wolke, die erst warm und dann eisig über dem schwarzen Riesenwurm stand. Von Zeit zu Zeit kam ein glühender Funke aus schlecht verwahrten Pfeifen und machte ein ange-

spanntes, verzerrtes Gesicht mit gierigen Augen rot und leuchtend. Straßenbahnen schnitten sich mit wütendem Klingeln durch den widerwillig weichenden Leib. Knurrend und fester als je schloß sich der dunkle Wurm zusammen.

Nach einer Pause kam ein heiseres Schnarren aus dem schwarzen Trichter an der Wand. Dann breitete sich die metallische, schallende, in den Rändern rasselnde und zerfasernde Stimme eines neugeborenen Wesens der Technik aus, eines Untiers, erzeugt aus der Stimme und der eingefangenen elektrischen Welle, die nicht mehr frei um den Ball der Erde jagte, mit alten Kräften und Massen spielend! Wie Dienstboten hatten die Wellen vor dem Marktkontor des Siebkreises gestanden, ihre Länge und ihr Zeugnis vorgewiesen, bis die passende hereingelassen worden war und nun, tönend gemacht, hinausschrie: »Achtung! — Wahlkreis ...«

Ziffern — Ziffern — endlos —, quollen aus dem sprechenden Trichter. Der Wurm krampfte sich. Die Atemwolke zerriß. Jubelheulen und Verwünschungen drangen empor.

Gegenüber aber öffnete sich die Balkontür eines hell erleuchteten Hauses. Erhitzte und festlich gekleidete Menschen traten heraus, beugten sich über die Brüstung, tanzten und klatschten nach den verschleimten Klängen eines Grammophons den »Fridericus-Rex-Marsch« und den Shimmy »Komm, o Magdalena!« — — —

Dann aber war eine größere Kreatur gekommen und hatte den Riesenwurm auseinandergerissen.

Von den Eisbarrieren des Nordens schwang sich das Tief hinab. Aus seinen Rändern rissen sich Wirbel los, — Sandhosen, Taifune, Maëlströme, und drehten Schiffe und Hütten, Bäume und Herden zusammen — mit einem Griff, wie ein Bündel schmutziger Wäsche. Vom Rücken des Tiefs ging das große Saugen aus, leckte die Eisluft vom Boden ein, machte die Gründe luftdünner und ließ die schneehungrigen Westwinde gleich gierigen Wölfen aus den Gebirgen.

Die Stadt schmolz unter ihren warmen Hauchen, der Schnee lief braun und flüchtig, die Steine hoben einen Augenblick ihre runden Köpfe, um sogleich überströmt zu werden. Im Sturmwirbel ertrank die tönende Stimme aus der Wand, und die Menschen wurden auseinandergeblasen wie eine Herde geschorener, zitternder Schafe. — —

Auch hinter Eckenpenn wehte der Sturm her und wehte ihn über Plätze und Straßen. Er hoffte kaum noch auf seine Schlafstelle. — Plötzlich fand er sich auf einem kleinen in einen Häuserblock gesprengten Platz wieder, der seltsam ruhig dalag, weil zwei Luftwellen im Winkel an ihm vorbeiflossen. Hier blieb er, an ein schmiedeeisernes Gartengitter gepreßt, stehen und schöpfte Atem ...

Da kamen dünne, stählerne Töne zu ihm. Auf ihnen schwammen die sanften, schwachen Stimmen von Mädchen. Nach einer Weile sah er, daß hier, spät abends, ein Trupp von Soldatinnen der Heilsarmee mit ihren Lauten gläubige Märsche spielten und sangen. Während einer Pause bat die Führerin mit leiser Stimme um Gaben zur Speise von hungernden Kindern. Dann formte sich ein neues Lied.

Der Buchtrödler stand und atmete wie im Traum. Die Geborgenheit der Idee, unter der man schläft wie unter einem Mantel, die Injektion des Glaubens, die immer Macht gegen Schicksal und Tod: nie war sie ihm erschütternder aufgegangen als bei diesen halbläppischen Gesängen!

Glauben wie ein Senfkorn!

Geheimste Alchimisterei, nicht Gold machen, sondern Gott machen – und wenn es ihn nicht gebe! Dann erst recht, aus größerer Not – und mit größerem Recht! Seele die hungert, wenn sie nicht Gott verzehren kann, oder so unendlich und hoffnungsbar ist, daß sie von sich selbst sich nähren kann, den Sylphen gleich, die während ihres Lebens keine Speise brauchen und nur hier sind, um von ihrem Dasein zu zeugen!
Unflätige Witze von Betrunkenen fielen in die dünne Musik. Da raffte sich der Buchtrödler auf und ging.
Der Sturm hatte nachgelassen.

Es war schon spät, als Eckenpenn die Treppe hinaufstieg. Er ging leise; aber die alten Stufen knarrten.
Der Buchtrödler steckte ein Streichholz an. Da sah er, daß Hermine lauschend an der Tür stand. Ihre Gestalt mit den leichtsinnigen, feinen Zügen und dem kurzgeschnittenen, goldleuchtenden Schopf strahlte in der kurzen Flamme überraschend auf.
»Hermine!« flüsterte der Buchtrödler erstaunt.
»Sst!« sie legte den Finger an den Mund. »Die Alte hat ihren Knall heute! Ich bin ihr zu spät zuhause gekommen. Mit einmal reden die *Leute*! Die haben anders über ihr zu reden!«
»Soll ich Sie mit hereinnehmen?«
»I wo! Sie wird schon kommen. Sie braucht mir!«
»Wo waren Sie denn, Hermine?«
Das Mädchen beugte sich herab. Ihre Augen flunkerten. »Natürlich mit Fredy tanzen!«
Eckenpenn zog den Stubenschlüssel hervor. »Wissen Sie, Hermine – taugt denn der Mensch was? Ich habe Sie doch neulich mit ihm gesehen. Sind Sie nicht noch zu jung dazu? Sie sind doch noch nicht sechzehn!«

Das Mädchen lachte leise.
»Noch nicht sechzehn! Das ist aber bald ein altes Weib. Tanzen kann unsereins nicht früh genug. Was hat man sonst von seinem Leben? – Natürlich taugt der Fredy nichts: es wär auch schade! Aber er tanzt blendend! – Soll ich vielleicht warten, bis so ein Stück Witwer mit 3 Kindern kommt, der Schnaps säuft und unsereins in die Seifenlauge stippt wie der Alte!«
Eckenpenn erstaunte vor der schillernden, unbeirrbaren Schönheit des Mädchens. Er steckte den Schlüssel ins Schloß, wandte sich noch einmal um und fragte: »Aber was soll denn aus Ihnen werden, Hermine? Sie sind doch hübsch! Könnten Sie nicht einem alten Malprofessor als Modell sitzen – für den Kopf? – In meiner Jugend machten das ganz behütete und nette Mädchen!«
Hermine zeigte die Zähne.
»Das wäre gelacht! Das kenn ich schon! Bei den geizigen Alten holt man sich die Schwindsucht und bei den Jungen ein Kind! – Filmstar will ich werden: – Gehen Sie, Herr Eckenpenn! Die Alte rumpst schon!«
Der Buchtrödler ging hinein.
Die Luft in seiner Kammer war schwerer und eisiger als der Westwind draußen. So öffnete er einen Augenblick das Fenster und sah hinaus ...
Draußen kämpfte sich der Mond taumelnd durch die Wolken. Die Ruten der Straßenbäume unter ihm pfiffen und schlugen gegeneinander. Das Eiswasser sprang über die schadhaften Blechsimse. Unten aber quoll der Brodem einer Lokomotive, die die winzigen, schwarzen Schachteln eines Güterzuges schleppte. Dic gekreuzten Schienenpaare eines Rangierbahnhofes lagen bleich da – die Nervengeflechte der großen Stadt. – – – – – –

III APRIL

Nach dem großen Hinschmelzen des Winters in der Stadt waren Tage des Nebels und der feuchten Verwüstung gekommen. Schneereste, schwarz und klumpig geworden, lagen wie faulende Fleischstücke eines erschlagenen Riesen in den wegenassen Straßen und schwollen zur Unform hinweg. Die dünne Haut des Asphaltpflasters hatte sich zu einem dunkelvioletten und doch leuchtenden Spiegel gewandelt. Zwei Städte mit Straßen, Türmen, Brücken und Menschen kamen an dieser spiegelnden Fläche zusammen, die obere gewaltsam, hastig, explosionsgeladen, voll von Gier und Geräusch, von Gesängen und Schreien — die untere entgegengestellt, zerfließend, voll ungewisser, ins Riesige verzerrter Tiefe, schweigend, voll schattenhafter Beweglichkeit, eine Gespensterstadt, die kopfunter huschenden Phantome mit den langen, ausfahrenden Bewegungen und den grotesken Gesichtsverrenkungen der Taubstummen. — —

Dann aber war der Frühling mit einem einzigen Wirbel aus dem kosmischen Äther jenseits der schweren Lufthülle der Erde hereingebrochen. Die Wärme kam in breiten Pfeilermassen durch die gebahnte Gigantenschlucht niedergeströmt und ließ die Bäume und Sträucher von neuem treiben, ein überschwellendes Saftverwandeln in eilends sich spreitende Blätter, ein Knospen mit nachdrängendem Blütengefalt. Der erfrorene erste Trieb lag abgestorben und zertreten am Boden ...

Es war die Wärme des hohen Juni. — —

An diesem Tage wurde der fliegende Wagen des Buchtrödlers Eckenpenn um zwei Stunden später eröffnet.

Doktor Seidenschwanz ging vor der Kunsthandlung auf und ab. Er schien zufällig in die Gegend gekommen zu sein und etwas zu erwarten; doch sah er ernster und ein wenig besorgt aus.
Plötzlich kam der Buchtrödler mit rudernden Armen schnell daher, ging eilig in den Hof und schob gleich darauf den Wagen aus dem Tor. –
Der Doktor sah ihm zu, wie er gleichsam sündbewußt alles schnell ordnete, das schwarze Brett mit den Preisangaben und Empfehlungen hastig mit einem feuchten Lappen säuberte, einen alten Pinsel unter den Heften hervorzog, aus einem Blechnapf mit Schlemmkreide versorgte und die unansehnlich gewordenen Zahlen und Buchstaben frisch nachzog. Dabei aber waren seine Gedanken Träumereien geworden und gingen durch die beiden letzten Stunden ...
Eckenpenn liebte die Bäume im Winter und im beginnenden Frühjahr noch mehr als im Sommer und selbst im Farbenherbst. Die Sommerlaubmassen ließen die Feinheit der Zweige, den Eigenwuchs ihrer Baumseele nicht erkennen und verhüllten ihre wahre Gestalt wie allzu üppiges Fleisch. Wenn die Luft in ihren braunen und violetten Zweigen eingefangen wurde und grünlich zu leuchten begann, wenn die Blätter schüchtern und jedes auf seine besondere Art und in einem besonderen Grün zu sprießen begann, fast schwarz- oder olivendunkel – oder bläulich – oder silberpelzig – oder indisch-gelb – oder in einem ganz lichten Grün, wenn es sich rankte, bog, wand, in zärtliche Spiralen flocht, eilig hinauslief oder schwer und umklammernd herausquoll: – dann opferte Eckenpenn eine Stunde oder zwei, um das Schwellen seines Herzens in den großen Park zu tragen und das süße Bluten der alten Frühlingswurzel in sich zu spüren. – Die

Bergwiesen seiner Heimat lief er hinab — einmal — und kämpfte Jahr für Jahr den Kampf mit dem Heimweh. Jedes Jahr schwächer, aber bitter, schmerzhaft und seelig zugleich! —
In diesem Jahr kam der Frühling von drei Wochen in wenigen Tagen. Krokus und Szilla, Anemonen und Veilchen, die Blütenkätzchen von Weiden, Erlen und Rüstern, die Birkenschleier, das Wiesenschaumkraut und die Schafgarbe, der rötliche Bienensaug und die weiße Saat der Gänseblümchen: alles kam auf einmal in der frühen, fruchtbaren Wärme weniger Apriltage ...
Eckenpenn hatte den Umweg gemacht und den großen Park besucht, der Tiergarten hieß, Menschengarten heißen konnte — und doch Tiergarten genannt werden mußte; denn grimmige, mit spitzen Stöcken bewaffnete Wächter hatten — vergeblich — den Frühling im Park vor seinen Freunden zu schützen versucht...
Der Doktor Seidenschwanz sah den Buchtrödler noch immer an. — Jetzt schob er die Hornbrille hoch, runzelte die Stirn bedeutend und fragte: »Sagen Sie, lieber Freund, wo sind Sie denn?«
Der Buchtrödler errötete:
»Ich habe mir ein wenig den Frühling angesehen!« Und wie zu sich fügte er leise hinzu: »Da waren junge Mandelbäume. Sie blühen, ehe sie Blätter tragen — gleich den Frühvollendeten ...«
»Aber hören Sie mal«, sagte der Autor erstaunt und trat noch einen Schritt näher, »sind Sie etwa auch ein heimlicher Dichter?«
Eckenpenn lächelte schwach und zeigte auf den Wagen:
»Der Beruf färbt nur ein bißchen ab ...«
»Sonst ist Ihnen nichts weiter heute aufgefallen? — Na schön. Dann werden Sie es bald merken! ...«

»Ich sah nur an ein paar Stellen Streikposten und Leute, die auf die Streikbrecher schimpften. Ein Überfallkommando jagte auf einem Lastauto vorüber. – Aber das kommt doch alle Tage vor!«
»So – so«, entgegnete der Autor. »Also: das haben Sie doch gesehen! Dann muß es doch schon sehr deutlich gewesen sein ...«
Der Doktor griff mechanisch nach einem abgegriffenen Zeitungsblatt auf der Platte und hielt es gegen seine kurzsichtigen Augen. Plötzlich wurde sein Blick belebt, die Lippen preßten sich scharf aufeinander, die Stirn furchte sich nachdenklich – dann kam das Lächeln eines spürenden Jägers auf. Er schien alles vergessen zu haben, schnalzte mit der Zunge und sagte: »Es ist ganz merkwürdig, lieber Freund! Sie sind direkt klassisch: man braucht sich Ihnen nur zu nähern, dann kommen einem die ersprießlichsten Gedanken! – Hören Sie nur!«
Er las ...
»Gestern standen zwei ältere, ehrsame Bürger vor Gericht, eines Deliktes angeklagt, das ein seltsames Licht auf die Verworrenheit der Zeit und ihrer sittlichen Begriffe wirft. Der einundzwanzigjährige Werkmeister Otto B..., ein untersetzter, selbstbewußter junger Mann, hatte sich der Tochter genähert und war in die Familie aufgenommen worden. Die Verlobung war erfolgt. Als Otto B... stellungslos wurde, nahmen sich die präsumtiven Schwiegereltern seiner an, beherbergten und unterhielten ihn. Otto B... mißbrauchte das Vertrauen gröblich. Als das junge Mädchen sich Mutter fühlte und auf baldige Heirat gedrängt wurde, stellte es sich heraus, daß der Werkmeister mit einer ganzen Reihe von Mädchen und Frauen Liebesverhältnisse gleichzeitig unterhielt. Die Verlobung wurde von den empörten Eltern gelöst und

Otto B... auf Alimentation verklagt. Der smarte junge Mann erstattete darauf gegen die Eltern Strafanzeige wegen schwerer Kuppelei, weil sie ihre Wohnung zu einem unsittlichen Verkehr hergegeben hatten. Damit nicht genug, klagte er sie der Entführung und Verführung eines Minderjährigen (nämlich seiner selbst!) an, da er erst knapp zwanzig Jahre gewesen sei. – Die beiden Eltern, ein altes, ehrsames Tapeziererehepaar, standen vor Gericht wie vor den Kopf geschlagen. Nur dem Umstand, daß Otto B... wegen seiner beabsichtigten Heirat sich selbst gerichtlich für volljährig hatte erklären lassen, war es zuzuschreiben, daß sie in Berücksichtigung ihrer Unwissenheit und ihres guten Glaubens freigesprochen werden konnten. Als der Vorsitzende der Strafkammer in empörten Worten dem kessen Otto B... das Verwerfliche seiner Handlungsweise klarzumachen suchte, sah ihn der Werkmeister kühl, überrascht und völlig verständnislos an. Er schien sein Benehmen für merkantil und damit auch juristisch in Ordnung zu finden. – Was sagen Sie dazu?«

Der Doktor hüpfte beinahe auf einem Fuß. »Prachtvoller Stoff, nicht wahr? Gibt eine göttliche Groteske, die durch kalte und sachliche Korrektheit wirkt. – Aber was sagen Sie dazu?«

Der Buchtrödler sah versonnen – wie in seine Bergwiesen. Dann sagte er nachdenklich: »Diese jungen Menschen leben heute alle so, als ob sie einen Krieg hinter sich und den Weltuntergang vor sich hätten!«

»Das eine haben sie ja auch«, sagte der Doktor lebhaft, »und das andere kommt vielleicht auch noch – aber erst nach dem Erscheinen meiner gesammelten Werke – hoffentlich! Sonst wäre das schäbig! – Aber der Jüngling hat eigentlich ganz recht. Im Grunde wird – heute – immer

der Mann verführt. Man kann auch zur Ehe verführt werden. Früher war ja Moral ein beliebtes Aphrodisiakum. Die beiden guten Tapezierersleute sind eben alt! Sic wollten den Mann *sicher* haben, und das in einer Zeit der gleichgeschlechtlichen Kleidung, der gleichgeschlechtlichen Stellung und des gleichgeschlechtlichen Wahlrechts! – Patenter Bengel! ...«
Und der Autor pfiff, zufrieden ob des göttlichen Stoffes, den Schlager: Muß es denn – muß es denn – gleich die große Liebe sein? Als er aber den Refrain summte: Schad' um jeden süßen Blick, den ein Mann verpaßte! Nimm dir frech dein bißchen Glück! Wat de hast, det haste! – – – schlug er sich plötzlich an die Stirn:
»Holla!« sagte er etwas lauter, aber immer noch wohltemperiert, wie es einem Dichter mit Villa zukommt, »bald hätte ich vergessen, Sie zu warnen! Ja, alter Knabe, in den letzten zehn Tagen hatten wir nicht wirtschaftliche Streiks. Passen Sie auf, heute wird wieder einmal eine vorläufige Szenenprobe, vielleicht dritte, vierte Stellung, zur großen Revolution abgehalten. Diesmal sogar ziemlich in Kostümen! Autor und erste Akteure sind noch nicht da! ... Mit ein paar Barrikaden, Handgranaten und zwei oder drei Maschinengewehren. Ich habe so meine Quellen. – Schlimm wird es nicht werden. Dazu ist zu viel bekannt ... Sie wissen natürlich nichts davon!«
»Ich lese bei mir auf dem Wagen nur ganz alte Zeitungen. Sie sind viel interessanter. Man weiß aus der Wirklichkeit, was geschehen ist, und wie sie alle gelogen haben.«
»Bon – auch gut!!« sagte der Doktor. »Aber ich rate Ihnen doch, Ihren Wagen baldgefälligst in Sicherheit zu bringen – wie ich es jetzt auch tun werde. Man wird diesmal das westliche Zentrum und die Gefilde der Reichen mit Demonstrationen belegen, damit auch jene belehrt werden!« –

»Aber, Herr Doktor – was wollen die Leute mit meinem alten Bücherkasten? Ich bin doch ein armer Mann!« sagte Eckenpenn und sah ganz beklommen auf die große Straße hinaus.
»Ja, die sieht auch schon anders aus als sonst um diese Zeit! – Wenn eine Bewegung im Rollen ist, fragt sie wenig danach, was sie überradelt! Das ist doch – wie man zu sagen pflegt – elementar!«
Doktor Seidenschwanz lächelte spöttisch und knöpfte seinen Rock zu. –
»Halt!« rief er plötzlich, »hier ist etwas Kantiges! Das erinnert mich. Es drückt so!« – Er fuhr in die Seitentasche seines hellgrauen Jacketts und zog das blaue Heft hervor. »Hier haben Sie das blaue Opus wieder! Vielleicht können Sie es noch einmal verkaufen. – – Ich habe nur ein Blatt herausgenommen und abtippen lassen, das Gedicht *Die Sterne*; das konnte ich für eine Groteske gebrauchen. Merkwürdigerweise ist meiner Sekretärin das Blatt verlorengegangen. Aber es liegt ein Durchschlag am Platz. Sehen Sie nach ... Aber nun – rasch davon, lieber Freund!«
»Herr Doktor«, rief der Buchtrödler ganz aufgeregt, »wie haben Ihnen denn die Verse gefallen?«
»Ah, nichts«, bemerkte der Autor flüchtig und sah sich um. »Für damals ja merkwürdig eigenartig und vordeutend. Aber jetzt längst überholt und sentimental. – Seelenkitsch!«
Damit verschwand der Doktor Seidenschwanz in den Kunstladen, der, wie Eckenpenn wußte, durch den Lagerraum hindurch einen Ausgang nach einer abseitigen, kleinen Nebenstraße hatte ...
Der Buchtrödler dachte im Augenblick nicht an die verkündete Gefahr. Er blickte in Gedanken auf die große

Straße, sah, wie ihr Publikum sich änderte, wie die Reihe der eleganten Kraftfahrer lichter wurde, das Geräusch des Verkehrs abschwoll, wie Pausen im Geroll waren gleich einem ängstlichen Atemholen —, und er sah doch das alles nicht. Er dachte über das Urteil des wirklich anerkannten Dichters nach. Er mußte ganz sachlich und ohne Beeinflussung sein; denn der Doktor ahnte ja nicht einmal, daß der Buchtrödler Eckenpenn jemals, wenn auch in frühester Jugend, gedruckte Gedichte gemacht haben könnte! Desto herber waren diese flüchtigen Worte der Gleichgültigkeit in sein Gefühl gedrungen und hatten es um so mehr verwundet, weil er sich selbst nicht anders beurteilte! — Du bist wie jener Glockenhans, der zwischen zu früh und zu spät niemals die richtige Stunde trifft — raunte er sich höhnend zu und stand lange Zeit bewegungslos, den Kopf an die Kante des Preisbrettes gelegt. —

Aus einem Keller stolperte ein großer Mann in Sandalen, die graugrüne Bluse mit einem Lederriemen gegürtet, das Haupt entblößt — ging mit großen, wiegenden Schritten auf Eckenpenns Wagen zu, warf einen Zweimarkschein auf die Platte, griff flüchtig nach dem oben liegenden blauen Heft und ging wortlos weiter. Als der Buchtrödler zur Wachheit kam, war er bereits um die Ecke der großen Straße verschwunden — — —

— Nun ist die blaue Blume für immer verloren — kam es Eckenpenn ein, und er betrachtete den Zweimarkschein. Er war sogar echt, und damit das Heft weit überzahlt. In die Hände eines Sinnlosen, eines Menschen mit verschobenem Gehirn ist sie gefallen ... Das Spiel ist zu Ende, dachte der Buchtrödler, ich werde nicht mehr auf die Wirkung dieser Verse und ihr Schicksal warten ... Das Geschehn ist die letzte und beste Kritik ...

Die Sonne war inzwischen höher gekommen und hatte die gelbe Stunde an ihrer Hand heraufgeführt, und sie war strahlenhaft, empfindungssanft leuchtend und duftvoll wie ein Regen von Mimosenblüten. Da die Straße Eckenpenns immer leerer wurde, hatten die Sonnenstrahlen allen Raum für sich, und es war, als ob die Steine und der Asphalt, die Häuser und die Türschwellen herabgebeugt von ihnen mit Wärme und Licht getränkt würden.

Der Buchtrödler stand in diesem himmlischen Rieseln und blühte wieder auf gleich einer verstaubten Wurzelknolle aus dem Kasten. Er vergaß seine Wortreihen vor den Urbildern allen Gefühls und aller Zusammenklänge, die reigenhaft herabtanzten, Geschwisterwellen, verschlungen schreitend.

Er sah hinauf – und hinein in die sonnige Bläue des Himmels. Ein leichter Wind mußte dort oben gehen und rauschen, als ob ein Zug seidener Fahnen sanft dahinwandere, Friedenswimpel im Rhythmus eines Gesanges von Frauen, nicht im Geschützknattern des Sturms!

Es schien, als habe Raphael, der Erzengel, tröstlicher Botschaft, aus Lächeln gewoben, dahinziehend auf den blauen Gründen, im träumenden Verweilen vor der herrlichen Majestät des Sonnenballs befangen, nicht gefühlt, daß seine Flügel weich abschmolzen und ein weißes Schimmern von Federwölkchen, tupfig, rosig gerandet, zurückgeblieben war und nun selig dahinschwebte und sich flaumig kräuselte. Der Erzengel aber ist Mensch geworden und trägt das Wort des Friedens behütet in einem Kelch herab auf die Erde ...

Der Buchtrödler sah den Wölkchen gefühlsverloren nach ...

Nun waren es Reihe für Reihe hingelegte, opalen schimmernde winzige Muscheln geworden, die auf der blauen Himmelsflut einherzogen, bereit, sich zu öffnen und aus jeder eine goldgehauchte Aphrodite entsteigen zu lassen:

»Holder Friede – süße Eintracht
weilet, weilet freundlich über dieser Stadt ...«

kam spitzig die kalte spöttische Stimme des Fox hinter Eckenpenn hervor. Seine knochige Hand legte sich wie der Gruß eines wandernden Skeletts auf die Schulter des Buchtrödlers. »Aber das ist nur oben! Hier unten ist zur Abwechslung ein wenig Krawall. Und auch da oben: nur ästhetischer Fimmel! Himmel: Illusion! Man tut so, als ob einer da wäre!«

Eckenpenn sah den Freund erschrocken an. Fox hatte die Hände in seinen ewigen gelben Überzieher gesteckt. Die Flügel standen offen wie die Klappseiten eines Altarschrankes; aber es erschien kein heiliges Bild, sondern es lugte nur eine aus Haar geflochtene Uhrkette mit einer Münze, einer Bleikugel und einem kleinen silbernen Totenkopf heraus.

Eckenpenn starrte mechanisch auf dies sonderbare Uhrgehänge. Der gelbgesichtige Freund drehte ihn mit einem Ruck nach der Straße und sagte: »Die Bleikugel trug mir das Hinken ein. Ein Kunstschütze im *Circus maximus* schoß daneben. Münze und Totenkopf aber sind ebenso real wie Pistolenkugel, das Alpha und Omega! – Aber betrachte deine phantasievolle Hochwohlgeborenheit jetzt nicht den Himmel! Selbst der Lämmerwölkchenfriede ist nur ein Bluff der Entfernung. Wärme zerreißt Feuchtigkeit. Feuchtigkeit schluckt Wärme. Es geht ganz munter dabei zu ... Das ist alles. – Etwas schlauer waren die griechischen Orphiker schon als unsere verblödeten Philosophiereligionen oder Religionsphilosophien! – aber ... lug auf die große Straße! Hörst du, du Gebirgsträumer mit den morschenden Knochen? Die Kaufhäuser lassen die Rolläden herunter, – machen die Barrikadengitter schleunigst zu. Seine Majestät der Besitz zieht sich bibbernd hinter seine Igelstacheln zurück, auf daß die Schwäche seines Goldfleisches nicht entdeckt werde! Pack deinen Laden ein, du Trödler ... nicht bloß in Büchern! Und dann lerne laufen! Ducken! Mitheulen, wenn es sein muß, bis Seine Majestät der Demos abgepfiffen wird und sich mit einem Schnapsrausch schlafen legt.«

»So hatte der Doktor Seidenschwanz doch Recht«, sagte Eckenpenn erstaunt und räumte hastig seine Bücher zusammen.

»Ein Doktor? – Ein Doktor hat immer Recht«, grinste Fox. Da schob der Buchtrödler den Wagen schon in den Torweg. Als er wieder erschien, rief ihm Fox Randolfini auf eine beinahe lustige Weise zu: »Holla! Vernimmst du nicht immer häufiger ein eisenrollendes Klapp, als übe das hocherhabene Guillotinenmesser zu herabgesetzten Preisen seine Hantierung aus?«

Als die Freunde in die große Straße kamen, hörten sie, wie die letzten Jalousien herunterrollten. Das Geschäft war wie mit einem Hieb durchschnitten. Die Straße schien blutleer. Schaukästen waren ausgeräumt. Juwelenläden hatten die zweite Sicherung aus starkem Eisenblech vorgelegt. Wenige vereinzelte Menschen, vielleicht aus einem gedankenlosen Mittagsbummel erwacht, zogen sich hastig an den Häusern entlang, stolperten, versuchten um die Ecke einer Querstraße zu kommen oder wurden von Torwegen und Hausfluren eingeschluckt. Eine junge Frau mit einer gefüllten Markttasche, offenbar irrgelaufen, stand unbeweglich an einer Litfaßsäule und starrte wie gelähmt auf die grellen Plakate ...

Die große Straße war leergefegt. Die Schienen lagen stumm und glänzend, ohne das knirschende Singen der drehenden Räder. Drei wilde Tauben aber pickten geruhsam Körner zwischen den Geleisen, sie fühlten sich wie auf der schweigenden Landstraße oder auf dem Marktplatz einer eingeschlafenen Kleinstadt ...

Da aber kam ein Rollen von fern gleich dem dunklen unterirdischen Stoßen der glutberstenden Erde unter dem Wellenzittern des Meeres. Der Ausbruch der Straße war da. Er schäumte an wie die zurückkehrende Massenwoge. Die Schlünde und Schächte der Kanalisation schienen sich offenbart und die Menschen der ungesehenen Unterwelt entlassen zu haben. Ein fauchender, wolkiger Gesang quoll als glühender Schlackenatem geduckt am Boden voraus und trieb das wenige Leben von der großen Straße hinweg. Rhythmische Massenschreie der Verwünschung zuckten in dem grauen Gewoge auf ...

Vor dem heranwälzenden Geröll entwich jedes Leben. Eckenpenn und Fox kamen noch über die Straße, ehe die Masse heran war.

»Sieh hinauf!« sagte Fox.

Hinter ihnen – die große Straße entlang – peitschte der Knall von Gewehrschüssen. Das dumpfe Aufplatzen einer Handgranate brummte die zweite Stimme in diesem Duett der Überredung ...

Der Buchtrödler blieb einen Augenblick stehen, um aufzuatmen, und sah nun unwillkürlich in den Himmel. Es schien ihm, als ob die Sonne in einen leichten grauen Schleier geschlüpft sei, obwohl der Himmel jetzt wolkenleer war. Eine leise unirdische Beklommenheit fing an auf sein Herz zu drücken neben und außerhalb der Besorgnis über die empörte Stadt.

Im Gehen sagte Fox: »Heute hinke ich schneller als du

läufst, Gnom. Das kommt davon, weil ich keine Angst habe. Du aber bist noch nicht reif für den Kopfsprung vom organischen Organischen zum anorganischen Organischen! – Chemie, mein grüner Wiesenengel, ist die einzige Wissenschaft! Alles andere ist Tarlatan für den Scharlatan ... Die alten Chemisten wußten mehr von der Logik zwischen Ursache und Wirkung als unsere addierenden, die Versuche zusammenzählenden Lateinklauber! Seele ist auch nur eine Form der Radioaktivität. Schneller, Eckenpenn! – Radioaktivität! Da fängt das Rätsel an aufzudröseln für das nächste Rätsel! In diese blöde Zeit wird das einzige Problem geworfen, das sich lohnt! Hoppla – dahinten – rechts – fangen sie an, die Kunst der Primitive als Barrikade zu erneuern ... Sage, Trödler, hast du die gestrige – oder auch die heutige Zeitung gelesen?«

»Nein«, erwiderte Eckenpenn hastig. »Aber was ist das für ein seltsames Licht? Am höchsten Mittag fällt etwas wie ein fahler, violetter Schatten herab! Es wird dunkler. Aber keine Wolke ist da!«

»Geruhe unsere freundliche Mutter Sonne anzusehen, der wir davongelaufen sind! Aber sie hält uns doch an der Strippe! – Bemerkst du nicht, wie der Fenriswolf den strahlenden Rand anknabbert? Sonnenfinsternis – total – ist angesagt! Unsere Freunde können am Tage nächtlich plündern ... Der Wolf wird die Sonne zwar verschlucken, aber noch kann er sie nicht verdauen, der alte Bursche! Er muß sie nach einer Stunde wieder ausspucken, und dann wird sie sich ein bißchen die Nase putzen – und weiter rund aussehen wie eine junge Witwe, leuchtend pflichtgemäß der Animierkneipe der Erde! – Nimm die Nase zurück, Eckenpenn! Hörst du nicht? – Man schreit höflich Bahnfrei!«

Der Buchtrödler sprang einen Schritt zurück. Ein scharfes Klatschen schlug an die Wand neben ihm. Kalk rieselte herab.
Ein dröhnendes Stampfen kam die Straße entlang. Es war, als fahre ein Streitwagen Tamerlans über eine Ebene, besät mit trockenen, krachenden Knochen. Ein eisernes Ungetüm, grau, aber mit farbigen Ringen und Flecken betupft wie eine bucklige Riesenkröte. Ein einziges Rohrauge drehte sich heraus und tastete die Luft ab, bereit, Feuer auszusprühen: — ein Panzerwagen!
Die beiden Freunde konnten nicht weiter. Die Luft der Querstraße war geladen. So gingen sie einige Schritte zurück und kamen gerade noch in ein Haustor. Hier standen ein paar Menschen zusammengedrängt, Herren mit Aktentaschen, die dienstlich unterwegs waren, eine von Basarbesuchen abgedrängte junge Dame, eine Schirmmütze mit einer fahlen, zerschundenen Stirn und schiefen Augen darunter. Es war, als habe ein Platzregen Leute ohne Schirm zufällig zusammengefegt.
Draußen ging etwas Seltsames vor.
Am hohen Mittag krochen Schatten herab, immer weiter, immer dichter und finsterer. Erst blauflockig, zitternd, wie um das Ungewöhnliche zu entschuldigen, dann bestimmter, violett, aus der hellen Luft jeden Glanz trinkend, so daß sie schwer und voll Dämmerung belastet zwischen den Häusern hing; — endlich waren die Schatten herrisch geworden und zeichneten gewaltsam die Zackenfläche eines Daches auf der gegenüberliegenden Wand ab.
Das Poltern von Pflastersteinen dröhnte in den Flur. Schreie prallten an die Tür, das dumpfe Abschlagen des Gesanges der Empörung, der vier, fünf Straßen abseits entstanden war und durch alle Winkel und Ecken, durch

alle Hofschächte und gepreßte Durchgänge gekommen war, klang dunkel, unverständlich und murrend, mit dem hellen Pfeifen der Gewehrkugeln und dem heiseren Bellen des schweren Maschinengewehres aus dem Panzerwagen zusammen.
Die Menschen im Flur standen bleich, schweigend, mit schwerem Atem. Der hagere Mann in der Schirmmütze schien mit einem versteckten, grimmigen, sachverständigen Lachen die Einschläge zu schätzen. Vielleicht war er einer aus dem großen Kriege, ein Zurückgekommener, und kannte das Spiel ... Die junge Dame, die der revolutionäre Zufall neben ihn gestellt hatte, preßte ihr feines Taschentuch an die Lippen und flüsterte: »Entsetzlich – nicht?« Der Hagere lächelte höhnisch und stieß hart heraus: »Nix daitsch!« Dann aber wurden seine Augen matt und bettelnd. Er machte mit dem Arm eine drehende Bewegung und sagte unterwürfig: »Armes Italiano ...!«
Im Flur war es fast dunkel. Aber auch draußen auf der Straße hatte sich eine graue Dämmerung herabgeschlichen, in der alle gewohnten Laute der Erde zu ersticken schienen. Ein unterirdischer Gasbrodem aus abgesperrten Urweltshöhlen mußte durch eine lasterhafte Spalte an die obere Welt gespien sein und alles heitere Leben vergiftet haben. In der Dauer von Hunderten von Herzschlägen schwieg jeder Ruf, jedes Rollen. Selbst die Steine schrien nicht mehr, die ewig getretenen und ewig fruchtlosen Revolutionäre gegen die Erde und ihre Geschöpfe. Dann ging ein ängstliches Flackern quer über die Scheibe des Haustors, einen Augenblick irrte der pfeifende Schrei von flüchtenden Vögeln zwischen den Häusern entlang, – und dann war wieder lastende Stille unter der schattenverdeckten Sonne. Erstorbene Mondluft schien über der vereisten Erde zu liegen und mit tau-

send weitsaugenden Mündern alle Farben, die Tochter der feuchtlebendigen Luft und der entbrennenden Sonne, einzuschlucken.
Eckenpenn sah sich um.
Aus dem Aufgang zu den Vorderwohnungen schien ein Winseln zu kommen, die Todesangst einer Kreatur.
»Was ist das?« flüsterte er Fox zu.
»Ein Hund«, sagte der stillbeobachtende Fox kühl ...
Der Hund, ein Box von grinsender, viereckig zusammengeschlagener Häßlichkeit, aber mit großen, schwarzen Augen begabt, versuchte zu Eckenpenn hinzukriechen. Aber die entsetzliche Furcht hielt ihn geduckt am Treppenabsatz. Er zitterte. Sein Herr war fern, vielleicht draußen im Aufruhr. Sein Winseln klang wie das Weinen eines verhungernden Greises. Menschentränen standen in seinen Augen.
Eckenpenn ging zwei Schritte zurück, setzte sich auf die unterste Treppenstufe und streichelte den Hund.
»Bein zu Bein, Seele zu Seele, das Aussterbende zum Aussterbenden.« Fox kaute seinen Schnurrbart. »Es ist stiller. Wollen wir gehen?« In diesem Augenblick griff der hagere Mensch nach der Tür, reckte sich, riß das schwere Tor auf und war mit einem einzigen Sprung draußen. Fox sah, wie er geduckt lief. Pistolenschüsse knallten breit und klatschend. Dreißig Schritte weiter, am Eingang der Querstraße, warf der Hagere plötzlich die Arme hoch und fiel platt auf den Boden. Soldaten in Uniform, ein Offizier mit dem Revolver in der Hand voran, liefen auf ihn zu. Da sprang der Hagere überraschend auf, lachte höhnisch, beschrieb im Vorwärtsstürzen — schräg über den Damm den Häusern zu — mit dem Arm einen Kreis in der Luft und schrie »Nitschewo!« Dann war er verschwunden, stand einen Augenblick später auf einem

umgestürzten Plattenwagen, schwenkte eine blutende Fahne — und sprang hinunter ...

»Russe«, sagte Fox kurz.

In dem schärfer einsetzenden Schießen war jetzt das Schrillen von Frauenstimmen zu hören. An den Wänden der Häuser entlang hastete eine Gruppe von geschminkten Mädchen. Scharf stand ihre reiche und grelle Gewandung, die hohe Frisur mit den glitzernden Kämmen, die Fleischfarbe der Seidenstrümpfe gegen das dunkelnde Grau der Luft und die verlöschenden Fassaden. — Offensichtlich Tanzmädchen, die in eine Bardiele zu einem Frühnachmittagstanztee gehen wollten und den Weg gefährdet fanden. Aber Tanzlust ist größer als jede Gefahr!

Ein scharfer Klang schlug auf. Die Straße quoll hoch in Wolken weißgrauen Dunstes und Steinstaubes.

Eckenpenn sprang unwillkürlich auf und stürzte an die Tür. Ihm war, als fülle sich sein Auge jäh mit Blut und triebe in *einem* Blick die Kraft des Sehens auf ein äußerstes, unerhörtes Maß: er glaubte, die Näherin in einem der Mädchen zu erkennen!

Da wankte eines der bunten Kleider ... Das Herz des Buchtrödlers setzte aus ... Aber *sie* war es nicht! — Eine andere sank ...

Dann war draußen eine große Stille. — —

Der Hund winselte ... Nach einer Pause sagte Fox: »Ob Professorchen auch unterwegs ist? — Natürlich nicht.«

»Seine Frau —« stammelte Eckenpenn. »Recht. Amalaswintha wird ihn zeitig genug eingesperrt und unter ihren hochgeschlossenen Mantel genommen haben! — Übrigens«, setzte Fox ruhig hinzu, »ich schließe, wir können jetzt weitergehen. Die Sache hat sich von hier entfernt.«

So traten sie — gleich den andern Harrenden — auf die Straße.

Sie war völlig leer. Hin und wieder öffnete sich ein Türspalt, oder ein Fenster wurde vorsichtig entriegelt, und ein blasses Gesicht preßte sich an den Spalt. Papierfetzen lagen auf dem Weg. Eine frische Blutspur führte Tropfen für Tropfen etwa fünfzig Schritte weit, wurde dann zu einem dunkelroten Bluttümpel, auf dem schon eine irisierende Haut sich bildete.

»Hier ist er aufgehoben und weggeschleppt worden«, sagte Fox. Dann deutete er gegen die Dächer und entblößte seine gelben Zähne: »Sieh, Gnom, dahinauf hat der Teufel gelegentlich gespuckt.«

Der Buchtrödler sah an den Häusern hoch. An einzelnen Stellen waren Dachziegel von Schüssen getroffen und die roten Spritzstücke herabgeschleudert worden.

»Wenn sie wieder ersetzt sind«, sagte er nachdenklich, »wird es aussehen, als ob helles Blut in dunkles eingesprengt wäre.«

»Schnurrig ist nur, daß man diese bestimmte Sorte Dachziegel, die so gut zusammenkommen, Mönche und Nonnen benennt. Manchmal ist selbst die Technik witzig!« —

»Sag, Fox«, begann Eckenpenn, »weshalb hattest du eigentlich keine Angst? Fürchtest du den Tod nicht? Kugeln haben doch keinen Verstand?«

»Darum werde ich nicht getroffen«, grinste Fox. »Hör' an, mein Sohn, — ich meine das bildlich, denn du bist noch nicht so reif wie ich! — Ich wußte, daß die Seele etwas Vergängliches, Zerfallenes ist — wie die Zeit der Seele, die bis zum Großen Kriege ging. Sie hat im Zerfallen Kraft ausgeatmet, aber nun ist sie zum Ende gekommen. Aus dem Radium Seele ward Blei: Die Lüge, die Moral, die trügerische, träge, tückische, tödliche Kugel Blei — zuletzt. Die werdende Zeit hat ein anderes System. Sie ist anders gelagert. Moral kennt sie nicht, Lüge hat sie

nicht nötig, da sie keine Wahrheiten hat. Sie hat Leben, Wille, Welle, Rhythmus, Amoral, ist seelenlos, ohne Gedächtnis, ohne Mitleid, ohne Reue, ohne Selbstpeinigung, ohne Heilige — und daher ohne Sünde. Was ist, hat Recht, weil es da ist. Was stirbt, hat Unrecht ... Ich aber habe einmal — vor ewiger Zeit, als die Seele noch prangte und eitel Blüte war — den Christus Mitleid wie einen räudigen Hund von meiner Schwelle gejagt und damit einen Gott tödlich gekränkt. Darum kann ich nicht sterben — wie Ahasver — und habe keine Heimat ... ich lebe in der großen Stadt. Mich kann eine Kugel nur treffen, nicht töten — und Mitleid ist *doch* nichts anderes als Eitelkeit!«
Eckenpenn schwieg.
Es stellte sich ihm in der hellsichtigen unterirdischen Verknüpfung des Gefühls das erschütternde Lächeln, damals in der Kaffeestube, dar, und er glaubte jetzt zu wissen, weshalb er mit diesem Menschen verbunden war, mit dem Fox Randolfini ohne wahren Namen, der sich stets verleugnete, ein Flagellant der Seele, der ihr Zuviel als Last empfinden mußte und gezwungen war, sich ihrer in Hohn zu entledigen, da sein wissendes Gehirn immer wieder die gute Tat als hinausgetretene Eitelkeitsspiegelung und das Mitleid als sattmachenden warmen Gefühlsauflauf erkannte! — Fox war an das Kreuz des Gedankens geheftet, der mitleidlos sein mußte, wenn er rein sein wollte ... Im Trüben fischt die Menschheit ... Den Buchtrödler kam es jählings ein, ob nicht der Ungläubigste der Gläubigste sein möchte! —
Behutsam fragte er: »Wo wohnst du denn jetzt, Fox? Immer noch am alten Platze?«
»Nein«, erwiderte Fox schroff. »Meine alte Dame hat mich hinausgesetzt, als ich stellungslos war. Nur logisch. Wer nicht zahlt, darf nicht hausen. — Jetzt spiele ich wie-

der. Gebrochenes Gefühl zu elf Akten in Arpeggien. – Nun habe ich wieder Wohnung – in deiner Gegend. Wir machen einen Umweg. Über eine Brücke müssen wir doch. Eine äußere wird ganz unbesetzt sein. Im Film haben die Herrschaften so auf die Technik der Revolution gelernt, daß sie es bald können. Nur – wenn es weh tut – schreit doch die verwundete Ordnung auf! – Halt einmal, Eckenpenn! – Hier schießt ein versprengter Trupp wahrhaftig von den Dächern! In den Torweg, mein Lieber! Es geht da schräg vorbei.«

Und so mußten sie noch eine halbe Stunde geduckt hinter einem Pfeiler stehen. Offiziere, den Revolver in der Faust, schritten die Straße auf und ab, scharf nach den Dächern spähend. Neben ihnen platzte es zuweilen splitternd vom Steinpflaster auf.

Plötzlich – nur sekundenlang – schoß der tobende Aufruhr durch die Straße. Ein abgedrängter Haufe Aufständiger, um eine zerschossene rote Fahne gewirbelt, rannte um sein Leben. Die Fahne über den bloßen Häuptern sprang inmitten wie ein trunkenes Feuer. Über die zerrissenen Gesichter mit den lechzend offenen Fischmäulern lief Blut. Schlechtgemachte Verbände aus Taschentüchern drängten getroffene Adern ab, und unaufhörlich, gleich der rasenden Gesetzmäßigkeit der Maschinengewehrkugeln, stieß der keuchende Schrei der Empörung vor. – »Gott«, stieß Eckenpenn hervor – »Warum nur?«

»Allerdings«, sagte Fox Randolfini hart, »dich könnte man wie Leder zerschneiden! Die Seele empört sich nicht. Sie duldet nur!«

Dann war es vorbei ...

Durch Eckenpenns Hände lief ein Zittern.

»Auf den Zeichnungen und Bildern von Jahren zuvor

habe ich das gesehen«, stieß er hervor, »diese unmenschlichen verzerrten Gesichter, so ohne Überlegung und Sinn, daß sie nur Bewegung sind. Das Blut drängt so an die Grenzen, daß es aussieht, als wären sie in den nächsten Minuten wirklich eine Gemeinschaft — aber die der großen Blutlache . . . Soll denn das immer so sein?« setzte er hilflos hinzu . . .

»Wart ab, Gnom! Die Wellen laufen jetzt alle durcheinander. Interferenzpfeifen! Einer wird sich schon wieder durchs Loch fressen, dann rennen sie wie angekoppelte Hunde!« —

Inzwischen war die Sonne den Zähnen des hungrigen Wolfs wieder entschlüpft und glitt langsam aus dem Schatten heraus. Mit ihr kam das reine Licht und warf die Hüllen der Verdunklung von sich, eine nach der andern, die lästig gewordenen Obergewänder. — Aber nun war der Tag müde geworden und fing an, sich zum Untergang zu rüsten. Eine Schar Wolken, eisenfarbig, gleich gepanzerten Kriegsknechten, kam plötzlich von Westen heraufgewandert, als wolle sie den leidenden Gott umringen und gefangennehmen und in das dunkle Gartenverließ unter Tage hinabstoßen. —

»So«, sagte Fox nach einer Weile. »Nun noch über die Brücke da. Sieh an, Trödler! Auch das Ereignis hat manchmal Witz, wenn es auch schon keinen Sinn hat! Dort hat man die Väter der Revolte, die großen Ballen Zeitungspapier als Schützer quer über die Brückenmitte gerollt . . . Nicht übel! Rostiger Stacheldraht darüber! Duck dich, Eckenpenn, und dann lauf! In einer freien Gegend — über dem Fluß — fliegen leicht verirrte Kugeln. Sie müssen doch irgendwo bleiben!«

»Da kommt schon das Krankenhaus aus den Bäumen! Ich kann es von oben sehen, wenn ich mich aus dem Fenster lehne! — Geh nicht so gerade, Fox«, fügte der Buchtrödler hinzu und wandte sich um. Da fühlte er einen Schlag gegen die Schulter, faßte mit der Hand jäh dahin und sank zusammen ...

Eckenpenn kam im Krankenhaus wieder zu sich. Es war nicht so schlimm, nur eine Art Prellschuß, der den Knochen nicht zersplittert oder angerissen hatte. Nach wenigen Tagen saß er, in Lazarettkleidung, auf dem Balkon in der Sonne und dachte sehnsüchtig an seinen Sturmlodenmantel und an den buchgefüllten Orkus in ihm. Aber der hing in einem desinfizierten Beutel gut ausgerichtet in einer peinlich aufgeräumten, nach Naphthalin duftenden Kleiderkammer. —

Eckenpenn sollte heute entlassen werden.

Während die Sonne in ihrem Niedergange noch warm hinter behaglichen grauwollenen Wolken schien, konnte der Buchtrödler eine seltene Stunde ruhiger Betrachtung durchdämmern ...

Unten fingen sich Wipfel an zu bilden, die die Kieswege grün verschleierten. Stare schimmerten in ihrem Frühlingshochzeitskleid. Finken schlugen, und es schien dem Buchtrödler, als ob wieder — wie in jedem Jahr —, das unsere staubgewordene Erde rollen macht, Wipfel von Vogeltönen sich bildeten und die harten, mühseligen Wege der Menschen verhüllten ... Wo mochte der einsame Fox sein? Hatte auch ihn noch die Kugel Zufall getroffen, ihn, der vermeinte, nicht sterben zu können? —

Gegen Abend sollte er seine Sachen bekommen und den Entlassungsschein haben. Dann würde ihn die jagende Straße wieder holen, und auch diese Tage würden bald nachgedunkelt sein — den hellsten Ziegeln gleich, die schon wie Punkte in den dunkelgrauen Dächern leuchte-

ten und den Einschlag verirrter Schüsse zeichneten. Der Assistenzarzt Dr. Berner trat auf den Balkon hinaus. Der blasse, schweigsame Mann sah errötet und belebt aus.
»Da sind Sie ja noch, Herr Eckenpenn«, rief er erfreut. »Das trifft sich gut! — Wie gefiel es Ihnen im Krankenhaus?«
»Soweit gut«, entgegnete der Buchtrödler bedächtig. »Ein alter Mann wie ich — in heutiger Zeit — ist nicht verwöhnt. Aber die geschlossene Ordnung erweckt die Sehnsucht nach der Straße.«
»Dazu ist das Krankenhaus auch da, um sich selbst überflüssig zu machen. Wir geben uns die größte Mühe, alle Patienten schleunigst in den Zustand der Unzufriedenheit zu setzen: das ist das beste Zeichen der beginnenden Genesung. Ein Kind, das nicht ungezogen, ist auch nicht gesund.«
»Sieht man mir denn sofort an, daß ich ein Kind mit Runzeln bin?« fragte Eckenpenn verlegen und errötete.
»Wir bleiben alle Kinder«, entgegnete Dr. Berner. »Ich zum Exempel spiele auch eben ein unterhaltendes Spiel mit mir selbst. In gut zehn Minuten werde ich wissen, ob es mir endgültig Spaß macht — oder ob ich den Sandhaufen umschütten muß. — — Waren Sie übrigens schon einmal in einem Krankenhaus?«
Der Arzt zog einen Liegestuhl heran und setzte sich.
»Ich habe gerade ein wenig Zeit«, bemerkte er und schlug die Arme sorgfältig übereinander.
»Nein«, sagte der Buchtrödler, »ich brauchte es noch nicht. Wir alten Schlesier aus dem mageren Gebirge sind zäh, sonst wären wir alle nicht über drei Jahre hinausgekommen. — Aber ich konnte dieses Krankenhaus hier von meiner Kammer aus sehen — und sah auch, gerade in letzter Zeit, oft nachts ein einziges, erleuchtetes Fenster.«

»Das war ich«, sagte der Arzt fröhlich. »Ich arbeite schon lange an einem neuen Tetanusserum ... Wissen Sie, was das ist?«
»Doch«, lächelte Eckenpenn. »Ich handele doch mit lexikalischen Werken und mit Literaturabfall. Ich bin Müllkastensammler und Krämer des Geistes.«
»Hatte ich doch recht!« Der Arzt fuhr empor. Sein Gesicht rötete sich noch mehr. Dann setzte er sich schnell und genau wieder in den Liegestuhl. »Sie können gut zuhören. Selbst wenn Sie nichts sagen, erwecken Sie im andern den Parallelstrom oder den Wechselstrom —, aber immer Strom, der sonst nicht da wäre und sogar stärker sein kann als der primäre Strom, der Strom in Ihnen! Sie haben ein seelisch-magnetisches Feld um sich.«
Fox, dachte Eckenpenn. Wo mag er sein? — Wie mag der Professor im Frühling hausen, wenn die große Sehnsucht nach der Landschaft über ihn kommt?
Dann sagte er — wie ein wenig verlegen: »Kann denn die Wissenschaft — oder darf ein Arzt ... Seele haben?« —
»Was ist Seele?« fragte der Arzt und schwieg nachdenklich. —
Und dem Buchtrödler stellte sich wie ein farbiger Überfall der Verknüpfung sein blaues Heft der Verse vor. War es noch in den Händen des Sinnlosen? Oder lag es jetzt zerrissen und von einem mürrischen Wurzelbesen mit dem Abfall der Stadt zusammengekehrt auf einem der großen Müllberge? — Eckenpenn sah im Geist, wie die Haufen nach dem metallisch Brauchbaren mit riesigen Elektromagneten durchstöbert und sortiert wurden. Die Fetzen seines ganz frühen Ich aber kamen in Verachtung auf die linke Seite des total wertlosen Mülls ...
Der Arzt zog mit der rechten Hand seine Taschenuhr heraus und ließ sie repetieren.

Der Buchtrödler lauschte und lächelte.
»Wie das klingt!« sagte er zärtlich. »Als ob die Wichtelmännchen mit ihren Metallhämmerchen an Goldsachen schlagen!«
— »Wundstarrkrampf« — flüsterte der Arzt fast heiser ... »Tetanus — eine Geißel! — Wer bringt den Krebs heraus — die spinale Kinderlähmung — die Diphtherie — die Tuberkulose — das Wandern des Syphilisgiftes in die edelsten Gehirne, das die Genialität lähmt und sie in die Zuckungen des Blödsinns stößt? — Sagen Sie, habe ich Fieber?« —
Eckenpenn sah den Arzt erstaunt an.
»Ich denke fast — ja!« sagte er zögernd ... »Sie sehen sonst blaß aus, Herr Doktor.«
»Ich fühle auch so ... aber — das kann auch die Erregung sein ... doch — jetzt ist die Zeit da! — Nein! Noch eine halbe Minute! — Sagen Sie, kennen Sie den sonderbaren Menschen, der Sie bis zu unserm Verbandsplatz geschleppt hat? Er hinkte und hatte einen merkwürdigen Wintermantel an, der so gelb war wie sein Gesicht ...«
»Fox!« rief Eckenpenn und seine Augen leuchteten. »Es ist ein Freund, der früher beim Zirkus war und bei einem Fehlschuß eines Kunstschützen getroffen wurde ...«
» — nun ist's Zeit ...«
Der Arzt nestelte zitternd unter seiner Weste und zog ein Thermometer hervor.
»39,8°«, schrie Dr. Berner jauchzend. »Es ist herrlich! Ein wundervolles Fieber! Und es wird noch steigen! Über vierzig Grad wird es kommen. Die schönste und schärfste Reaktion!«
»Aber Sie müssen doch sofort ins Bett, Herr Doktor!« sagte Eckenpenn in Angst. »Bei dem Fieber können Sie ja sterben.«

Der Arzt tanzte mit freudeleuchtendem Gesicht auf dem Balkon hin und her.
»Was schadet das!« – und er lachte übermütig.
»Konnten Sie nicht etwas anderes zum Versuch nehmen? Ein Tier?« stammelte der Buchtrödler.
»Ich bin doch der Nächste dazu! – Was nutzen alle Tierversuche! Dem Menschen ist unter allen Bestien allein der Mensch zu vergleichen! – Meine Arbeit ist abgeschlossen ... Alles ist aufgezeichnet und liegt auf meinem Schreibtisch ... Das Serum ist gut! Hätte ich kein Fieber bekommen, so müßte ich von neuem anfangen mit der Arbeit! – Leben Sie wohl, Herr Eckenpenn! Lassen Sie sich einen Entlassungsschein geben! Ihre Krankheitsgeschichte ist auch schon abgeschlossen und abgelegt. – Ich werde mich ins Bett packen und morgen, wenn die Reaktion abklingt, bin ich entweder gesund oder tot ... Ich habe zuviel genommen. – Aber mein Serum ist gut!« Damit wirbelte Dr. Berner hinaus ...

Eine Stunde später hatte der Buchtrödler seine Sachen empfangen (nach amtlicher Gesundheit riechend – aber dem Band Morgenstern hatte auch das nichts anhaben können! Er lag noch sicher im Orkus.) Im Aufnahmebüro erhielt Eckenpenn seinen Entlassungsschein mit anempfohlener Schonung – und dann wanderte er bei anbrechendem Abend hinaus. Die Wolken hatten sich ineinandergeschoben, bis ihre Schwere ihnen ein drückender Schmerz geworden war. Da hatten sich ihre scharfen Ränder aufgedröselt und ließen nun weich den Regen in langen Strähnen am Orange des Himmels herabrinnen. Der Buchtrödler dachte mit Sorge an seine häuslichen Verhältnisse. Er mußte befürchten, daß Frau Tischler Lenert sein plötzliches Ausbleiben als eine – nicht einmal unwillkommene Kündigung infolge Tod, Verzuges oder Inhaftierung angesehen und seine Kammer alsbald vermietet habe. So wurde sein Schritt zögernder, je mehr er sich seiner Straße näherte. Es war schwer, als alter Mann ohne sichere Rente ein billiges Unterkommen zu finden ...

Auch diese Gegend schien merkwürdigerweise nicht ganz ohne Unruhen gewesen zu sein. Einige Pflastersteine hatten sich entfernt und waren noch nicht wieder zu ihren Schlafstellen zurückgekehrt. Fenstersteine hatten Augenlöcher bekommen, zu denen grinsende Sprünge hinführten.

Vor seinem Hause fand er Hermine in interessiertem Gespräch mit dem Briefträger. Sie hielt einen Brief und zwei schmachtende Ansichtspostkarten in der Hand und lächelte sorglos. Eine neue hellgelb und weißgestreifte Frühjahrsjacke aus Kunstseide schmiegte sich an sie.

Als der Buchtrödler zögernd in die Haustür trat, rief sie hell und überrascht aus: »Heiliger Bimbam — leben Sie denn auch noch, Herr Eckenpenn?« Dann winkte sie dem Briefträger: »Wiedersehn, Herr Postrat!« und ging mit Eckenpenn hinein: »Wir dachten schon, Sie sind *auch* tot! Puff — puff ... abgeknipst und rinn in den Armensarg!« —

Der Buchtrödler fragte besorgt: »Ist denn meine Kammer — noch frei? — Ich war wegen eines Unfalls ein paar Tage im Krankenhaus ...«

»Na, Sie haben Glück«, sagte Hermine und lachte. »Bei uns war man bloß so'n Trubel, daß die Alte nicht daran gedacht hat!«

»Wieso das? Sie fragten vorhin, Hermine, ob ich *auch* tot sei. — Wer ist denn gestorben?«

Hermine trat in dem dunklen Treppenaufgang nahe an

ihn heran und tuschelte: »Der Alte ist erschossen worden.«
»Aber« — sagte Eckenpenn entsetzt — »wie war denn das möglich?«
»Na — das ging ganz schnell. Er war im Schumm, und da hat er immer eine Wut. So kriegte er seine alte Knarre zu packen, ging aufs Dach und ballerte immer runter, mittenmangs Militär — nachher suchten sie alle Häuser ab. Da steckte ihn die Alte ins Spinde, und es wär' vielleicht so ohne abgegangen, als ausgerechnet eine Patronenhülse — kullau — kullau ... unters Spinde vortrudelt. Na ... denn haben sie'n auf'n Hof gestellt, dicht neben die Plumpe — und da ist er auch bald alle geworden.« —
Eckenpenn starrte das Mädchen an. Sie sah schlank und sorglos aus, ihr Gesicht hatte das gesund-schmachtende Rosenblaß der Jugend, ihr Haar leuchtete und erfüllte die Treppendämmerung wie mit eigenem Licht ... Was ging hinter dieser Stirn vor? — Nichts? — Wie konnte es sein, daß dieses Mädchen ihn — und wohl jeden — durch den Ausdruck vollkommener Seelenkindheit überwältigte? ...
Er sagte schwer: »Es war doch Ihr Vater, Hermine?« Sie lächelte leichtsinnig und sagte schnippisch: »Weiß man's? — Und wenn schon! — Er soff; und mit zwölf Jahren hat er mir auch schon nicht mehr in Ruhe gelassen! — Die ‚Alte' hat schon einen ‚Neuen'. Er sauft auch, aber mehr Nordhäuser mit Odör!« Sie zuckte die Achsel. »Vorläufig stinkt er nicht so sehr. Und die Alte hält's ja doch nicht länger als'n paar Tage aus!«
Das Mädchen setzte sich aufs Treppengeländer, beschaute den zierlichen Spangenhalbschuh und wippte spielend mit den Füßen. Dann sang sie schmetternd einen neuen Schlagerrefrain: »Es is nich schön — doch man gewöhnt

sich daran ...« und rutschte sausend auf dem Treppengeländer herunter ...

So bezog der Buchtrödler Eckenpenn von neuem seine Schlafstelle.

IV MAI

Als Eckenpenn an einem kühlen Morgen gegen einen böigen Wind, der Staub und Benzinschleier vermischt in die Augen jagte, in die Nähe des Fernbahnhofes am großen Platz gekommen war, mußte er eine Zeit warten, bis er über den Straßendamm gehen konnte. Die Untergrundbahn entließ eine nie stockende schwarze Flamme aus ihren Dachsröhren und sog eine andere hinabsichwindende Schlange ein. Kolonnen von Straßenbahnen, vollgestopft wie Schachteln mit überquellenden alten Stofflumpen, rückten stoßweise und gequält vor, um plötzlich abgeschnitten und im rechten Winkel von einer Kolonne aus der entgegengesetzten Richtung durchfahren zu werden. Dazwischen sauste ein Schwarm von hastenden Bienen, der zur Blume des Asphaltes, zur Arbeit, ausflog und aus acht schweren Stunden den mühseligen Honig zu saugen suchte. –

So hatte der Buchtrödler notgedrungen Zeit und dachte in einem trüben, nebeligen Sinn an den Haushalt, den er eben verlassen hatte, der ihm sein Nachtlager gegen wenige Mark Schlafgeld bot – und dafür Erkenntnis aus der Grundschicht eines Volkes und einer Zeit lieferte: keine süße Speise, kein Mandelauflauf wohlgefälliger Täuschung aus Heuchelei und guter Traditionssitte, sondern der bittere Erdenkloß einer merkwürdigen Wahrheit, die unsittlich war – und doch existierte. Da aber alles, was bestehen kann und zu zeugen vermag, Recht hat, so hatte das Gefühl zu schweigen. –

»Bin ich denn fruchtbar?« fragte sich Eckenpenn. – Oder

sollte in dem Sternenleben der Erde das schmale Band Zeit für die Menschheit sich zu Ende neigen und der nur Erfüller astraler Gerechtigkeit sein, der sich ausstieß aus der Menschheitsform des Lebens – und *nicht* zeugte?

Eckenpenn stand an der Bordschwelle und grübelte nach, ob nicht die Erde hervorbringen *müßte* Gras, Kräuter, Tiere und Menschen auch – nach dem Grade ihres Seins wie alle Körper der Entfaltung des eines Stoffes zum Weltsternentanzes Glut, Nebel, Steine, Gewässer, Gras, Kräuter, Tiere – und Menschen auch – hervorbringen *müßten,* wenn sie im gleichen Zustande wären, in dem sie einmal – und immer wieder – sein müßten, – oder es gäbe *Unendlichkeit* nicht! Der Buchtrödler lächelte über sich.

»Ich bin doch kein Philosoph«, dachte er. »Ein Philosoph, der mit andern Leuten – auch Philosophen – übereingekommen ist, gewisse Voraussetzungen vorauszusetzen und zu spekulieren, ohne zu merken, daß der Begriff nichts ist als die Grenze der Sprache – und des Menschen, der ihn und sich aufhebt, indem er gesetzt – und ausgesprochen ist!«

Da wurde er von einem zwitschernden Auto mit einer schwebenden Last schmutzbesät.

»Die Erde hat mich wieder«, sprach Eckenpenn zu sich und versuchte, seinen Sturmmantel vorsichtig zu säubern und abzuklopfen ...

Die Sonne hatte sich ihre frühe erste, herrliche Morgenfrische schon müde und staubig gelaufen. Wolken waren um ihre Füße, und aus dem dunklen kalten Groll fuhr ein wütender Windatem herab und trieb den Abfall der Straße kreisend vor sich her. Es schien, als sei dieser grimmige Morgenwind ein Fronvogt mit einer Peitsche, der die Stelle eines Treibers bei seinem hetzenden Herrn Konjunktur mit Lust ausübe!

Aber für diese Haufen von Menschen, die am Morgen

unausgeschlafen aussahen, mißmutig, überjagt, und die nur am Abend unter der elektrischen Kaffeehaus- und Tanzsaalsonne zu einer nervösen Gesundheit aufblühten, gab es am Anfang des Tages schon fünf Stundentreiber: sieben Uhr, halb — acht Uhr, acht Uhr, halb neun Uhr und neun Uhr. — Wer freute sich von diesen Menschen auf seinen Beruf? Wer sah in ihm den Ausbruch seines Wesens? Nicht die widerwillig abgeleisteten Prostitutionsdienste des Hirns oder der Hand, um Brot und Wohnung zu haben? — Wer war nicht krank vor Wut und Neid auf die imaginär thronenden Herren, die in Ledersesseln lagen, rauchten, ihren Magenkatarrh hätschelten und den Schweiß und das Blut ihrer Untergebenen mischten wie der Mixer am Schanktisch der Bar den Schnaps?

Wer von ihnen hatte überhaupt ein Wesen und fühlte sich nicht als Nummer, als ein Gegenstand, der eine Kontrolluhr stach, eine Schachtel mit aufgeklebtem Etikett? Wer liebte seinen Stuhl, seinen Platz an der Maschine, seinen Telephonhörer, das Lächeln des Kunden,um das er streichen mußte wie eine Katze um den Milchnapf? — Nun war ein Auge des Verkehrsturms freigegeben. Der aufgestaute Strom überflutete den Straßendamm. Eckenpenn hätte sich mit hinüberwerfen lassen können; aber er blieb noch bis zu einer Brandungswelle stehen, versunken in seinen Betrachtungen, und mit einem Ruck zwang es ihn, aufzusehen. Ein stechender Sonnenstrahl, scharf abgeschossen hinter den dunklen Brauen einer gefurchten Wolke wie der zornige Blick eines Herrn, riß sein Auge empor. Es schien ihm, als starre unveränderlich in schwarzen Wolken wie in dem schwarzen Leder eines Klubsessels an Stelle der verjagten Sonne als Herrscher der bleiche Silberdollar auf die frondende Erde. Unten aber liefen die Menschen als die endlose Kette — das gro-

ße, schwarze Band! — Zu einer bestimmten Stunde mußte es in Bereitschaft sein. Eine Sirene würde heulen, eine Pfeife gellen, eine Klingel rasseln. Ein eisernes Tor würde schlucken, Drehtüren würden sieben und schnappen. Ein Schornstein müßte aus geschwärztem Halse Rauch ausstoßen. Dann kämen die Betriebe und legten mit einem Schlag das unendliche Band hin — die Arbeit! Der Fraß, der das Blut der Wirtschaft bilden sollte und auch in einem furchtbaren Zirkel auch ihr eigenes Blut bildet. Denn auch die, die Wirtschaft leben machte, machten Wirtschaft leben!
Da kam das rohe Stück an das Band und rückte vor von Mensch zu Mensch, von Handgriff zu Handgriff, jeder ausprobiert, die Eignung physikalisch und physiologisch festgestellt die kürzeste Zeit für eine und immer dieselbe Handbewegung, denselben Muskeldruck, die immer gleiche Gedankenform! Von dem höchstbezahlten Maschinenteil Mensch wurde genaueste und rascheste Arbeit verlangt. Das Stück rückte vor, wer nicht in Sekundenpräzision zugriff, für den war es verloren — und damit seine Stellung — sein Leben!
Der Buchtrödler sah, wie als Symbol des fürchterlichsten Zwanges der Erde, den brüllenden Stier vor sich, die eiserne Kette um den Hinterfuß gewunden, an derselben Kette von Menschenwerkzeug zu Menschenwerkzeug geschleift, vom Stich in die Halsschlagader, vom Blutauffangen, vom Umwenden und Ausbluten, vom Aufschneiden des Leibes, vom Herausreißen der Gedärme an bis zur zugelöteten und appetitanreizenden buntgeklebten Konservenbüchse: das endlose Band, auf dem schon der Güterzug wartete, der Schiene wurde, Verkaufshaus, Mensch, der den Fraß aufnahm und verdaute. Zurück zum Boden als Dünger für Gras und Kraut, als Futter für

den Stier. Das laufende Band, unentrinnbar! Die um die Seele gewundene Kette von Folge zu Folge! Die nüchternes Grauen gewordene Weltherrscherin Technik und Logik! Über den Gürteln, Zonen und Graden der Erde – unendlich laufende Bänder auch, nicht mehr – stand breit und gierig, in Freundschaft und guten Willens grinsend die Sonne des Silberdollars und ging auf und unter über Gute und Böse, über Gerechte und Ungerechte. Denn alle waren Werkzeug am laufenden Band, an der unendlichen Kette! –

Der Buchtrödler kam aus dem Schwingen seiner Gedanken zurück. Ein hastiger Mensch stieß ihn, vorwärtsdrängend, vom Bürgersteig auf das Straßenpflaster hinab. Er entschuldigte sich nicht.

»Natürlich«, dachte Eckenpenn, »zur Höflichkeit hat man heute keine Zeit. Höflichkeit ist die Tugend der Faulenzer. Aber da er Eile hatte und ich auf dem Platz des Hastens stand, als wollte ich beim Skatspiel kiebitzen, so hatte er wohl Recht!«

Er schritt langsam und vorsichtig über den Damm und war nun eine Faser im schwarzen Band. Um ihn wogte es von Verkäuferinnen, die in eilig angezogenen Windjacken aussahen wie mürrische, zusammengeknitterte Blumen, von Arbeitern von Kaffeeflaschen, die aus der Untergrundbahn polterten und umsteigen wollten, von Beamten mit Aktenmappen und lederner staats- und familienerhaltender Sorge im Gesicht. Magisch zog sie alle der Sekundenschlag mit der Kontrolle in die Polyphemhöhle der Arbeit. Der Riese setzte den Felsblock vor den Eingang und molk sie. Dann können die Schafe auf die Weide ihrer Separatgedanken und Gefühle gehen, – wenn sie es noch vermochten! Und zuletzt würde der Einäugige doch alle fressen.

Wer hatte noch Zeit? — Wer war noch Lump, Stromer, göttlicher Faulheit voll, — Poet? Wer *schuf* noch, statt zu *arbeiten*? Hatten sie nicht alle schon Maschinenherzen, waren von Tempo berauschte Spindelgehirne ohne Faden darauf — Leerläufer? —

Eckenpenn blieb erschüttert unter der Normaluhr stehen, diesem Wahrzeichen des gleichgestellten Empfindens. Sang nicht die ganze große Stadt das keuchende, tausendstrophische, eintönige Lied von der sterbenden Seele? ...

Der Buchtrödler mußte an den armen chinesischen Reisbauern denken, der es verschmähte, das Schöpfrad zum Bewässern seines Bodens zu nehmen, weil es Maschine war und Maschinenhände und ein Maschinenherz erzwang. Er wollte aber jede Pflanze nach ihrem Maß tränken und sie in sich als *Person* empfinden! Jenes Volk war aber höflich und hatte Zeit ...

Hier aber diese Amokläufer der Arbeit, die die Betriebe haßten, die sie doch brauchten: was gaben ihnen die übrigen Stunden, die nicht Essen und Schlafen sein mußten, um die hungrige Seele zu speisen und die Leere des eigenen Intellekts zu füllen?

Da der Ausschlag nach links über alle früheren Menschenzeiten hinausfuhr, mußten sie exzentrisch sein und nach Recht ins Maßlose ausschwingen!

Da die Arbeit ihr Ich auflöste und mechanisierte Bewegungsfolgen aus ihm machte, mußten sie nicht im Durst nach Ichgefühl in Spielwut, in Tanzraserei, in Flimmerbesessenheit ausschweifen, selbst das Kokain des Verbrechens einnehmen, nur um den Ersatzreiz eigenen Handelns noch zu fühlen?

Das Zentrum war wohl Seele zu nennen, nun aber fraß der Ausschlag links und rechts von der Mitte, am Wesen

und am Wesentlichen, und der Mensch dieser Zeit statt in sich zu kreisen, geriet außer sich —: sterbende Seele!
Eckenpenn nahm jetzt den Umweg durch kurze Straßen, die in früheren Jahren wichtig, würdig, steif und zugeschlossen aussahen wie das lederne Portefeuille eines geheimen Regierungsrates oder eines Bankdirektors. Heute bohrte sich der Verkehr auch durch sie gleich Engerlingen in den fettesten Boden. Immerhin war am Morgen hier noch beschauliche Ruhe, Banken und Konsulate, Ministerialabteilungen und Landschaftskassen schliefen länger. Erst zur Börsenzeit und am Nachmittag gellten dann die Autohupen in dem irrsinnigen Bestreben, einander auf alle Fälle zu überholen. So konnte der Buchtrödler im Gehen hier seinen technischen Phantasien nachhängen ...
Konnte Seele je umgebracht werden?
War sie nicht doch gleich dem trunkenen göttlichen Bettler, der, aus der Schenkstube des Lebens hinausgewiesen, sich immer wieder durch eine verborgene Tür hereinfand, um in denselben Gläsern Nektar zu sehen, aus denen die andern Schnaps tranken?
Wie müßte sie sich wandeln müssen, um nicht gestreckt, verrenkt, zerrissen, gefärbt, gelaugt, verschminkt zu werden? Und doch ... würde nicht ein Tag am Ende kommen an dem sie doch tot wäre, und das neue Geschlecht der seelenlosen Menschen leben würde, ein Geschlecht ohne Gedächtnis, ohne Tradition, ohne Reue, weil Reue unlogisch ist, Tradition aber sentimentale Logik, also unlogische Logik! Eine Menschheit konnte kommen, die keine Vergangenheit kennt, sondern mit der Gegenwart in die Zukunft lebt —
Der Buchtrödler blieb an einem Zeitungsverkauf stehen und sah die Flut bunter Zeitungen von einer Querleiste

herabrollen ... Sport ... Rekord-Sport-Sport ... Und sei es der in der Liebe! Wurde nicht zehnmal, tausendmal mehr gedruckt von einem großen Boxer oder einem Baseballspieler als von den sublimsten Werken des einsamen und erlesenen Geistes?
Eckenpenn sah in Gedanken Fox Randolfini und sein gelbes, grinsendes Gesicht ...
»Natürlich«, würde Fox sagen, »nur logisch! Der Mensch der Zukunft ist der Wellenmensch und seine gesellschaftlichen Zusammenhänge heißen Wickelungen, Spulen — und seine Staatsorganisationen Schachtanlagen.«
In den halbgeschlossenen Augen des innerlich seltsam erglühenden Buchtrödlers rollte sich wie ein bunter Film das kommende Zeitalter der Technik auf: farbige Glaspaläste, künstliche Sonnen über den Feldern, die Erde von Tiefschächten durchwühlt, die an Stelle der ausgestorbenen Kohle die Erdfeuer der Tiefe heraussogen. — Fernheizung durch Abdämpfe und Gemische von Gasresten — der Niagara, die Stauseen, die fallenden Gebirgsflüsse, auf Akkumulatoren gezogen und in Transformatoren gespannt! Wer würde noch irrationale Gefühle haben — Verschwendung motorischer Kräfte! — Da auch das Gefühl nur elektromagnetische Welle ist, wird sie im Dienst der Menschheit dosiert werden. Die Hochfrequenz der Begeisterung ist nur im technischen Ausnahmefall erlaubt. Ungeformt wird die Leidenschaft Niederdruck und im schwarzen endlosen Band des Arbeitsgefühls laufen. — Der abgemessene Same aus etikettierten Gefäßen wird Fernzeugung erlauben, um Wellenmenschen nach Art und Bedarf, vorher in ihrer Schwingungsperiode gemessen und bestimmt, geboren werden zu lassen ... Material wird Material lieben, Mann und Weib werden noch in den Elektronen erkannt wer-

den und demgemäß Mann und Weib elektrotechnisch gleich Elektronen in ihren — Beziehungen anzuwenden sein und wirken. Da jedes Atom ein Sonnensystem ist, wird auch die Menschheit sich als Sonnensystem erkennen, und nach ihrer Schwerkraft sich erkennen und lagern! — Es gebe keine Schwelle im Wellenmenschen, unter der das Reich der unbewußten Tiefen mit ihrem dunklen Gebären der Gefühle liegt. Sprache als nutzlose Energieverschwendung wird gefallen sein. Denn da auch Denken Strom ist, werden die Menschen des technischen Zeitalters Lautsprecher der Gedanken haben, die — ohne die Makulatur der Bücher — in allen Zonen Wort würden.
Mikrophone des Gefühls würde es geben, die jede eingesiebte Welle auf tausende von Metern hörbar machen. Es wird gefährlich und unrationell sein, zu fühlen! Das wandernde Hirn auf Spinnenbeinen wie eine Riesenkrabbe des tiefen Meeres: so lief der Mensch vor Eckenpenn hin.

Sterbende Seele — ...
Als der Buchtrödler die Augen aufhob, glaubte er Fox in seinem steifwehenden Winterpaletot zu sehen. Aber es war ein Irrtum. Und doch mußte er plötzlich mit einem starken Gefühl an ihn denken. Hatte ihn nicht der Heimatlose, der Menschenfeind, der schneidende Verneiner der Güte und der Seele, mit Gefahr seines Lebens getragen und aus dem Reiche der Gewehrkugeln gerettet? War Fox nicht ein Flagellant der Seele, er, der sich so verachtete, daß er nicht einmal sich schätzte! Der nur noch zu leben schien, um sich selbst als einen Narren zu empfinden und darzustellen? ...
Der Buchtrödler hatte sich seinem geistigen Abraumlager genähert.

Als er an dem stilleren Platz der Kirchen entlangschritt, sah er eine Reihe von Neugierigen, die einem seltenen Schauspiel für einen Augenblick zuzusehen schienen. Eckenpenn erblickte in dieser noch kühlen Stunde einen kaum bekleideten Jüngling, der mit angezogenen Armen und zurückgeworfenem Kopf die Kniee im Lauf taktmäßig hob und senkte. Zwei Radfahrer begleiteten ihn und pfiffen anfeuernd einen rhythmisch scharf betonten Marsch. Es handelte sich um das Training eines Läufers. Zwei Laufjungen begutachteten die Beinarbeit.
Eckenpenn blieb unwillkürlich stehen. Als der Läufer wieder zurückkehrte im gleichmäßigen Tempo, vom Rhythmus des Marsches gezogen, die Stirn erhoben und stählern glänzend, schrie ein alter Mann, der ein schweres Paket unter dem Arm trug: »Mensch, renn' nicht so! Du kommst immer noch früh genug in die Irrenanstalt!«
Im Gelächter verschwand der Läufer. Unaufhörlich fiel der gleichmäßige, lange, federnde Schritt.
Der Buchtrödler sah ihm wie im Rausch nach.
»Wie er läuft, der Grieche der großen Stadt! Ist nicht allein sein Lauf wie ein schön gereimtes Gedicht? — Es ist so: wer in der Jugend nicht gut laufen konnte, kann im Alter nicht gut denken! Aber ... wie konnte ich laufen! — die Bergwiese hinab, — und denke immer noch nicht gut, nicht im Kopf, sondern — zu tief!«
Er lächelte über sich und seine Begeisterung und fühlte schon gleich dem ersten bohrenden Stich der Schlupfwespe Zweifel die Frage sich hineinsenken: »Wird dieser junge Mensch des schönen kräftig bewegten Leibes es — das große, geheime Leben — nicht nur in den Beinen haben?« —
Da war er an seinem Standort und baute auf ...
Die gelbe Stunde mit dem safranfarbenen Licht wollte

heute nicht kommen. Im blassen, ängstlich zitternden Blau des Himmels schwammen traumdunkle Massen von Wolken gleich Leviathanen. Ihre Sägezähne zuckten schnappend in einem gleißenden Schwefelleuchten hervor, ihre Bäuche ballten sich mehr und mehr, schwollen auf und wurden schwarzlila. Schauervolle Schatten schwankten über die Ränder. Ein schwerer brütender Wind stieß breitarmig nieder. Es schien, als wolle er die Giebel fassen und die Dächer abdecken. –

Eckenpenn las eifrig und zusammengekrümmt, auf der Wagendeichsel sitzend, in einem Paket von Restauflagen, die zufällig noch ganz neue Dramen, Erlösungsphantasien und groteske Gestaltungen einer noch rätselvollen Zukunft darstellten.

Nur selten kamen Käufer. Die merkwürdige heiße und zugleich kalte Schwüle trieb jeden schneller dahin. Auch der Buchtrödler hockte in einem unwirklichen Traumempfinden, das aus lähmender Müdigkeit sich emporwölkte und ihn überschattete.

Die Stimme eines mageren, schwarzbärtigen Mannes weckte ihn. Es war der wunderliche Freund der neuesten Lyrik, der wöchentlich einen Band für die Fahrt mit der Straßenbahn brauchte.

»Schlafen Sie auch schon?« fragte er heute. »Jetzt ist alles in dieser infernalischen Beleuchtung gelähmt. Was wird da wieder herauskommen!«

»Es ist beinahe so«, erwiderte der Buchtrödler, »als wollte ein Erdbeben kommen!«

»Da können Sie lange warten! In unserer gesegneten Stadt leben so viele, die selbst die Erde nicht verdauen kann, daß sie ihren Rachen fest zuhält! – Haben Sie noch neueste Lyrik? . . . Ihr Blut strömen sie hin für die Brüder – in Streckversen –, aber mit intellektuellem Seiden-

binder und den eitlen Falten des Brusttuches! — Sie wundern sich, daß ich plötzlich so viel rede?« — fragte der Schwarzbärtige.
»Ich wollte eben anfangen, das zu denken ...«
»Ja — dann geben Sie mir bitte die Restbände expressionistischer Lyrik. Viele können es nicht mehr sein! Beim letzten Mal waren es nur vier oder fünf.«
»O bitte«, erwiderte Eckenpenn verlegen, »hier unten liegen noch einige zwanzig Bändchen!« — — —
»Das ist zuviel! Aber fünf nehme ich. Einen für die Elektrische. Mir ist ohnehin bei dem Wetter flau. Ich brauche — wie soll man sagen — erschütternde Herzhaftigkeit. Und ein paar nehme ich mit auf die größere Fahrt. Ich verlasse heute Berlin, wahrscheinlich für immer. — Werde buddeln ..., Gott sei Dank, daß ich aus der Stadt komme!«
Der Buchtrödler packte mechanisch die Bücher ein. Der Umschlagbogen behandelte in zwei Exemplaren den Nutzen des kalten Sitzbades, am Beispiel der Vögel und Bären nachgewiesen.
»Ich glaube«, sagte er schwertönig — wie gegen seinen Willen gezogen —, »wenn es Sie freut, aus der großen Stadt zu gehen, waren Sie noch nicht richtig in der Stadt!« —
Der Schwarzbärtige sah ihn erstaunt an, schüttelte den Kopf und legte das Geld hin. Dann ging er wortlos. —
Der Buchtrödler sah im Halbschlaf auf die große Straße und das unaufhörliche Spiel zwischen drohenden Schatten, die wie Rebellen von Haus zu Haus sprangen, und scharfen stechenden Lichtern, die aufblitzten gleich den Mündungsfeuern von steil aufgereckten Mörsern. Der Verkehr zog ununterbrochen seinen Weg, wurde zugedeckt und leuchtete plötzlich bunt wie ein blühendes Blumenfeld auf. — —

Nach einiger Zeit wurden die Flügel zum Torweg aufgestoßen und festgestellt. Der einarmige Fabrikpförtner trat auf die Straße, den Stock mit der aufgebundenen roten Flagge in der Hand, um ein herausrollendes Gespann anzuzeigen und den Weg freizumachen.
Ein Wagen mit Werkzeugmaschinenteilen, die sorgsam in Holzkäfige eingeschlagen und geschützt waren, kam polternd aus dem engen Tor. Zwei schwere Belgier zogen keuchend. Die riesigen, scharfgespannten Muskeln wölbten sich vor. Der Kutscher peitschte, ließ dann lockerer, lenkte und brachte dann den Wagen auf den Weg.
Der salutierende Pförtner wollte wieder zurückgehen, besann sich aber und trat an Eckenpenns Wagen. Er schien aufgelegt, mit dem Buchtrödler sich zu unterhalten. Das kam zuweilen vor und wurde meist politisch, wie denn Politik sehr leicht das gierig ergriffene, erregende Thema ungelenker, befangener und primitiver Menschen ist, die von engen Erfahrungen heraus gradlinig sich ereifern und das Weltproblem mit Gewalt durch den, wenn nötig erzwungenen Sieg über Anderswollende (also Übelwollende) lösen.
Eckenpenn hatte jedesmal mit einer Art Zuhören den Strom sich zerteilen und in flacher Erschöpfung sich zerrinnen lassen. Zustimmung peitscht auf. Widerspruch peitscht auf. Beides ergibt Blicktrübung. Der Buchtrödler, der andere nicht in ihrem Blick stören wollte, suchte auch sich nicht stören zu lassen ...
Der Pförtner spie aus, schwenkte die rote Flagge und sagte grimmig: »Ich möchte mal wo anders mit ihr winken! Aber sie reden einem dumm! Unsereiner kann keine Bildung haben, weil man arbeiten muß. Die aber, welche was gelesen haben, werden Bonzen und saugen uns auch noch obendrein aus!«

Der Buchtrödler sagte still: »Aber die Bildung liegt doch auf der Straße! Man braucht sie nur aufzuheben! Es gibt soviel Kurse, Volkshochschulen ... Nach den acht Stunden.« —

»Sie lesen ja den ganzen Tag«, unterbrach ihn der Einarmige schroff. »Sind Sie denn schon zu was gekommen?«

Der Buchtrödler lächelte verlegen. »Das kommt daher, weil ich zuviel Zentrum in mir habe«, sagte er still.

»Mensch — sind Sie katholisch?«

»Nein ... aber warum gehen Sie nicht aus der Fabrik fort?«

»Ja — wo soll ich denn hin? ... Ich bin doch damals in die Transmission gekommen?«

»Und da sehen Sie jeden Tag die Maschinen nach?« fragte der Buchtrödler erstaunt.

»Ja — man ist doch daran gewöhnt! — Der Arbeiter hat kein Vaterland. Er hat nur seine Ketten zu verlieren. Die Fabrik ist sein Vaterland ...«

In diesem Augenblick erschien ein junger Buchhalter im Torweg. Seine Lackschuhe glänzten. Das Brusttaschentuch bauschte sich. Das zurückgestrichene Haar hob sich im Luftzug.

»Sie — Schwiefert — wo stecken Sie denn?«

Der Fabrikpförtner drehte sich sofort um und ging eilig, den Stock mit der Flagge nach unten gedreht, in den Torweg. —

Der Buchtrödler fühlte sich auf eine sonderbare Weise erschöpft. Die Zwiespältigkeiten der Witterung und ihre Umkehrungen hatten ihn noch immer nicht wetterfrei machen können. Die vielen Jahre in der großen Stadt hatten ihn nur noch empfindlicher gemacht, vielleicht weil die Stadt als eigene Landschaft den Menschen mit Schwankungsgefühl noch schwingender beeinflußt, und nur das gefühllose Tempowesen, das über Asphalt geht und nicht über Erde, weiß nichts vom Kreisen und magnetischen Zucken der Luft, von Berg und Tal auf der Straße und von dem Gefühl, daß die Erde im Raume sich dreht an den Sohlen.

Die weißen Stunden waren grauviolett und verhängt. Eckenpenn entschloß sich abzurüsten und die Kaffeestube aufzusuchen.

Da glitt, leicht taumelnd, ein Angetrunkener vorbei. Im Vorbeischieben fiel sein verglaster Blick auf Eckenpenns Wagen, und mit Erstaunen erkannte der Buchtrödler den Mann, der am Tage der Revolte im Vorbeigehen das blaue Heft genommen hatte ...

Eckenpenn blieb, die Hand an der Deichsel, wie erschrocken stehen und sann nach. — Wo mochte das blaue Heft jetzt sein? War es nicht auch ein Symbol der sterbenden Seele? Die Seele, die von jedem gegen billiges Geld als Altware gekauft und weitergegeben werden konnte, die verschwand, um bei einem irren Seelenlosen wieder aufzutauchen? — Oder war es noch ein tieferes Symbol der Zeit, daß der Wahnsinn — Ahnsinn hatte: Die Seele? Daß Menschen und Geschehnisse, die noch vor kurzen Jahrzehnten — Jahren — als sinnlos gegolten hatten, jetzt logisch und selbstverständlich waren?

Und wie er schwer den Wagen hinaufschob, sah er, einen Augenblick rückwärts sich wendend, die Lieferwagen mit den Stoffballen und der fertigen Konfektion rollen, sah die vielen Frauen mit den großen, verschnürten Paketen nach vorn gebeugt drüben entlangeilen, und ihm war, als ginge noch die Näherin im Umschlagetuch, mit dem Gesicht der Nachtarbeit und den zerstochenen Fingern im Zuge, mager, mit zuckenden Schultern und frierender Seele. Wo würde auch deine Seele — denn auch Irren ist Seele — endlich sterben? — —

In der Kaffeestube war ein selbst für die Mittagsstunde mit ihren Beziehungen zur Börsenzeit ungewöhnlicher Andrang. Es war kein Platz zu haben, und der Buchtrödler ging suchend im Gang auf und ab. Endlich konnte er sich zwischen einige heftig redende Leute einklemmen, die den Hut auf dem Kopf hatten und mit den Händen redeten: Offenbar Agenten oder Winkelmakler.

Als die Kaffeespenderin seine Tasse brachte, flüsterte sie: »Der Herr Professor war heute schon hier ...«

Eckenpenn fragte erstaunt: »Hat er etwas für mich bestellt?«

»Nein«, erwiderte das Mädchen, »er sah ganz rot aus. Er ist auch beim Kaffee eingeschlafen. Und dann ging er ganz schnell ...«

Der Buchtrödler wußte, daß Professor Hettwer alle Vierteljahr einen Tag wütender Vagabondage hatte, eine Art Quartalstrunkenheit der Seele. Er war daher besorgt, daß ihm in seiner schweifenden Unruhe etwas zustoßen könnte. Doch blieb nur übrig, aufs Geratewohl im weiteren Umkreis der inneren Stadt zu suchen. Zuweilen fand man ihn und konnte seine Unruhe mit ihm auslaufen ...

Das Gespräch der aufgeregten Leute wurde immer lauter und schien eine wachsende Besorgnis auszudrücken.

Der Buchtrödler kam aus seinen Gedanken über den Professor und Fox, den er seit seiner Krankenhauszeit nicht mehr gesehen hatte, wieder an die Oberfläche und an das Bewußtsein der Geschehnisse um ihn zurück. Aus dem Geschwirre formte sich riesengroß, mit phantastischen Nebelarmen aus dem Rauch der Zigaretten, mit einem Zahlengrinsen als Gesicht und furchtsam knitterndem gedrucktem Papier als Herz das *Gerücht*. Es blies die Katastrophe aus seinem zahnlosen, geschwätzigen Maul. Der Sturz von Banken und Geschäftsfirmen zischte von der

Zunge des dämonischen alten Weibes, die rötlichen Hexenaugen blinzelten trübe und doch gierig und schlugen vorsichtig Angst um die Giftreden wie einen dunklen Mantel um ein nacktes, schamlos ausgesetztes Kind!
Eckenpenn wurde heiß unter dem überkreuzenden Gezisch und dem Druck aufgeregter, gleich interessierter Menschen. Auf der Straße mußte Dunkelheit liegen, obwohl es hoher Mittag war. Schatten krochen gleich langfüßigen, hungrigen Giftspinnen herein ...
Da erhob er sich vorzeitig aus dem Gedränge und trat auf die Straße. Seine Schritte liefen wie von selbst nach dem Wirtschaftszentrum, dem Goldtransformator der Welt, dem goldgeränderten Papierkalb Börse. –
»Merkwürdig«, dachte er beim Gehen, »alle schimpfen über sie, wenn sie aber still steht, brechen sich die Märkte das Genick! Alle hören doch auf sie! Sie scheint doch der Götze der amerikanischen Zeit zu sein! Das frühreife, immer noch kindische Volk des neuen Raumes betet ihn an, hängt ihm Goldplatten um – oder prügelt ihn, wenn er kein gutes Wetter schickt.« –
Als der Buchtrödler die Brücke mit den Bronzefiguren überschritt, stieß plötzlich ein kurzes, scharfes Rollen durch die schwüle Luft. Grelles Sonnenlicht kam einen Augenblick gleich Hödurs Mispelspeer verwundend in die lichtgrüne Baldurerde hinab. Dann war ein Heulen und Pfeifen in der Luft. Kalte Böen knieten sich wirbelnd auf die Brücke und trieben alles mit harten Fingern kreisend vor sich her. Die Bronzeleiber schienen zu ächzen. Von den Litfaßsäulen rissen sich Papierfetzen los und knatterten als grelle, gezackte Fahnen im Wind. Ein Blitz durchschnitt die zerpleißende Luft. Der Donner krachte sie wieder zusammen. Und nun fuhr ein Dolch über die dunklen Wolkenbrüste, riß die geschwollenen

Leiber auf, daß das weiße Eisblut in Hagel sich herunterschüttete, schräg vom Sturme getrieben. Das saftgrüne Laub, seines ersten Monats im Prangen froh, ward überdeckt von klatschenden Körnern. Die Blätter zerrissen. Ruten und Äste trieben, abgeschlagen, im Gewittersturm. Im Augenblick war der warme Boden mit glashartem Hagel bedeckt. Die Körner stürzten, sprangen hoch, gleich zornigen Kindern. Im Toben des jähen Naturgrimmes hasteten die Menschen davon und drängten sich in Torwegen oder unter Balkonen zusammen. – Eckenpenn stand hinter einem Auto gegen die Wand geduckt. Es war ihm, als ob auf dem Kamm des Riesengebirges Rübezahl aus einem Jahrhundertschlaf durch einen grimmigen Traum jäh erwacht wäre und im Zorn Wolken zerrissen und auf die von Glockentönen besäte Erde geschüttet hätte. Er fühlte sich einen Augenblick jung und köstlich boshaft, hüpfte tanzend von einem Fuß auf den andern und sah den springenden Eisschollen zu. Dann schämte er sich und rannte, den Lodenmantel mit dem schwarzen Orkus hinter sich wehend, über den Damm und in die Vorhalle der Börse.
Hier hatten die Zeitungshändler ihre primitiven Stände hastig zusammengerafft und sie in die Türnischen gestellt. Sie standen entsetzt und starrten in das Unwetter ... Durch den brummelnden Donner floß wieder Licht herab, als lächelte der Riese über seine eigene Wut. »Mai ist doch Mai!« hörte ihn der Buchtrödler grunsen. »Ich will wieder schlafen – warm, in der Kristallhöhle, und die Sintertropfen des Kalks, – jedes Jahr einen Tropfen, – die Zeit messen hören! – Ihr Zieselmäuse, lauft wieder und leckt euch die rosigen Schnauzen! Es ist ja doch Mai!« –
Die Wolken wichen zurück. Verdrängte Straßen stellten

ihre Perspektive zurecht. Die Wärme kam schüchtern und trocknete zärtlich an den erfrorenen Steinen.
Auto stand neben Auto und wartete auf die Fürsten des Geldes. Kupferfarben, silbergrau, lackgrün, elfenbeinschwarz, — mit geschliffenen Scheiben, Ledersitzen und einem parfümierten Blumenstrauß standen sie da. Der Motor bebte in flüchtigen, leisen Stößen, als atme eine Geliebte zusammengepreßte Sehnsucht. Die Pelzdecke lag im Fond, achtlos hingeworfen. Die Schofföre standen alle in einer Gruppe, um eine Laterne, rauchten, flüsterten. Eine Mittagszeitung lag auf der Erde. Dem Buchtrödler schien, als hocke auch auf diesen braunen, leichtsinnig — kühnen Gesichtern die gleiche Sorge wie auf den Leuten in der Kaffeestube. Nun sah er auch Gruppen von Menschen mit Aktenmappen unter dem Arm zusammenstehen.
Da öffnete sich die große Tür.
Zwei Herren mit Ledertaschen traten heraus. Hinter ihnen stürzte ein Geräusch von brüllenden Stimmen, ein heiseres Zischen, eine Luft voll Gurgeln, Pfeifen, Schweiß und Qualm. Die Tür fiel zu und schnitt den inneren Atem ab — die Herren standen in der Sonne und blinzelten. Dann traten sie mit knickenden Schritten vor und ließen sich mechanisch die Steinstufen hinabfallen. Die Gesichter waren blaß und verzerrt.
Die beiden Schofföre liefen aus der Gruppe hinzu, warfen die Zigaretten weg, kurbelten an, rissen den Schlag auf, und standen, die Hand an der Mütze ...
Und nun sah Eckenpenn, während das Grauen über seinen Rücken rieselte, wie beide zögerten, den Fuß auf den Tritt zu setzten, ihn zurückzogen als seien sie aus einem Paradies vertrieben, zuckten — und sich durch die Schläfe schossen ... — Schwarzer Tag. —

Die große Straße blieb; der ewig gleiche Strom, die schimmernde, scheinbar stillstehende Kreissäge, das ungeheuere, rasend gleitende Band der Transmission, das unbeweglich zu sein scheint. Sie blieb. Nur der Himmel über ihr wechselte.
Am Nachmittag hing über der Straße ein feiner Lilaflor, ein Ineinandergeschwebe von Duftschleiern; unter ihnen wirkte die milde, gelöste Wärme des Frühlings.
Der Buchtrödler hatte die Stunden verdämmert. Nur selten war ein Käufer gekommen; aber es hatte ihn ja auch am Vormittag die expressionistische Lyrik gerettet, und in den schwerstilisierten Wortklötzen der Dramen weiterzulesen, war es zu warm und die Luft zu sehr von der reinen Leichtigkeit des höheren Drucks.
Bei Einbruch der Dämmerung ging Eckenpenn durch die Straßen in der zaghaften Hoffnung, den Professor zu treffen. In einer Straße, die zur Spree führte, einem jetzt in der herabkommenden Dunkelheit erstorbenen fast unbeleuchteten Geschäftsweg, hatte er ein seltsames Erlebnis. Er sah einige Schritte vor sich einen großen, fast schwergebauten Mann gehen, an dessen Seite sich die leicht und elegant schreitende Figur eines männlichen Mannequins zu bewegen schien. Am lässigen Schwingen eines Ebenholzstockes erkannte der Buchtrödler den Herrn der Mode, den Dorian Gray des Doktors Seidenschwanz. Beide Herren blieben an einer dunklen, kurzen Gasse stehen, die zu einem Wohltätigkeitshause führte. Eckenpenn wußte: *Humanitati* stand in goldenen Buchstaben darüber. Der schwere Mann nahm den Kneifer ab. Auch ihn glaubte Eckenpenn zu erkennen.
In einem unbewußten Entschluß blieb er, an den Zaun eines Vorbaues gedrückt, stehen. Als beide in die Dunkelheit traten und sich Dorian Gray noch einmal lächelnd

umsah, tastete sich der Buchtrödler bis zur Ecke. Er hörte ein seltsames Geräusch, ein dunkles Flüstern, das doch schneidend und getragen zu ihm kam, als hätte die Finsternis Stimmen bekommen ...

»Lieber Freund, ich glaube gar, annehmen zu müssen, Sie beklagen sich. Dabei haben Sie nichts weiter zu tun, als Ihren vortrefflichen Füllfederhalter, Marke Montblanc *Der König der Berge* wie Diabolos Byron sagt – zu zücken, und im Schein eines Zündholzes Ihren Namen zu schreiben. Ich habe Lust, eine Zigarette zu rauchen ...«

»Aber bedenken Sie! – Sechzigtausend Mark ... Es ist entsetzlich!«

»Bitte – keine moralischen Anmerkungen! Sie verschieben das Gesichtsfeld ... Ich fühle auch niemals Reue. Reue gibt blaue Ränder um die Augen und Runzeln. Ich habe aber die Aufgabe, schön zu sein! Ich fühle grundsätzlich nicht, weil auch das eine unbequeme Betätigung ist, und Sie wissen, lieber Freund, ich lächele nur und tue nichts!«

»Sie drückten mir mit beiden Fäusten die Kehle zu! Sie ...«

»Ich bitte – nicht so laut! Es lohnt sich nicht um 60 000 Mark und einen Namenszug zu schrein! Hinzu ist zu fügen, daß die Ecke vollständig menschenleer ist – und nicht ich das Aufsehen zu fürchten habe. Ich pflege immer guten Freunden zu raten, sich nicht zu verehelichen. Das ist eine später stets teuer zu bezahlende Geschmacklosigkeit. Treue ist ein Romanzenthema. Sie wissen hingegen, daß – für den anderen – selbst Frauen, die bis zum Gürtel Engel sind, stehlen gehen!«

Eckenpenn hörte ein Stöhnen.

Plötzlich blitzte der Strahl einer kleinen, scharfen Taschenlampe auf. Zum Glück stand ein Brett halb vor, und deckte ihn.

»Man muß immerhin nachsehen ...«
»Sechzigtausend Mark ... Sie ruinieren mich! Sie machen mich blutleer. Wozu ...«
»Aber, lieber Freund, ein Mann der guten Gesellschaft fragt nie wozu! Grund zu haben — und zu suchen ist plebejisch. Glauben Sie übrigens, Verehrtester, daß schön zu sein nichts kostet? Kein Beruf ist teurer als die Berufslosigkeit! Das Ersparen von Aufregungen kostet viel Geld. Mir geziemt das Leben eines Götterjünglings! Und sie irren wirklich, lieber Freund, wenn sie glauben, daß es so von selbst käme, dieses Spielen mit den andern, dieses immer Zeit haben, immer lügen können! Nur der kultivierteste Mensch kann immer lügen, und so lügen, daß die Lüge bezaubert und beseeligt! Die feine Lüge hat Duft. Die Wahrheit aber ist grob, entzweit und hat einen üblen Geruch ... Zücken Sie ihren Montblanc, lieber Freund! Glauben Sie, daß ich diesen ganzen Aufwand an Geist, diese gewohnheitsmäßig spielende Fontäne von irisierenden Worten und Bildern umsonst leisten will? — Sie wissen, ich besudele mich nicht gern mit Aktivität. Zur Not genügen zwei Zeilen in einem mondänen Blatt ...«
»Geben Sie her. — Sie sind ein ...«
Ein Streichholz blitzte auf.
»Bei Fortsetzung müßte eine höhere Zahl geschrieben werden. — Danke verbindlichst! — Wie wundervoll ist der Abend, wenn man ihn durch den Rauch einer guten Zigarette genießt! Sie ist wie der köstlichste Duft einer schönen Lüge!«
Die Herren gingen ...

Der Buchtrödler lief wahllos durch die Straßen. Ein leises Zittern war in seinen Knien. Er hatte ein Gefühl, als wäre er mit dem Mitwissen um schlimmste Schuld beladen und selbst darin schuldig. Konnte es nicht schon Schuld genannt werden, unter einer solchen ungeheuerlichen Anhäufung von Menschen zu leben, die notwendig war, nur um das Bestehen dieses Verbrechers des Intellekts möglich zu machen?

Er stand nach einiger Zeit unter einem Stadtbahnbogen, mitten im Strom der Menschen, die durch die Klapptüren stürzten, um ihren Vorortzug nach dem Zuhause zu erreichen. Sein erwachender Blick wurde durch die farbig schreienden Plakate im Schaufenster eines Lokals dicht neben dem Eingang zu den Billettschaltern gebannt. –

Stand da nicht der Name »Fox Randolfini« als Stimmungspianist? War nach den angepriesenen Genüssen Fox nicht dazu bestimmt, die einleitende Stimmung für das Original - Hawai-Trio mit dem Original - Banjo zu schaffen?

Die Tür stand halb offen. Schmalzige Kreischtöne, eingewickelt in Rauchschwaden, drangen heraus.

Eckenpenn zögerte. Er wußte, Fox liebte es nicht, im Beruf überrascht und gestört zu werden. Er liebte es auch nicht, wenn man nach seiner Wohnung forschte, um ihn etwa zu besuchen.' In solchen Fällen konnte er einen Müllkasten oder eine Drainageröhre als seine beschlagnahmefreie Wohnung bezeichnen (wobei es nicht ausgeschlossen war, daß er – wenigstens zeitweilig – die Wahrheit damit sprach)!

In diesem Augenblicke des Zögerns fiel ihm ein etwa elfjähriges Mädchen auf, das mit zwei kleineren Geschwistern an der Hand vor dem Eingang stand und hineinsah. Ihre blassen Züge, die in der Farbe der verblichenen Schürze glichen, waren finster und in einem alten Nach-

denken versunken. – Das Mädchen ging mit den Kindern ins Lokal.
Der Buchtrödler trat sofort hinter ihnen ein.
Fox saß am Klavier, hatte drei Gläser Bier auf die Tasten gestellt und spielte unter Umgehung dieser Bierstimmen einen Marsch. Zuweilen griff er wie aus Versehen in eines der Gläser und spielte mit tropfenden Fingern weiter. Anerkennender Beifall erscholl. Eckenpenn wurde rot und wollte sich entfernen. Doch Fox Randolfini hatte ihn schon gesehen und hielt ihn mit einem Blick fest. Stärker aber noch bannte ihn plötzlich das Gesicht des elfjährigen Mädchens. Sie stand vor einem langen, wildblickenden Mann und sah ihn schweigend an. Es war der Blick eines toten Weibes, das ihren Grabhügel mit den Händen der Pflicht aufgekratzt hat und den trunkenen Mann ansieht ...
Der Mann erblaßte, warf dem Kellner Geld hin und ging mit den Kindern hinaus.
Fox stand vom Klavier auf.
»Meine Zeit ist just abgelaufen. Die erreichte Stimmung steht mit meiner Entlohnung gerade in richtiger Konkordanz. Siehst du nicht, Gnom, das Hawai-Trio aus der Splittbergergasse? ... – Das Mädel holt ihren betrunkenen Vater jeden Freitag ab, – wenn Lohntag ist! Die sterbende Mutter hat es ihr auf die Seele gebunden. Da sie eine Last darauf hatte, merkte dies Kind, daß es Seele besaß! – Ein anderer sagte übrigens, das Weib wäre durchgebrannt ... Jedenfalls muß der Papa erst betrunken sein, ehe er mitgeht! Vielleicht Gram, – und das Kind gönnt ihm die Betäubung. Nur der Rest ist zu retten. Sie kocht auch, wäscht, bringt die Kinder zur Schule. – Komm, Professor!«
Eckenpenn sah zu seinem Erstaunen, daß Professor Hett-

wer im Winkel zwischen Klavier und Wand saß und ein Glas Rum in der zitternden Hand hielt. Sein Gesicht war dunkel und erschöpft, seine Lippen bebten, und das graue Haargehänge rann um seine feuchte Stirn.
Der Professor stand auf, schwankte, leerte das Glas Rum und ging mit gestrecktem Schritt zwischen Fox und Eckenpenn hinaus.
Nach wenigen Minuten stutzte er jedoch, machte sich los und schlug sich vor die Stirn.
»Ich muß zurück«, sagte er aufgeregt. »Ich habe die Seele des heutigen Buß- und Beichttages vergessen ... Grinst du, Fox –, du schweifender tibetanischer Hund, der die Leichen annagt und alles tote Fleisch der Gefühle abfrißt – bis auf den Knochen?«
»Was sollte ich grinsen, alter Professor?« erwiderte Fox ernst. Sein gelbes Gesicht sah im trüben Flackern einer halb versagenden, zischenden Straßenlaterne wie eine alte Landkarte aus. »Ich falle nur über Nüchterne her, über Verstandsphantasten oder Gemütsbeschwipste. Heilig ist mir jeder Betrunkene, – denn er brachte es fertig, außer sich zu sein! – Gehn wir also zurück. Wo liegt die Seele dieses Tages?«
»Auf dem Klavier«, stammelte der alte Mann verwirrt. »Neulich – habe ich sie auf der Straße gefunden – in der Gosse. – Wo liegt die Seele anders als in der Gosse? – Ich bin betrunken – ich, der abgebaute Professor, die abgebaute Seele. Wie heiße ich doch? – der nicht mehr lesen darf, – wie heiße ich doch?« – fügte er ungeduldig hinzu.
»Pan«, sagte Fox laut.
»Zu Befehl.« – Der Professor richtete sich hoch auf und legte salutierend die Hand an das Haar. »Wo ist mein Hut?«

»Ich habe ihn«, sagte Eckenpenn und hob den gedrückten, schwarzen Schlapphut mit der Gigantenkrempe hoch.
»Gut. – Der Windhund! – Übrigens«, setzte der Alte nachdenklich hinzu, »das ist philologisch ein Ehrentitel. Wer was finden will, muß die Nase am Boden und nachher im Wind haben.«
»Weiß denn seine Frau?« flüsterte Eckenpenn Fox zu.
Aber der Professor hatte es doch gehört. Er lächelte listig, rieb sich die Hände wie in freudiger Bosheit und sagte: »Amalaswintha? ... Hat Migräne – sieben der dicksten nassen Tücher liegen ihr häuptlings«, setzte er skandalierend hinzu. »Frei ist der Bursch und sucht selber das blühende Land!« Anerkennend nickte er mit dem Kopf. »Gutes Distichon, könnte von Don Frederigo Schiller sein! – Im Hexameter steigt des Springquells flüssige Säule. Im Pentameter drauf fällt sie melodisch herab ...
Tim ta tim ta ta tim ta tim ta tim ta ta tim tim.
Tim ta tim ta ta tim – tim ta ta tim ta ta tim.
Sechs. – Sechs.« –
Sie standen vor dem Eingang des Lokals.
Das Gesicht des alten Mannes wurde hilflos und feucht. Er bewegte schwach die Hände und flüsterte: »Soll ich da wieder hinein?«
Fox sagte: »Laß, alter Herr! Ich werde sie holen.«
Er ging. –
»Guter Kerl«, flüsterte der Professor Eckenpenn zu und ergriff ihn am Arm. »Fox hat keine Seele« – sagt er. »Doch da er im Rinnstein liegt – metaphorisch gesprochen, du geliebte Buchmilbe –, hat er welche ... Ist an die Seele gekreuzigt ... Heiland, der Schächer sein will! – Sag' Eckenpenn«, fuhr er plötzlich fort, »rede ich Unsinn?«

»Professor«, sagte der Buchtrödler leise und strich ihm über die große, adersträhnige Hand, »du hast nie mehr Sinn gesprochen. Er hat mich aus den Kugeln getragen.« – Fox trat heraus, ein Blatt mit Maschinenschrift in der Hand. Der Professor griff gierig danach und steckte es ein.
»So«, sagte er aufatmend, »jetzt wollen wir gehen – an die Tiberbrücke zur Marmornymphe mit dem ewigen Strahl des Springbrunnens der Sehnsucht.«
»Ich weiß«, raunte Eckenpenn, »er meint den Gang am Museum. – Fox, warum hast du mich damals getragen?«
Fox grinste.
»Du botest einen trefflichen Kugelfang für eventuelle Querschläge, Verehrtester!«
Eckenpenn schüttelte den Kopf. Sie gingen schweigend. Der Professor sprach tief und mit einem sehnsüchtigen Stimmenklang: »Amalaswintha hat Migräne. Ihre Tugenden von vielen Jahrzehnten sind ihr zu Kopf gestiegen und schmerzen. Da laufen sie im Kreise herum wie japanische Tanzmäuse ... Ich aber habe mich auf die Bahn gesetzt, obwohl – Ihr Freunde, hört es an – obwohl die Tücke des Objekts in der Gestalt einer hochsteigenden Querstufe mich am Knie hindern wollte ... Jemand hat gesagt: Warum sollte ich nicht beim Gehen – immer in die Ferne sehen? – Ich also – denn jedermann weiß, ich bin fernsichtig. Was aber geschah? – Ich sah den Wald vor Bäumen nicht ... und suchte den Wald! An die Bäume stieß ich – und suchte den Wald! Über die Grassoden stolperte ich – und suchte die Wiese! In der Luft rannte ich Hornissen an. Ich fiel über Berge und sah nur die Ferne!«
Er schwieg erschöpft ...
Dann aber fügte er seufzend hinzu: »Und ich sah auch die Ferne nicht ...«

Nach einer Zeit stillen Gehens hob der Professor den Kopf, witterte und sprach: »Ich rieche Wasser! Das Feuchte ist da, das Urempfangende. Aber das Feuer fiel herab, löschte sich ab in ihm zur Wärme und machte es die Erde gebären. Da es aber noch weiter fiel, ward Loki eingefangen und gesperrt in das kalte Gefängnis des Kristalls, und der Gifttropfen Sehnsucht kam auf ihn herab, daß die Gebirge bebten! — Aber von dieser Historie weiß Kant nichts. Mein Regenschirmkollege war nur logisch, nicht kosmologisch! — Gegrüßt seist du, Tiberbrücke, du, der Mondmarmor holdseliger Nymphe! Dort drüben aber, an den Gittern, ist Orkus!«
Der Buchtrödler faßte unwillkürlich an seinen Mantel. Morgenstern sowie ein Band Paracelsus und seine übriggebliebene Schmalzschnitte waren noch da, Fox aber lächelte sein bleichestes Grinsen und flüsterte: »Er meint die subterrine Bedürfnisanstalt. Pan wird Poet, wenn er Rum hat, die moderne Ziegenmilch ...«
Eckenpenn hob die Hand hoch, als wolle er Fox zum Stoppen bringen.
Der Mond stand über der Spree. Aus der warmen Feuchte hatte er sich einen Lichthof gewoben, einen Kreis milden Lichtes, den ein Mondregenbogen, doppelt geschwungen, umschloß. Durch verstrahlenden Farben aber flimmerten lichtzuckend große Sterne, und weiterhin dämmerten schwachleuchtende Sternnebel.
Der Buchtrödler wies hinauf. »Ist das nicht wie das Taubengespann der Aphrodite?«
»Es kommt jetzt Licht zu uns, das von den Nebelhaufen vor 930 000 *Lichtjahren* ausging«, sagte Fox. »Der Strahl, der heute scheint, wird auf Erden sein, wenn kein Mensch und kein Geschöpf mehr leben kann! Was ist uns Aphrodite und der Gesang: Heilige Flamme, glüh'!«

Der schlanke Leib der Aphrodite lehnte an einem Schalenrund. Sie schien zu schlafen. Ein dünner Strahl war wie der abgebrochene Gesang eines Traumes.
»Sieh doch den Professor an, Fox!« sagte Eckenpenn wider Willen lauter.
Der alte Mann hatte das Maschinenmanuskript hervorgezogen und blickte zum Himmel.
»Jetzt sehe ich euch, Sterne! Blut ist in meinem Auge. Ich sehe euch! Hierher habt ihr euch geflüchtet – über das Wasser. Denn wo könntet ihr sonst Himmel haben, darauf zu leuchten, und Wasser, um euch zu spiegeln? Denn ihr seid wie Frauen, wie wahre Frauen, – und darum liebe ich euch! Ihr seid rein und eitel zugleich und strickt nicht Menschenliebe in Wolle! – Hört, ihr beide, dies hier ist die Seele des Tages! Im Lichte der Sterne kann ich lesen!«
Er sprach:

Die Sterne

Wir stehen über der Stadt.
Nicht immer geht es, daß wir Wolkendecken
vor unsere allzureinen Augen nehmen dürfen!
Wir schließen sie zu, blinzeln vielleicht,
kreuzen im Widerwillen die Strahlen ...
Aber – Wir müssen leuchten doch einmal!

Zwischen den Hauchruten der Wipfel
möchten wir spielen.
Wir tanzen gern
nach dem Gesang eines Windes, der leicht nur
von dem Biegen der Wiesen tönt.

Unser Bildnis waschen wir zärtlich
in der kühleren Bläue des Sees
und trocknen uns ab
an den Sandleinenwegen des Ufers!
Anders — und tiefer — ist das Dunkel des Himmels,
das umkränzende,
über der Weite des Meers und dem gegenrauschenden
Walde . . .

Wir können nicht fluchen, — wann könnten das Sterne?
Wir können nur segnen — oder uns schämen!
Jetzt löschen uns aus
die schwarzen Tücher des Rauchs,
Giebel zerreißen den Himmel, zerteilen
uns in verirrte Herden . . . Dunst
beschlägt den reinen Atem, zähklebend,
vom Feuer bespien!

Lichter — unten flackern frech,
grell übertäubend mit Leichenlicht
unser Glänzen, das schlafbehütende.
Pfützen, gleichmäulig, gleichmachend,
fangen uns auf, trübgrinsend,
daß wir in Schauder schwanken, bis uns
eines Steines Geklotz in Scherben zerschlägt! —

Augen und Ohren täten wir zu,
so wir vermöchten,
ob des heisern Kreischens — unten — das wie verfluchter
Sturmwind zusammen sich rottet . . .

Wir stehen über der Stadt.
Wer hört unser heimliches Flehn?
Wer sieht zu uns auf? —

Eines Teiches geklärtes
Lächeln nur
inmitten des Greuls blieb uns getreu,
und der Einsame sieht,
— daß wir uns drängen — dort
wie schutzlose, schöne,
frierende Kinder ...

Eckenpenn hatte ein Gefühl, als hätte einmal das Schicksal den Zufall sinnvoll geknüpft. Er errötete vor Freude. —

Der hinkende Fox lag über dem Geländer und blickte in das Wasser. »Die Fische japsen«, sagte er, »ich bin müde. Die Worttrunkenheit ist der letzte Rausch der Menschen alten Schlages, — der alten Menschen. Seele, die sich nicht reimt. — Der alte Mann schläft. Sein Text ist zu Ende ...«

Der Professor hatte den Kopf auf einen Geländerpfeiler herabgebeugt und hielt die Augen geschlossen. Ein paar Schritte abseits sprachen die Wasser der Nymphe mit dem Nachtduft der Fliederbüsche. Fern donnerte verhallend das Rollen der Straßenbahn. —

Aus dem Schweigen hob der Professor das Haupt, dehnte sich und sprach klar: »Es ist spät. Mir wird kalt.«

»Komm, Professor! Wir wissen schon.« Fox ergriff ihn am Arm. Eckenpenn reichte ihm den Hut.

In einer Viertelstunde stand der Professor vor seinem Haustor und tastete mit geübter Vorsicht. Dann war in kurzer Zeit Licht.

Als sich der Buchtrödler zurückwandte, war der gelbgesichtige Freund schon in den Schatten verschwunden ...

Es war gegen elf Uhr nachts.

Eckenpenn lief schnell, in einer wunderbaren Hochspannung des Gefühls. Es kam ihm gar nicht ein, sich in eine überfüllte Bahn zu setzen und zu fahren. Einem hatte er doch ein wenig geholfen! Aber — war es nicht einer seines Kreises? Und dann kam gleich der Zweifel, ob er je ein Geschöpf anderen Grades besiegen könne ...

Im leuchtenden Liebeszentrum der großen Stadt fühlte er sich beklommen. Er huschte rasch durch die Straßen, den wehenden Mantel zusammennehmend. Aus einer Gruppe junger Leute, offenbar Künstler und Literaten, klang ein helles Lachen. Das leuchtende Gold kurzgeschnittenen Haares blitzte auf, Eckenpenn wußte im Augenblick: Es war *Hermine!*

»Aber kommen Sie schon, Mädchen mit dem Goldhelm!« rief einer der jungen Leute ...

Der Buchtrödler lief eilig. Der Gedanke an Hermine — und an die Näherin lief mit, der seelenlose Trieb zum Leben und der seelenvolle Drang — mit ihm, dem verlorenen Leben. —

Eckenpenn grübelte. Der Stolz war abgefallen. Noch war er nicht der Professor. Noch hatte ihn das Leben nicht geschlagen. Aber — hatte er das Leben besiegt? Muß Seele darum unterliegen, *weil* sie Seele ist? Können das Leben meistern nur die Seelenlosen? Das neue Geschlecht? — —

Als der Buchtrödler vorsichtig die Korridortür aufschloß, kam ihm Frau Lehnert mit der Küchenlampe entgegen.

»Ach — Sie sind's, Herr Eckenpenn! Ich dachte, die Hermine wär's! Haben Sie den Balg irgendwo in der Nähe gesehen?«

Eckenpenn hörte sich »Nein« sagen und rechtfertigte sich sofort — nachher — damit, daß er Hermine weit ab getroffen habe.

Die Frau stieß ärgerlich hervor: »Handschuh wollte sie sich kaufen gehen. Was will sie mit Handschuhe? Sie hat den Kasten voll! Aber wenn sie den Mund aufmacht, lügt sie, — und wenn sie'n zumacht, hat sie jelogen!« —
Der Mond schien in die Kammer. Der Sang von Sternen klang herab, weither, — den Ätherweg von tausenden von Lichtjahren an den Füßen ...

V JUNI

An einem verhangenen Junimorgen machte der Autor Doktor Seidenschwanz Fensterpromenade vor sich selbst. Es hatte seit Tagen geregnet. Alle Häuser sahen aus wie lang eingeweichte und genügend durchgekochte und ausgespülte Vorhemden, die nun des heißen Bügeleisens der Sonne mit vor Sehnsucht dumpfer Ergebenheit harrten, um aufs neue ausgebügelt und glänzend zu werden. Doktor Seidenschwanz trug einen Regenmantel neuesten Schnittes und letzter, fast totsicherer Imprägnierung, der nach der Versicherung der Verkäuferin einen Ischler oder Gasteiner zehntägigen Strichregen mit Pausen von Schnürlregen in völliger Dichtnis zu überstehen imstande sein sollte. Der Dichter hatte darauf begeistert diesen kritikfesten Regenmantel erstanden und trug ihn jetzt spazieren. Er bewährte sich vortrefflich und sah selbst in dieser dampfenden Waschküchenluft taillenhaft aus, während doch alle Blätter und Blüten an den Sträuchern am Platz zu einer Unform auseinandergequollen waren und nur zu schlaff zum Abfallen schienen.
Doktor Seidenschwanz trug sein bestes Hornglas und promenierte vor dem Schaufenster eines vornehmen Buchladens in der Nähe des Kanaluferweges, von dem die Kastanienzweige jetzt erschöpft ins Wasser hingen. Ein neues Buch von ihm, eine Sammlung erotischer Grotesken mit hochprozentigem Verbrechereinschlag war in zwei Exemplaren ausgestellt. Eines zeigte den exzessiven Umschlag: giftgrün mit einer fliegenpilzfarbenen Lianenschrift, das andere war aufgeschlagen und zeigte eine

beigestreute Illustration auf echt kaiserlich Japan, signiert von Autor und Künstler, handkoloriert Kupfer, die graphische Eindichtung eines links im Text erscheinenden Gedichts »Die Sterne ...« Der Dichter genoß sich wiederholt in dem ockerfarbenen Waschzettel des Buches. Es war wohltuend, wieviel Gutes jener von ihm redete, beziehungsweise ausführungsgemäß von prominenten Häuptlingen der Literatur geredet worden war.

Das Hornglas glänzte vor Wonne. Die Augen kosteten den Satz: »Seidenschwanz ist eine überraschend und üppig aus märkischem Sande emporgeschossene exotische Blüte von unerhörtem Reiz ...« zum mindestens zehnten Male.

Der Doktor hatte ein Gefühl, als ob eine Ananasbowle von sich selbst einen innigen Geschmack von Ananasbowle hinunterschlürfe. Was hatte er aber auch aus diesem simplen Gedicht gemacht! — Sterne hatten sich auf die Flucht begeben, von Tintenfischsternnebeln lichtraubgierig verfolgt; Brudersterne hatten sich kainitisch umgebracht, andere waren der Lichtsodomie verfallen oder hatten Sterneninzeste begangen und mißgestaltete Elementewesen wie das Mondkalb, das Neumondweib, die Saturnringe und unausgetragene Mondfehlgeburten erzeugt! —

Der Autor schnalzte mit der Zunge. Die dünnen Regensträhnen erschienen ihm wie weiches, inniges Beifallsrieseln. Zwei oder drei gut bekannte Kritiker würden noch in einem Mittagsblatt oder in einer Monatszeitschrift superlativst schreiben. Eine Übersetzung war bereits angekündigt, — und die Villa konnte eine Dependance erhalten! — Es war eine Lust zu leben!

Spazierstockschwingend pendelte er am Schaufenster auf und ab, als eine Hand den Spazierstock niederdrückte.

Auf sein erstauntes Umblicken sah er einen großen, dünnen, gelben Menschen in einem steifen Winterüberzieher, der höhnisch grinsend ein Gebiß entblößte, das alten Klaviertasten glich. Der Mensch sprach knarrend: »Entschuldigen Sie, Verehrtester! Ich bin nämlich von Beruf Esel, aber nicht Hund und hinke auch. Ich kann also nicht über den freundlichst dargebotenen Stock springen! – Entschuldigen Sie vielmals!« Damit lüftete das Individuum einen großen spitzen Filzhut und entschwand hinkend ... Dem Doktor fiel alsbald nachher ein, daß er diesen Menschen einige Male am Wagen des alten Buchtrödlers hatte stehen sehen, aus dessen Beständen das blaue Heft mit dem Sternengedicht stammte. »Man könnte dem alten Knaben was zugute kommen lassen«, murmelte er, sah noch einmal liebevoll seine Kinder an – und ging dann schweren Herzens ...
Einige Straßen weiter nahm er plötzlich Haltung an und grüßte mit ausgezeichneter, hochachtungsvoller Ergebenheit einen eleganten Herrn, den Herrn der letzten Mode: Dorian Gray, der jung, strahlend, Liebenswürdigkeit leuchtend, faltenlos in jeder Beziehung, vorbeischritt und ihm mit freundlichem Lächeln dankte. Etwas benommen und sorgenvoll schritt er weiter. –

Eckenpenn stand versonnen und fröstelnd an seinem Wagen.
Das Leinendeck, das einstmals imprägniert gewesen war, hielt immer noch wenigstens halbwegs das Regengeriesel ab. Nur einzelne Tropfen sickerten durch undichte Stellen. Sie aber wurden auf Broschüren hingeleitet, die so billig waren, daß keine Witterung ihren Verkaufspreis noch beeinflussen konnte. –
Der Buchtrödler hatte wieder einmal nicht ausgeschlafen.

Er war mißgestimmt. Die entgangene Zeit fehlte ihm. Er schlief zwar in der Regel im Winter tiefer, aber im Sommer mußte er länger liegen und ruhen. Dann aber war auch der Grund der Störung ein unschöner. In aller Frühe schon an seiner Tür geklopft, ein zweites- und drittesmal. Es blieb weiter nichts übrig, als sich flüchtig anzuziehen und zu öffnen. Hermine war hereingeschlüpft, hatte die Finger auf den Mund gelegt und halb kokett gelächelt ...

Das Rätsel war bald gelöst worden. Diese Morgenstunde hatte kein Gold im Munde, sondern forderte Gold! Wenn auch nicht gerade Gold, denn das hatte der Buchtrödler nicht, so doch immerhin Silber und allerlei Scheine.

Fredi, Hermines Tanzpartner brauchte ganz dringend Gold. Es kam heraus, daß wohl eine Art Unterschlagung vorliege, die schleunigst wieder gutgemacht werden müsse. Das Mädchen war mit ihrem Geld zu Ende. Sie liebte es ja auch ohnehin nicht, mit Geld überhaupt am Anfang zu sein. Eckenpenn sollte also helfen ...

»Aber ich habe nichts!«

»Ein so solider Mann in gesetzten Jahren hat immer was«, hatte Hermine entgegnet.

»Und wie komme ich dazu, diesem eleganten Jüngling mit dem Likörgesicht und den Tanzschuhen etwas zu geben?«

»Sie geben doch ihm nicht, Eckenpennchen, Sie geben's mir!« hatte das Mädchen gebettelt.

»Aber der Mensch ist doch ein Lump! Er hat unterschlagen!«

»Aber — er tanzt doch zu schön!«

»Und er nutzt Sie nur aus, Hermine! Er wird immer Geld brauchen! Er tut nichts. Er ist ein Tagedieb!«

»Aber er tanzt doch so schön! — Tanzen ist auch Arbeit, ist Nachtarbeit!«

»Sie werden es bereuen, Hermine!«
»Ich – und bereuen? Ich werde doch so was Altmodisches nicht machen!« Das Mädchen lachte ganz leise. Es klang, als ob eine Stahlbürste als Dietrich in einem Kunstschloß reibe.
»Und ja – *er tanzt doch so schön!«* –
Eckenpenn war erzürnt auf sich. Warum konnte er diesem Mädchen nicht widerstehen? Worin lag das Überwältigende –?–
Der Buchtrödler grübelte lange nach.
Sollte es die Reuelosigkeit sein! Das unerschütterliche Selbstbewußtsein, daß nicht nach Bildung, nach richtig und falsch fragte, sondern von sich überzeugt war, weil es bestand und allein die Welt verzehrte? Die Gabe, über jeder Situation zu stehen, in der sie stand? Die Fähigkeit, wenn es sein mußte, mit der Leiche der Mutter in einem Bett zu schlafen und von Crêpe marocain oder einem Foxtrott zu träumen? –
Was war es? Was überwältigte? Gab recht? –
Eckenpenn fand keine andere Antwort: das Mädchen war *gesund.* Gesundheit hat keine Reue, kein Gewissen, keine Seele, kein Herz! Herz haben, wäre schon krank sein am Herzen! Sie hatte auch keine Sehnsucht, sondern nur Wünsche, die sie auf alle Weise zu befriedigen suchte. Aber es war nichts Himmlisches, Sternenhaftes, Gottfernes, sondern lag, wenn auch vielleicht weit, so doch in der geraden Linie der Blutkraft. Selig aber sind, die gesund sind, denn das Erdreich ist ihrer! Gesundheit kennt keine Sünde, sondern ist die größte aller Tugenden, mehr: der Inbegriff aller Tugend! Wann haftete Gesundheit in irgendeinem Boden – und litt darunter wie die Blume leidet, die ihren Samen dem Winde gibt oder zumindest ihre Wurzelstöcke unter der Erde

fortkriechen läßt! — Doch — wer sich der Einsamkeit ergibt ...
Der Buchtrödler schrak aus seinem Brüten auf. Doktor Seidenschwanz stand vor ihm.
Der Regen hatte für eine Zeit nachgelassen, aber feuchter Dunst lag in der Straße. Eine Droschke schien urwelthaft zu wachsen, eine Nebelmasse zu werden. Eckenpenn mußte plötzlich an die Büsche und Tannen im Mondnebel denken. Der Doktor lachte leise und ein wenig spöttisch. »Das Geschäft hat sich eingeregnet, nicht wahr?«
»Ich müßte mein Zelt erweitern und Kaffee und Kuchen oder Bier mit Würstchen und Salzstangen dazu verkaufen. Das würde gehen«, sagte Eckenpenn.
»Famos!« rief Doktor Seidenschwanz. Er klopfte zweimal an die Nase, überlegte und sprach dann: »Warum tun Sie's nicht? Ein fliegender Buchladen in Idealverbindung mit fliegender Wurst, Geist und Körper in einer geschmackvollen Verbindung: das wäre doch etwas Neues! Ein Pseudokaufhaus! Ein japanischer Miniaturwertheim!«
»Dazu habe ich kein Geld — und keine Betriebsamkeit, Herr Doktor«, lächelte Eckenpenn.
»Das ist's, mein Lieber! Sie sind nicht rührig genug! Sie sind alt und lassen sich gehen. Wenn man sich zusammennimmt, ist man nie zu alt. Machen Sie's doch wie die Erzväter! Abraham bekam noch mit hundert Jahren ein Kind, und Jakob schor auch die Schafe der — andern! Aber Sie sind eben deutsch und tun eine Sache nicht um der Sache willen — sondern um Ihrer Person willen! — Donner und Doria«, fügte der Autor lebhaft hinzu, »das ist ja ein göttlicher Gedanke für einen Essay! Ich sage ja, man muß sich Ihnen nur nähern! — Was macht übrigens das blaue Heft?«

»Es ist verschwunden«, sagte Eckenpenn still.
»Na, dann ist wenigstens ein Gedicht von diesem Halbpoeten in die Moderne gerettet! Es steht in einer Groteske von mir und wird jetzt in einer Sammlung als Buch eröffnet. Vorzüglich, sage ich Ihnen! Mit enormen farbigen Stichen! Liegt überall aus!«
»Einmal« – der Buchtrödler friedfertig und in Gedanken, »endet es doch auf meinem Wagen. Ich bin das Mausoleum des Zeitgeschmacks. Hier ruhen sie alle in Frieden.«
»Schöne Aussicht«, knurrte der Doktor. »Sie sind ja der wahre Leichendiener der Literatur, Eckenpenn! Mir ist in meiner Autorseligkeit schon eine Spinne übern Magen gelaufen! Gottlob stehe ich nur auf dem Grußfuß mit dem freundlichen Herrn – wie nannten Sie ihn doch? – Dorian Gray!«
Eckenpenn sagte zögernd: »Er muß ein gefährlicher Mensch sein. Ich habe vor ein paar Wochen zufällig eine Unterhaltung angehört.«
»Hat er Sie gesehen, alter Mann?«
»Ich denke nicht. Er sprach ganz ohne Störung.«
»So. – Da haben Sie Glück gehabt! Sonst wäre es besser, Sie gingen außer Landes! Oder Sie leisteten ihm einen harmlosen Dienst – – er fordert nur harmlose – und kaufen sich los.« –
Der Doktor ging schnell. –
Eckenpenn sah nachher auf der billigen Bücherplatte einen Fünfmarkschein liegen. –
Der Buchtrödler war ob dieses unerwarteten posthumen Honorars überrascht. Er fühlte sich im Innersten getroffen. Melancholie, die große, wissende Brüterin mit den Eulenaugen, die in die Nacht und und das Herz schaute, schlug in ihm die Augen auf.

Was nutzte das jetzt?
Und nur auf Umwegen war er schöpferisch und konnte wirken. Es mußte jemand kommen, ein Mensch der Routine und der geschickten Bemeisterung des Lebens, und seine Ideen genießbar machen! Es schien, er sei nur dazu geboren, ihm Halbfabrikate zu erzeugen. Wer aber das Fertigfabrikat auf den Markt wirft, kann Fama als Tingelsängerin haben, die geschminkten Schwestern Gold und Silber als Innenarchitekten und die große Dame Welt als ausgehaltene Geliebte! – Der beste Einfall, in meinem Gehirn geboren und von meinem Herzen getränkt, hat nicht Trieb und wird nicht Fruchtträger: er mußte erst umgepflanzt werden! Ein kleiner Topf des Geistes bin ich, dachte sich Eckenpenn, eine Scherbe mit Blumenerde – nichts weiter! – Was aber ist der geheimste Grund dafür? –
Und doch war heimliche Freude in ihm: etwas von dem in der Frühe verlorenen Geldes war wieder da, ein Anfang zur Verwirklichung eines kaum eingestandenen geheimen Zieles! Und da gerade auf eine flüchtige Viertelstunde die gnädige Frau Sonne mit einem Täschchen aus rosa Wolken zu Besuch kam und es ohnehin Visitezeit war, beschloß der Buchtrödler, ganz vorzeitig Mittag zu machen und zuerst mit Hilfe eines Umsteigefahrscheines eine andere Gegend zu besuchen, dann aber Kaffee trinken zu gehen. Er lief noch ein paar Straßen in den alten Teil der großen Stadt, in den mittleren Ring, um den sich die Steingürtel Periode für Periode angelegt hatten. Gassen kamen, die so eng waren, daß Fuhrwerke nicht einfahren konnten. Eine führte zur Spree hinab. Eine Flußbadeanstalt lag nicht weit. Der uralte Laden eines Schlächters zog wegen der Güte seiner Waren die eingesessenen Bürger an. – Die alten Handwerker saßen vor der Tür und

genossen die vorsichtigen Strahlen der Sonne. Aus jedem Kellerloch äugte ein Kätzchen. Vor dem Eingang eines Grünkramkellers aber hockten einträchtig Philemon und Baucis in Samtkäppchen, die Hängepfeife in sanft verzogenem Mund, in Haube und Bauernschürze. Friede und Eintracht lagen auf diesen müden Bauern.
Aber der Buchtrödler entsann sich plötzlich, daß er als junger Mensch vor über 30 Jahren dieses friedvolle Paar einstmals in anderer Beziehung gesehen hatte. Der Mann war mit einem Schemel auf die Frau losgegangen, und die Frau hatte ein rundes Kartoffelmaß mit eisernem Ring auf dem Schädel des Mannes zerschlagen, daß das Blut über sein verzerrtes Gesicht lief. — Auch Abstand ist Friede und gibt Friede ... Nun saßen sie patriarchalisch ausgeglichen und angeblichen, und es war alles sehr gut, was geschehen war. Dann, von dem abgerollten Rad der Jahre aus rückwärts gesehen, was hatte sich eigentlich ereignet? — Nichts! Regenbogengeränderte Vergangenheit war das Leben. Das Jetzt aber würde bis zum ehelichen Auslöschen stark verlangsamter Herzschlag, ein friedvolles Rauchkräuseln, ein mildgeschwätziges Wortmahlen aus zahnlosem Munde im Dazumal und eine weiche Schlafhaube sein ...
Der Buchtrödler fuhr mit der Straßenbahn bis zu einem mehr nordwestlichen Bogen des Flusses, an dem für Stadt- und Fernverkehr ein Haltepunkt war. Er hatte in einer alten Zeitung gelesen, daß hier ein Turmhaus von vielen Stockwerken errichtet werden sollte, ein Sinnbild der Amerikanisierung, der Typisierung, der Technisierung, der Normalisierung, das Zement, Eisen und Glas gewordene Taylorsystem, einer der neuen babylonischen Türme, in denen der Mensch geboren und gestorben werden konnte, für jeden Fall von systemgeprüften Ärzten

und Maschinen behandelt, in denen der Normale und Anormale, der Rechtsuchende, Betrogene, Beraubte und Getötete, der Mensch des Vergehens und Verbrechens Recht und Urteil, Gerechtigkeit und Aburteilung fand, in denen das Büro und die Ruhe, das Geschäft und das systematische Vergnügen, das Warenhaus, der Geist, die Bar und die Prostitution nebst der Tugend nach Schildern und Licht geordnet zu haben war. Masse Mensch als Genossenschaft moralisiert und typisiert!
Eckenpenn bemerkte zwar den Teil der Liebesdienerinnen, der gerade Tagesdienst hatte, (auch die Liebe arbeitet neuerdings in Schichten). Er wurde auch von dem Wirbel der Reisenden, der Zu- und Abgänge der Stadt stürmisch erfaßt und um die eisernen Tragpfeiler des Bahnviadukts gedreht, er sah auch die merkwürdigen Schieber-, Schacher- und Bummelgestalten, die jedem Fernbahnhof begegnen: aber er fand den Bau des Turmhauses nicht! Nur ein großer Schuttplatz war vorhanden, eine Versammlung von ortsangehörenden Brettern und Zementsäcken, der Rest einer Baubude, Haufen von entthronten Fundamenten und aus dem Verband gerissenen ehemaligen Mauersteinen, die wie eine Barrikade schichtweis übereinandergelagert waren. Über allem schwebte eine Wolke von Kalkdunst, vermischt mit dem angedrückten Rauch der Bahnzüge. Ein Teil des Platzes aber war eingezäunt und beherbergte einen Rummel, der freilich erst gegen Abend zu einem Glühlichtbirnenleben erwachte. Jetzt schlief das große Glücksrad. Die internationalen Ringer waren noch im Akkord beschäftigt, und die indische Schleiertänzerin trank wahrscheinlich mit der Dame ohne Unterleib und der Chiromantin einen verspäteten Morgenkaffee.
Eckenpenn sagte sich, daß er hier abends an einem guten

Tage doch einmal des Volkes wahren Himmel betrachten müsse, unbesorgt, daß ein Taschendieb wesentliche Beute bei ihm machen könnte, aber doch mit einem Ausweis versehen, etwa dem Wandergewerbeschein, um nicht auf dem Lastkraftwagen der Polizeistreife vielleicht den Weg nach dem Polizeipräsidium antreten zu müssen...
Aber der babylonische Turm war nicht gebaut.
So brauchte auch kein Gott herabzukommen, um die Sprache der Frevler zu verwirren, denn — sie war schon verwirrt! Auch die gleichen Worte und die gleiche Sprache kann Verwirrung sein, Feindseligkeit den Sinn doppelt und zweifach fälschen, wenn aus der Borniertheit des Oben die Borniertheit des Unten wird und Klasse gegen Klasse, Stand gegen Stand, Geschlecht gegen Geschlecht aufsteht, nicht um sich im Kampf zu steigern, sondern um sich die Lappen vom Leibe zu reißen, nur zum Beweis, daß alle aussätzig sind und statt der Augen Löcher haben! — —
Der Buchtrödler ging melancholisch am Ufer entlang und überquerte die große Fremdenstraße, die hier am Fluß ihren Charakter änderte und in die Gegenden der Kliniken und abfallenden Geschäfte führte, bis sie endlich in Kleinleutequartieren versandete. — Wie lange würde es dauern, bis niemand mehr in der großen Stadt die Sprache des Schweigens verstände? —
Ein alter, gebeugt schlurfender Mann mit einer Tabakpfeife fiel Eckenpenn auf. Sein verwildertes langes Haar fiel strähnig über den speckigen Kragen eines Gehrocks herab, der nicht aus der Aristokratie eines Altkleiderhändlers, sondern ganz schlicht aus dem bürgerlichen Gehäuse eines Müllkastens zu stammen schien. Die Stiefel waren eingerissen, die Sohlen klappten bei jedem Schritt gegen die zu langen, ausgefransten Hosen. Im-

merhin verbargen die beiden langen Flügel des Gehrocks noch Schlimmeres. Die Hände dieses alten Menschen waren adrig und zitterten. Sein Gesicht war rotbraun und mit einer bläulichen Stoppelhaut versehen. Unter grünlichen, dichten Augenbrauen schauten zwei blaßblaue Augen mit philosophischer Demut nach unten.

Eckenpenn, den vollendete Lumpen immer interessierten, weil sie das Endprodukt der Verfallsreihe waren, deren eine Station er selbst kennzeichnete, bestaunte die Geschicklichkeit, mit der sich der Mann durch das Gedränge wand, ohne aufzusehen. Er suchte immer am Boden. Der Himmel war für ihn nicht vorhanden. Von Zeit zu Zeit bückte er sich lebhaft. Die Hand fuhr zitternd hinab – und ein Etwas verschwand in der Westentasche des Alten.

Nach einiger Zeit sah der Buchtrödler den Alten an der jenseitigen, stillen Ecke haltmachen und sich auf einen Sandhaufen abseits setzen. Hier wurde gerade ein wenig gebuddelt. Der weißhaarige Mensch, der die Erde so liebte, zog eine Flasche von guter Brustseite hervor, beroch sie, nahm lächelnd den Korken heraus und hielt sie zum ersten Mal gegen den Himmel – aber mit der Mündung zur Erde. Dann gluckte es, und selige Zufriedenheit rann aus dem breiten Hals der Flasche über das Gesicht. Es schien, als ob sich zwei Lippenpaare in inniger Vermischung küßten ...

Eckenpenn stand etwas beiseite in Betrachtung. Er wußte, daß der alte Mann Zigarren- und Zigarettenreste aufsammelte, um seine alte Pfeife stopfen zu können, daß er wahrscheinlich ein Rentner mit winzigen amtlichen Bezügen war, der weder Goldschäg noch den ordinärsten Pastorentabak kaufen konnte – und doch hörte er sich plötzlich fragen: »Was haben Sie denn gemacht?«

Der Alte hob den Blick, lächelte grimmig und entblößte einige abgemahlene Zahnstummel, dann sagte er heiser: »Naturellemang Stummel ... Auch Kunde?«

»Noch nicht«, erwiderte Eckenpenn freundlich, »Straßenhändler.«

»Kenn ick, war ick früher. — Paar bessere Marken gefällig?«

»Danke sehr. — Ich rauche nicht ...«

»Da sind Sie schön dumm, junger Mann«, entgegnete der Alte mit pädagogischer Würde. »Schöne Ernte jetzt — überhaupt, gegen früher hat sich die Welt mächtig gebessert! Wer schmiß früher eenen Pijatz weg? — Keen Aas!« —

Er stopfte sich von neuem die Pfeife, indem er sich schnell Zigarrenenden und Zigarettenreste hineinmischte. Hierauf nahm er einen bedeutenden Schluck, streichelte die Flasche, steckte sie bäuchlings in die Tasche und paffte.

»Und was sie jetzt immer schimpfen auf die Weiber! Is ja Unsinn, junger Mann! Es gibt nischt Anständigeres als die Damen unter Sitte!«

»Aber —« der Buchtrödler wurde ganz verlegen, »das ist doch — unhygienisch. Sie können sich da Schwindsucht holen! Wer hat das Zeug alles schon im Munde gehabt!«

»Allens Menschen. Det is Kismet, sagt der Berliner. Allens kommt von Menschen, sojar der liebe Jott! — Prost, junger Mann! Hab *ick* die Schwindsucht? — Tatterich hab ick! Aber wenn Sie so alt sind wie ich, haben Sie'n schon lang! Prost! Schnaps is jut for die Cholera!«

Die Augen des alten Mannes glänzten befreit und selig. Plötzlich hob er die Flasche ans Licht, klopfte mit der Pfeife dagegen und sang: »Stoß an! Saxonia soll leben! — — Wissen Sie, Sie Straßenhändler«, — und er blinzelte schlau, »Sie sind doch auch einer von den ewigen Studen-

ten des Lebens! Erschrecken Sie nicht! Wenn ich betrunken bin, rede ich hochdeutsch! — Alte Herren vor! — Hundert Semester — Keiner da? — — Neunundneunzig Semester! — zur Zeit Pennbruder, Stummelsucher, Müllkastenforscher, Rentenempfänger! — Ein Salamander für das bemooste Haupt!«
Der Alte zog den Korken aus der Flasche, rieb ihn quietschend am Glas und ließ den Rest hinunterglucksen. Dann schloß er die Augen wohlig, legte sich lang auf den Sandhaufen und grunzte: »Schöne Sonne, bescheine mir meine rückwärtige Verbindung!« — — —
Der Buchtrödler hörte ihn schnarchen. Die Sonne schien immer noch mit Wohlwollen. Es deuchte Eckenpenn, als ob sie von ihrer Pflicht überzeugt sei, verschiedene fade Stellen des Stummelsuchers und ewigen Kandidaten mit Wärme zuzudecken und seinen Schlaf zu hüten. So hielt sich eine dunkle, bösartig glotzende Wolke in Entfernung ...
Eckenpenn wollte mit seinem Fahrschein weiter in einem Bogen zurück, bis in die Nähe seiner Kaffeestube fahren, aber es fiel ihm auf, daß eine Reihe von Menschen sich lachend und schwatzend vor einem Cafe zusammendrängte. Dort war eine Filmbörse. — Lippenstifte, Puderquaste und Taschenspiegel waren in Bewegung, und doch glaubte Eckenpenn zwischen diesen Menschen des leidenschaftlichen und gestellten Schattenlebens und den Herren und Damen der bürgerlichen Gesellschaft keinen Unterschied zu sehen ...
Er blieb einen Augenblick stehen und sah zu, wie sich die Damen ungeschminkte Witze zulachten, indem sie sich hellceriseviolett puderten und mit dem Lippenstift elektrisch blutende Lippen zuschminkten, während die Herren in weiblicher Grazie und Empfänglichkeit bequem

zuhörten und mit den Spazierstöcken spielten. Einige wenige alte Leute hatten offenbar die Sorgen mit der Gabe der Furchen und der weißen Haare bedacht und dadurch filmreif gemacht ...
Wo war hier Ursache und Wirkung?
Hatte das Leben den Film geschaffen – oder der Film das Leben umgemodelt? Es war wohl die gleiche Urexamensfrage, ob die Eiche oder die Eichel eher war!
Inmitten dieses hellen Gelächters saß ernsthaft und still ein Kind mit einer Lederschürze, einen kleinen Holzspaten in der Hand, auf zwei ausgehobenen Pflastersteinen, um Kuchen aus Sand zu backen. Sie mißlangen sämtlich und rieselten davon. – Aber das schien keinen Einfluß auf das Kind zu haben. – »Der ewige Film des Lebens«, dachte Eckenpenn. Aber eine junge Dame, die keine Bürste in ihrem Handtäschchen mit sich führte, trat zu dem Kinde und entlieh sich schmeichelnd den Spaten, um wenigstens den Versuch zu machen, einen übersehenen angespritzten Lehmfleck notdürftig zu entfernen, auf daß die Augen des Komparseriechefs oder des engagierten Hilfsregisseurs nicht mit Entsetzen auf diesen photographischen Fehler fallen könnten! – Der Buchtrödler ging wieder zurück durch den Viadukt, um sich zur Haltestelle zu begeben. An einer wissenschaftlichen Buchhandlung stand ein langer, magerer Herr und sah aufmerksam durch ein Vergrößerungsglas in die Auslage der Scheibe: einige Bücher mit farbigen Tafeln waren aufgeschlagen. – Der Herr trug einen breiten Flor um den Arm. Im Seitenspiegel der Auslage erkannte Eckenpenn zu seinem Erschrecken den einzigen lebenden Sohn des Professors. Ein schlimmer Gedanke durchfuhr ihn, sein Herz setzte aus. Ohne Besinnung lief er hastig auf den blinzelnden Gelehrten zu

und rief ihn an: »Ist der Professor Hettwer gestorben?« Der Herr antwortete automatisch: »Nein. Frau Professor Hettwer.« Dann erwachte er, sah auf und fuhr herum. Laut korrigierte er sich: »Meine Mutter«, und setzte dann scharf hinzu: »Wer sind Sie? — Wie kommen Sie ...«
Da war der Buchtrödler schon mit eiligen Schritten um die Ecke.
Er war froh und hätte fast gepfiffen ...
Wenn statt eines gefürchteten großen Übels ein kleineres eintritt, empfindet die erlöste Furcht das als Freude und fühlt sich beschwingt. —
Dem Buchtrödler enthüllte sich plötzlich ein Plan, der wohl zu der Sondereinnahme aus verspäteter Autorenleistung paßte und ganz geeignet war, den Verlust von heute früh weiter zu vermindern ...
— Das Mädchen mit dem Goldhelm ...
Wie das zu Hermine paßte! — Und wie lange würde es dauern, bis sie auch goldene Füße und goldene Lippen hatte, goldene Finger auch zuletzt, die alles, was sie berührten, in Gold verwandelten. Nur ein Weib kann goldenes Brot essen!
Es war aber dies des Buchtrödlers geheimster Plan: Er wollte so viel ersparen, um noch einmal in die Heimat zu fahren. Er wollte die Meiler in den schlesischen Wäldern rauchen sehen und die Forellen in den Gebirgsbächen springen, die Schneeglöckchen und Leberblümchen unter dem Osterschnee hervorgraben und sich neue schlesische Erde in die Stadt bringen, wenn es ihm nicht gelingen sollte, im Waldenburgischen zu bleiben und zu sterben. —
An seinem Fenster standen zwei Zigarrenkisten mit Wurzelerde. Jahr für Jahr hatte die Sehnsucht in ihnen geblüht — aber es war, als habe der Dämon Berlin die Kraft

herausgesaugt und sie erschöpft. Die Blätter wurden jedes Jahr bleicher und die Blüten duftverlassener und farbloser. Im letzten Frühling kam kaum noch Gras ...
Nun wollte Eckenpenn versuchen, wie vor langer Zeit, einige Bücher im Gerichtssaal oder auf dem Wartekorridor der öffentlichen Gerichtssitzung zu verkaufen – So bestieg er eine weiterfahrende Elektrische.

Auf der Straßenbahn erschlich er sich noch einen Stehplatz auf dem Hinterperron. Das war ihm lieb, denn er konnte immerhin den schweren Orkus aufstützen.
Die bösartige, dunkelgerandete Wolke zog mit, ja, es schien, daß sie voraneile zum Gericht, damit die Bahn den Weg nicht verliere. Ihre Gestalt veränderte sich bei jeder Biegung der Spur. Sie wurde schwerer, gedrungener, lilabraun, verschiedenfarbig und verschiedenfaltig, als hätten sich die Pelzhäute von Urwaldtieren ineinander verschoben. Gegen den Rand des Horizonts herab schien schwarzgestocktes Blut zu drängen, von seiner eigenen Schwere krank und körnig gemacht. Das abgelenkte, auf unnatürliche Bahn gepreßte Licht aber glich jäh vergifteten Pfeilen und stach ferntreffend auf die Erde.
»Sonderbar ist dieses Jahr«, dachte Eckenpenn. »Nach einer Woche ungestillten Regens war die Sonne kaum für eine Stunde frei, und doch sticht ihr Glanz, und diese Wolke sieht aus wie die Mutter von Gewittern! Die Erde zittert meerhaft. Die Kontinente werden von Erdbeben gerüttelt und von Geisern und Kratern erstickend und feurig bestreut. Die Flecken der Sonne jagen Sitte und Moral hinweg und treiben die Hirne in Revolten. – Dann machen sie Vorträge, suchen die Schuld im Brennen, im Klassenkampf ...«

Der Wagen hielt.

Eckenpenn ging durch das Tor.

Die Sonne war verschwunden, vielleicht hatte sie auch nur solange gewartet, bis der ewige Student, der Stummelsucher Berthold Finger, unbeschädigt ausgeschlafen hatte ...

Gleich auf dem Wandelgang konnte der Buchtrödler seine spanische Grammatik absetzen. Ein Kaufmann, eben von der Anklage des Meineides freigesprochen, erstand sie in der Freude seines Herzens für 1,50 Mark.

Eckenpenn ging in den Verhandlungsraum. Eine Ziehmutter war wegen schlechter Behandlung eines Pflegekindes angezeigt worden ...

Einige unerwartete Querfragen gaben der Verhandlung das andere Gesicht. Zeugen, die scheu und zögernd um etwas Entlegenes herumgeredet hatten, sagten aus. Die Einzelbeobachtungen ergänzten sich. Ein gewöhnliches, häßliches Vergehen, die fast übliche trübe Landschaft aus dem Osten der Stadt, verwandelte sich jäh. Die Tat dieses alten Weibes brach aus dem Dunkel des Hinterhauses hervor und lief riesenhaft und scheußlich durch den Saal. Grauen und Sensationsgier drehten die Köpfe der Hörer hinab: eine Engelmacherin hockte auf der Bank, die Stirn auf das Gatter geduckt. Es schien, daß schon elf Kinder unter ihren Händen verstorben seien, langsam verhungert, vielleicht am Ende erdrosselt oder im Schlaf erstickt. –

Eckenpenn hatte hinausgehen wollen, doch das Entsetzen hielt ihn gelähmt zurück. – Die große Wolke hing dicht vor den großen Fenstern des Saales wie ein eisengewebtes erstickendes Tuch. Es war, als hauche sie Eisatem aus und erkälte die Luft ...

Der Richter fragte mit der blutlosen Stimme des Gesetzes.

Da sprang das Weib auf. Ihre massige, plumpe Gestalt reckte sich riesenhaft hoch. Die Lippen wurden breit. Zähne stachen hervor. Ihre niedere Stirn mit den greisen Büscheln Haar lief rot an. Die grauen Augen wurden groß und katzenhaft leuchtend. Dann schrie das Weib auf und stieß die Fäuste krachend auf das Holz. – »Elf Kinder? Ihr Lumpen des Gesetzes: *dreiundzwanzig* sind es! Nichts bereue ich mehr, als daß ihr mich gekappt habt. Zehn blinde Säue finden auch einmal eine Eichel! – Ihr Moralfresser! Ihr Heuchler, die ihr die wüsten Plätze bewacht und den Garten im Unkraut ersticken laßt! Die Folgen köpft ihr und sprecht die Ursache heilig! Zwanzig Millionen habt ihr zuviel. Aber weil ich elendes Gesindel umbrachte, weil ich dreiundzwanzig aus dem Nest gefallenen jämmerlichen Spatzen den Hals abdrehe, empört sich eure Liebe! Das Gesunde und Große laßt ihr verhungern, laßt die Neidköter ihn umkläffen, sperrt ihn in Vorschriften und nehmt ihm die Luft! Nennt Gesundheit Sünde und seine Kraft unbrüderlich! Ein Rinnstein ist er euch für eure Hunde! Aber die Idioten, die Menschenkinder, die Schnapsjöhren, die jämmerlichen Beilagen schläfriger Gewohnheit: die sprecht ihr heilig! Ihr baut Häuser um den Schwachsinn, die Krämpfe, stopft ihre Rachen mit dem Schnuller von Säuglingsschwestern, schmeißt den Schweiß des Adels weg für Diebskinder, Blödsinnige und stellt Gesunde an, sie zu päppeln und den eigenen Geist verhungern zu lassen – aus Not! Im Namen der Brüder mordet ihr eure Besten und laßt die Wissenschaft vor Entzücken Geifer schäumen, ein Kind mit drei Händen und einer halben Nase vier Jahre am Leben zu erhalten! Dann aber legt ihr den Balg in Spiritus und macht euren Doktor darüber. Eure Gefängnisse macht ihr human; aber dem Einsamen gönnt ihr – die Größe nicht, fangt ihn im Lasso und hackt ihm die Beine ab! Erst passen muß er! Krüppel muß er sein, ehe ihr kommt mit eurem verfluchten Mitleid und Häuser um ihn baut! Oh, ihr Gesindel; wer hängt euch? Ihr Nachtreter, ihr Buchstabenheilige, ihr Sittlichkeitsaffen, ihr Bestien des ‚so tun' und des ‚als ob', ihr Mehrheitsfresser, ihr Heuchelschlangen! Seht in mein Gesicht und spuckt euch an! Ein schlechter Spiegel bin ich – aber eure Fratzen seht ihr schon in mir! Ich nicht – ihr seid die Mörder! Das Weib, das gebiert, hat das Recht zu töten! Wenn es Gerechtigkeit gebe, müßtet ihr mich bei Kempinski Tag für Tag füttern lassen! – Aber ihr werdet mich köpfen, ihr geilen Affen, die ihr euch nicht zähmen könnt, und kranke Kinder macht, wo euer Volk die Lohndirne aller Völker ist! – Ich spucke auf euer Gesetz!«

Richter und Schöffen waren erbleicht. Keiner wagte zu sprechen. Aber als ob das Weib im Bunde wäre mit den Gewalten des Kosmos, fing die Wolke an zu bersten und vom Blitze entbunden zu werden. In das Dröhnen des Donners schlug der Hagel gegen die Fenster wie der Finger der Ewigkeit, und die Strähnen des Regens klatschten an die Mauern wie die empörten Haare gegen die Stirn eines zornigen Gottes ...

Das Gesetz ermannte sich.

»Gesindel – Gesindel!« gellte das Weib. Dann kamen die Handschellen.

Eckenpenn schlich hinaus. Sein Herz schlug. – Was für Kreaturen gab es in dieser Stadt – *mußte* es geben! –

In der Kaffeestube sah Eckenpenn Fox Randolfini ruhig hinter seinem Kaffee sitzen.

Der Buchtrödler war so betroffen und betäubt von seinem Erlebnis, daß er sofort davon zu sprechen begann. Fox hörte aufmerksam zu. Sein Gesicht blieb unentwegt. »Sehr interessant«, murmelte er. »Da die Hexe doch vielleicht abgetan wird, hat sie möglicherweise die Wahrheit gesagt! Es könnte auch Eitelkeit sein. – Jedenfalls ist es immer gefährlich, eine Sache bis zu Ende zu denken. Das führt zu exzessiven Handlungen. Die Menschheit lebt aber von halbem Denken, was sie Gefühl und Recht zu nennen beliebt. – Aber trotzt dieser derart beblümten Stadt: mir geht es wie dem Freund Faust des alten Herrn! Ich habe Lust nun abzufahren ... Eigentlich müßte es Mephisto sagen – als der Anständigere. – Ein Wanderkino beginnt, Augen auf mich zu werfen. Hingegen hat das Original-Banjo-Trio ausgewimmert. –«

Eckenpenn schrak zusammen. Er wußte zwar, daß der gelbe Freund nicht selten davon sprach, auf seiner Reise durch die Vaterlandslosigkeit eine andere Station aufzusuchen, doch – wer konnte ihn berechnen? Konnte es nicht doch sein?

Fox fuhr verdrossen fort: »Was ist hier noch zu sehen! Frieren und schwitzen kann ich wo anders auch! Im Juni Eis ins Gesicht geworfen zu bekommen oder von einer dreizehnjährigen Jungfrau eine Zote: – das ist international. Eine bloße klimatische oder klimakterische Fortentwicklung des zu höheren Sphären sich hebenden Europa! – Die Seele stirbt immer mehr aus. Auch Amalaswintha ist in die ewigen Jagdgründe gegangen, um den endlosen Missionsstrumpf, die Midgardschlange der christlichen Barmherzigkeit, weiterzustricken, und der Professor wird ihr bald nachfolgen! Er ist an Folgsamkeit gewöhnt, der alte, sperma- und willenlose – Pan, der wellenlose Pan ...«

Damit erhob sich Fox schnell, drückte dem Buchtrödler die Hand, schmerzlich, mit dem knöchernen Druck eines Gerippes — und verschwand. —
Eckenpenn saß in trüben Gedanken. Ob er sich das Rauchen angewöhnen, das Rauchen, das immer Haschisch ist, noch beim Medium des Kartoffelkrautes, weil es die Ringe der freundlichen Phantasie bringt?
Er fürchtete für den Professor und nahm sich vor, abends in seiner Gegend zu sein. Hinaufgehen konnte er natürlich nicht. Vielleicht war auch der Professor von seinem Sohn unter Hinzufügung zweier alter Tanten aufs Land zur Erholung verschickt worden. — — —
Als er seinen Wagen wieder aufgebaut hatte, war die Straße bereits abgetrocknet. Und nun lächelte die Prinzessin Stadt, spielte mit den Sonnenstrahlen Haschen und Fangen, zeigte in einem vielfächelnden Wind ihre weißen Blütenspitzen und strich das Faltengrau des Himmels behutsam beiseite. Jede Stunde war jetzt ein kostbares Geschenk. Der Asphalt glich einem Silbergrund, auf dessen Hauch das unendliche, unsterbliche Leben unter entzücktem Schreien tanzte und sich spiegelte. Mit einem Male war jetzt zu sehen, daß auf jedem Balkon eine Blütenlaube war, daß auf den Blumenbrettern Geranien und Goldlack standen, und daß in jedem Fensterspiegel zum hinterhältigen Spionieren und gehässigen Auffangen der Geschehnisse draußen sich eine Rose im Glas betrachtete! — Gab es jemals Hagel und Gewitter? Schritt jemals der Tod durch die Stadt? Glich sie nicht einem spielenden Engel, der Menschenherzen auf einen Pfeil zieht und selig lächelnd den roten Tropfenfall bestaunt?
Und immer wieder ging die Näherin an seinem Auge vorüber, die verlorene Jugend, die das Unwiederbringliche einbringen will, die zerstochene Psyche, die vom Spann-

brett sich losschnellt, um zu tanzen — —, die Nadel in der Brust, Arsen in den Gliedern! Müßte sie jetzt nicht den sittenlosen Geschöpfen der Keller, Kaufhäuser und Büros von außen gleichen? — Nur in der großen Stadt war es möglich, daß die gleiche Folge aus der entgegengesetzten Ursache entspringt ...
Der Autor Doktor Seidenschwanz näherte sich.
Eckenpenn erstaunte. Es war noch nie vorgekommen, daß ihn der Doktor zweimal am Tage besucht hatte. Zumeist war sogar ein längerer Zwischenraum verstrichen! Sein Erstaunen wuchs, als er erkannte, mit wem der wirkliche Dichter ging. Es war der ewig lächelnde, der Herr der letzten Mode — Dorian Gray, der auch jetzt verbindlich und so gut gelaunt aussah, als wäre selbst sein Lächeln frisch rasiert. Desto ernster und etwas verlegen erschien der Doktor. Beide Herren blieben vor Eckenpenns Wagen stehen.
»Ich bin Ihnen sehr verbunden, lieber Doktor«, sagte Dorian Gray mit sanfttropfender Stimme, »daß Sie mir ganz in der Nähe in dieser so eiligen Sache einen so zuverlässigen Boten empfehlen könnten. Es ist ganz schauderhaft! Wenn man ihn sucht, ist kein Dienstmann zu haben!«
Doktor Seidenschwanz winkte dem überraschten und bestürzten Buchtrödler zu.
Eckenpenn war verlegen. In seine Verlegenheit mischte sich, aus den Gründen emporsteigend, eine unbestimmte Furcht.
Er sah scheu auf den eleganten Herrn; aber Dorian Gray lächelte unvermindert liebenswürdig.
»Es handelt sich kurz darum, daß Sie ein gewisses blaues Heft, von dem ich annehme, es entstamme Ihrer Bücherei, zu einer gewissen jungen Dame tragen, die sich lebhaft für Literatur, besonders für Verse, interessiert, und

die dieses Heft sicher sehr sehnsüchtig erwartete. Ich habe es der jungen Dame schon seit einigen Tagen versprochen ...«
Er nahm das blaue Heft aus dem Mantel und fügte aus seiner Brieftasche eine gelbe Besuchskarte hinzu. Eckenpenn rief: »Wie kommen Sie zu diesem blauen Heft?«
»Ja«, entgegnete Dorian Gray liebenswürdig lächelnd, und schlug leicht mit dem Heft auf die Kante der Auslage, »es geschieht so manches, was nicht so einfach zu erklären ist. Doch sollte ich annehmen, es sei nicht merkwürdiger als der Umstand, daß eine kleine Taschenlampe sogar durch ein dickes Brett sehen kann, das jemand vor dem Kopfe hat ...«
Der Buchtrödler erblaßte.
Doktor Seidenschwanz nahm seinen Hut ab, trocknete sich die Stirn und sagte heiser: »Eckenpenn, ich würde, wenn der Herr Sie um einen harmlosen Dienst bittet ...«
»Ganz recht. Harmloser Dienst! – Der beste Ausdruck, Herr Doktor! Ich sehe, Sie sind bereit, lieber Freund! – Die junge Dame heißt Eleanor Dettlinger – Sie wissen, die Tochter des großen Bankiers – und Sie haben nur nötig, sich auf die Straßenbahn nach den beliebten Prachtvororten des Westens zu setzen. Das kleine Geschäft ist in zwei Stunden zu erledigen. Die Dienstmanntaxe plus entgangener Arbeitsverdienst soll Ihnen zukommen. – Hier ...«
Dorian Gray legte einen Schein auf die Platte.
»Haben Sie nicht einen Bogen Packpapier? Nicht? Nur Zeitungen? Nun, das genügt auch!«
Er schrieb das Wort »Rauchen« auf die leere gelbe Besuchskarte.
»So ... Ich lege meine Karte hier zwischen Seite 17 und 18. Das Gedicht wird der schönen Eleanor besonders ge-

fallen. – Sie brauchen der Dame oder ihrer Zofe nur zu sagen, Sie kämen von dem Herrn!« –

Damit hatte der Elegante das blaue Heft kunstvoll eingeschlagen, entnahm jetzt seiner Brieftasche ein Stück Heftpflaster und schloß die vier Papierenden zusammen wie eine Wunde. Dann zündete er sich eine Zigarette an, grüßte höflich und entfernte sich zierlichen Schrittes.

Der Autor Doktor Seidenschwanz sah den Buchtrödler im Abwenden mit einem scheuen Blick an.

Eckenpenn stand zögernd vor der Tür der Villa des Bankiers Dettlinger. Das Gefühl, der Bote eines Unheils zu sein, hatte ihn während der ganzen Zeit nicht freigelassen. Er hatte die Überzeugung in sich, daß er einer Fliege gleiche, die aus dem zersetzten Blut einer Leiche getrunken hat, einem kleinen Vogel, der ohne Wissen darum Pfeilgift an seinem Schnabel davonträgt. – Seine Botschaft *mußte* einen doppelten Sinn haben. Der Schatten einer gefälligen Gabe würde irgendwie eine Drohung oder eine Erpressung sein – und doch sollte er nur seine Gedichte und die Besuchskarte eines Menschen mit dem Namen Rauchen einer reichen jungen Dame übergeben!

Plötzlich empfand er es wie eine Schuld, diese Verse gemacht und sie in Druck gegeben zu haben. Niemand hat die Wirkung einer Tat oder auch nur eines Wortes in seiner Hand. Eine ästhetische Ursache kann eine ethische Folge haben, eine moralische Tat als Sohn die Ästhetik und als Enkel den Mordzeugen.

Die Kugel läuft nicht allein den Weg des Schützen und des Rohrs. Ehe sie zum Ziele kommt, kann sie Fremdes durchbohrt haben, abgelenkt sein oder im Zufälligen steckengeblieben ... jedes Wort, jede Tat ist mystischer Wirkung voll und ist die Tochter vieler Väter ... und der Vater vieler Töchter.

In diesem Zögern drückte der Buchtrödler auf den Klingelknopf. Was er nicht tat, würde sofort jeder andere tun. Und wenn er sich vor der Abhängigkeit von einem unsichtbaren, furchtbaren Feinde befreien konnte ...

Ein Hausmann öffnete. Er schien erstaunt und bezeigte Neigung, den Buchtrödler in die Küche oder den Hausmeister zu überweisen. Kopfschüttelnd überlieferte er ihn endlich in ein Vorzimmer einer Zofe zu treuen Händen. Das Mädchen, eine schlanke, bewegliche Brünette, mit schmalem, rastlosem Gesicht, blickte im Gehen Eckenpenn hochmütig an. Spöttisch besah sie das Paket und lächelte. Als aber der Buchtrödler zaghaft seinen Satz hervorbrachte, blieb sie plötzlich stehen, legte den Finger auf den Mund, ergriff das Paket, stürzte zur Tür, machte sie auf, schloß sie wieder, sicherte und zeigte auf einen Stuhl. Dann schoß sie davon.

Eckenpenn setzte sich.

Die ungewohnte Pracht dieses Zimmers benahm ihm den Atem. Es schien, als wären mit dem Fenster und den Türen auch die Natur abgeschlossen und Kreise weit draußen, ein unerwünschter Gegenstand. Hier war eine andere Luft, tropischer, feucht und zugleich drückend heiß. An der Wand hing ein Gemälde, das ein einziger, glühender Krampf in Farben war, und in verschnörkelten, lang ausgezogenen Gläsern standen rostbraun gefleckte Orchideen.

Eine Tür gegenüber wurde geöffnet.

Bläuliches Licht und stark duftende Luft stand wie eine schneidende Wand. Eine helle, kalte Stimme rief heraus: »Kommen Sie doch herein!«

Eckenpenn trat langsam über die Schwelle.

Die junge Dame im Schaukelstuhl setzte sich auf und sah ihn an. Sie glich den Orchideen im Vorzimmer. Ihr Haar

leuchtet weißblond. In die gelbe Seide des Kleides waren zackige Kerne von dunkler Ockerfarbe und rostbraune mit verlangenden Fäden gestickt.
»Sie also sind der Bote des Herrn! Hat der Herr sonst nichts bestellen lassen?«
Ihre kurzen Lippen teilten sich im Lächeln.
Eckenpenn verneigte sich und sagte zögernd: »Fräulein Eleanor Dettlinger?«
»Aber natürlich! Sehen Sie nicht? — Ich habe das ganze Gold meines Vaters in den Haaren!«
»Gnädiges Fräulein, der Herr hat nur seine Karte zwischen Seite 17 und 18 gelegt. Er meinte, dieses Gedicht würde dem gnädigen Fräulein besonders gefallen.«
»So? — Sie machen mich neugierig.«
Sie löste den Umschlag und zog das blaue Heft hervor.
»Gedicht? — Und offenbar so alle! — Welch merkwürdiger Poet ist da ausgegraben worden! Seite 17 und 18 sagen Sie.«
Eleanor Dettlinger nahm die Karte heraus, las sie, lachte und griff nach einer Zigarette, entzündete sie an einer dicken Wachskerze, die in einer Ecke brannte. Nach einigen Zügen rauchte sie die Karte, die sie zwischen den Fingern hielt, vorsichtig an ...
»Das Gedicht — Seite ... siebzehn ... ist zum — Küssen ...«
Ihre Stimme war stockender, angstvoll geworden. Plötzlich schleuderte sie die Karte in das blaue Heft, warf sich zu Boden, schrie, krallte sich in den Teppich, biß in den Plüsch.
»Irma — Irma — ich muß sterben — ich muß gleich sterben! — Er befiehlt es! Er hat einmal davon gesprochen, aber er lachte dabei: Ich glaubte ein Spiel ... Aber er weiß etwas ... Ich muß sterben. — Gift ist auf dem Blatt!« —

Sie sprang auf, riß das Blatt heraus, küßte die Zeilen und verschlang es.
Nach Augenblicken nur stürzte sie hin.
»Der Arzt«, schrie die Zofe. »Laufen Sie!«
Eleanor Dettlinger richtete sich auf. Ihre Augen glichen Glasscherben. Um den viereckigen Mund hing Schaum.
»Nichts ... kein Arzt ...« röchelte sie. »Schweigen — Nicht davon sprechen.« —
Ihre gebrochenen Augen suchten das blaue Heft.
»Mitnehmen. — Nicht davon sprechen ... *Ich — selbst* —«
Die Zofe riß das blaue Heft vom Tisch, drückte es Eckenpenn in die Hand, sprang zur Tür ins Vorzimmer, riegelte auf und flüsterte: »Gehen Sie schnell, ehe jemand kommt!« —
Der Buchtrödler tastete sich zur Tür, öffnete sie — und blieb auf der Schwelle stehen. Aus dem blauen Licht, aus der feuchten Glutwärme kam ein heiseres Flüstern, eine schreckliche, jenseitige Stimme, wie aus der Brust eines Toten entlassen — »Irma — Bestien sind sie — alle ... Bestiehl sie — beraube — vergifte ...«
Da wandte er sich ab und lief durch das Vorzimmer die Treppe hinab durch den Garten auf die Straße.

Die große Straße lag unter der Farbengewalt der roten Stunde.
Unten schoß der ruhelose Strom des Asphalts. In ihm ruderten und stießen sich die Lasten, das Hasten des Geschäfts und das wütende Überholen des Rausches. Auf den beiden Ufern der Straßensteige treidelten müheselig die Fußgänger. Über der Straße hing in den Horizont hinein der endlose Draht mit den lichtbereiten, jetzt noch dunkel und drohend stierenden Bogenlampen.
Oben aber, in den Fenstern, in denen die errötenden

Abendwolken spiegelnd entlang wandelten und die Glut der abwärts sich senkenden Sonnen inbrünstig festhielten, erwuchs märchenhaft über dem Lärm die blühende Stille des Rosengartens. Hier herrschte der Zwergkönig der Phantasie mit einem Heer lautloser Schattengedanken und Gefühlssprünge, verlachte Krieger der Dämmerung, die dem Menschen ohne den Panzer Tag gefährlich werden können oder ihn innerlich mächtig machen.
Im Glashauch der Fenster lag König Laurins Reich.
In der höheren Glasluft zogen die Wolkenhochgebirge ihren silbernen Gang, erschüttert und umgewandelt von stummen Kraterausbrüchen. Ihre Gipfel wurden zackiger, versanken, flachten sich ab, wurden wieder türmend, bis endlich die ungeschlachte Nacht den König überwand und seine Gärten verschlang. Die Rosen wurden blutender, ihre Wunden erstarrten. Die Lilastunde trübte sich auf ihnen, und endlich kamen die großen Schatten und trugen die Leichname hinweg ...
Unten aber stand die große Siegerin auf, die Prinzessin Stadt, und nahm den Preis aus den Händen der Nacht. Ihre tausendmal tausend Dämonenaugen blitzten auf, die glühenden Fäden der elektrischen Lampen. –
Als Eckenpenn am Abend die große Straße entlangging, noch geschlagen von den Begebenheiten dieses Tages, schwoll der Lärm der Zeitungsfrauen rasend an.
»Unerklärlicher Selbstmord einer Bankierstochter« heulte es, und um ihn herum ging das Raunen einer seltsamen Laune, einer Begebenheit, ohne Grund: Arsen scheinbar ...
Eckenpenn kaufte ein Blatt.
Als Kuriosum wurde gemeldet, daß kein Mensch vor dem Selbstmord der Eleanor Dettlinger bei ihr gewesen sei. Die Handlung müßte völlig affekthaft, ohne äußeren An-

laß, geschehen sein. Die junge Dame, eine bekannte Schönheit der Gesellschaft, sei allerdings von jeher launenhaft und bizarr in ihren Ansichten und Wünschen gewesen. Ein alter Bote in einem Bozener Mantel mit einem flachen Paket in Zeitungspapier, der von dem Hausmann beim Öffnen an den Hausmeister mit seiner Frage an Eleanor Dettlinger gewiesen worden sei, sei dort schon nach Angabe der Zofe der Verstorbenen von ihr, der Zofe, zurückgewiesen worden, da es sich um einen verschämten Bettler gehandelt habe. Wahrscheinlich werde dies Geheimnis, dieser Sprung einer irrationalen Seele, niemals völlig enträtselt werden.

Der Buchtrödler lief gedankenlos.

Ein ungeheuerlicher Haß gegen die große Stadt wühlte in ihm. Aus allen Tagen endloser Jahre, aus allen unterirdischen Gängen und Röhren kam er nach oben und füllte ihm den Mund mit Galle. Hier konnte man ein Buch abtragen und Mittler eines Mordes werden! Hier konnte man wahllos den ersten Begegnenden erschießen und befreite vielleicht die Erde von einem Scheusal! Eine unbändige Wut gegen die Straße ließ ihn schneller laufen. *Landstraße* mußte er zwischen den Zehen fühlen, die Stiefel an einem Stock über den Rücken geworfen, ein Weidenblatt zwischen den Lippen und den Geruch der wilden Minze als Wegweiser!

Töten muß ich die große Stadt, den Dämon, der die Seele frißt und den Zweck von sich bläst! –

Eine kühle Hand faßte um seine schwingende Faust.

»Bald kann ich nicht mehr mithumpeln«, hörte er Fox Randolfinis Stimme – und hielt inne. Der Freund mußte unbemerkt eine ganze Strecke neben ihm gelaufen sein. Sie standen beide am Rande des großen Platzes.

Die Stare, die dort im Rasen eilig zu suchen pflegten, waren

schlafen gegangen. Die Riesenbäume rauschten im Abendwind; aber ihre Stimme ging unter im Toben der Menschenflut.
An einer Schutzinsel lag ein unförmiger Fleck, dessen Haut seltsam im Streiflicht einer Bogenlampe irisierte.
»Zerfahrenes Gehirn«, flüsterte Eckenpenn, trat zurück und schauderte.
Aber Fox beugte sich vor, betrachtete das Gerinnsel ruhig: »Nein, verrieseltes Benzol ...«

VI JULI

An einem Sonnabend, schon nach Untergang der Sonne, stand der Buchtrödler Eckenpenn in seinem Sturmmantel, nur einen Band Goethescher Lyrik im Orkus, an den sich ein Stück Rauchspeck und ein tüchtiger Kanten Brot anlehnte, auf dem Bahnsteig des Vorortbahnhofes.
Er war ein Glied einer langen Kette aus naturhungrigen Bewohnern der Großstadt, die, wie in allen Zeitungen stand, Sehnsucht nach Waldesgrün und Quellenrauschen hatten und demgemäß, von der Einsicht des Staates in ihrer körperlichen Ertüchtigung und in ihrem seelischen Badedrang durch herabgesetzte Sonntagsfahrkartenpreise gefördert, mit Zeltbahnen, Kochkesseln, Angelruten, Lauten und ähnlichem Material bewaffnet, im Schmuck der nackten Knie und der flatternden Haare, Ledergürtel, eine rauhe Bluse mit Kupferblechverschluß umgetan, die Nacht- und Tagewanderung in die Stille der Natur anzutreten beabsichtigten.
Der alte Buchtrödler stand ganz benommen unter ihnen. Die Sprechweise, das sonnenverbrannte Selbstbewußtsein, die nach vorn einknickenden, gewaltigen Schritte der beladenen Burschen und Mädchen beklemmten ihn. Er war ganz still und gab sich Mühe, in keiner Weise in Gegensatz zu der körperlichen und geistigen Überzeugung dieser Jugend zu geraten. Unwillkürlich mußte er daran denken, wie lange es gedauert hatte, bis er der Anrede »Herr« teilhaftig geworden war, wie sehr eine strenge Sitte Ausbildung und Benehmen damals regelte und die fleischgewordene Achtung und Rücksichtnahme auf das

Alter erzeugten. Diese jungen Menschen aber sprachen nur von Sport und Partei, von Zehntelsekunden und Reaktion, urteilten abschließend und vernichtend und waren ganz bereit, jeden als Verbrecher mit Faustschlägen zu befeuern, der nicht ihrer Meinung war! Politik und Jargon, aus Betrieb, Zeitung und Straße gemischt, machten ihm ihre Bemerkungen schwer verständlich, und er mußte sich gestehen, daß er, der achtunddreißig Jahre in der großen Stadt lebte, immer noch nicht völlig ihre Sprache verstehen konnte.

Aber das mußte wohl in Kauf genommen werden. Gesundheit ist immer rechthaberisch. Um den »andern« zu verstehn, muß das Selbst schon alt, gespalten, zweifelnd oder kränklich sein. –

Der Buchtrödler hatte zuerst – damals – den Trieb gehabt, das dunkle Geld des Dorian Gray zu zerreißen und die Stücke in den Fluß zu streuen. Dann aber war ihm das Gefühl gekommen, daß es eine bessere Entsühnung gäbe. Er wollte mit ihm eine Probe, einen ersten Versuch machen, dem Ungeheuer Stadt zu entrinnen. Vielleicht, wenn er nicht mehr zwischen den Säulenfüßen dieses apokalyptischen Tieres stünde, würde er die seelische Kraft gewinnen, die Stadt zu überwinden und die wandernde Freiheit wieder zu erobern, und sollte es die des Tippelbruders mit dem einsamen Tod hinter der Hecke sein! –

In der Halle war ein Gewühl von aufgeregten Menschen. Auf den Schienen schoben sich widerwillig die Wagen entlang. Die in Öl gebadeten, hell leuchtenden Kolbenstangen der Lokomotiven bewegten sich langsam, ruckartig wie ein verschlafener Tiger, den die Gier des Hungers sich erheben macht. Kohle wurde Dampf. Das Untier ward fähig, sein Wild zu erjagen, den flachen, riesenhaft im Schlaf gereckten Raum …

Eckenpenn stieg ein, und noch im Bewegen überrannihn ein leiser Schauer. Es kam ihm der Gedanke, wie es wäre, wenn statt der tausendfach erprobten fahrplanmäßigen Sicherheit die Maschine unterwegs den in Atmosphärendruck gepreßten Haß gegen ihren Zwingherrn Mensch einmal freimachen könnte und statt Raum den noch ersehnteren, vorenthaltenen Fraß Menschenfleisch genießen könnte!

Forderte nicht jedes übermenschliche Werk ein lebendiges Opfer? Jeder Minotaurus eine Jungfrau? Müßten nicht einmal die Knochen von Stahl trocken und brüchig sein, die Fahrt im Bewegen zerreißend werden, funkensprühend in Wut, den Geleisen zu entspringen, wenn nicht von Zeit zu Zeit das Blut eines Menschen die stählernen Räder öle und den Durst beruhige? ...

Im Wagen, eingekeilt, schloß er die Augen und gab sich Mühe, das Gedröhn der heftigen Stimmen, das gekniffene Lautenschwirren und das Durcheinandergesinge nicht zu hören. Das hier war ja auch noch die große Stadt! Der Zug war nur einer der Fangarme dieses Kraken, den er in das reiche Land hineinstreckte! — Aber einmal würde er aussteigen können und der Stadt entrinnen. Er würde aus dem Verein von Zugluft und grauenhaft stinkenden Rauchschwaden gehen — in zwei Stunden! So drückte er sich an die harte Wand, wurde von Rucksäcken gestoßen, geriet in die Gefahrenzone von Spatenhieben und grellfarbigen Lautenbändern und versuchte, den stoßenden Rhythmus des Zuges zu hören, den Gesang der Schienen, den kurzen, stöhnenden Ruck der Schwellenverbände, wenn die mahlende Eisenlast sich eine furchtbare Sekunde über sie preßte ...

Nach einer Weile sank sein Kopf vornüber. Er schlief ...

Stampfen und Türenschlagen weckten ihn.

Er mußte aussteigen — gleich den meisten der jungen Menschen. Mühsam tappte er die hohen Stufen hinab, stand auf einem dunklen Bahnsteig mit einer einsamen, gelbleuchtenden Uhr, die den Kilometerabstand von Berlin bestrahlte, und hörte zu, wie sich der taktmäßige Gesang und das Schreiten der Burschen und Mädchen entfernte. —
Dann zog Eckenpenn aus, um das Land und die Ruhe zu entdecken, um die Stimme des ewigen Gottes Pan zu vernehmen, die die Sprache der Stille ist ...

Nun hatte Eckenpenn die Landstraße unter seinen Füßen. Aber er fühlte auch, daß es noch keine Landstraße war, nur Stadtstraße in das Land hinausgeführt, der Eisenbahnzug mit andern Mitteln, nicht der vom ewigen Wanderer, der immer anderen Antlitzes ist, aber gleicher, drängender Bewegung voll, erstgetretener Weg. Sein Schuh klang an das Pflaster, an den unfruchtbaren Stein. Die kalkgeweißten Kilometersteine tauchten gleichmäßig aus dem Dunkel, eigenleuchtend, voll eines höhnischen Gelächters. Das *Maß* war noch da, der gezählte Abstand — und Gott Pan kennt keinen zur Zeit zersägten Raum, keine Uhr mit abgezählter Federkraft. Das Kreisen der Erde und der Gegenschwung des Himmels gibt ihm das Wissen, daß die Welt noch wanderte und seiner schaffenden Träume jetzt noch nicht bedürfe. Das große Licht und die kleinen Lichter strömen Wachheit und Schlaf über ihn aus. Das Wehen der Winde aber an seinen säenden Händen und ihr Spiel in den Zotten seines vielfarbenen Bartes sind richtunggebend und voll magnetischer Kräfte. — —
Die Bäume der Chaussee standen regelmäßig in dunklem, drohendem Laubnaß wie Wächter in Mänteln. Sie

schienen regungslos, ohne das linde Rauschen der Dämmerung, ohne das Traumsäuseln der Nacht, wenn der absinkende Wind sich in ihrem Laub festhält, um nicht auf die Erde zu fallen und vom Tau in Schlaf aufgezogen zu werden. Denn der Wind hat nur kurze Stunden der Ruhe zwischen Mitternacht und Sonnenaufgang, da er der Herold der Sonne ist und den Wolken ankündigen muß, daß sie den Weg des Gestirns freizugeben hätten. — Aber diese Bäume waren wie stadtverzaubert, wie künstlich gemacht und hingestellt. Sie rührten sich nicht ...

Der späte Abend war mondlos. Warme Luft hing dicht herab bis zum Boden. Feuchter Blättergeruch und das Heu auf den Wiesen kam mit einem fernen Dunst von Lindenblüten herb und lastend zusammen. Äcker schienen vom Hohlweg an hinaufzusteigen. Eine Ahnung der Horizontlinie war da, ein kaum fühlbarer sich wellender Strich, der Rand der auf- und abschwebenden Äcker; aber dunkle Massen von Wäldern drückten auf ihn und standen gleich hingewälzten Tuchballen.

Der Mond schien von den hängenden Wolken aufgefangen zu sein. Die Sterne mußten schlafen. —

Es war das Land — und doch nicht das Land; denn eine seltsame Geschäftigkeit war auf der Landstraße. Klingelzeichen ertönten. Das Knattern von Motorrädern war plötzlich bedrohlich nah, so daß der Buchtrödler an die Seite springen mußte — nicht auf eine Schutzinsel, sondern in einen Graben mit Brennesseln. Das heisere Bellen einer Autohupe drang zugleich mit einem grellen Kegel von Azethylenlicht in die Schwärze, dann ein dreitöniges Zusammenkreischen und eine breite Streufläche von blendendem Schein, der aus zwei glotzenden Bullaugen auf die Schotterfläche geschleudert wurde.

Eckenpenn mußte vorsichtig am Rande der Chaussee entlang gehen. Zuweilen hörte er ein Vorbeistoßen der Radfahrer, Bruchstücke von Gesprächen oder das Pfeifen eines Gassenhauers aus – der Stadt. Aber es waren nicht alte, aus Jahren zurück, sondern die neuesten ...
Das war nicht das Land.
Hier schritt nicht Pan.

Der Buchtrödler saß in einem Dorfwirtshaus.
Aus seiner Jugend hatte er noch Reste einer Vorstellung aufbewahrt von derbknochigen Gesellen, Holzfällern, schweren Bauern, von Jagdknechten, die im Pfeifenqualm vor ihrem Bier sitzen, dem Kuckucksruf der Stunde lauschen, oder behaglich gähnend und brummend wunderliche Erlebnisse von früher erzählen oder schwerfällig Politik treiben – im Dorfausmaß, einander mit gemächlicher Gutartigkeit zum Narren halten und dann bei aufgehendem Mond nach Hause tapsen ... bis auf den Tisch, der Karten spielt, mit dem zusehenden Wirt daneben und der eindämmernden Tochter des Hauses auf der Ofenbank. –
Hier war nichts dergleichen. Schon zu Dorfbeginn umheulte ihn das Geblaff aller Hunde. Dann lief er fast gegen einen großen Wagen und erkannte die Herberge eines Wanderkinos, das die Dorfjugend aufgeregt umtobte. Das Wirtshaus war ein großer Steinbau mit Ausspannung und vielen aufgestellten Futterkrippen. Nebenan aber schien eine Art Garage zu sein. Eine ganze Anzahl von Fahrrädern waren im Flur untergebracht oder am Eingang angeschlossen. Motorräder lehnten öltropfend. Die Überlandzentrale versorgte das Gasthaus und – wie er bald bemerkte – auch den Kuhstall und Schweinestall mit elektrischem Licht.

Im Saale aber tobte zu den abgeschmirgelten, heiseren Klängen eines Grammophons die Hölle.
Auf eine Frage mit den Augen hatte die umfängliche Wirtsfrau beim Eintritt gesagt: »Ja — das junge Volk amüsiert sich unter sich und tanzt ein bißchen!« Und als Eckenpenn verlegen in der Gaststube hockend, durch die halboffene Tür blickte, sah er, daß das ganze Land im Umkreis von Meilen dörflich vergröbert und handgreiflich sich schob und Foxtrott tanzte.
Die Dielen des Tanzsaales waren nach unten gebogen. Sie dröhnten unter den Hufschlägen der benagelten Stiefel und der Breite des Furchenganges. Das gebatikte Taschentuch hing weit aus der Brusttasche. Die modischen Anzüge aus dem Kaufhause der nächsten kleinen Stadt würgten sich um die eckigen Glieder der Bauernburschen, der Knechte, der Ziegeleiarbeiter. Unermeßlicher Zigarettenqualm und Staub wogten im Saal. Die erhitzten Köpfe der Mädchen mit dem angeklatschten, sich in Strähnen auflösendem Haar oder mit den rund herum geschnittenen Zotteln stießen wie rote Billardbälle aus dem Dunst von Menschenschweiß und Landaussonderung. Dazwischen aber versicherte in heulender Ekstase ein Chor Männer und Jungfrauen mit Tönen, vergleichbar dem Gebrumme heiserer, störriger Ochsen und dem Quietschen der Stalltür, daß ihr Liebling Mady heiße und süß sei, obwohl sie keine »lady« und keine »marquis« wäre!« —
Eckenpenn saß stumm vor seinen Bratkartoffeln.
»Auch hier ist Berlin«, grübelte er, »auch hier ist die große Stadt . . . Erwürgt sie auch schon das Dorf? — Wie weit geht sie hinaus und frißt mit ihrem steinernen Maul und den eisernen Zähnen darin das Land auf, mit einem Biß Hektare ausreißend und Brache, Äcker und Wälder in

den Schlund schickend! — Das ist Berlin«, dachte er grimmig, »das pazifistische, internationale Berlin, das in einem Schmachtfetzen von vier Zeilen Reime aus drei Sprachen hat!«

Ihm war, als hörte er plötzlich eine kühle Stimme neben sich sagen: »Mein teurer Gnom und Eckenpenn! Es interessiert mich ja nicht, aber ich will es dir doch sagen, daß eure gesamte deutsche Seele (deine eingeschlossen) psychologisch östlich verseucht ist. Nehmt euch in acht! Dostojewski hat euch alle verdorben! Er wird euch mit bußfertigen Fingern entmannen. Denn ihr seid imstande und nehmt den Tanz — auch gedanklich — ernst!« —

Der Buchtrödler zog nachdenklich Furchen auf den Tisch. Hatte er vergeblich geglaubt, mit Berlin auch Fox Randolfini jenseits der Schienen zu lassen? —

Im Tanzsaale hatte sich ein gewaltiges Tosen erhoben. Gescharre und Stampfen wurden allmählich unrhythmisch. Wirt, Frau und ein zurechtgemachter Hausbursche schleppten Bier, Kognak und Limonade herein. Dann vernahm Eckenpenn das schleimige Rasseln, das Fauchen eines Riesentieres, das schwerfällig die Kiefer öffnet — darauf ein Rauschen und Gurgeln — plötzlich erkannte er den technischen Mund wieder, der damals die Wahlresultate aus einer Wand blies —: der Lautsprecher begann: »Achtung! — Achtung! — — Hier ist Berlin auf Welle 505! — Wir setzen den Tanzabend fort. Bernhard Etté spielt seinen berühmten Kinderliederfoxtrott!« Und nun spie es sich heulend aus dem Trichter: »Mariechen saß auf einem Stein — einem Stein ... einem Stein ...«

Da erkannte der Buchtrödler, daß das rückständige Grammophon nur notgedrungen die eingetretene Pause von 15 Minuten hatte ausfüllen müssen. —

Eine unbezwingbare Müdigkeit überkam ihn.
Er hatte zwar vorgehabt, die Nacht hindurch zu wandern oder im Freien zu liegen, zu lauschen, die Sterne zu zählen, das Mondlicht um die Stämme spielen zu sehen und zu warten, ob der träumende Pan ihm erscheinen würde, auf dem goldvließigen Widder mit dem gedrehten Doppelhorn sitzend. Er hatte vielleicht gehofft, die versunkenen Quellen der Natursprache in sich wieder aufrauschen zu fühlen, daß er imstande sein würde, von neuem den Wind an der Feuchtigkeit zu erkennen, die Stunde am Dämmerlicht und an der Uhr der Vogelstimmen, daß ihm das eckig taumelnde Huschen einer Fledermaus wieder Geheimnisse über das Haar wehe und glimmende Borke, Feuerwurm und das Schweben von Nachtfaltern den Tanzkreis der Elfen herbeizaubern würde – wie als Kind auf den Bergwiesen mit den Rändern von verschränkten Riesenpflichten ... Aber er war gelähmt, müde und unfähig zu gehen. –
So bat er um eine Schlafkammer. Er wollte ganz früh mit dem Tag aufstehn und wandern.
Der Wirt war ganz bereit – wenn vorher bezahlt würde. Eckenpenn tat es. Eine Magd zeigte ihm den Weg und den Knopf zur elektrischen Lichtleitung.
Als der Buchtrödler sein Zimmer betrachtete, erschrak er. In der Einfachheit der Einrichtung und in der ganzen Art war es seiner Schlafkammer bei Tischler Lehnert oder seinem jeweiligen Ersatzmann ähnlich. Er hatte einen Augenblick das Gefühl, daß er bei sich selbst logiere ...
Konnte man niemals diesem länglichen Viereck entrinnen, bis man in das kleine, längliche Sargviereck von derselben Form gelegt wurde? Und es schien ihm fast, als ob die große Stadt überall sei – auch in dem tönenden Ge-

lärm, das von unten heraufdrang, nur aus dem Fenster, das er aufriß, um die dumpfe Luft zu reinigen, kam der nähere Duft von Dung — und der weitere von Klee und Heu. Über die Chaussee hinweg konnte er die Wiesen erblicken mit den einzelnen Gebüschen in ihnen, denn der Mond hatte sich doch durchgekämpft, und die Nebel dampften ihm entgegen.

So setzte sich Eckenpenn traumesmüde an das offene Fenster.

Hier nun, während des Dämmerns in warmfeuchten Wiesen, war es, als ob etwas von seiner Sehnsucht nach dem Lande sich erfüllen wollte ... Einen Augenblick fühlte er das heimliche Geraun der träumenden Erde, das Dröhnen des sonnengetrockneten Bodens unter den kühlgleitenden Schlangen des Nebels. Dann ballten sich die ringelnden Nebeltiere, wurden feuchte, weißliche, aufsteigende Flammen, und der Mondschein kam voll Begierde herab, sprang durch ihr Rauschen hindurch und ließ sie an den Grenzen der Luft schillern in einem zerfließenden, kaum sichtbaren Prismaglanz.

Jetzt bildete sich der aufrauchende Dunst um. Aus den Nebelflämmchen wuchs es zusammen: Nebelgezwerg, Nebelriesen. Sie schlugen ihre Mäntel auseinander, wickelten sich wieder hinein — und Eckenpenn sah mit seinem sinkenden Auge, wie jeder kropfige Zwerg eine Wegedistel oder ein wucherndes Johanniskraut in sich trug, jeder Nebelmann ein zierliches Birkenweib — oder ein Haselstrauchmädchen. Die Nebelriesen aber schleppten mit unhörbarem Gelächter die stolzen Pappeln und die breithüftigen, in Blütenduft begrabenen Linden der Dorfstraße mit sich, auf daß sie alle eine Schwere hätten und am Boden blieben, ohne doch ganz der Seele der Luft entbehren zu müssen. —

»Der Lindenduft«, dachte Eckenpenn. »Damals schon machte er die Bienen taumelig und mich beinahe ...« Da scholl Gelächter, Streiten und das Aufschlagen von Biergläsern in seinen Traum. Dung roch unten. Die Frau des Wirtes brüllte vor Lachen. Eine Stallmagd kreischte. Zur Ziehharmonika klang der Schlager von den tausend schönen Beinchen ...
Berlin grüßte mit einem seiner vielen apokalyptischen Schlangenhäupter in das Fenster. –

Der Buchtrödler erwachte davon, daß ein Hund mit Sehnsucht den Mond anheulte. Gleichzeitig hörte er ein Knacken, Rauschen und Rennen in den Gebüschen, unterdrücktes Kreischen und Kichern, so daß er in seinem Halbbewußtsein glaubte, eine Schar von Schrattgestalten sei über lichte, elbische Wesen geraten und feiere an den drei Teichen Johannisnacht. –
Beim Aufrichten merkte er, daß er noch auf dem Stuhl am Fenster saß. Er mußte doch im Gelärm eingeschlafen sein.
Es war noch Nacht. Aber die Sterne flimmerten schon unruhig; denn die ersten kühlen Schleier des Morgens nahten mit ihrem grauen Hauch von Licht und bald würde die Dämmerung kommen, die sie betäuben und das Wesen ihres Glanzes lähmen würde. Lichtere Wolkenstreifen flogen in der Höhe. Unten waren die Häuser hingeworfen, tot, und schliefen dumpf wie nach einem Rausch.
Ganz leise klang das Reiben der Pferde aus dem Stall. Das Gasthaus aber lag ohne Licht, schwer, und sein Kalkanstrich glimmerte weißlich, fahl und stumpf wie die Knochen eines riesigen Untieres. –
Eckenpenn deuchte es unmöglich, in diesem engen

dumpfen Raum, der nichts war als die mitgeflogene Schlafkammer aus seinem 4. Stockwerk, noch länger zu bleiben. Da er für die halbe Nacht schon die ganze vorausbezahlt hatte, war sein rechtlich beengtes Gewissen ohne Last, und er ging daher leise die Treppe hinab, über den Hof und an den Pferdekrippen vorbei. Alle Fahrräder waren verschwunden. Nur ein beladener Steinwagen stand pferdelos an seinem Pfahl. Die viereckigen Pflastersteine stießen sich aneinander, waren sich im Wege und hoben mürrisch ihre scharfen Kanten in die Luft.
»Wie die Menschen«, dachte der Buchtrödler im Gehen.
»Es muß erst eine Ramme kommen und auf ihre Köpfe schmettern, ehe sie einen erträglichen Weg abgeben!«
An der Pumpe steckte er die Hände in den steinernen Trog, schwenkte sie im Wasser hin und her und fuhr sich über das Gesicht. Dann schritt er ein wenig erfrischt wieder auf die Landstraße hinaus und aß im Gehen trockenes Brot und mageren Speck. –
Selbst der Staub schien noch zu schlafen, und die Häuser des Dorfes lagen alle in einem besonderen schweren Dunst, als wäre der Schlaf der Menschen und Tiere in ihnen und ihre dumpfen, erdgebundenen Futterträume durch die Wände gezogen und hätte sich wie eine Kappe über sie gedeckt, die sie schützte, aber auch unsichtbar und unerreichbar für die schweifenden Träume der Sterne mit ihren tieferen Ängsten und höheren Entzückungen machte.
Als Eckenpenn die letzten Häuser im Rücken hatte und nur noch gelegentlich eine Scheune aus dem Dämmern tauchte, während das Getreide schon dunkel und hoch in den Seiten wuchs, sah er ein Fahrrad an einem Strauche lehnen. Erstaunt blickte er sich um; aber niemand war in der Nähe. Er ging auf das Rad zu, betrachtete es und

sann nach, woher es stammen könnte. Vielleicht war einer der heimkehrenden jungen Burschen so trunken gewesen, daß er vom Rad gefallen war und nun im Graben lag! Wie er sich hinbeugte, flog ihm plötzlich ein Fluch an den Kopf und ein Stein dicht vorbei. Gleichzeitig hörte er das unterdrückte Kreischen eines Mädchens und sah ein helles Kleid im Getreide aufschimmern. – Da zog er es vor, Eros und Bakchos, den Allsiegern im Kampf, aus dem Wege zu gehen und übermittelte sich in eiligerem Tempo der Landstraße. –
Eine frühe Botin des Tages, eine Lerche, die Dichterin der Luft, stieg nicht weit von ihm auf und teilte mit ihren Strophen den Dunst des kommenden Morgens: Im Augenblick war sie dem nachschauenden Buchtrödler entschwunden, als lebe sie von Äther und gedenke nicht, wieder auf die Erde herabzufallen, auf diesen trüben Schollenboden, der ihr nicht anders als verweste Luft erscheinen müsse! Aber Eckenpenn bedachte, daß sie doch ihr Nest auf dem Felde baue, gedeckt vom Getreide, und daß Nützlichkeit jeden Flug zerstöre ...
Zwei Stunden später, als die Morgenkühle vollkommen war und die Sonne sich zum Durchbruch rüstete, traf Eckenpenn auf einen jungen Maler.
Zuvor waren ihm noch wie Gespensterstunden die Reste des Gasthaustanzes erschienen. Bei deutlicher werdendem Land sah er in den Halmen Gänge niedergetreten, erblickte hier und da abgerissene Haarschleifen auf einem Kilometerstein, einen Handschuh auf dem Boden, und auf einer in die Felder merkwürdig eingesprengten Erhöhung, auf der unter dem Schutz von Haselsträuchern und Ginsterstauden, Kamillen und Hahnenfuß, Männertreu und Bienensang in Menge wuchsen, fand er, auf einen Ginsterbesen gesteckt, eine Papiermütze mit

roten Bändern, wie sie die Burschen sich beim Tanz aufgesetzt hatten. — —
Es war dem Buchtrödler wunderbar erschienen, daß er nichts von der Landschaft und von dem gepriesenen Erwachen der Natur verspürt habe. Es kam ihm nur so vor, als ob er aus Versehen in eine Laubenkolonie oder in einen eingesprengten Feldstreifen der großen Stadt geraten sei. Sie selbst aber war immer da. Hatte sie nicht ihre Musik tönen lassen und ihre Fahnen gehißt, die Tanzmütze und die abgerissenen Schleifen, — und ihr Symbol auf den Weg gestellt — das herrenlose Damenfahrrad? —
Der junge Maler saß an einer Wegbiegung auf dem höhern, jenseits des Grabens gelegenen Rain eines Kartoffelackers. Eckenpenn sah jetzt, daß die Landstraße sich plötzlich ziemlich stark absenkte. Er war bisher auf dem flachen Rücken eines weiten Hügelgeländes geschritten, das einmal in der Gletscherzeit von wanderndem Steingeschiebe fast glatt geschliffen sein mochte. Vor der Feldstaffelei saß ein Jüngling, die Kohle in der Hand. Sein Gesicht war braun und mager, das blonde Haar wehte im Morgenhauch.
Es schien dem Buchtrödler, als ob er noch niemals so stark die Selbstvergessenheit des Körpers und die Eigenlebendigkeit des Auges, die gespannte Bereitschaft auf Besitzergreifung durch den Blick allein gesehen hätte. Dieser junge Mensch schien vergessen zu haben, daß er lebe, daß Frost, Glut, Hunger und Ehre auf der Erde sein könnten. Er würde zwölf Stunden so sitzen können, nichts als Herrscher Auge und Diener Hand! —
Jetzt mußte der Aufbruch der Sonne kommen und dem Blick den Horizont schenken. Da aber zog eine graue Wolke in der Gestalt eines getrockneten Riesenfisches über die Oststelle, und der Buchtrödler sah, wie der junge

Maler plötzlich erschlaffte und mißmutig die Kohle hinlegte. Sein Blick wurde weich, unsicher, glitt hin und her wie eine unruhig gewordene hungrige Schlange – und ergriff Eckenpenn.

Der Buchtrödler lächelte entschuldigend.

»Bitte zu verzeihen! Ich wollte Sie nicht stören. Ich komme nur so gerade entlang. Von Malerei verstehe ich nicht viel.«

Der junge Mensch musterte ihn. Dann lächelte er achtlos. »Ich – wahrscheinlich auch nicht viel. Sonst wäre es bisher besser geworden!«

Eckenpenn erwiderte erstaunt: »Da sind Sie eine Ausnahme. Ich habe bisher noch keinen jungen Menschen getroffen, der nicht alles besser verstanden hätte!«

»Verstehen – tue ich's vielleicht auch, sonst wäre ich ja nicht 20 Jahre. Aber – ich kann's nicht! Ich sitze jetzt schon den dritten Tag hier, das heißt, bevor es Tag wird, – und immer wird mir der Augenblick verdorben.«

»Wollen Sie ein bestimmtes Bild machen?«

»Ja – aber immer kommt eine Wolke dazwischen. – Wissen Sie«, fragte der Maler und sah ihn aus ganz hellen Augen prüfend an, »was das schwerste beim Malen ist?«

Der Buchtrödler zögerte.

»Es mag wohl eine Torheit sein. Aber – ich denke mir immer: Es stehet geschrieben, am Anfang schuf Gott Himmel und Erde, – mit dem Anfang schuf er Himmel und Erde! Der erste Strich, der die Fläche teilt und den Raum in oben und unten spaltet, der wirklich Himmel und Erde schafft, der muß das schwerste sein.«

Der junge Mensch sprang auf. »Und Sie wollen nichts von Malerei verstehen? – *Das ist das schwerste!* Die Horizontlinie! Das ist Gabe, die Genialität des Natursehens, die Bilderwertung, das Fruchtbarmachen des Raumes!

— Seit drei Tagen warte ich, daß die Sonne doch aufgeht und die Linie des Horizonts glühend herausstellt die Liebe des Lichts zur Erde, des Fließenden zum Harten, die Zeugung der Landschaft in Tag!« — —

»Aber da ist die Sonne!« rief Eckenpenn halblaut und überrascht.

Der junge Maler saß mit verdunkeltem Blick, die Hände gefaltet.

»Ich schmiere ja nicht Farben auf die Leinwand, oder drücke Tuben aus und fahre mit dem Finger im Brei herum, um eine Gegend natürlich darzustellen. Das macht die Farbenphotographie besser. Sie zwinkert nicht mit den Augen und hat keinen Hunger und keinen Körper. Die Sonne — will ich auf dem Viereck da aufgehen lassen *aus mir,* den Aufbruch der Jugend malen, wenn das rote Leben über den grauen Schlaf siegt und den Kampf aus der Masse Dämmerung die gestaltende Linie erzwingt! Die Sonne zerpressen wie eine Zitrone! — Was geht mich das Süßholzraspeln um die Natur an, als sei sie nichts als eine keusche, holderrötende Maiehrenjungfrau! Eine Bestie ist sie!« — —

»Aber — da ist die Sonne!« rief Eckenpenn zum zweiten Male laut.

Der Maler hatte den alten Mann sofort vergessen. Er drehte sich kurz ab, ergriff die Zeichenkohle, fuhr hastig über den Kreidegrund und tastete abgewandt, wie im Dunklen suchend, nach den Öltuben ... Eckenpenn erhob sich still von seinem Grabenrand und ging — ohne ein Wort. Auch Gruß kann Unhöflichkeit sein. Ist ein Mensch mit sich beschäftigt, so ist jede Anrede dem tödlichen Ruf an den Nachtwandler vergleichbar, der ihn aus der Sicherheit des schaffenden Weges zum Werk erwachend hinabstürzt ...

Der Buchtrödler sah seit langer Zeit zum erstenmal unverhindert die Sonne über die Erde steigen, nicht gehemmt durch die dunstigen Dünste der großen Stadt, nicht zerschnitten durch Schlote und die eckigen Giebel von Häusern. Aber in seine sich weitende Seele tönte der lange Pfiff eines Güterzuges. Rußiger Dampf flog in die Morgenröte, und plötzlich sah er auch, daß der Schornstein einer Zuckerfabrik mitten durch die feurige Sonne hindurchging. Dann aber schreckte ihn ein scharfes Hupen auf, und haargenau flog ein Motorrad vorbei, von einem Mädchen gelenkt. Auf dem Sitz hinter dem Mädchen saß ein Knecht in weiten Hosen, der die Lenkerin seines Benzingeschicks fest und eng umklammerte. Da setzte sich der Buchtrödler müde und mißmutig eine Weile in den Graben. Mit Bedauern betrachtete er seinen Sturmmantel, der sofort etwas von dem stinkenden Geruch der neuen Technik der Fortbewegung des Verkehrs angenommen hatte und fast in Gefahr geraten war, eine Beschädigung zu erlangen. Er zog den Band Goethescher Lyrik aus dem Orkus und versuchte, bei aufgehender Sonne Verse zu lesen. Aber obwohl das Beet sich in die Höhe lockerte, und das Veilchen auf der Wiese stand, schien ein Benzinschleier auch über diesen jugendlich blühenden Reimen zu steigen. Es schien, als ob die Zeit der erdnahen Poesie vorbei sein müßte, die Zeit, in der das Gefühl als Rausch des Wortes einfach aus dem Leben der gegebenen Natur gequollen war, weil der Mensch als Natur in Natur sich empfand. Jetzt hatte diese kleine Blutspinne Mensch ihr Techniknetz über die Erde gespannt, die große Fliege eingefangen und saugte sie rayonweise aus, machte sie tot, um sie genießen zu können, zog aus den Leichensäften das Taumelgesetz des Tempos und vergiftete sich, indem sie sich berauschte!

Was konnte man jetzt anders dichten als Vakuumreime, Streptokokkenverse, Transplantationsdramen, Masseninfektionshymnen, die Vergötterung des Bruderichs, des gleichmäßigen Klischeemörders, der alle Wesen auslaugt und sie auf die unendliche Kette des Betriebs spannt, in dem er die letzten lebendigen Eigenwesen in winzige Naturschutzgebiete und Museen setzt, um der beschreibenden Wissenschaft Material zu geben? ...

Nach einer Stunde war Eckenpenn in einem Kiefernwald.

Bergan kletterten die Stämme. In der Anstrengung des Steigens hatten sie die untern Äste fortgeworfen gleich lästigem Gepäck und standen nun wie eine Schar Läufer plötzlich erstarrt in der Anstrengung des Laufs. Braune Nadeln lagen wie Spreu auf dem Boden, der hart war und die karge, quarzzermalene Erde ahnen ließ.

Das Herz des Buchtrödlers begann zu klopfen. Hier war etwas wie Heimat, von der Landschaft vor dem Menschen, am sechsten Tage der Schöpfung, und es war, als sollte sie zeigen, wie es sein könne, wenn Menschen nicht die Züge der Erde mit Puder und Stift beflecken und sie zu einer Dame der Mode umfärben! Hier hatte jeder Stein sein Gesicht, weil er ohne Hindernis gewachsen war, nur von Luft und Sonne umgeben! Hier liefen die Bodenwellen wie Falten eines ehrwürdigen Gesichts! Hier hasteten noch Käfer und säten sich Pilze aus! Der Boden leuchtete rot von Fliegenpilzen. In jeder Form des üppigen Drängens waren sie da, strotzend in ihrem herrlichen satanischen Rot! Der Blutreizker zeigte seinen Ring, der Butterpilz das gemächliche Quellen. Die Bowiste standen unter ihrer mehligen Fülle, schwankend wie aufgeblasene Tanten und am Rande, unter gesprengten Bir-

ken, hockte zierlich in seinem gesprenkelten Braun ein verlaufener Rehpilz!
Ein Specht hämmerte. Ein Eichhörnchen sprang knakkend. Durch die Stille scholl in langer Zeit der Schlag eines zerklopften Zapfens. — Eckenpenn blieb stehen. Hier konnte die Einsamkeit heraustreten, lässig gelehnt an den Hals des Tieres Einhorn, das Märchenwesen mit den Augen eines Waldsees.
Der Buchtrödler stolperte plötzlich über einen Haufen im Halbkreis zusammengelegter Steine. Asche mit noch glostenden Aststücken übermischt überstäubte ihn. Konservenbüchsen lagen da, und als weiße, zerknautschte Befleckungen des Waldes waren sie überall zerstreut, die unumstößlich notwendigen geistigen Nahrungsreste, ohne die der moderne Wanderer vielleicht doch einmal seine Übergöttlichkeit verlieren oder vergessen könnte, — die Zeitungen!
So aber machten ihm bei seinem Frühstück in der Morgensonne die Parteien noch klar, daß er allein der Nabel der Welt sei, dazu bestimmt, die Erde zu füllen und sich untertan zu machen ...
Zum Überfluß aber dröhnte jetzt ein schmetternder Sang halb von ferne durch die Kiefern. Der werdende Tag mußte das Lied von der Tyrannenmacht, die unter allen Umständen zu brechen ist, vom werdenden Tage hören ... Eckenpenns erwachte Freude sank zusammen.
Da waren wieder die alten Stadtgedanken, die nicht einmal durch die heimliche Welt des Mooses in Samt aufgefangen werden konnten! Jugend, und sei sie noch so verhätschelt, wohlgenährt und strotzend von Freiheiten, die ihr gegeben werden, weil sie jung ist, und die sie sich nimmt, weil sie jung ist, glaubt sich immer unterdrückt und berufen, die alte, verrottete Welt mit ihren tauben

Nüssen und der Sklavenfront für die besitzlose Unwissenheit und Unerfahrung gewaltsam umzudrehen. Dann aber rächen ihre Kinder ihre Eltern, und wenn sie alt sind, so sind sie rückständig, weil sie alt sind, und lieben den Besitz, weil sie alt sind und auch der Ärmste etwas zu verlieren fürchtet. Das ist der Atem der Stadt, die Logik des berstenden Asphalts. Niemals hört das auf ...

»Warum geht es nicht an«, grübelte der Buchtrödler, »daß Jugend beharrt und wissendes Alter umwandelt?«

Er stieg eine Weile weiter, kam auf die Höhe eines Hügelrückens und fand sich hier auf einem windüberwogten Grasstreifen, von dem herab Felder nach unten sich senkten. Hier blühten Nägelchen und Kuckuckslichtnelken, rötlicher Steinklee, Schafgarbe und — selten — die gelbleuchtende Arnika.

Der Buchtrödler wollte sich in das Gras legen und ruhen. Aber ehe noch die Welt der Halme über ihm rauschen konnte, sah er zu seinem Erstaunen ein junges Mädchen gegen den Himmel sitzen, die Füße angezogen und die Hände über den Knien zusammengefaltet. Das sanftbraune, längliche Rund ihres Gesichtes wurde durch fast ineinandergewachsene schwarze Brauen dunkel und herbe, ihre braunen Augen schienen wie für die Ferne erloschen und in schweren Gedanken ruhend.

Eckenpenn ging ein paar Schritte, um ganz über die Höhe zu kommen und dann einen Rain zwischen zwei Roggenfeldern hinabzuschreiten. Da strauchelte er über einen verdeckten Stein, und der Band Goethe nebst dem mageren Speck entfernten sich mit hartem Schlag aus dem Orkus ...

Das junge Mädchen stutzte und sah auf. Sie hatte den Blick der Näherin, aber er war wissend, aus der Gedankenwelt emporgetaucht ...

Nach einer halben Stunde fragte sie aus der Bedrängnis ihrer Jugend:
»Weshalb leben wir?
Es ist noch nicht drei Jahre her, da dachte ich nicht daran, daß Morgen sein konnte. Ich lief und sprang und kletterte, und aß und trank — und wußte nichts weiter, als daß ich mich wieder freuen würde — und wieder springen, — und das müßte so in alle Ewigkeit gehen! Nicht einmal: was wußte ich von Ewigkeit? Alles war um meinetwillen da und tanzte um mich her, alle Dinge und alle Menschen, und die Sonne tanzte, und der Mond und die Sterne tanzten. Inmitten aber tanzte ich!
Da kam einmal die Krankheit und rührte das Auge an. Nun wußte ich, daß es etwas gäbe, was Zeit ist, und noch etwas Dunkleres, das Tod heißt!
Und da wurde der Gedanke in mir geboren, der ist das erste und leidvollste Kind des jungen Menschen, an dem er lange trägt, und der schwerer ans Licht kommt als das Kind! —
Ich ward gesund. Ich wollte wieder in den Tag springen und alles um mich sich stellen lassen. Aber nun war das Wissen da und das Denkenmüssen, das Suchen in Büchern, das Aufhorchen im Lärm! Ich sah auf die Lippen der Menschen, als könnte von da ein Wort kommen, das die verlorene Einheit wiederbrächte, ein silbernes Band, eine Tanzschleife im Haar! Weshalb wurde aus Speise Gedanke und aus Trank Gefühl? Aus beiden aber die Sehnsucht nach dem Kommenden, das Suchen nach dem Verlorenen — weshalb?
Was habe ich verloren? — —
Da kam ich in die Stadt und hörte Weisheit …
Ich sah alte Leute aus den Heften ihrer Jahre Kolleg lesen. Sie hatten eine wissenschaftliche Überzeugung. Sie waren fertig mit dem Leben und mit sich! Ich werde nie

mit mir fertig werden! Woher kam ich? – Wohin gehe ich? – Wozu kam ich? – Weshalb ende ich? – Ich bin mir selbst gram, und doch ist etwas in mir, das tanzen möchte – wider meinen Willen! Dann lauf ich hinaus und sehe die Wolken an ... Müssen die auch ein Examen machen und ihre Reife nachweisen? Das ist doch alles unwesentlich ...

Weshalb leben wir also?

Sie sind ein alter Mann: wissen Sie, weshalb wir leben?« – – –

Den Buchtrödler überfiel ein merkwürdiger Gedanke. Weiter unten sah er die Landstraße sich wieder entlangziehen. Wenn er das junge Mädchen überreden könnte, zurückzugehen, so würde sie in einer Stunde längstens mit dem jungen Maler zusammentreffen, und es schien ihm in diesem Augenblick ganz sicher, daß beide von ihrer dunklen Sehnsucht erlöst würden. Der Jüngling würde nicht mehr der Horizontlinie nachtrachten und das Mädchen nicht mehr nach dem Sinn des Lebens und Lernens fragen.

Aber Eckenpenn bedachte, daß es vielleicht nicht gut sei, die Sehnsucht ganz zugunsten der Sicherheit aussterben zu lassen, die einzelnen des Leids hinüberzuleiten in das gleiche Schicksal der Zusammengehaltenen, die Freude und Schmerz im Dutzendmaß lieben und sich als Familie, Gesellschaft fühlen müssen, um eine besondere, auszeichnende Würdigkeit zu empfinden! Dem Einzelgänger Eckenpenn deuchte es plötzlich schöner zu sein, als Seele um der Sehnsucht willen auszusterben, als Kettenglied zu sein oder als amoralischer Wellenmensch sich durch das Tempo zu betrügen. Wozu mußte die Erde ewig kreisen und die Menschengeschichte sich durch Jahrtausende schleppen?

So sagte er nur zögernd: »Ich weiß nicht, warum wir leben. Wüßten wir einen Grund, so müßten wir über ihn urteilen können und aufhören müssen zu leben. Nur das Unbewußte und das Ungewußte reizt zum Schreiten. Wer zu viel weiß, bleibt stehen – und lebt rückwärts. Selig sind die Unwissenden, denn sie sind die Gläubigen! Ich denke aber, wir werden am Ende, in der Stunde des Todes, wissen, warum wir gelebt haben, denn das einzig sichere, was wir vom Leben haben, ist – der Tod . . .!«
Damit wandte er sich grüßend ab und ging. –

Der Buchtrödler war kaum eine kurze Strecke Weges gegangen, als ihn eine außerordentliche Müdigkeit überfiel. Die kaum halbverdämmerte Nacht, die Fahrt vorher, der lange Weg in früher Dämmerung hatten ihn ermattet, obwohl er sonst zähe war und eine geraume Zeit ohne gutes Essen auskommen konnte. Aber jetzt war er so müde, daß er sich in den Sand warf, kaum den Ort betrachtete, an dem er ruhte, und sofort fest einschlief.

Er mußte mehrere Stunden in einem traumlosen Schlaf gelegen haben, denn als er einmal hochfuhr und in die Sonne blinzelte, sah er sie schon ein wenig jenseits der Mittagshöhe. Eine tiefe, summende, glitzernde Stille ließ seine Wimpern sofort herabsinken. Aber im Sinken noch umfaßte sein Blick ein seltsames Bild, und er wußte in diesem Augenblick des zwiespältigen Gefühls nicht, ob er ein Traumbild an das Wachen verliere, oder ob das kaum aufgetauchte Bewußtsein als unstete Insel wieder in die Fluten des zeitlosen Schlafes versinken wolle.

Er glaubte einen Wanderer zu sehen, das schwere Felleisen auf dem Rücken, die Schuhe in der einen Hand, eine junge Eiche als Stock in der andern: einen Handwerksburschen der ausgestorbenen Art, der das Erdenrund mit seinen Füßen mißt und es für ehrenhaft hält, das Wohlwollen der Menschen anzusprechen, um ihnen Gelegenheit zu geben, Gutes zu tun und Verdienst zu erwerben! — Im letzten, schmalen Spalt des Blickes glaubte er zu sehen, daß greisenhafte Locken aus dem braunen, höhlenvollen Gesicht des Wanderers im Winde flogen. Und dann ritt dieser mythische Mensch auf einem dickwolligen Schafbock und hatte seine Stiefel über die Hörner gehängt. Mit dem jungen Eichbaum aber trieb er das unwillige Tier an ...

»Der Professor!« erstaunte Eckenpenn im Zurücksinken. Sofort aber war wieder der Schlaf über ihm und hielt ihn fest. —

Es war, als ob ein Stoß an seine Brust träfe ... Eckenpenn fuhr aus dem brütenden Schlaf und sah vor sich einen Schafbock stehen, der ihn tiererschrocken anblickte. Aber ein scharfer Pfiff von fern ließ ihn wenden und zurücktraben. Staub umhüllte ihn und machte die Erscheinung des Tieres grauenhaft. Mit dem Pfiff zusammen kam ein gellender Schrei aus der Höhe der Luft. Der Buchtrödler richtete sich auf und starrte hoch. Ein Bussard war auf eine still kreisende Wildtaube gestoßen ... Mit dem Verklingen des Todesschreis kam die große Stille über das Land. Die Grillen hörten auf zu zirpen. Der Sand rieselte nicht mehr. Die Luft stand still. Das Gras lag übergebeugt und schlief. Die Sonnenglut war erstarrt über der schweigenden Erde. Die Wolken ruhten weiß, ohne Bewegung, wie angepflöckte Kühe im drohenden Blau des Himmels.

Eckenpenn wußte es mit einem Schreck: *hier ist das Land! Jetzt ist die Stunde des Pan!* — —

In der Mitte der Landschaft lag ein See, unberührt, willenlos. Die Fische mußten in den Grund gesunken sein, oder es gab in diesem winzigen Kratersee kein Leben.

Moränenschliffe kreisten im Boden. Aus den Rillen kam scharfes Gras. Fingerhut stand rötlich gefleckt, gifttrunken, unbeweglich. Auf einer üppig blühenden Distel hing ein Riesenschmetterling und sog den Nektar. Aber er schien vom Duft berauscht zu sein, gelähmt durch den inneren Trank, denn seine Schwingen zitterten nicht. Die Sonnenluft stand über allem als hitzflirrende stumme Wand. Ihr Blitzen war das stählerne Blinken von unendlich vielen Kreissägen, deren Zähne in sausendem Schwung still zu stehen schienen ...

»Jetzt schläft Pan«, dachte Eckenpenn. »Die Zeit ist erfüllt, denn sie schwebt nicht und rollt nicht, sondern ist fortgenommen. Es gibt kein Vorher und kein Hernach, es gibt auch kein Jetzt, da keine Grenze ist. Ewigkeit ist hier. Werden und Sein ist eins geworden und das Wirkliche verschwunden. Das Wirkliche aber ist das Hemmnis des Ewigen, und wenn Pan träumt, so träumt er die rollende Welt. Jetzt aber schläft der Gott ... Alles steht still.« — —

Eckenpenn versuchte aufzustehen. Er taumelte. Dann kam Furcht über sein Herz. Die stillstehende Landschaft schien eine Drohgebärde zu sein, die Horizontlinie ein im Furchtbaren erstarrtes Lächeln des Himmels und die gepflockte Wolke ein Meteor, bereit, nach dem Erlöschen des Zaubers herabzufallen und einen Krater herauszupressen ...

Er versuchte zu gehen.

Da war es, als ob er den Schlaf der Natur zerreiße. Die Wolken bewegten sich. Der See schlug Wellen. Fische stiegen hoch und warfen Ringe. Der Falter zitterte im Sausen. Libellen schwirrten umeinander im Hochzeitsflug. Das Gras wehte in einem warmen Wind, der aus dem Schilf des Sees zu kommen schien, er brachte den Duft von Feuchtigkeit und Pflanzensaft mit. Nur die lastende Stille blieb unverändert. Kein Laut von Mensch oder Tier war zu hören. Im Schreiten aber fühlte Eckenpenn plötzlich, daß die runde Erde unter seinen Füßen sich drehte. Er merkte das Schweifen im Raum, den Takt der Sterne – und er wurde zerbrochen in seiner Winzigkeit von dem ungeheuerlichen Schritt des kosmischen Geschehens ...

Eckenpenn saß wieder in der Eisenbahn und fuhr zurück nach Berlin.

Das Abteil war leer. Niemand hatte sonst die Absicht, vor dem letzten Zuge in die Stadt zurückzukehren – und noch war die Sonne nicht untergegangen. So störte kein menschlicher Laut seine innere Zwiesprache ...

Der Buchtrödler fühlte beschämt, daß er der großen Mutter Landschaft verloren sei. Er, der ausgezogen war, um die Stille zu suchen und die einsame Seele der menschlosen Natur klopfen zu fühlen, konnte das eingeborene Schweigen mit seinen tausend Tiefen, seinen dröhnend unhörbaren Geräuschen nicht mehr ertragen. Was ist beängstigender als das Kreisen des Blutes zu hören, das Schwingen der Erde um ihre, einer geheimnisvollen Mitte schwankend zugeneigten Achse zu spüren, das Saugen des großen Raumes schmerzhaft zu empfinden, das Auge überfließen zu fühlen von der ungewohnten, unfaßbaren Spannung des unzerschnittenen Himmels und das Begrenzte des Wesens im Drang, das Blut hinauszuströmen, an die Ungeheuerlichkeit des Raumes erschrocken zu verlieren?

Ist Seele nicht mehr einfältig mit der Folge der Jahreszeiten, mit Glut und Kälte, mit Tag und Nacht als dem Atmen der Natur verbunden, sondern übermäßig entfaltet, und verworren – sehnsüchtig, überspitzt – vergraben gemacht durch vielfältiges Geschehen, Verflechten, Täuschen und Umdeuten des Triebes, so wird sie landfremd und erträgt die drohende Stunde des großen Pan nicht mehr, denn ihr Geheimnis, groß und einfach, überwältigt und sprengt die Röhren und Widergänge der verworren gewordenen Stadtseele ...

Die Landschaft taumelte an dem sausenden Zug zurück. Aus dem Stoßen der Schwellen aber und im Kolbendrang der Maschine tönte die Widersprache Eckenpenns. Er hielt Gericht über die Stadt — und sich. Das Lied der stadtgierigen Schienen und der Ruf der fliehenden Landschaft kamen an sein Ohr, und ihre Gründe stellten sich links und rechts vor ihm hin und kreuzten den Speer.

»Ihr seid nicht mehr Kreatur, nicht mehr Geschaffene ihr, die ihr in der Stadt geboren seid und darin lebt!«

»Ihr seid nicht mehr geboren aus Blut, sondern ihr seid erzeugt von Geschäften, von Prunk, von Verstiegenheit!«

»Ihr schießt hoch in Massen und seid kaum Teile von Menschen! Ihr aber betet euch an dafür, daß ihr nicht ganz seid!«

»Ihr nennt euch gut — Brüder — und fälscht eure Falschheit um und benennt eure Sünden anders, weil ihr nicht erkennt und es für wahr haben wollt, daß Falschheit und Sünde ganz und tugendvoll sein kann, wenn sie den Menschen ganz und rund macht! — Darum hockt ihr zusammen und verehrt eure Schranken, weil ihr euch im Grunde nicht glaubt und nicht wißt, daß einer mehr sein kann als tausend!«

»Ihr wohnt in Steinen schlimmer denn Korallen im Bau und streckt eure Nesselfäden aus, um zu brennen und für euch Aas zur Verdauung zu machen von dem, was am Leben im Strom vorbeitreibt. — Ihr aber seid nicht Strom!«

»Aasgeier und Leichenschänder der Begriffe und Worte seid ihr, denn ihr entseeltet das Wort und lebt vom Fremdwort! Ihr lügt aneinander vorbei, wenn ihr miteinander lebt. Darum macht ihr euch Normen, Dogmen, Glaubenslehren, Parteiparagraphen, wie ihr die Normaluhr machtet, damit ihr euch nicht verfehlt im Geschäft!«
»Wer zu euch kommt und ist gerade, muß krumm und schielend werden, auf daß er paßt! Sonst höhnt ihr ihn tot und sperrt ihn in die Einsamkeit wie in ein festes Haus!«
»Da ihr die Seele verloren habt, schufet ihr den Verkehr.«
»Da ihr die Schwere des Grundes verlort, betet ihr das Tempo an!«
»Da ihr euch selbst nicht mehr hören könnt, macht ihr den Lärm zum Gott und schändet selbst die Ruhe der Nacht!«
»Die Tiere in der Stadt machtet ihr — zu Menschen ...«
»Ihr verstellt eure Gebärden und verstellt euren Gang!«
»Ihr hängt euch die Mode um euren Leib und verkehrt das Geschlecht des Anfangs, damit ihr euch interessant vorkommt und nicht zu merken braucht, daß ihr ohne Stimme seid und der Sinn des Gefühls euch abhanden kam.«
»Da ihr nicht mehr Götter habt und den heiligen Rausch des Mythos verlort, betet ihr die Maschine an, da sie eure Schöpfung ist, das seelenlose Tier der seelenlos gewordenen Menschen!«
»Daß die Maschine eine Hand sei oder ein Fuß, bewegt nach dem tänzerischen Takt eures herrschenden Gefühls!«
»Aber sie ist euer Götze, das eiserne Kalb, das euch schlachtet im Betrieb! Euer Götze, der das Bedürfnis gewaltsam schafft, damit er Futter hat!«

»Ihr kennt die Feier der Ruhe nicht, das Versinken im Lautlosen. Ihr macht den Tanz zum knechtischen Taumel und den Trank des Gedichtes — zum Schnaps!«

»Da ihr die Phantasie aus eurem Hirn verstießet, laßt ihr euch Maschinenmusik machen, Schattenjagd der Revolver und des gesprengten Kassenschrankes!«

»Ihr seid verflucht!«

»Hört ihr die Zeichen der Erde nicht?«

»Die Meere reißen ihre Mäuler auf und schlucken euch hinab! Das unterirdische Feuer kommt auf und sprengt die Grenzen eurer Länder. Eisstürme der Luft stoßen in euren Dunst und decken eure Dächer ab. Ihr aber in eurem Gehirn, die Maschinen wurden, habt die Fledermausgäste des Zahlenkults, des Zaubers ohne Bezauberung, der kreischenden Gebete ohne Ergriffenheit!«

»Wehe denen, die die Seele aus sich gerissen haben, die einzige Fülle! Und wenn ihr Herrschaft der ganzen Erde und alle Motoren hineinstopft — ihr werdet nur leerer davon! Wehe euch!« — —

Da aber sprang die andere Stimme hoch und sang ihr Lied: »Du lästerst mich, also liebst du mich!«

»Ich bin Berlin, die große Stadt, aller Laster und Lüste voll! In mir geht der Betrug als Schoßhund am blauen Band, die Lüge als verehrte Kokotte mit dem geschminkten Kuß! Der Mord trägt den Orden der Heroen, und die selige Rücksichtslosigkeit besitzt das Erdreich! Und doch sind alle Bücher in mir voll von der Rücksicht! Ich weiß aber auch, daß du das brauchst, Land, um dich rein und seelenhaft zu fühlen!«

»In mir aber ist Land und Seele, verborgener, winkliger, gebirgiger, und voll von Höhlen. In mir hat das Land und die Seele alle Zeichen getauscht, um stärker, tiefer, abgründiger, boshafter und sehnsüchtiger zu werden!«

»Ich bin Berlin — und habe alle Landschaft in mir!«
»Meine Türme sind Berge, meine rauchenden Schlote Schroffen, meine Häusersaat ist ein Roggenfeld voll eitler Spreu und nährender Gedanken — und mehr als du!«
»An den Feldwegen und an ihren Rainen blühen die wilden Blüten der Anbietung, des Rausches, und die versunken läutenden blauen Glocken des einsamen Dichters!«
»Durch das Bett meiner Meilenzüge aber rauschen die Wellen der Arbeit in zwei Hochwassern an jedem Tag! In der Nacht aber ist in mir die Wüste der Erschlafften!«
»Die Erde in mir bricht auf als Kreatur und schleudert in dreimal malender Schicht aus der versengten Kohle den Traumbogen des elektrischen Lichts.«
»Anders und ferner sind in mir die Sterne. Mein Dunst schiebt sie hinaus aus meinen vielfachen Gesichten. Denn in meinen Haaren ist der geschminkte Tanz, die Geige, der spöttische Rausch, die freie und wütende Schamlosigkeit. Sie sucht die Grenzen des Tieres im Menschen und hat doch mehr Dornensehnsucht in sich als dein Bauernschlaf, Land!«
»Auf den Schienen dengelt der Saisonarbeiter Tod seine Sense. Wie Züge von Prozessionsspinnern ist die Menschheit in mir, durch die Zeit sich stählern ihren Weg schneidet. Und doch ist immer neue Menschheit da, immer neuer Dung und immer neuer Drang!«
»Ich bin Berlin — und habe alle Seele und alle Landschaft in mir!«
»Wer mich verflucht, segnet mich!«
»Wer mir entfliehen *will,* der kehrt zurück!«
»Wer mein Knecht ist, ist freier noch als der Gläubige der Natur! Ich knechte und sauge aus — aber ich schenke die Flamme, den Rausch!«

»Es gibt nicht mehr Landgötter, nur Stadtgötter gibt es; denn in mir wird der Mensch — Gott, da er die Welt aus sich schaffen kann und den Kreis von Gut und Böse unendlich beschreiten. In dir, Land, aber muß er Tier sein!«

»Ist der Mensch dazu geboren, glücklich zu sein? — *Unglücklich* soll er sein, auf daß er seine Grenzen dehne ins Grenzenlose!« — —

»Ich bin Berlin — und wer mich haßt, der liebt mich zumeist!« —

Als Eckenpenn die Bahnhofstreppe hinabging, glaubte er im Aufflammen des ersten Abendlichtes Hermine zu sehen, das Mädchen mit dem Goldhelm. Gepudert und schwellend geschminkt, stieß ihr Gesicht wie eine fleischfressende Blüte aus der Seite. Um sie schwirrte es von Männern. — — Versonnen, Schwere im Herzen, tastete sich der Buchtrödler vorwärts. Ein Stoß ließ ihn aufsehen. Fast wäre er unter ein Auto geraten. — An der Ecke des Platzes blieb er stehen. Eine dunkle Masse lag auf dem Asphalt, breit, breiig, mit Sand beworfen.

Eckenpenn sah flüchtig hin. Er entsann sich, daß er einige Monate zuvor ausgelaufenes Öl für Blut gehalten hatte. Aber wie gezwungen sah er genauer hin und schauderte. Diesmal lag wirklich Gehirn und Blut da ...

VII AUGUST

An den Treibeisgletschern des Polarkreises leckte die rotglühende Sonnenkuh. Das schmelzende Eisblut rann herab, dampfte in schweren Kältenebeln wieder auf. Sonnendurstatem sog sie ein und blies den gewaltigen, gradbreiten Gürtel des Tief in den trockenen, empfangenden Süden. Da wurde die Luft trächtig und gebar den Regen.
Vom Nacken der Welt, von den Hochsteppen Tibets, sprang der klirrende, kalte Ost in seiner Kraft wie ein Hengst die Schneeberge an, die nicht schmelzen können, da sie die Urgedanken der Erde sind, und stieß die kaum geborenen Wirbel mit der Wut seiner Nüstern über abfallende Berge, Seen und Meere in den schweigenden russischen Osten hinab.
In dem Lande der Mitte, das der Ort aller Kämpfe von je gewesen ist, das alles zerschlagen muß, was es schuf, alles verdauen, was die zusammenstoßenden Räume auswerfen, kamen Regen und Windwirbel aneinander. Aber da lag die Hitze, der lodernde, silberne Fisch, der vom Norden zum Süden Glut durch seine Kiemen atmete. Er ward gepreßt, schmaler und schmaler gezogene Blitze aus Randwirbeln sengten seine Flossen. Hagelatem kam aus dem Maule des Hengstes über ihn und schlug in die heiße Haut. Doch Wochen und Wochen lebte der glühende Fisch, immer tiefer geduckt, immer schmaler gepreßt, und lag zuletzt noch feueratmend über den zusammengedrängten Städten, als im Lande der Kohle und in den Ebenen des Roggens und der Kartoffel schon

der Boden Kühle dampfte, übergestillt von Feuchtigkeit, und Lehm und Kies die Nässe nicht mehr trinken konnten ...
Die Glut lag über Berlin ...
Am großen Platz atmete fiebernd der Duft mühselig lebender, von Stunde zu Stunde getränkter Veilchen. Aber der Dunst des weichen, reißenden Asphalts kam erstikkend mit dem Ölbrodem, den blauen Schwaden der niedergedrückten Abgase zusammen und schlang den kleinen, schnellatmenden Blumenduft ein, ohne reiner, frischer und pflanzenhafter zu werden. In der Zeit, in der das Land im Schatten liegt vor der Fülle des Laubes, des gereiften Kornes und der herausgeschleuderten Wucht des niegeschnittenen Grases, war die Stadt nur Stein, nur bröckelnder Mörtel, nur Staubluft, nur Dunst aus Asphalt und Gas ...
Der silberne Fisch starb schwer. In unzähligen blitzenden Glutfunken lösten sich seine Schuppen ab, spielten ein kurzes Scheinleben in den Scheiben, in den Messingstangen der Schaufenster von Warenhäusern, auf den kupfergrinsenden Teufeln der Kühlerpuppen und oben noch, im letzten, matteren Tanz, auf den Schuppenziegeln der Dächer. Dann aber fielen sie in den schweren, graublauen Dunst, der einem schmutzigen Wasserkessel glich und Himmel sein sollte. In ihm starben sie, im Dunst, der auch die geschwungene Perspektive der großen Straße hinunterschlang, sie, die sonst die satte Ruhe des Horizontes witzig, grotesk und lachend zerschnitt. –
Eckenpenn stand müde an seinem Wagen.
Wer konnte in diesen Nächten schlafen? In den Nächten, in denen selbst Luft war wie schlechtes Gewissen und jede Decke ein Alb der Verzweiflung?
Wenn vom Rangierbahnhof der Ruf der Züge herauf-

schrillte, die ihr Ziel hinauszuschreien schienen ... die See – das Gebirge – die Heide – Italien, die Adria – Ägypten – Indien – ... wer konnte da schlafen, wenn die Sehnsucht rief? –

Eckenpenn wußte, daß an jenem Julitage die Nähe die Ferne besiegt hatte, das Grau der Stadt das blaue Land, daß die Erde in seiner Zigarrenkiste matt und kraftlos erlöschen würde wie er, ohne Blüte, ohne Frucht, verrottet, Großstadtstaub geworden, und er fühlte, daß die Müdigkeit ihm nicht nur der sengende, in Glut erstickende August war. Rübezahl hatte sich für alle Zeiten unter den Schuh der spielerischen, treulosen und grausamen Prinzessin gebeugt. Nun mußte er seine Tage zählen in ihrem Dienst, seine Tage, die ihm noch blieben, und die welken Rüben glichen. Die Prinzessin Stadt aber braucht jeden Tag frische, glühende Menschen zum Fraß. –

Der Plan seiner Literaturabfallhandlung war herabgelassen. Ein graublaues Muster auf dem Pflaster versuchte Schatten vorzutäuschen. Aber die Hitze fraß auch durch das Segeltuch, und nur der Glaube an die Farbe des Schattens gab eine verzagte Kühlung.

Die große Straße donnerte ihren Fiebertakt.

Die Autobusse schwankten wie in schwerer Trunkenheit, als könnten sie sich nur dadurch aufrechterhalten, daß sie in taumelnde Schlingen rannten. Die Räder mahlten im Asphalt. Das Kreischen der Signale kämpfte sich durch die gelähmte Luft. Die tausend Schreie der Straße, der Takt des Jetzt, zuckten rasend hintereinander her wie elektrische Entladungen. Nur die Menschen, hastig gleitend, glichen einem chinesischen Schattenspiel auf einer grellen gelben Leinwand. Ihr Zackenrhythmus war gespenstig und einschläfernd.

Eckenpenn sank in seinen Wagen hinein. Ein seltsames Gefühl umspann ihn, aber ein Gefühl, das vom Gedanken den Ablauf und die Verknüpfung hatte, die traumhafte Phantastik und das Ineinandergleiten der Räume vom Gefühl. Wann aber ist ein Gefühl oder ein Gedanke rein? Unbegrenzt und geschieden von seinem Gegensatz? Zieht nicht der Gedanke die Grenze des Gefühls, das Gefühl die Grenze des Gedankens? Müßte nicht, genauer tastend, gesagt werden, daß es nur Gedankengefühle und Gefühlsgedanken gäbe?
Der Buchtrödler hatte im verschwimmenden Bewußtsein diese gleitenden Erwägungen getragen, und es war ihm, als schaukele er in einem engen, bunten Kahn auf dem blitzenden Meere des Ungefähr an die Küste des Traumlandes, das man nur findet, wenn man es nicht sucht. Dann fühlte er plötzlich, daß er träume, aber doch durch einen winzigen Spalt das gierige Licht des Bewußtseins kontrollierend fallen lasse. Ihm war, als hätte das Brettchen am Wagen mit der Schlemmkreideaufschrift »Eckenpenn« eine besondere, leuchtende Bedeutung bekommen. Dann verschwand er selbst. Sein Persönliches löste sich im Wagen auf. Das Namenschild saß im Herzen des Gefährts, der Wagen war ein nicht mehr von ihm geführtes Gefährt, sondern hatte sich enthüllt – gleich ihm. Sie hatten ihre scheinbar verschiedenen Vorzeichen ausgetauscht, der Wagen war Eckenpenn und Eckenpenn der Wagen ... Hatte er nicht seinen Sturmmantel um, gleich dem Segeltuch des Plans? Wurde er nicht auch von der Deichsel des Verkehrsumganges gelenkt? Mußte er sich nicht Öl einverleiben – gleich ihm, um nicht verschrumpft, sorgenvoll und bösartig reibend, in Brand zu geraten? – Waren nicht die schweren Bände, die dem Wagen Gewicht, Bewußtsein und Sicherheit ga-

ben, verborgen gestellt, unverkäuflich – gleich dem schweren, inneren, seelischen Werk seines Herzens, das unverkäuflich in ihm lastete und ihm doch die geheime Sicherheit in Sturm und Regen bisher gegeben hatte? – Lag nicht das leichte Gespräch, die lächelnde Miene falscher, wohltuender menschlicher Aneinanderbeziehungen, die Gesellschaft und Lebensablauf bilden, auf der Platte, billig zu haben – für jedermann? – Gab es nicht Goldschnittage und verschlissene Tage der Restauflagen des Lebens? – und seine getreuen Räder: Rollten sie nicht Schritt vor Schritt die große Straße des Tages, um in die Garage der Nacht geschoben zu werden? Plötzlich aber, in einem Schreck des Traumes, fühlte Eckenpenn, daß seine Räder müde geworden waren, brüchig, in den Felgen erschöpft, die Achse des inneren Schwunges federlos ...

Wie in einem Stoß fuhr er zusammen – erwachte – und fand sich schweißbedeckt auf der Deichsel hockend.

Eine alte Dame stand vor ihm.

Der erste Blick des Buchtrödlers fiel in ihre Augen. Das empfand er als den Sprung von Seele zu Seele. Wer da in die Leere tauchte, in eine Grube mit Tellereisen stürzte oder auf den unfruchtbaren Fels sich schmetterte, konnte leicht den Sprung mit der Freiheit bezahlen. Über dreißig Jahre seines Lebens hatten Eckenpenn gelehrt, den Sprung der Seele immer seltener zu wagen. Es schien ihm besser, die Scham der Scheu zu zeigen und vor den Augen der Menschen zurückzuzucken, als zu oft – wie früher – in die Dornenhecke, ins Leere oder in die Gruft zu fallen. Denn wie leicht springt die Seele, da doch ihre eigentliche Kraft Sehnsucht und Vertrauen sind, nur um enttäuscht werden zu müssen. –

Der Buchtrödler glaubte im ersten Augenblick, noch

halb im Dämmern seines Wachtraumes, die Näherin vor sich zu sehen. Dann aber erkannte er seinen Irrtum. Die alte Dame hatte nur die Augen der Näherin, aber ihr Haar war weiß, streng gezogen, von einer Wollkapuze halb bedeckt. Das Gesicht war schmal und von feinen Rillen durchzogen. Es hatte die Farbe der adeligen Verzehrung, und die Lippen waren zusammengepreßt und in den Winkeln verächtlich nach unten gebogen. Ihre Gestalt, kaum zu erkennen, war von einem alten schwarzen Seidenkleid weitfaltig umhangen. In der Hand trug sie eine große Einholetasche aus brüchigem Wachstuch, in die ein Topf gestellt schien. Die alte Dame zitterte fröstelnd trotz der Glut ...

Der Buchtrödler sah sie fragend an.

»Ich wünsche zu suchen«, antwortete sie mit geborstener Stimme, die lange, gelbliche Hand, von Gichtknoten umgeformt, tastete in dem Wust der billigen Hefte und Broschüren.

»Ich bitte, gnädige Frau«, sagte Eckenpenn unwillkürlich.

Die alte Dame zuckte zusammen. Eine Welle Blut, das ganze Blut ihres Geschlechts, flammte in ihr Gesicht und machte es leise erröten. Ihre zerbrochene Gestalt straffte sich. Die Wachstuchtasche sank an die Erde. Plötzlich ergriff sie das blaue Heft, schlug es auf und betrachtete die Randleiste.

»Ich will es kaufen. Was kostet es?«

Eckenpenn erschrak. So war das blaue Heft doch wieder unter den Haufen geraten. Eine Seite hatte der Dichter benutzt, eine der Giftmischer. Was sollte noch von ihm kommen?

»Ich bitte, gnädige Frau«, sagte er beklommen, »das Heft ist nicht vollständig. Es hat gar keinen Wert. Es sind Ge-

dichte. Aber es ist einmal ein böses Schicksal mit ihm verknüpft worden.«
»Alles, was ich anfasse, hat ein Schicksal.«
Eckenpenn erschrak vor der plötzlichen Gewalt der metallischen Schärfe dieser Stimme.
»Ich will es kaufen. Ich habe nur zwanzig Pfennig — der Preis für die Portion der Volksküche. Ist es dafür feil?«
»Es ist nicht fünf Pfennige wert«, murmelte der Buchtrödler, »nehmen Sie es so, gnädige Frau.«
»Ich will nichts geschenkt! So will ich Ihnen zehn Pfennige geben. Ich habe auch an einer halben Portion genug.«
Sie legte ein Zehnpfennigstück auf die Platte und nahm das blaue Heft. Einen Augenblick musterte sie den Buchtrödler mit einem hellen, kalten Blick, als prüfe sie die Entfernung zweier Schiffe. Dann sprach sie gleichgültig:
»Sie wissen sich zu benehmen. Sie ahnen unwillkürlich. Wer das tut, hat eine gute Erziehung ... Meinen Mann hat die See. Meinen Sohn hat das Land. Meinen Sohn hat die Wüste. Meinen Sohn hat die Luft. Er verbrannte über dem Gebirge Karmel. Meine Tochter ist im Irrenhaus. Ich bin auch irre geworden — an der Zeit — durch die Zeit. Ich gehöre auch ins Irrenhaus. Aber da ich das weiß, merken sie es nicht. Ich ziehe es vor, logisch zu tun. Die Zeit übersprang uns. Wir sind auf der Strecke geblieben. Sie haben sich aus unserm Gut und Blut Goldzweige gebrochen — nach der Treibjagd. Ich weiß nicht, ob die Tiere der neuen Zeit besser sind als wir. Es kann sein. Vielleicht können sie besser fressen. — Oder — soll ich mir mein Haar färben, den Rock kurz schneiden und über der leeren Gruft meiner Väter Ballett tanzen? — Sie werden sagen, alter Mann, ich müßte den Gashahn auflassen« — Die alte Dame lächelte plötzlich verschmitzt — »aber Sie irren sich. Ich muß doch aus der Volksküche essen,

bis ich umfalle. Denn sehen Sie« — sie wies auf das Heft — »Sie müssen wissen, ich muß« — und ihre Stimme wurde dunkel und geheimnisvoll — »ich muß doch die Aussteuer meiner Tochter fertig haben, wenn der Flieger aus dem Gebirge Karmel zurückkommt. Nun aber fand ich auf diesem Buch die Blumenkante, die unser Wappen und das Monogramm umgibt. Das Muster war verschollen. Es stand auf den Eisenbeschlägen des Sarges, in dem der Ahnherr wartet. Da fraß es der Rost ... Sie begreifen: Wir können keinen Brettergeist haben, da es keine Guillotine gibt. Es wird trocken gearbeitet. Das ist wirksamer. Das ist unauffälliger ... das ist kultivierter ... nun fand ich das Muster hier ... Aber« — die alte Dame lächelte verbindlich und deutete mit der Hand — »ich verplaudere mich. Leben Sie wohl, mein Herr!«
Sie ergriff die Tasche und ging — langsam, schwankend. Aber Eckenpenn schien es, als schritte einer neben ihr und stütze sie leicht, ein Herr im spiegelnden, hohen Hut, das schwarze Rohr mit der Elfenbeinkrücke in der Hand, die Knochenfinger leicht und zärtlich gebogen, im gebügelten Streifenbeinkleid, eine Perle im grauen Selbstbinder über dem glänzenden Weiß des gefältelten Oberhemdes. Und der Buchtrödler erkannte, daß auch der Tod ein großer und guter Kavalier sein kann ...
Einen Augenblick schien es, als ob das blasse Gesicht Fox Randolfinis aus der Wand lächelte, die im fahl glimmenden Gelb dem Gesicht und dem Mantel des Fox glich, so daß es aussehen mochte, als sei die Steinwand der Straße Gesicht und Auge geworden. Doch, indem der Buchtrödler genauer hinsah, löste sich das Bild auf, und es erschienen zwei Männer in blauen Mützen, Hausdiener offenbar, von denen der kleinere, fettgepolsterte, mit dem roten Gesicht eine Flasche im Arm hielt. Der lange Ge-

fährte mit dem einknickenden vorwärtsstoßenden Schritt wandte sein wüstes Gesicht dem Buchtrödler zu.
»Hoppla!« schrie er. »Da ist ein Schatten, der ist eine Goldmark wert. Da können wir unsere Weiße trinken.«
Er hockte sich auf die Deichsel, nahm die Flasche, entkorkte sie und ließ die Hälfte in den zurückgebogenen Mund laufen. Dann trank der andere Hausdiener.
Eckenpenn schlug seine Erinnerungen auf. Der lange Mensch kam ihm vor, als wäre ein besonderer Augenblick von ihm erfüllt gewesen.
Beide Männer lachten, erhoben sich und stolperten weiter. Der Schlenkernde wandte sich nach einigen Schritten im Gehen um und rief in die hohle Hand: »Was macht das blaue Heft?«
Da erkannte ihn der Buchtrödler, erbleichte, sah auf die Platte — und fand eine silberne Mark dort liegen. Im gleichen Augenblick erkannte er von fern den Doktor Seidenschwanz, der, in köstlich leichte, weiße Rohseide gekleidet, den vierfach geschuppten Strohhut in der Hand, die große Straße trotz der Sommerglut hastig kreuzte, ohne sich nach seiner Gewohnheit an den Laden Eckenpenns zu erinnern.
Dann aber fiel doch in das dumpfe Nachsinnen des Trödlers der Hall einer unverändert kühlen, spöttischen Stimme. Fox stand vor ihm.
»Nun, Berlins zarteste Literatursenkgrube, du Kreuzung zwischen Wurm und Vogel, es scheint so, du bist in der Hitze brüchig in den Pedalen geworden! Oder hat dein Augenpaar Flimmern bekommen? Sonst hättest du mich schon eine ganze Vorrede lang stehen sehen müssen.«
»Ich habe dich nur nicht von der Wand unterscheiden können«, sagte Eckenpenn und lächelte, »aber ich bin sonderbar müde. — Man wird alt ...«

»Merkwürdiges Gefühl. Wie ist denn das? Alt werden? Ich kenne das nicht, da ich nie jung gewesen bin ... Aber ich würde gehorsamst in Vorschlag bringen, ein wenig zu promenieren und dann Kaffee zu trinken. Es geht sich angenehm in der Wärme ... Wand wurde Gewand, aus Haut Kalk. Im Kalk ist's kühl.«
»Es ist noch etwas zu früh«, bemerkte der Buchtrödler.
»Aber sehen meine Augen nicht das sichere Vertrauen des Volkes, den Lichtblick der Stabilisation – oder Zivilisation, den Generalnenner der Gesellschaft, den immerwährenden Währungsausdruck des Staates: die gesegnete Reichsmark? – Da redete man von schlechten Zeiten für die Kunst! Solange es noch solch Mäzenatentum gibt ...«
»So gehen wir«, sagte Eckenpenn und schob seinen Wagen fort. »Ich fühle mich so steif in den Beinen, daß Laufen vielleicht gut tut. Und Hitze: Wer so trocken und alt ist, schwitzt nur noch Harz, nicht Schweiß oder Blut – oder Herz«, schloß er nachdenklich.
Die Freunde gingen schweigend. Fox hinkte bald vor, bald hinter Eckenpenn. Er verglich sich und den Buchtrödler mit einem Doppelstern, von denen der eine schielende Beine hat. Dann blieb er stehen und fragte plötzlich: »Was macht eigentlich Hermine, die amoralische Lilie, die Sumpfblüte, die ewige Jungfrau, die eine frische Virginität auflegt wie Lippenrot und Wangenblaß?«
»Sie ist fort aus der Wohnung. Ihre Mutter hat mir vierzehn Tage morgens und abends die Undankbarkeit des Mädchens geklagt. Zuerst weinte sie, dann trank sie Kaffee.«
»Ist sie schon beim Likör?«
»Seit gestern abend. Sie nannte ihn Blutgeschwür.« Und Eckenpenn fügte nachdenklich hinzu: »Eigentlich hatte Hermine recht getan. Aber – ich vermisse sie, die Wän-

de haben einen grauen Schein, seitdem sie gegangen ist. Und ist nicht Farbe und Schönheit etwas, was an sich da ist — also amoralisch?«
»Hab ich was dagegen?« knurrte Fox. »Das Amoralische versteht sich immer von selbst, das Unmoralische von andern, das Moralische von sich selbst — von selbst ...«
Die Freunde kamen unter den Stadtbahnbogen und fanden das Turmhaus immer noch nicht gebaut. Der Rummelplatz war immer noch da, wenn auch wegen der noch laufenden Arbeitsschichten geschlossen.
»Hier muß eine Filmbörse sein«, erinnerte sich Eckenpenn, »und hier war eine Stelle, wo ich einen alten Knaben kennenlernte, dem der Trunk Selbstgefühl und Dichtung war.«
»Welches Triumvirat wohl dreimal dasselbe bedeutet«, erwiderte Fox wegwerfend, »und — Permutationen nach mathematischer Formel zuläßt. Der Trunkene dichtet. Der Dichter ist betrunken. Das Selbstgefühl dichtet. Das Selbstgefühl macht betrunken. Der Betrunkene hat Selbstgefühl. Der Dichter hat Selbstgefühl, sonst würde er die Geburt seiner sogenannten Werke verhindern, wenn er ihre Empfängnis nicht verhindert hat ... Zeige mir den Dichter, der seine Geschöpfe verbrennt, um sie nicht als Freudenmädchen an die Literatur zu verlieren, so will ich sogar an die Keuschheit der Jungfrauen glauben — so will ich sogar, was das Schwerste auf Erden ist, an die Möglichkeit des Glaubens glauben. — Ich bemerke im übrigen«, schloß Fox ab, indem er grinsend seine gelben Zähne entblößte, zwischen denen ein schwarzes Klümpchen lag, »daß nur der große Geist Berlins, der Besitz des besten amerikanischen *chew-gum,* mir den Speichel verschafft, der nötig ist, um in solcher Hitze Geist zu haben ...«

»Hier ist das Lokal«, rief Eckenpenn. »Sie haben jetzt sogar einen billigen Mittagstisch nur für Unprominente eingerichtet.«
»O wie sozial«, knurrte Fox und hinkte um ein ebenholzlackiertes Auto herum. Ein silberbeknöpfter Schofför saß in Erwartung auf dem Führersitz, die Zigarette war zum Wegwerfen bereit.
»Netter Köter«, bemerkte Fox und deutete auf einen hochgezüchteten King-Charles, der im Fond des Autos thronte. »Die Tiere haben doch andere Entwicklungsmöglichkeiten als die Menschen.« Der Buchtrödler sah jedoch erstaunt auf eine junge Filmschauspielerin, die lachend mit einigen Komparsen plauderte, den Hut in der Hand, so daß ihr blondes Haar wie ein goldener Helm blitzte. Die Komparsen standen in ihrer brüchigen Eleganz, mit den schminkeverklebten grauen Gesichtern voll leuchtender Ergebenheit und starrten mit menschlichem Neid auf die weißen Zähne und die rotgezogenen Lippen, das leicht sich herabsenkende Profil und die ungebrochene Haut: – Hermine ...
Eckenpenn hatte sie sofort an ihrem leichtsinnigen Lachen erkannt. Jetzt fing der King-Charles an, erschöpft zu bellen. Die Zigarette des Schofförs erlosch im Rinnstein, und Hermine stürzte mit einem Schreckensschrei auf den Hund zu, der durstig die rosa Zunge herausstreckte und seine Herrin mit den schwarzen Schuhknopfaugen flehend anblickte.
Die Filmschauspielerin nahm den Hund zärtlich in den Arm. Indes kam ein Kellner eilfertig mit einer Untertasse voll Wasser herbeigelaufen.
Der Schofför stand am Schlage. Publikum sammelte sich achtungsvoll und neugierig. Ein Schlosserlehrling versuchte, dem Motor in die Zähne zu schauen. Eine Motor-

radfamilie bewunderte das höhere Ziel ihrer Sehnsucht. »Merkwürdig, daß der Mensch seine Maschinen nie mit Menschenkraft mißt und vergleicht«, sagte Fox. Da wandte sich die Filmschauspielerin, halb im Einsteigen, noch einmal um — und erblickte Eckenpenn.
»Eckenpennchen«, rief sie zwitschernd, »wie kommen Sie in diese Stallgegend?«
Der Buchtrödler errötete. »Hermine ...«
»Sst —«, das Mädchen legte den Finger auf den Mund, »ich wohne nicht mehr im vierten Stock im Seifenschaum und mit auswechselbaren Vätern. Ich heiße jetzt Hermia da Via. Einer von den Malern brachte den verrückten Namen auf. Aber er steht mir. Er klingt so blond. Er stand schon dreimal in der Zeitung. Ich habe mich schließlich selbst entdeckt. Wundern Sie sich nicht, Eckenpenn, wie gebildet ich spreche? — Man hat so Kreise ... Und dann habe ich Ihnen auch einmal eine deutsche Grammatik stibitzt — mit einem Anhang von Fremdwörtern und wie sie ausgesprochen werden. Bloß die Seite mit *m* war ausgerissen. Darum habe ich keine Moral gelernt. — Haben Sie das Buch nicht vermißt?«
»Nein«, sagte Eckenpenn. »Ich habe so viel von diesem Zeug, daß ich das nicht gemerkt habe.«
Der Schofför hatte sich diskret zurückgezogen. Die Filmschauspielerin streichelte den winzigen Hund. Doch die Komparsen witterten den Genossen und äugten.
»Aber«, fuhr Eckenpenn ein wenig zögernd fort. »Ihre Mutter ist in Sorge um Sie, Hermine.«
Das Mädchen lachte plötzlich laut auf.
»Ach nee — die alte Giftdrüse. Sorge? — Da kennen Sie die schlecht, Eckenpennchen. Die hat bloß Sorge, daß ich ihr nichts mehr abjebe. Aber ich falle zurück —« Hermine lächelte spitzbübisch — »in die Zeiten *vor* der Gram-

matik. Es geht jetzt vorwärts. In sechs Wochen kann ich mir meine Zähne versichern lassen. Inzwischen mache ich mich mit der Literatur bekannt, und in einem halben Jahr längstens spreche ich im Rundfunk über mich selbst: drahtlose Großaufnahme ... Im nächsten Jahr aber besuche ich Hollywood ... Na — Addio, Eckenpennchen. Hat mich gefreut« (sie nahm eine Karte aus ihrer Besuchstasche im Wagen). »Und wenn Sie mal in Sorge sind — wie meine Mutter ... Vielleicht besuche ich auch mal das alte Nest und mache die Jören mit Pfannkuchen und die Halbstarken mit Zigaretten toll — noch besser umgekehrt ... ankurbeln, Fritz.«

»Was macht Fredy?« fragte der Buchtrödler unwillkürlich.

Die Filmschauspielerin krauste die Stirn.

»Er ist ein Lump — aber ein süßer ...«

Das Auto verschwand.

»Tüchtiges Mädel«, sagte Fox anerkennend. »So etwas stirbt nicht aus — wie du — und ich — und der Professor, abgesehen natürlich davon, daß ich nicht sterben kann. Die amoralische Welle hat das Gesetz der Parthenogenesis. Das braucht keinen Vater — und keine Mutter — und beißt sich doch durch. Die magnetischen Felder betasten sich, stellen ihre Zahl fest und treten in Scheckverkehr, bargeldlos. Der Haufe der Stromlosen indes wird durch das Kleingeld der Massenorganisation bezahlt. Aber du, du Schimpfwort, du Individuum, du Überflüssiger, du Seele du, du unmöblierter möblierter Herr, der du wie eine Katze durch alle sozialen Türspalten gleitest, um nicht anzustoßen: Du — stirbst aus.«

»Mit Recht«, sagte Eckenpenn. »Was macht der Professor? Ich habe ihn so lange nicht gesehen.«

»Wirklich?« fragte Fox mit einem seltsam gleitenden Blick. »Wie lange mag das wohl her sein?«

»Das mag schon fast einen Monat sein. – Im August ... an einem Sonntag träumte ich einmal von ihm.«
»So ...« Fox verstummte. Nach einer Weile sagte er: »Ich wäre jetzt für Kaffee. Stochern wir durch die Straßen. – Täusche ich mich nicht, alter Herr, so knickst du beim Gehen ein. Wird etwa Eckenpenn in den Gelenken unzuverlässig?«
»Ja – auch – seit einigen Wochen. Vielleicht ist es die Hitze. Ich kann nicht mehr so lange stehen und mache darum früher Schluß.«
»Aha« – Fox pfiff durch die Zähne. »Darum sah ein gewisses gelbes Gesicht den Lodenmantel an gewissen späten Nachmittagen nicht mehr. – Was hat der alte Mann am Abend für einen neuen Beruf?«
Der Buchtrödler stockte. »Ich bin jetzt – das hat sich so gemacht – ich bin jetzt abends in der Woche zweimal Kegeljunge ...«
»Gut«, grinste Fox mit Befriedigung. »Ein durchaus seelischer Beruf, die Kegel mit der schmalen, ästhetischen Grundlage, die brutal polternd Kugel Macht umgeworfen hat, wieder aufzustellen. Wer aber wirft die Kugel? – der sogenannte Spießer in jeglicher Form, der immer wieder die Macht in den Händen hat ... Übrigens ein Thema für Jünglinge der Philosophie zwecks Erlangung des stellunggebenden Doktorhutes: Die Masken des Spießers zwecks Machtentfaltung ... Brav gesprochen, großer Geist«, schloß Fox ab. Und der Buchtrödler fügte hinzu: »Man könnte das Thema auch dahin erweitern, daß wie beim Kegelspiel Macht erst ins Rollen kommen muß, um wirken zu können, und daß alles auf den Ansatz ankommt.«
»Schade. Die Doktoren werden könnten, werden es nicht ...«

Eckenpenn fragte nach einiger Zeit, als sie sich der Kaffeestube näherten: »Ob wir den Professor heute treffen werden?«

»Ich fürchte, nicht.«

»Wann sahst du ihn zuletzt, Fox? — Ist er etwa doch auf dem Lande?« —

»Nein. Er ist in der Stadt. Ich sah zuletzt nur einen Teil von ihm, allerdings den wertvollsten. Aber ich werde über dies Geheimnis zunächst nicht sprechen.«

Als die Freunde eintraten, blickte sich Eckenpenn suchend um. Aber er sah den Professor nicht. In einer merkwürdigen Unruhe musterte er den Raum. Er war, wohl infolge der hochsommerlichen Reisezeit, ziemlich leer. Auf seinen fragenden Blick sagte die Kaffeebringerin: »Der Herr Professor ist schon lange nicht hier gewesen.«

Der Buchtrödler sah schweigend in den Kaffee und sank in ein müdes Brüten. Das leise Klappern der Löffel, das Einströmen und Aussagen der schlürfenden Käufer umgab ihn gleich dem breiten Fächeln der Schwingen des Schlafs. In diesem tappenden Raunen aber starrte ihn das gelbe Gesicht des Freundes an, unbewegt, mit immer schärferen und trauriger blickenden Augen.

Eckenpenns Haupt sank vornüber.

Nach einer Sekunde streckte er plötzlich wie tastend den Arm schräg aus, fuhr mit einem Schrei hoch, blickte verstört um sich und ergriff das kalte Gelenk des Freundes.

»Was hast du gesehen, Eckenpenn?« fragte Fox mit einer ungewohnten, klingenden Stimme. »Was ist Zeit? Was ist jetzt? Was ist Traum? Was ist Leben? Was ist Vergangenheit anders als Zukunft? Was Zukunft anders als Vergangenheit? Sind wir, so waren wir. Werden wir, so sind wir gewesen ... Was hast du gesehen, Eckenpenn?«

»Es war so sonderbar«, flüsterte Eckenpenn. »Die Zeit war aufgehoben. Alles schritt nebeneinander. Ich habe den Professor gesehen. Er kam hier herein, tappend, wie immer, den Schirm vorgestreckt. Der Schirm war aber mit einem himmelblauen Band fest eingebunden. Er kam suchend den Gang entlang, winkte der Dame an der Kasse mit der Hand zu, fuhr in die Tasche, wie um kleine Münzen zu suchen und einen Bon für Kaffee zu lösen. Er zog aber einen bläulich leuchtenden Stern hervor, hielt ihn dicht vor die Augen, betrachtete ihn, lächelte verlegen, steckte den Stern wieder ein und sprach entschuldigend zu der Verkäuferin: ‚Ach bitte, — das ist die Venus. Da wo ich herkomme, trinkt man keinen Kaffee — nur Milch!' Dann trappte er unsicher auf mich zu, stellte sich vor mich hin, erkannte mich, lächelte wie verlegen und sprach zu mir. Seine Stimme war aber wie das Wellenbewegen eines ganz fernen Flusses . . . ‚Du mußt entschuldigen, Eckenpenn. Sie haben mir den Schirm mit einem blauen Band festgemacht. Da, wo ich herkomme, regnet es nicht.' Dann setzte er sich auf den freien Schemel hier. — Ich sah erstaunt auf sein Haar. Es war lang, ungleichmäßig und fiel in greisen Strähnen herab. Er schien den Blick zu bemerken und sagte traurig: ‚Schmeckt der Kaffee, Buchtrödler? — O — Erde —, wie fern bist du und dein göttlicher Trank Kaffee, der dein heißer Kern ist! — Ich habe mich so fortgestohlen, um den Dampf deines Trankopfers einzuatmen. Amalaswintha ist ja tot. Wer soll mir jetzt die Haare schneiden? Es ist jammervoll. Wie lang sie schon wieder sind.' Dann kam etwas wie ein listiges Funkeln in sein Auge. Er beugte sich über die Tasse und sog den Dampf des Kaffees ein. ‚Ich komme mir so rückständig vor — da oben. Die Engel haben sich alle die Haare kurz schneiden lassen. Ich will ja auch gar nicht so recht in das himmlische Orpheum. Aber der Pförtner zog mich hinein – fast mit Gewalt. Der alte Mann da sagte, daß er bei mir sogar auf das Eintrittsgeld von einhundertfünfzig guten Werken verzichte! Er habe generelle Anweisung, jeden alten Ehemann ohne weiteres einzulassen. Aber ich bitte dich, Eckenpenn, wer soll mir die Haare schneiden? Da oben haben sie keine Scheren! Und Amalaswintha ist an dem andern, heißen Ort. Ich kam hinauf, weil ich vergaß, daß sie tot war, und auf dem Potsdamer Platz eine Sicherheitsnadel aufheben wollte. Sie brauchte immer eine Sicherheitsnadel und verlor sofort ihre Migräne dafür ... Ich sehe schon, ich muß mich zur Hölle verfügen. Glaubst du, daß sie mich dort auf Grund meines Doktordiploms aufnehmen werden?‘ Und damit, Fox, ich sah es ganz deutlich, zog er das Doktordiplom aus der Rocktasche. Und wie er es entfaltete, wurde es zu einem dichtwolligen Bock mit funkelnden Augen und riesenhaftem Gehörn. Er setzte sich auf das Tier, winkte mit der Hand, flüsterte: ‚Wo wird aber dieser Fox hinkommen?‘ – und ritt hinaus – da fuhr ich auf ...«

Fox sprach: »Er ist tot. An einem Sonntag im Juli wurde er überfahren.« – Und er ergriff die Tasse und goß den rauchenden Kaffee auf den Boden. –

Die Freunde schritten schweigend.

Fox dachte an das entsetzte Erstaunen der Kaffeespenderin und ihre rasche Besänftigung durch ein Symbol des funkelnden Lebens, ein goldbraunes Fünfzigpfennigstück. Eckenpenn ging aber wie durch die Kälte einer erfrorenen Erde. So merkte er nicht, daß sie nicht die große Straße verließen, um rechts abzubiegen, sondern links abseits in Straßen kamen, die den Heimen der Konfektion ähnelten, mit grauen Häusern im falschen Putz von fünf Jahrzehnten früher. Doch war auch in diesen Straßen das Stoßen und der schauerliche Geruch von eisernen Pferden und Lastkraftwagen. Einzelne Häuser aber hatten sich über ihr Maß gereckt. Auf dem Unterbau des alten Berlin schossen die Rippen eines Mammut an, die Haut Glas, von einem aufgetürmten, steinernen Schädeldach gedrückt. Am Abend stachen hier die bösen Augen zweier Scheinwerfer in die Dunkelheit und suchten nach Futter für das Haus.

Der Buchtrödler hatte das Empfinden, als sei ein Teil seines Herzens weggeschnitten worden, und es tropfe das Blut durch den Asphalt in die Adernetze der Kanalisation, so daß die große Stadt unter ihrer steinernen Haut ein furchtbares Röhrengezweig mit Herzblut verbreite. Wo aber ist das Herz der Stadt? Hat sie kein Herz? Darf ein dämonisches Wesen ein Herz haben, da es doch nicht sterben kann, nicht sterben darf, und nur lebt, wenn es das Land auffrißt und zu Technik verdaut? Da doch die Stadt nur sich selbst lieben kann, nicht aber das Weib Land? Da es selbst Landschaft ist, zweigeschlechtig ist, sich in sich selbst zeugend!

In Eckenpenn dachte etwas in diesem Gedanken. Er selbst ging hin ohne Gefühl. Erst an der kalten Stimme des Fox fing er an, bewußt zu werden.

»Der Professor ist tot. Er ist nur einmal in dir wiedergekommen. Seele wird nur von Seele erkannt. Stirbt aber Seele aus, so sterben auch die Toten aus. Dann werden die Menschen erst das Jetzt genießen und über die Rückständigkeit dessen lachen, das man Kultur genannt hat. Darum goß ich ein Trankopfer – dem Unten, das auch stirbt ... Ich sage dir, mein teurer Gnom und Eckenpenn, es wird eine Zeit kommen, bald, die das Fernsehen hat durch alle Wände wie das Fernhören. Wozu dann Scham? Wozu Mythos? Philosophie? Kunst — Wozu alle Fremdwörter? Sie werden auch die Gedanken fernsehen und fernhören, und der süße Pöbel wird jubilieren und das alles hinunterschmatzen, weil er kein Problem beflügeln kann.«

»Es wird — denke ich — dann Menschen geben, die eine neue Scham erfinden — und ein neues Denken«, sagte Eckenpenn und erwachte ganz.

Fox lachte und zeigte auf große weiße Ballen.

»Was ist das?« fragte Eckenpenn, ohne hinzusehen.

»Nun — Papier. Entsinne dich der Brücke vor ein paar Monaten. Damals machte man den Versuch eines aktiven Umsturzes durch Papier — als Barrikaden. Jetzt geht die alte passive Gewißheit der Revolution durch Papier ruhig weiter: die ewige Umwälzung der öffentlichen Meinung durch das mächtigste der Erde, durch Papier, durch ihre unabsetzbare Majestät, die Zeitung, oder zu deutsch, mein teurer Gnom, durch die konstante Unterschiebung der bewußten Lüge mit Benutzung der unbewußten Lüge an Stelle der Wahrheit.«

»Was nutzt das jetzt, Fox«, sagte der Buchtrödler traurig.

»Nun« — Fox lächelte — »ich gebe mir Mühe, väterlich zu lächeln. Ich will dir homöopathisch Trost eingeben — durch Gegengift. Vielleicht nutzt das bei dir mehr. Ich bin wie seine verewigte Majestät Mithridates von Pontus giftfest. Wenn die Wahrheit so leiden muß, jahrhundertelang und in alle Zukunft, sie, die gar nicht besteht, nur der leere Raum, die wunde Stelle der Welt ist — das aber ist der eigentliche Schmerz: was willst du dich haben um dein bißchen Leid?«

»Habe ich mich denn?« fragte Eckenpenn. »Ich schweige doch.«

»Du sollst aber nicht schweigen, du Gefühlströdler. Du kommst nicht von der Erde los. Du kannst keine Luft trinken und die bestialische Seligkeit des Zerreißens fühlen. Du gehst Schritt für Schritt zurück — bis zur Wand.«
Fox grinste und spie auf die Erde. »Niederträchtiger Dreck und Ölreste hier. Man spuckt selbst mit der Erde auf die Erde ... Ich bin doch wenigstens ein hinkender Geier und muß mich von euch Aaszeug nähren. Du wirst höflich eingeladen, Gnom, mir ein Stück Priem in die Fassade zu kleben.«
Eckenpenn fühlte den innersten Punkt seines Wesens getroffen, das Gefühl der Höflichkeit. So sah er auf und raffte sich zusammen.
Er betrachtete die Straße.
Es war immer dasselbe Bild um diese Zeit: Heranrasen der Kleinautos für die zweite oder dritte Mittagsausgabe, das Beladen durch rotglühende Hausdiener, das Einsaugen und Ausstoßen von gehetzten Reportern und Boten durch den schwarzen Rachen des Eingangs, die wetzenden Lastkraftwagen mit ihren Riesenballen aufgespindelten, dünnen Holzpapiers, die endlose Melodie in der atonalen Symphonie der Zeit. Aus den geöffneten Fenstern der Druckersäle kam das tieftönige Summen der Treibriemen und der Maschinen. Der Anleger fraß. Messer schnitten. Die Falzarme griffen und legten. Oben aber, in den Feldherrnräumen des Geistes, wurde gemessen und gerechnet, der Zettelkasten befragt, die Bibliothek gewälzt, das Interesse ausbalanciert, die Reserve gelassen für das hereinstürzende Allerletzte, die Kuchenkrümel der Anekdoten und wissenschaftlichen Neuheiten, der fette Aufstrich von Film und Sport, die Rumspritzer der Glosse und Satire, der Brillenblick der Kunstbetrachtung eingestreut: obenauf aber, als der

Geist über den Niederungen, schwebte der Leitartikel. Er aber ward geboren in Zigarettenwolken hinter einer doppelgedichteten Tür und abgestelltem Telephon ... Aus dem Tor trat die Venus, geboren aus der Druckerschwärze, heraus auf die Straße, die uniformierte Kokette, die lächelnd und unwiderleglich verkündete: so ist es! Die mit ihrem Flüstern alle Kontinente auf die Fläche ihrer Hand bringt, das kaum geborene Geschehen lächelnd zeigt und die werdenden Pläne selbst von Wirtschaft und Kassendämonie, von Opfer und Verbrechen ausspricht!
»Hier ist Sturm, Wind und Säuseln des Weltgewissens«, sagte Fox und steckte seine Pfeife an, »doch auch das sind nur Diener. Sie verbreiten, aber sie machen nicht. Wo sitzen nun die Amoralischen, die drei Gewaltigen, die die Moral als Mittel ausgehen lassen und das Geschehen wirklich machen? Kaum daß einmal eine goldgeränderte Hand aus dem Ledersessel taucht. Hier ist etwas von Wirklichkeit. Was ist dagegen das Faktum, daß der abgebaute Professor Hettwer oder der abgebrauchte Buchtrödler Eckenpenn oder der Fox verschwindet? Seele ist ein Verdampfungsprodukt kochender Zeit, eine Nebensache. Sie kann in die Luft gehen. Ganz davon abgesehen, daß wir in einer Zwischenperiode zwischen zwei Eiszeiten uns befinden. Und wer die Eiszeit in sich hat, der sieht nur mit erstaunender Ironie sein Selbst in Gestalt zweier Beine umherhinken. Im übrigen« — Fox blieb stehen — »hast du heute abend deine Kegelbahn?«
»Ja«, sagte der Buchtrödler. »Im Lande der Moabiter, in einem kleinen Gartenlokal.«
»Ah — da, wo der Proletarier in den Bürger übergeht und der Bürger sanft in den Proletarier! Wo das Weißbier noch zuweilen gedeiht und der Kannegießer Revolution macht: immer ein großes Helles und einen Kognak dazu.«

»Es gibt Jugend, die nicht trinkt«, sagte Eckenpenn still.
»Ja — Jugend ...« Fox dehnte das Wort spöttisch, »Abstinenz berauscht sich an Ideen. Die Eiszeit frißt sich doch. Idee ersetzt Seele. Nur — sie ist erbarmungsloser und stellt das Mitleid im Namen des Mitleids an die Wand. — Wer sind denn deine Brotgeber?«
»Das kam so«, erwiderte der Buchtrödler zögernd. »Nebenan von deiner Schlafstelle wohnt der Bezirksvorsteher meines Reviers. Er ist Glasermeister und fünfundzwanzig Jahre verheiratet. Seine Frau ist die Tochter eines Gastwirts. Sie liebten sich geschäftlich. Der Verlobungskuß — ich ging gerade vorüber — sah sauer aus. Ich bin damals rot geworden ...«
»Heute auch noch.«
»Der Glaser fragte mich vor zwei, drei Wochen, ob ich mir etwas nebenbei verdienen wolle und ob ich noch gut zu Fuß wäre ... Das Tippeln geht noch, sagte ich, nur das Stehen wird mir sauer ... Das haben Sie auch dabei nicht nötig. Unser Kegeljunge vom Stamm hat sich als Fabrikdirektor selbständig gemacht. Die jungen Bengel haben kein Talent mehr zum Kegelaufsetzen. So kam es ... Der Bezirksvorsteher sieht aus wie eine Kegelkugel, die sich bemüht, einen Menschenkopf zu bekommen.«
»Göttlicher Spießbürger«, sagte Fox mit einem Ausdruck von Trauer und blieb vor einem grellfarbigen Plakat stehen. »Er wittert den Kunden des Wohlfahrtsamtes und will vorbauen.«
Eckenpenn erschrak und lehnte sich gegen die Mauer.
»Nie«, stieß er hervor.
Fox zuckte ergeben die Achseln. »Ich muß jetzt gehen. Beliebe das Plakat zu besichtigen. In diesem *Wanderzirkus* bin ich jetzt als Clown engagiert, wieder so als Eingangsakt, als Stimmungsnummer. Ich habe sogar das

Vergnügen, mich selbst zu spielen. Groß und göttlich werde ich in einer Quadriga in die Szene gefahren, den Gladiatorenhelm auf dem Schädel. Alsdann erscheint der Kreideclown Birri und schießt aus einer Taschenpistole Insektenpulver auf mein Bein ab, worauf ich abspringe und hinkend davon wehklage. Das Publikum ist herzlich erfreut ...«

Fox drückte dem Buchtrödler die Hand und bog um die Ecke. Als Eckenpenn aufblickte, mischte sich schon das Lehmgelb seines Gesichts mit der flirrenden Sandsteinfassade.

Langsam trottete der Buchtrödler zurück, ward an den Straßenübergängen von dem herrschenden Arm des Polizisten seiner Persönlichkeit zugunsten des Verkehrs enthoben und wartete ergeben, bis er – nach einem Winken – für die Zeit eines hastigen Stolperns das Bewußtsein haben durfte, ein winziges Teilchen einer nicht mehr berechtigten Nebenform des Verkehrs zu sein. Mächtig wie das ordnende Prinzip der Dinge, das Gesetz des rechten Winkels, stand der Polizist an der Kreuzung. Und doch, indem er den Verkehr zu regeln schien, regelte ihn der Verkehr. Der Mensch beweist nur seine strukturelle Angemessenheit der Zeitbildung, wenn *er* eine Maschine konstruiert oder – noch besser, lenkt.

Aber in dem dumpfen Brüten, das wieder über ihn kam, erschien es Eckenpenn, als ob jedes Auto wie ein bösartiger Stier glotzte, jede Zyklonette das höhnische, bellende Heulen eines Schakals ertönen ließe, und als ob der Takt jedes Motors das hungrige Stoßen eines Tigers im Ansprung sei. Jede Maschine, so fühlte er, ist ein Minotaurus, der einmal ein Lebendiges fressen muß – und sei es selbst der König oder der Erbauer des Labyrinths, in dem er gefangen sitzt. Jede Schöpfung fordert ein Opfer vom

Schöpfer, wenn sie leben soll. Der Gedanke, der das Leben des Gehirns ist, verzehrt es auch. Die Zeugung nimmt den Stab des Lebens und gibt ihn an das Geschöpf weiter — auf daß es renne und dem Gesetz des Tempos unterliege ...

Der Buchtrödler fand nach einiger Zeit, daß seine Füße doch noch nicht völlig mechanisiert seien, denn er stand plötzlich bei erwachtem Bewußtsein in einer Straße, vor einer Schule, und war doch um einiges abgeirrt. In einem jähen Schmerz blieb er stehen. Ein Schwindel faßte ihn. Er hatte das Gefühl, vor einem schwarzen, hinabsaugenden Loch zu stehen, das die Erde durchbohrte und durch alle möglichen Himmel und Sterne stieß. Darin aber sei alle tote Liebe, alle verlorene Süßigkeit, die nutzlose Keimkraft der Jugend, die werkfehlende Verbreitung des Mannes mit dem Immergrün der Freundschaft zusammengesunken, und es schimmere in fahlem, ausgelaugten Rot die acherontische Flut ...

Der Buchtrödler starrte hinab.

»Aber ich bin ein kleiner, unbedeutender Mensch! Ich habe kein Streben. Mein Ehrgeiz ist erloschen. Ich hatte ihn wohl nie, sonst hätte er nicht erlöschen können! Ich habe die Heimat verloren in einer Zeit, die keine Heimat braucht! Meine Hoffnung ist wie das bleiche Grün der Wachsblume unten, in meinem Haus, hinter dem vergitterten Fenster des Kartoffelkellers ... Die Zeit scheint nahe herbeigekommen, die Monat für Monat einen Teil meines Herzens abschneidet und in das Loch wirft. Ich habe nichts geschaffen und hinterlasse nichts! Mein Atem, wenn er im Sterben ausgeht, wird nicht den Flaum einer jungen Amsel bewegen. — Warum hat mich die große Zauberin Stadt besprochen, daß ich sie liebe ohne sie vergewaltigen zu können? Daß sie mir Landschaft geworden ist und für mich die Welt in die Straße preßte! Daß ich sie hasse, ohne ihr entrinnen zu können! Ihre Schönheit anbete und ihre Häßlichkeit verabscheue, in der Menschheit ein Spott der Menschheit, ein Übriggebliebener, ein noch nicht gestorbener Schatten! Was suche ich noch, da doch alles herabstirbt, was noch an Kreis um mich war. Was muß ich noch sehen? Das Wilde, das wird und wirbelt – ohne mich, dem ich eine Lächerlichkeit bin? Das Abseitige kleiner Geschehnisse, die mir Symbol sind und andern verpfuschte Filmstreifen? – Was gingst du von mir, alter Pan mit dem tastenden Regenschirm und dem einen Rausch in Monaten? – Und ich sehe – der Fox wird gehen ...«

Eine Schar von Knaben, aus der Schule entlassen, lärmte heran. Da sie den alten Buchtrödler, auf einen Fleck starrend, gebückt dastehen sahen, trotz der Hitze in seinem verschossenen Lodenmantel mit dem schwer sich bauschenden Orkus, erwachten sie ihn in Freudegefühl durch Johlen und Überreichung von Schmutz und Papierballen.

Eckenpenn sah auf und entsann sich, daß der Professor einst ob seiner langen Haare von einer ähnlichen Schar umlagert worden war. Opferfähig hatte ihm ein Knabe sogar einen Groschen zum Haarschneiden angeboten ...

Er hörte noch in sich die Stimme des Professors: »Recht, recht, ihr jungen Böcklein! Gutes Horn stößt beizeiten!« – und dazu Fox' stille Stimme, als ob ein Federmesser sanft über Sand knirsche: »Ich möchte nur wissen, welcher Idiot die Engelhaftigkeit des Kindes erfunden hat ...«

Da wandte sich Eckenpenn schweigend ab und ging hastig an seinen Ort ...

In seiner kleinen Kneipe saß der Buchtrödler müde und dumpf vor seinem Essen, der Hunger eines Tages mußte gestillt werden. Ein großes Frikassee stand vor ihm, alte Reste aller Fleischsorten, eine Probe von Rotkohl und zwei Kartoffeln mit der Soße von Kalbsbraten und Königsberger Klops zusammengemischt.
Hinter dem Büfett stand die Wirtin, ein verlaufener Hefekloß mit der Gutmütigkeit der Faulheit aus Fett. Neben ihr flüsterte aufgeregt die Kellnerin der Mädchenkneipe vom Flur nebenan, die sonst Essen zu holen pflegte, wenn ein Gast Neigung zu Wein, Kaffee, Bier oder noch Anwandlungen auf ein Schnitzel bekam. Jetzt hielt sie einen Zettel in der Hand und war verstört.
Eckenpenn sah nicht hin. Mit mechanischen Griffen schnitt er dem Ofen Magen in sich seine Heizung zu ... Am Nachmittag war kaum ein Käufer gekommen. Nur ein Student hatte einen Band Lope de Vega entdeckt, der seit Jahren, verstaubt, mit vergilbten Blättern, in der Reihe der alten Garde gestanden hatte. »Den kann ich gebrauchen«, hatte der junge Mensch spöttisch gelächelt. »Warum soll man nicht mit der altklassischen spanischen Literatur eine Dissertation schinden? Wo der Mist herkommt, ist ganz gleichgültig. Aber können Sie den alten Barden nicht erst schwefeln oder chloren – wie die ganze Kunst bis heute beinahe –, daß endlich die muffige Idealität rauskommt und dafür reinliche psychologische Chemie? Auf daß man endlich statt Treue Hörigkeit sagt – so zum Beispiel ...« Sehr befriedigt war der Student gegangen, und der Buchtrödler hatte erwogen, ob er trotz seiner Müdigkeit nicht mehr als in der letzten Zeit die Kneipen und Tingeltangel des Quartier latin mit ausgesuchten Büchern bereisen sollte ...
Eckenpenn wollte bezahlen. Aber ehe noch die Wirtin sich

zu ihm wandte, hörte er plötzlich die Kellnerin laut aufweinen.

»Warum hat er mich immer belogen! Jetzt liegt er im Leichenschauhause. Die Schraube vom Dampfer hat ihm den Kopf abgerissen ... Viermal habe ich ihn aus den Kaschemmen und aus der Palme geholt. Er konnte nicht treu sein und mußte schwindeln! Dafür kann keiner. Einmal hatte ihn eine Falschspielerin mit nach Nizza genommen, weil er ihre gezinkten Karten vor der Polente versteckt hat. Dann wars eine Artistin beim Zirkus. Dann eine Witwe von einem Fabrikbesitzer. Die hat ihn behängt und eingemottet. Da rückte er aus und war Kellner, Kohlenträger, Schuhputzer von Eros. Ich habe ihn an die Ecke gestellt mit warme Würste. Aber er konnte nirgends aushalten und er mußte schwindeln. Dann habe ich ihn angebracht als Eleve beim Detektiv. Da konnte er laufen und luchsen ... Da hat er bei einem reichen Weib beschworen, daß er sie nachts hat aus dem Haus von einem andern kommen sehen. Da haben sie ihn eingelocht. Meineid. Es war die Gesellschafterin. Und doch hat er das eine Mal nicht gelogen. Sie hatte die Sachen von dem reichen Weib an und ihren Mantel übergezogen. Da ist er in die Spree gegangen. Als er wieder rauskam, weil er sich bessern wollte und ehrlich sein, haben sie ihn ins Zuchthaus gepackt! — Warum hat er denn nicht immer gelogen ...« jammert die Kellnerin.

Eckenpenn zahlte und ging hinaus.

Seltsam, dachte er bei sich, sind die Wege des Eros ... Und eine Schankkellnerin mit bierheiserer Kehle hat das Gefühl für das Wesentliche, für die ungebrochene Linie, und sollte es die Konsequenz des Minuszeichens sein. —

Berlin war zu Nacht ein Kessel von Dunst und Schwüle. Die Glut lag auch jetzt gleich einem unförmigen Tier zwischen Himmel und Erde und fraß den Himmel mit den Sternen und die einsam kreisenden Ströme von Luft und Bewegung herab. Aus dem Tiergarten quoll der dicke Geruch atemloser Blätter, von Erde ohne Feuchtigkeit, die Wärme gab, die nicht mehr treiben konnte, sondern nur noch ersticken macht. Die Ausstoßung der großen Stadt mit ihrem Menschenmüll kam mit dem heißen Röcheln der gepeinigten Häuser und Bäume zusammen. Selbst das Lichtgezisch der Bogenlampen auf den Chausseen und Straßen griff verzweifelt in die lastenden Trübungen, ohne leuchten zu können.

Die Kegelbahn wurde von drei Lampen erhellt. Die erste beleuchtete die Abwurfstelle, die zweite tauchte aus der Dunkelheit der umgebenden Büsche auf, die dritte beleuchtete die Kegel und die Uhr mit den neun Ziffern und dem schwarzen Zeiger, bestimmt, die Worte des Kegeljungen aus der Figurensprache in die der Zahlen zu übertragen. Die Kugel wurde aufgesetzt, tauchte in der Mitte einen Augenblick aus dem Schatten auf und fiel dann mit Gepolter herab.

Dem Buchtrödler schien das dem Ablauf des Lebens zu entsprechen. Er sah am Ablauf, grell beleuchtet, die Männer in Hemdsärmeln, den Merker mit der kratzenden Kreide an der Anschreibtafel aus der breiigen Schwärze leuchten. Vom dunklen Garten her klangen die rufverzehrenden Stimmen aller beim Kaffee versammelten Ehefrauen. Donnernd fielen die Kegel auf das Aufsetzbrett. Geschmeidig glitten sie die Bahn des Lebens entlang, entgleisten auf den Sand — oder erreichten ihr Ziel durch Umwerfen ...

Der schwitzende Kopf des Glasermeisters und Bezirksvorstehers wurde beleuchtet. Seine quellende Faust ergriff die sorglich befeuchtete Kugel, drehte sie, bespuckte sie

dreimal, das Auge maß, drei springende Wiegeschritte, der linke Arm schlug die rückwärtige Luft: links aufgesetzt, rollte die Kugel in dreieinhalb Zügen und bog sich gleich dem Werfer. Nun tanzte er auf einem Bein — und schmetternd fielen die Kegel in den Sand ...
»Das ist noch Leben«, dachte Eckenpenn und schrie acht um den König aus. Dann aber jauchzte der Glasermeister einen Triumphschrei des siegreichen Lebens hinaus ...
Eckenpenn fiel es zuerst nicht leicht, die Kugeln wieder auf die sich absenkende Gleitrinne zu heben. Dann aber hatte er sich daran gewöhnt, und jetzt erschien es ihm merkwürdig, daß niemals eine Kugel hinaufrollt, und daß sie immer schneller fällt, je näher sie dem Ende kommt, daß man hochgehoben werden muß, um sinken zu können. Und während er ob einer versandeten Kugel melancholisch mit den Armen ein »Nichts« winkte, stand ihm das Bild aus einer illustrierten Zeitung plötzlich vor Augen: Ein dressierter Königstiger, der auf einer rollenden Kugel unter grimmigem Fauchen trippeln muß, um sich auf einem Punkt im Gleichgewicht zu halten ...
»Also ist das Jetzt, ist das Leben«, dachte Eckenpenn und rief ein Vordereck aus.

Seine Kammer war von leuchtendem Dunst fahl angehellt. Trotz der offenen Fenster kam ihm die Luft heiß und tückisch geballt vor. Ihm schien es, als wäre der Raum enger, als kämen die Wände langsam, mit stiller Feindseligkeit auf ihn zu.
Oder fühlte er sich Monat für Monat zurückweichen — bis an die Wand?

VIII SEPTEMBER

In einer Nacht des mittleren September fühlte das Jahr zum erstenmal, daß es alt wurde.

In die pralle Haut seiner warmen Tage und Nächte schnitt das Messer einer einzigen Stunde kurz vor Sonnenaufgang. Der Schmerz des verwundeten Kreises klang weh durch die Stimme der auftaumelnden Vögel in den Gärten. Die Blütenblätter krampften sich in erstarrender Abwehr zusammen und rissen doch an den umgeschlagenen Rändern. Rostbraun strich es an dem vertrauend ausgebreiteten Laub entlang. Aber der Wind in seinem verweilenden Schweben, der getragen war von der ausdampfenden warmen Erdsüßigkeit des Tages, fiel jäh herab und starb. Eine bange Stille kam über den zaudernden Morgen, denn das erste Licht war nicht das aufwachende Blitzen eines neuen Edelsteintages, sondern der Schein eines gezogenen Schwertes ... Reif fiel in das Nachthaar des Jahres ... Dann aber erwachte die gelähmte Kraft der Sonne und strich lösend über die Stadt. Das Blut ihres Aufgangs strömte warm und rötend über die Dächer. — War je ein Gedanke des Todes? —

In dieser Nacht schlief Eckenpenn bei halbgeöffnetem Fenster. So konnte der Hauch der Träume hereinkommen, die von weit her kamen und sich schwerer färben an den Geräuschen und Geschehnissen unten im Dämmern — auf der Straße.

Er träumte von einem Kretscham. Bergarbeiter und Köhler waren in Streit geraten. Aus den Schwaden von lastendem Tabaksqualm blitzten die Gläser mit dem rot und grün gefärbten Schnaps auf. Worte wie Holzbrände oder abgeschlagene Gesteinstücke flogen umher. Um ein Nichts, aus einer Empörung gegen Drückendes, Unteres, Unbekanntes tobte der Streit. Dann kam ein Doppelpfiff — und erweckte ihn.

Auf der Straße schien Lärm gewesen zu sein. Geräusch wie von Fallen und Schleifen tönte herauf, ein Huschen und Raunen, dann ein tappender Schritt. Nun war es still, und Eckenpenn sah die Wand seiner Schlafkammer, ihm gegenüber, wie Frühnebel auf einer Wiese stehen. — Die Augen fielen ihm wieder zu ...

Unten aber geschah dies:

Ein großer Mensch mit einer Schirmmütze wischte einem Strolch das Blut aus einer Wunde am linken Handgelenk. Watte und Bindenstoff nahm der Strolch mit der rechten Hand aus der Tasche seines zerrissenen Jacketts. Eine Straße weiter hielt ein schwarzlackierter, geschlossener Kraftwagen mit abgeblendeten Lichtern. Der Schofför kam aus dem Schatten eines Hauseingangs und setzte sich schweigend auf den Führersitz. Der Mensch mit der Schirmmütze hockte sich schweigend neben ihn hin. Der Strolch pfiff herrisch und stieg mit geschmeidigem Schritt in den Fond. Der Motor sprang an. — Im Licht der befreiten Scheinwerfer schoß der Kraftwagen davon. Der Strolch im Innern beugte sich vor, betrachtete sein Handgelenk und strich über einen leichten Seidenüberzieher, der in der Ecke hing. Dann roch er an dem Rosenstrauß auf dem leeren Sitz ihm gegenüber. Ein zärtliches Lächeln machte sein Gesicht weich und frauenhaft. Er lehnte sich zurück und schlief sofort ein:

Das Auto verschlang Straße auf Straße. Nach einer halben Stunde hielt es vor einer Villa im äußersten Westen. Das weiße Haus lag im behütenden Dunkel zweier Gärten.

Der Schofför und ein großer, barhäuptiger Mensch stiegen ab.
Ein Herr im leichten Seidenmantel glitt heraus, öffnete das Schloß am Gitter des Vorgartens, warf einen Blick auf das Messingschild neben dem Schloß und ging auf einem Kiesweg zwischen Blumenbeeten die vier Steinstufen einer geschwungenen Treppe hinauf. Die Tür fiel lautlos zu. Der Kraftwagen bog ab und rollte durch den Garten rechts in die Garage ...
Am Vormittag ging der Buchtrödler spät aus seiner Kammer. Frau Lehnert hatte ihn erst durch einen Besenstiel, der gegen seine Tür polterte, wecken müssen. Denn da er nur eine Schlafstelle bezahlte und mithin der Schlaf zu einer angemessenen Morgenstunde beendet sein mußte, entzog er seine Kammer durch zu lange Benutzung der freien täglichen Verfügung der Wirtin. Frau Lehnert pflegte in ihr Körbe abzusetzen und Wäsche aufzuhängen. Krankheit war nicht vorgesehen. Ein solcher Fall löste die Vereinbarung und war gleich Kündigung, und auch das Krankenhaus nebst Kapelle und Leichenhaus war ganz in der Nähe. –
Eckenpenn hatte nach seinem Auffahren gegen Morgen lange mit Herzklopfen gelauscht. Es schien ihm, als ob da unten wieder ein Stück des wirklichen Lebens entlang gegangen sei, des Lebens ohne Beziehungen, ohne Färbung durch Betrachtung und Nachdenken, – als sei dies wieder etwas von dem Leben gewesen, in dessen Inneres er nie kommen würde, ob er auch seit einem Leben sah und forschte, weil er das äußere Leben nie gleich dem inneren setzen konnte und das Innere des äußeren Geschehens suchte, hinter dem Sinn. Wie in einem inneren Frost hatte er geschaudert und zu ahnen geglaubt, daß er statt von seinem Leben von seinen Symbolen gelebt habe, daß seine

Tage Metaphern gewesen seien, Bilder und Gleichnisse des wirklichen Seins, so daß er selbst Mythos geworden war, nicht Gegenwart, sondern nur Vergangenheit oder Zukunft, ein Gedicht, aber kein Dichter ...
Dann war der Schlaf über ihn gefallen wie ein Mörder. – Nun ging er schweren Schrittes durch die Straßen, müde vom langen Schlaf. Es war, als ob über allen Dingen und über allen Geschöpfen eine dünne Haut läge, die erste mattere, stillere Schicht des vom ersten Frost kalt gewordenen Wassers. Das Laub der Bäume stand regungslos. Auf den Straßendämmen lag der Lichtschein müde, wie durch Schleier gesandt, und als der Buchtrödler aufsah und den Himmel betrachtete, schien ihm die Sonne weiter entfernt, wie wenn sie sich in einer Geste der Ablehnung nach der ersten Entschleierung des Aufbruchs wieder zurückgezogen und einen abdämpfenden Silberschleier von schwebendem Gedünst umgenommen habe. Zäune und Mauern, die Firmenschilder und Auslagen in den Schaufenstern waren in ihren Farben erblaßt, selbst die Schatten der Frauen, der spielenden Kinder und schnüffelnden Hunde an den Obstständen sahen unwirklicher, durchsichtiger aus.
Eckenpenn hatte das Empfinden, so müßte es sein, wenn eine große Leidenschaft, eine besessene Liebe zu einem Werk oder einer Frau sich entferne, zu erkalten beginne, wenn der Gedanke käme, daß es sich nicht lohne, wenn das Denken an Maß, Wert oder Lohn entstünde. So sah er nicht, als er über einen freien Platz kam, daß junge Burschen und Mädchen, Kinder und Invaliden oder Rentner vor einem riesigen Zelt mit kleineren Nebenschuppen standen. Er sah auch die grellen Plakate mit den reifspringenden Löwen und Tigern nicht, und er fühlte auch nicht, daß hinter dem Eingang des Zeltes, im

Halbdunkel der Zirkusmanege, Fox Randolfini auf einer Holzkiste hockte und stumpf dem verbissenen Bemühen einer Gruppe von Artisten in alten Stalljacken, ohne Trikot und Straßbrillanten, zusah, die schweißbedeckt eine neue schwere Nummer übten. Neben ihm lag das kluge Schwein Martha, döste und steckte wohlig die Schnauze in eine Pfütze. Eine Tänzerin in einem alten Umschlagetuch flickte an einem Trikot. Der Stallmeister führte einen Reporter mit Zeichnern herum, die die Morgenrückseite des Zirkus für einen realistischen Zeitungsartikel mit Sentiment nebst Bewegungsskizzen studierten.
»Scheinen sich sehr wohl zu fühlen, Sie und das Schwein da«, sagte höflich grinsend der Reporter zu dem Clown Fox Randolfini. »Symbiose. Das kluge Schwein Martha ist der ehrlichste Mensch, den ich gefunden habe, bekennt ohne weiteres, daß es sich im Dreck wohl fühlt und seine Nahrung daraus zieht. Die andern Schweine, die sich Menschen benennen, parfümieren das und nennen es Ideale ...«
Hierauf notierte der Reporter mit bedeutendem Lächeln und der Zeichner versuchte, die schöne Vereinigung von Schwein und Clown festzuhalten, in dem er hastig und schmunzelnd zunächst die Unterschrift hinsetzte: »Das Clownschwein« ...
Der Buchtrödler kam aus der Beengtheit seiner Straßen an den Fluß. Die Wipfel des Tiergartens leuchteten herüber. Ein Hauch von Frische strich über das Wasser. Aber es war ein seltsamer Geruch in ihm, eine erste Herbigkeit, schwer und süß und Schwermut auf ihren Fittichen tragend. Ein feiner Sprung klirrte durch das Glasgehäuse der Welt: das Wort *Verwesung* wehte wie ein träger, hungriger, unausgeschlafener Geier über den Fluß. Dann aber, als Eckenpenn schneller durch die Wege

schritt, erwachte der Sommer noch einmal, riß das Gedünst von dem Antlitz der Sonne hinweg und schüttete Glut aus seinen Armen über die Erde. Der Buchtrödler streckte die braunen, rissigen Hände mit den Verdickungen des Alters vor sich hin, auf daß sie von dem einmaligen Gralsgeschenk tränken und ihrem Gefühl und ihrer zaghaften Tastbarkeit neue Kraft geben würden. Durch seinen verharzten Mantel drang die Wärme. Er roch wie das Knickholz am Kammwege, wenn es nach einer Reifnacht knackt und sich in der Sonne dehnt ... Über die Mauer des Zoologischen Gartens ragte der Adlerfels. Ein Lämmergeier stand auf dem höchsten braunen Felsbrocken, den Kopf zurückgelegt, und hielt den schräggestellten Flügel weit in die Sonne.

Das Krankenhaus sah rotbraun durch das Grün. Der Buchtrödler blickte scheu hinüber. Das Schicksal, hier auslöschen zu müssen, zu sterben unter Menschen, mit denen er nicht hätte leben wollen, sah ihm gelassen und fürchterlich ins Gesicht. Er wollte sich abwenden. Der Anblick einiger Patientinnen, die Schwestern zu den Liegestühlen im Licht geleiteten, hielt ihn mit seinem aufleuchtenden Weiß zurück. Durch die Gitterstäbe hindurch erkannte er plötzlich die Näherin. –

Eckenpenn blieb gebannt stehen, an einen Mauerpfeiler des Gartengitters gelehnt, eine Hand um einen gußeisernen Stab geklammert. Er sah, wie sie eine Schwester im Liegestuhl in ein Spiel von Sonnenkringeln rückte, das das hauchbewegte, nervöse Laub eines gefiederspaltigen Baumes auf dem Kiesweg spielte. Der Platz war kaum zwei Schritte von Eckenpenn entfernt. Nur ein halbhohes Strauchwerk ging an dieser Stelle am Gitter entlang.

Die Schwester mit dem blassen, vollen Gesicht, das von Ruhe und Selbststrenge erfüllt schien, mit dem schmalen farblosen Mund, den blauen, von Nachtwachen und Beobachtung kühlen Augen und der vorgebauten, schimmernden Stirn, legte die Kissen mit gütiger Sorgfalt zurecht, trat einen Schritt zurück, prüfte das Krankheitsbild und sagte mit dunkler, willenhafter Stimme: »Sie sollten die Hände in die Sonne legen und zu schlafen versuchen. Das ist besser — vielleicht als Codein, Salicyl und Morphium.«

Dann ging sie.

Die Näherin wandte plötzlich den Kopf. Sie blickte der Schwester nach, bog sich nach vorn und sah dann auf das Gitter.

»Ich sehe Sie endlich noch einmal«, flüsterte sie scharf.

»Bin ich daran schuld?« fragte der Buchtrödler.

»Nein ... Ich hätte Ihre Gedichte oder etwas anderes, ähnliches, zehn — fünf Jahre eher lesen sollen. Nun war es zu spät. Ich habe erst um elf Uhr, in der Stunde vor Mitternacht, es gemerkt, daß man nicht bloß zum Pflegen und Nähen da ist, zum Umschlägemachen, Tropfengeben, Gekeife anhören und nähen. Maschine treten ... Maschine treten ... Ich trat immer Maschine und erkannte nicht, daß ich *mich* trat. Keine Mutter hat solch ein Recht. Ich hatte Sehnsucht. Ich wußte nicht wonach. Meine Füße treten immer im Takt, aber es war der richtige ... Verflucht schlechte Familie! Keine Katze bleibt länger, als bis sie springen kann. Jetzt wußte ich es. Nun ist es zu spät!«

»Sind Sie nicht vielleicht durch Krankheit etwas, ein wenig ungerecht?« fragte Eckenpenn. »Haben Sie Fieber?«

»Fieber? — Ich habe immer Fieber. Ich habe mich zu Tode getanzt. Ich habe zu spät angefangen. Ich habe jetzt eine Stunde kein Fieber. Am Morgen habe ich Untertemperatur, 35,6. Da liege ich schon kalt und habe die Bretter

um mich. Und am Abend kommt das Fieber. Da springt es — tanzt es — so hoch!«
Das Mädchen warf schnell die Hände in die Luft.
»Gerecht? — Das abgestandene Wasser ... Ungerechtigkeit ist gerecht.«
»Sie haben doch gute Pflege. Die Schwester sieht gut aus.«
»O — dieses Tier«, zischte die Näherin. »Sie hat überwunden. Sie ist gut. Man kann sie anspucken. Sie lächelt still und wischt sich ab. Das ist ja ein Kranker, ein Bruder, eine Schwester! — Schwester! Entsetzlicher Name! Wenn es eine Hölle gibt, sind die Teufel Schwestern. Sie sind herrschsüchtig — in Milde. Sie peinigen die Menschen durch Gefallenlassen, dadurch, daß sie nur gehorchen, nichts tun, sich nicht wehren! Sie haben einen Blick, eine Güte, die alles in den Abgrund schleudert. Sie überwältigen durch Nachtwachen, durch Schweißabtrocknen. Sie fühlen sich gut und gehoben, weil sie demütig sind, Opfernde und sich ihrer Sünden bewußt sind. Sie sind stolz darauf, daß wir allzumal Sünder sind und das Paradies auf uns wartet. Ich aber bin kein Sünder. An *mir* hat man gesündigt! Und ich will kein Paradies! Ich will nur tanzen — hier — immer auf der Erde ... Und in drei Tagen bin ich tot!«
»Sie müssen sich schonen«, sagte Eckenpenn beklommen, aber er fühlte, daß das nur ein leeres Wort sei.
»Schonen?« ... Das Mädchen lachte und hustete zugleich. »Schonen ... für wen? Für eine Nacht Fieber mehr? Aber ich habe davon gelesen. Man hat früher geglaubt, daß die jungen Bräute, die vor der Hochzeit starben, — Willis nannte man sie, wir haben hier Bücher in der Bibliothek — daß sie nicht im Sarge Ruhe haben und um Mitternacht aufstehen. Sie haben ihr Brautkleid an,

den Kranz auf, die Schleier herab, — und tanzen auf der Landstraße im Wirbelwind. Ich werde eine Willi sein. Ich werde wiederkommen —, und einmal, nachts mit der Schwester tanzen, daß ihr der heilige Atem weg bleibt!«
Die Schwester näherte sich.
»Sie kommt«, flüsterte die Näherin und schien zu röcheln. »Sie wissen nicht was das ist: der Saal mit dem Lysolgeruch, in dem wir alle sterben. Nur die andern hoffen noch. Und dann schwebt die Schwester, und der Arzt will ermunternd lächeln, und links kommt ein Arm hoch und greift in die Luft, und gegenüber ziehen sie die Laken über ein Gesicht, und rechts zählt einer auf der Bettdecke.«
»Darf ich Sie nicht in der nächsten Sprechstunde besuchen?« fragte Eckenpenn leise.
Die Näherin schüttelte den Kopf, legte sich zurück und schloß die Augen. Ihr Gesicht war vom Sonnenbrand verdunkelt, aber zusammengefallen und in den vom Fieber gezogenen Gruben fahl.
Der Buchtrödler ging, ehe ihn die Schwester gewahren konnte. Der Weg schien ihm endlos. Es war, als ob die Stadt keine Grenzen hätte, als gingen die Straßen unaufhörlich, Haus neben Haus, Menschenschachtel neben Menschenschachtel, über die Erde im Kreise herum und fügten sich zu steinernen Ringen zusammen. Der Himmel wurde dunkler. Es begann zu regnen. Jeder Tropfen fiel gleich einer klopfenden Sekunde herab. Die Zeit wurde zu einem Regen, der kühl und kühler sank. Dieser dünne, abschließende Regenhang wurde dem Murmeln der Unterweltflüsse gleich, und die Menschen und Gefährten nahmen einen grauen Mantel um, wurden schattenhafter und endlich leblosen Schemen mit automatenhaften Bewegungen ähnlich.

Die Häuser waren nichts mehr als lange Reihen von Zahlen. Alle Geschöpfe der Stadt waren Zahlen, alle Menschen und Maschinen. Sie alle hatten ein Vorzeichen, ein Plus oder ein Minus, und die meisten waren plus und minus zugleich. Wie konnte man sie unterscheiden? Wer war gut oder böse? Gut und böse zusammen? War nicht Charakter die zufällige Erstarrung des Wachstums? Den Kristallen gleich, die verschiedenstrahlig wachsen und in ihrer Gestaltung durch Raum, Druck, Widerstand und innere Triebkraft bestimmt werden. Wer hat den freien Platz, sein inneres Prinzip auszustrahlen, bis seine Vollendung seine Grenze wird? Wer weiß um sein inneres Prinzip? Lassen sie sich nicht alle in die Form der Pflicht gießen, weil sie sich nicht kennen? Wann erkennt sich die Zahl Mensch und ihr inneres Prinzip? Wieviele nie? Wieviele in der letzten Stunde? Wieviele — plötzlich in einem unbemerkten, stillen und doch sprengenden Geschehen? Wieviele Rätsel sind nur dadurch zu lösen? Wieviele kämpfen gegen eine Ahnung ihres Wesens ... gegen den Gegensatz ihres Seins, der sie auch sind? Dann müssen sie sich aneinander schleifen, amorph, gestaltlos, entmannte Kristalle mit der zerbrochenen Sehnsucht nach Ganzheit — die besten. Wieviele aber mit dem Stolz auf ihre Unvollkommenheit, die sie menschlich nennen!
Der Buchtrödler fühlte, als er still unter dem herabgelassenen Plan seines Wagens stand, alt, hungrig und müde, daß er, der Unscheinbare, in sich zurückgezogene Vertrödler der Zeit, diesem Geschöpf, das er Näherin benannte, zur Erkenntnis ihres Wesens geholfen hatte — zu spät. Wäre es nicht besser gewesen, sie hätte sich nie empört? — Aber dann bedachte er — und wollte sich damit trösten, daß auch eine zerbrochene Näh-

nadel oder ein Plakat das gleiche hätte tun können, und daß das Geschehen durch sein Geschehen sich rechtfertigt ...

Niemand kam. Die Leute hasteten vorbei und ärgerten sich über den Wetterumschlag. Die Kraftwagen gerieten auf dem feuchten Pflaster ins Schleudern. Der Stand mit Obst wurde angefahren und eingebrochen. Die teuren Äpfel rollten über den Damm. Unendliches Gezänke erhob sich.

Plötzlich fühlte der Buchtrödler, daß ein amtlicher Blick ihn musterte. Aus der Verdunkelung seines Blickfeldes löste sich eine massige Gestalt. Eine Metallmarke blitzte vor ihm auf, und in sein Erschrecken tönte eine gedämpfte Stimme: »Sie sind der Buchhändler im Umherziehen, Eckenpenn?«

Der Buchtrödler neigte das Haupt. Eine furchtbare Ahnung überkam ihn. Er mußte an den Selbstmord der Bankierstochter denken, und er befürchtete, daß dieser rätselhafte Fall nun ihn ergreifen könnte. Aber der Kriminalbeamte zog ein blaues Heft hervor, reichte es ihm hin und fragte, ob er das Buch kenne.

»Es stammt aus meinem Wagen«, sagte Eckenpenn zögernd. »Eine sehr alte Dame hat es vor einigen Wochen für zehn Pfennig gekauft. Es ist eine alte, unvollständige, beinahe wertlose Gedichtsammlung.«

»So nehmen Sie Ihr Eigentum zurück«, sagte der Beamte. »Die alte Frau ist beim Sticken vom Herzschlag getroffen worden und tot umgefallen. Sie sollen das Heft wieder zurückbekommen. Ich habe es gefunden, als ich den Tatbestand aufnahm. Aber es ist kein Mord, nur Unfall.«

Der Kriminalbeamte ging. –

Eckenpenn schlug das Heft auf.

Die Randleisten des ersten Blattes waren wie mit einer

Stricknadel umfahren. Mit einer sehr kleinen, schrägen unsicheren Schrift fand er drei Sätze über dem Erscheinungsort Berlin geschrieben: »Dies Heft gehört dem Buchhändler Eckenpenn in der Markgrafenstraße. Das letzte Muster ist abgezeichnet. Nun ist es ein Muster ohne Wert.«
Und der Buchtrödler bedachte, wie wahr Wahnsinn sprechen kann, da er zwar mit schiefem Blick, aber ohne die Hemmungen der äußeren Dinge sieht. Und er bedauerte auch, daß die starke Natur vor dem zerbrechenden Geschehen in die Ungebundenheit des Wahnsinns flüchtet — da, wo die Schwäche langsam mit guten und vernünftigen Gründen zurückweicht und im Nachgeben sich selbst auflöst.

Aus einer Sehnsucht nach Bitterkeit und Spott, nach der harten Linie des Umrisses ging er früh in die Kaffeestube. Er hoffte, Fox zu sehen, aber er war nicht da. Und plötzlich war ihm, als ob heute die Sprechstunde im Krankenhaus sei. Er glaubte sich ganz sicher zu entsinnen, daß an diesem Wochentage immer Verkäufer mit Blumensträußen am Tor gestanden hatten. So beschloß er, am frühen Nachmittag zu schließen — verkaufte auch noch —, um rechtzeitig im Krankenhaus zu sein.
Still sah er auf die lebhaften Gruppen der Händler jeden Berufs. Stoffmuster glitten durch die Kette der Finger. Eine goldene Uhr mußte die Unruhe des Herzens, ihre Steine und die doppelte, goldene Haut zeigen. Die Börsenkurse wurden herumgesprochen, natürlich nur die der Vorbörse, die einzige internationale Sprache, die Bruderworte des Betruges, die aus der Wirtschaft, aus Hochöfen, Feldern und Kohlengruben, aus Reis, Baumwolle, Kaffee und Maschinen, Zahlungsgerüchte, Zahlen,

das ersehnte Futter machen für die ersehnte Gottheit: die Konjunktur!
Wann ist jemals ein Gesicht in der Liebe einem andern gleich, dachte Eckenpenn. Aber sehen sie nicht alle ähnlich, wenn sie gewinnen wollen, durchkommen wollen? Und dann hockten da Baracken der Zeit, Ruinen der Intelligenz, überständig gewordene Arbeiter mit geistigen Gichtknoten, die zitternd, halb verhungert, auf eine gespendete Tasse Kaffee lauerten, halbe Reporter, das Geraune erschnappend, eine alte, eingerissene Aktenmappe, neben sich, im zerlesenen Adreßbuch nach Namen suchend ...
Ein Zeitungsverkäufer, dick und rot, stampfte durch den Raum. Er wölbte den Mund vor wie ein Schimpanse, flötete kosend verzerrt die Namen der Mittagsblätter und Magazine, der Wochenschriften für Herren, Damen, Junggesellen, Junggesellinnen und Kinder, lachte schellend über sich selbst – und sah doch bekümmert aus. Eckenpenn überlegte, ob er noch Verkäufer für Zeitungen werden könne. Denn sein Geschäft ging seit Wochen immer mehr zurück. Selbst für die billigste und unterste Form jener Geistesbewegung, die man Literatur nennt, schien Geld und Interesse nicht mehr vorhanden zu sein. Es gab kaum noch Originale in der Welt, da die Sehnsucht ausstarb. Wer vom Jetzt lebt, weshalb sollte er Phantasie aufwenden? Wer sollte eigenen Rhythmus aufbringen, wenn er sich nur in den Wellenschwung der Maschine einzuordnen brauchte, um in einem gewaltigen Strom sich zu fühlen? – –
Der Buchtrödler befürchtete, daß er nicht vordringlich genug sein könne, um eine gute Standecke energisch zu behaupten. Und dann müßte er stundenlang stehen, einen Satz ununterbrochen ausschreien, ein Mensch gewordenes Wortmaschinengewehr. –

Der Regen hatte aufgehört. Draußen, vor der offenen Eingangstür, lag die blasse Helligkeit, die der kommenden Sonne vorangeht. Wie farbige Schatten glitten die eiligen Passanten vorbei.

Eckenpenn sah sehnsüchtig hinaus. Er konnte sich auf einmal nicht vorstellen, daß er jemals leben könne, ohne dies Bild zu sehen: aus dem Dunkel heraus das bunte Leben. Plötzlich glaubte er Dorian Gray zu erkennen. Ein junger Mensch mit weiblicher Art sich zu bewegen, ging an seiner Seite. Und im gleichen Augenblick erkannte er unter den Käufern für Zucker, Tee, Kaffee und Kakao den Autor Doktor Seidenschwanz.

Der Dichter war dicht an die melierte Verkäuferin mit dem Stilkleid und der energisch profilierten Nase getreten und deutete, lebhaft vornübergebeugt, auf Pralinensorten. Dann aber verdunkelte sich der Eingang, und der Herr der letzten Mode trat ein, gefolgt von dem weiblich wirkenden Jüngling. Doktor Seidenschwanz drehte sich darauf um, grüßte mit außerordentlicher Höflichkeit und schloß schnell seinen Kauf ab. Dann gingen die Herren an den einzigen leeren Tisch, der von dem Platz des Buchtrödlers durch eine Tafelrunde von Reisenden in Seide getrennt war.

Eckenpenn duckte sich in einem Gefühl von Grauen bis auf den Tisch. Eine unheimliche Luft stand wie eine Wand zwischen ihm und den drei plaudernden Herren. Es schien ihm, als ob in eine hohe, reine Luft gefährlich kriechende Sumpfgase eingebrochen seien und die Poren der Seele vergifteten ...

»Lieber Herr Doktor«, hörte der Buchtrödler Dorian Gray mit seiner unbekümmerten, hellen, zwitschernden Stimme sagen, »seit wann pflegen Sie Süßigkeiten einzukaufen?«

»Der Süßen — Süßes.« — Der Autor lächelte, seine Hornbrille schwankte. Der Jüngling betrachtete ihn aufmerksam. Sein Gesicht war weiß und rosig. Die Augenbrauen bogen sich weit — wie gemalt. »Sie sehen auf mein linkes Handgelenk.« Dorian Gray drehte die Hand spielerisch in der Luft. »Ich denke eine neue Mode zu kreïeren! Ich habe einen Gazestreifen zwischen Hand und Platinreifen der Armbanduhr gelegt. Im Dunkeln gibt es einen wunderbaren Farbenklang: die Haut rosa, das Weiß der Gaze, das Platingrau des Bandes, das Gold der Uhr, — leuchtend darüber die radio-aktiven Ziffern. Es ist wie eine erlesene Folge von verborgenen Antithesen oder wie ein Zusammentönen ästhetischer Lügen oder Verbrechen ... Nicht wahr, mein Freund?«
Der junge Mensch erbleichte und antwortete mit einer hohen, mädchenhaften Stimme: »Was wüßtest du nicht?« —
»Der Kaffee paßt eigentlich nicht zu dieser unterwertigen Gesellschaft«, sagte der Herr der Mode leichthin. »Grüßen Sie Ihre Geliebte, lieber Doktor! Was würden Sie tun, wenn diese ohne Zweifel entzückend junge Dame Ihnen untreu werden sollte? Würden Sie sie töten?«
Eckenpenn sah wie der Doktor erschrak. Endlich sagte er: »Das wäre doch zuviel ... Man läßt sie gehen.«
»Nein.« Dorian Gray erhob sich und lächelte ... »Es wird hoffentlich keine Bankierstochter sein ... Besser ist es schon, wenn Geliebte sich selbst — entfernen ...«
Damit ging er. Der junge Mensch folgte ihm. —
Der Autor Doktor Seidenschwanz atmete auf und strich sich leicht den Schweiß von der Stirn, dann stand er auf, sah sich um, erkannte Eckenpenn und setzte sich formlos an den Tisch des Buchtrödlers.
»Wenn die Allgegenwart noch nicht als Begriff erfunden

wäre, würde er sie praktisch darstellen können«, sagte er mit einem schwachen Lächeln. »Wissen Sie, lieber Freund, welchen Beruf dieser Dorian Gray, wie Sie ihn nennen, ausübt?«
»Ich dachte, er hätte gar keinen, weil er so aussieht, als hätte ihn die Arbeit nie berührt«, erwiderte Eckenpenn.
»Und doch hat er einen Beruf. Er ist Arzt. Chirurg, bekannt durch seine kalten, gewagten Operationen. Er narkotisiert nicht bloß mit Chloroform, sondern auch mit Lächeln. Merkwürdiges gelingt ihm. Aber es kommen auch natürlich Todesfälle vor. Doch hinter sein wahres Gesicht ist noch niemand gekommen. Manches, was ich weiß und ahne, kann ich nicht sagen. Das eigentliche weiß niemand. Es ist, als ob eine Maske durch die Straßen sich bewege. Alle wissen, daß jemand anders sie trägt, aber keiner kennt ihn, da die Maske sich nicht ablöst. Vielleicht laufen viele Menschen oder Teufel hinter der einen Maske. Übrigens — gar kein schlechter Stoff, der mir so nebenbei eingefallen ist! Eine gute Filmidee! Nicht der Doppelgänger, sondern der Vielgänger — oder tausend Phantome hinter einer Maske!«
Der Autor zog, schnell abgelenkt, ein Notizbuch mit Silberkrayon hervor und zeichnete einige Zeilen auf. Dann fügte er nachsinnend hinzu: »Sie haben ja auch einmal eine Nebenrolle spielen müssen, eine Botenepisode in einem Drama. Seien Sie froh, daß Sie so herausgekommen sind. Ich bin es auch.«
Eckenpenn stand auf. Sein Zufluchtsort schien ihm heute von raubgierigen Schatten erfüllt und vergiftet. Er sah, wie das Gesicht des Dichters sich plötzlich verklärte und wie seine Hornbrille forschend erglänzte.
»Immerhin doch hübsch, wenn man entdeckt, daß eine kaufende Dame der Bürgerlichkeit ein Buch von unser-

einem liest«, sagte er befriedigt. »Sie wollen schon fort? — Ich trinke noch eine Tasse. Der Kaffee ist gut. Nächstens krame ich wieder bei Ihnen.«

Am Nachmittag, als Eckenpenn kurz vor dem Ende des Geschäftstages seine Bücher überblickte, kam plötzlich noch einmal eine schmerzliche Wärme zum Durchbruch. Eine langgebogene, schillernde Wolke gleich einer salbenglänzenden Pfauenfeder glitt über den Himmel und strich die Runzeln des alten Sommers glatt. Noch einmal war die Sonne eine reife, liebevolle Frau und badete ihren glänzenden Leib im Perlmutterblau des Himmels. Aber der Bogen ihres Triumphzuges war flach gekrümmt, und sie glühte in Hast, weil sie die tödliche rote Stunde vor sich sah. —

Der Buchtrödler musterte seine Bestände, und fast unbewußt war eine abschiednehmende Liebe in seinem Blick. Wo würden sie enden, die großen, breitschulterigen, verläßlichen Freunde, die Stützen des Wagens gegen Wind und Wetter, die Lexika mit fehlenden Buchstaben, die Philosophen in Schweinsschwarten, die seit vielen Jahrhunderten dasselbe System in eine andere Verkleidung brachten und nach ihrem Blut es rot oder blau reagieren ließen, ohne daß sie es merkten (diese Dichter der Begriffe), daß nur sie allein an ihre Gespinste glaubten und ihre Wortmetaphern für die alleinige, einzige und unteilbare Wahrheit hielten. — Wenn aber einmal die Wahrheit erkannt sei, dachte Eckenpenn, weshalb fällt dann die Erde und die Welt nicht zusammen, da doch Wahrheit ihr Auflösungswort ist? Der gehütete, verborgene Kern aller Verkleidungen? Weshalb treibt sie neue Wahrheiten, neue Philosophien, die kalten Formen der Religion, die Eisblumen des Gefühls — aber doch Blumen? Warum

hat jede Entwicklungsform des Treibens und des Triebes die Blume zum Ergebnis?
Wo werden meine Bücher enden? Meine Broschüren? Meine Flugschriften? Wer wird mein blaues Heft zuletzt haben? Denn er empfand immer mehr, daß die Stadt an seinen letzten Kräften sauge, daß sie, die Prinzessin, seitdem sie wußte, er könne ihren Zaubern nicht mehr entrinnen, ohne Maß und bedenkenlos ihn verzehre. Schon daß sein Erwerb immer mehr zurückging, war die lachende Rache ...
Aber gleichzeitig wuchs in dem Buchtrödler immer mehr die Angst, daß er die große Stadt immer noch nicht kenne, daß ihr innerstes Wesen, ihre holdselige Tücke, ihr rauschender Puls noch nicht an den geheimsten Orten von ihm erspürt worden sei.
»Ich habe keine Zeit zu verlieren«, murmelte Eckenpenn vor sich hin.
Es war Zeit. Er mußte gehen, wenn er noch zu rechter Zeit im Krankenhaus sein wollte. Hastig verzehrte er den Rest seines Frühstücksbrotes mit dem ewigen Schmalz darauf und sperrte seinen Wagen ein.
Dann fuhr er noch mit einer Straßenbahn, um ganz sicher zu sein. Der Wagen war natürlich überfüllt. Die Leute standen oder saßen eng zusammengedrückt, hustend, im Tabaksqualm, bösartig glotzend oder in die Zeitung stierend. Haß gegen den sogenannten Mitmenschen, der Luft und Raum beanspruchte, dampfte erstickend. Wortwechsel in niedrigsten Formen entstanden. Dem Buchtrödler kam es so vor, als stritten die eng und mathematisch aneinander gepreßten Sprotten in einer Bücklingskiste über ihre Lage, an der immer der andere schuld sei. – Ein Kind schrie unausgesetzt. Die Mutter sah sich Beifall heischend um, stolz darauf, daß ihr Erzeugnis so brüllen könne.

Eckenpenn hatte sich nach seiner Gewohnheit in den Winkel hinter der Eingangstür gepreßt und ruhte sich im Stehen aus. Hier, wußte er, wurde er am wenigsten als sozial empfunden, und einen Augenblick kam ihm der größenwahnsinnige Gedanke, es seien nur die Asozialen sozial, die am wenigsten beanspruchen ...

Da wurde das Krankenhaus ausgerufen, und er stieg schnell ab. Die Blumenhändler und die Frauen mit den Erfrischungen und Bonbontüten schienen sich bereits entfernt zu haben. Nur ein arbeitsloser Gelegenheitsarbeiter, den Eckenpenn als unentwegten Saisonkranken und Unterstützungsjäger kannte, kam noch langsam mit einigen Blumen über den Damm. Er pflegte die Kirchhöfe abzuweiden und gab in der Kneipe, in der der Buchtrödler aß, nach einigen Schnäpsen die moralische Aufklärung, daß die Toten weder sehen noch riechen könnten, und die Blumen viel besser geeignet seien, die armen Kranken zu erfreuen. Seine eigene Arbeit aber schätzte er sehr hoch ein, weil er viel Aufmerksamkeit und Gewandtheit aufbringen müsse, um den Totengräbern und der Polizei zu entgehen.

Eckenpenn beeilte sich und kam noch durch das Tor. Aber die Besuchszeit mußte fast abgelaufen sein.

Als er auf die Schwindsuchtsstation kam, sah er die milde gehaßte Schwester. Er blickte suchend umher, aber in keinem Kissen ruhte die Näherin. Ein Bett war frisch bezogen. Zwei Wandschirme standen noch schräg gegen die Nebenbetten gestellt.

Mit tastenden Worten beschrieb er die gesuchte Kranke. Das Gesicht der Schwester wurde kalt. Ihr Lächeln schwand.

»Die Kranke ist heute Mittag plötzlich gestorben ... ihr Leben zählte nur noch nach Tagen. Aber sie hat ihr Ende

selbst herbeigeführt, ich will hoffen, in Umnachtung. Sonst müßte ich annehmen, daß Satan sie besessen habe. Sie ist aus dem Bett gesprungen, hat ein Laken umgenommen und hat mit ihm auf dem Mittelgang getanzt, bis sie tot umgefallen ist. Wir haben die Patienten nur mit Ruhe beruhigen können, sie sehen, das Bett ist bereits desinfiziert und frisch bezogen. Es wird ein neuer Kranker jeden Augenblick erwartet.«
Die Schwester besann sich einen Augenblick. Ihr Gesicht nahm wieder den Ausdruck der Ruhe und Güte an. Sie faltete die Hände und sprach leise: »Möge die Seele dieser Armen, Irregeleiteten in Frieden ruhen.«
Eckenpenn ging schweren Schrittes.
»O du – Schwester«, dachte er bei sich, »Seele ist Seele, weil sie nicht Ruhe hat. Sie ist nichts als die ewige Unruhe in der Welt. Ihr aber seid die Räder, die ineinander greifen, und glaubt, daß sie gehen.«
Die Schwester schien den Saal verlassen zu haben. Ein Telephonzeichen klang. Der neue Kranke wurde wahrscheinlich angemeldet. Dann läutete eine dünne, heisere Glocke: Das erste Zeichen der Beendigung der Sprechzeit, das zum Verlassen der Krankenräume aufforderte.
Als der Buchtrödler langsam weiterging, fühlte er sich plötzlich ergriffen und festgehalten. Eine dürre Hand war unter der Decke eines Bettes hervorgefahren und hatte sich in seinen Mantel gekrallt. Wie aus dem Hohlraum eines verschütteten Kellers kam der stoßende, pfeifende Flüsteratem einer sterbenden Stimme.
»Gehen Sie nicht vorbei, mein Herr! Sie sind meine letzte Chance! Ich seh' weiter keinen mehr, der wie ein Mensch aussieht! Hier sind Larven, die sterben, und Larven, die sterben werden! Sie gehn doch hinaus – an

die obere Welt! Sie sehen das Licht wieder und nicht die vermaledeite Nachtlampe! Ich habe keine Zeit! Hier ...«
Eckenpenn fühlte das Rascheln der Blätter, die hastig in die Seitentasche seines Mantels geschoben wurden.
»Hier – ist der Sinn meines Lebens. Tragen Sie meine Arbeit zu den besten Chemikern und Physikern. Ich habe das Glück der Erde gefunden und die Zukunft der Menschheit entgiftet und sicher gemacht! Es braucht keinen Krieg zu geben – keinen Hunger ...«
Die Stimme wurde noch matter und abgebrochener. Nur kurze Stöße von Atem kamen noch und warfen taumelnde Worte herab.
»Die alte, faltige, enge, ausgesogene Erde ... Das Land wird von den Völkern mit Zähnen zerrissen ... Kampf ... nennen es Wirtschaft. Erdachsenschwankung ... Weltwirbelstürme ... die neue Eiszeit naht ... Dort – Seite 1: Das Geheimnis der Spiegelkonzentrationen ... Ausschalten der Schneeschmelze, der Güsse, der Tromben, der Taifune ... Überspannen der Erde mit durchsichtigem Gespinst – fest ... Dann Seite 2: Hinabsteigen in die Erde ... Künstliche Ernten mit Erdefeuer, ... Reifen durch gemachtes Sonnenlicht ... Radioaktivierung des Sandes durch künstliche Sonnen – Elektrische Wechselfrequenzwirbel ... die Erde wird wieder jung – von selbst ... Dort Seite 3: Geburt ohne Blut ... Höchster Streit um die Dinge des Geistes ... Vertausendfachung der Gehirnkraft ... schöne ... Zukunft! ... Dann: das Höchste ...«
Die Hand löste sich plötzlich. Die Stimme zerbrach. –
Wie er durch die nassen Wege schritt und die feuchten Büsche ihn streiften, war es Eckenpenn, als könne er seine Füße kaum auf der Erde haben, als wäre der Schein des Himmels, der ihn so hoch hebt und uns als Form und

Licht gegenüberstellt, dunkler geworden und das Oben lastender und trüber als je. Ein Teil des Himmels, fühlte er, müsse jetzt in der Näherin wandern und irren — und wohl auch in dem toten Erfinder tasten. Da aber der Himmel die schwebende Menge der Seele ist, wird er auf die Erde fallen, wenn ihn die Menschen, seelenlos geworden, nicht mehr brauchen. Dann wird die neue Zeit da sein und das neue Geschlecht, das die Seelenmenschen, die zu Narren geworden sind, nicht mehr erleben werden.

Im Verwaltungsgebäude ging schnellen Schrittes der Assistenzarzt aus seinem Aufenthalt im März und April vorüber und schritt eilig die Treppe hinauf. Der Buchtrödler empfand es als eine Freude, daß einmal ein Mensch, der Idee geworden ist, nicht gestorben war, da doch sonst nichts tödlicher ist für die Gegenwart als der Zukunftsträger, der Same nichts anderes ist als ein zu früh gewordener Baum und die Natur das mörderische Götzenbild hölzerner Logik, mit dem Blut der Idee bemalt ...

Eckenpenn griff nach den Blättern in seiner Tasche. Es schien ihm im Augenblick das beste, sie dem Arzt vorzulegen, der sie leichter als er der Wissenschaft zuführen konnte. So stieg er die Treppe hinauf und fragte einen Kasinodiener nach Dr. Berner. Der Diener musterte ihn befremdet. In diesem Augenblick trat der Arzt heraus und erkannte den Buchtrödler.

»Wollen Sie sich wieder aufnehmen lassen?« fragte er lächelnd.

»Man muß mich schon herschleppen«, antwortete Eckenpenn schaudernd, »— wie damals. Gutwillig gehe ich nicht einmal zu sterben hierher. Man soll allein sterben. Das ist naturgemäß. Es ist schon schwer, zusammen

zu leben. Man stört einander und macht sich kleiner. Man sollte sich nur berühren ...«
»Der Philosoph im Mantel«, erwiderte der Arzt. »Aber – wir entreißen dem Tod zuweilen das schon Verlorene.«
»Dem Tod entreißt man nichts. Es war dann nur noch nicht die Zeit ...«
Eckenpenn sah auf die Papiere, die er nun schweigend dem Arzt hinhielt. Sie schienen schweißdurchtränkt und waren von einem Gewirr von Zahlenresten und Schriftzügen bedeckt.
»Was sollen die Blätter?« fragte Dr. Berner.
»Ein Sterbender gab sie mir eben – auf der Schwindsuchtstation ... Ich besuchte – eine schon Gestorbene. Er sprach verwirrt über technische Pläne, über phantastisches Glück für die Erde. Die Blätter sollten den größten Physikern und Chemikern gegeben werden. Wenn etwas daran ist«, der Buchtrödler sprach es bittend, »so werden Sie, Herr Doktor, es besser erkennen und weitergeben können.«
Der Arzt war sofort interessiert und trat an das Fenster. Das Licht begann langsam zu schwinden. Er prüfte die Papiere genau, hielt sie gegen das Licht und schüttelte dann den Kopf.
»Schwindsüchtige neigen zu Glücksphantasien. Es scheint aber, daß hier nichts zu erkennen sein wird. Der scharfe Todesschweiß hat alles aufgelöst und unlesbar gemacht. Auch künstliche Mittel werden kaum helfen. Aber – man muß es versuchen. Ich werde sofort unsern Chemiker anrufen und ihn bitten.« – Der Arzt ging an den Flurapparat.
»So könnte am Ende gar nicht festgestellt werden, ob nicht doch Unersetzliches verlorengegangen sei?« fragte Eckenpenn bedrückt.

»Es wäre alles und nichts möglich«, erwiderte der Arzt bedenklich.
Aber auch der Chemiker, der sogleich aus seinem Laboratorium kam, konnte nur die völlige Zersetzung der Schrift und die Unmöglichkeit erkennen, jemals einen Sinn in das Durcheinandergeströme zu bringen, — wenn je ein Sinn — und ein großer — in den Zeichen gewesen sein sollte ...

Die Luft war diesig geworden. Die Dunkelheit kam schneller, ohne das Farbenabsinken der Stunden. Weißlicher Nebel stieg aus der übersättigten Erde und ward sichtbar in dem kühleren Atem des zu früh wachgewordenen Abends.
Der Buchtrödler hatte wieder Sehnsucht nach dem Clown Fox Randolfini, nach dem einzigen Menschen, der seine Maske bewußt trug und in dem allgemeinen Schwanken der Werte und der Werturteile die Kälte und Festigkeit eines Welturteils, eines Bosheit gewordenen Gefühls als Erstarrungswall gegen den Einbruch einer Barbarenumwälzung aufgerichtet hatte. Eckenpenn hatte das Empfinden, als ob vor Fox allein, vor dem Clown des Lebens, die neu sich gebärende Zeit kein Geheimnis habe und der neue Mensch keine Maske des Manifests oder des Pamphlets, der Prophetie oder der Negation. Darum aber, weil er nur schauen, nichts ändern konnte, war er wehrlos — gleich ihm selbst, und vielleicht trug er die Schutzfärbung und den Balg des Zynikers nur, um in den Wintern der Welt nicht zu erfrieren. — Selbst das Sterben der Näherin, nähergesehen, kam ihm als etwas Notwendiges, plötzlich unerheblich Gewordenes vor angesichts der Frage, die die Worte des Erfinderphantasten in ihm aufgeweckt hatte: Konnte die

Erde ohne Krieg sein? War es möglich, daß der Kampf allein auf der höher klingenden, gefahrlosen Saite des Gedankens schwingen würde? — —

Auf dem Weg durch die dämmernde Zeit, der ihm schwerer wurde als je, weil sein Leib ohne die Förderung freier gewordener Gedanken war, fragte er sich in einem Zusammenfassen vieler halbbewußter Gedanken und Empfindungen, was der Sinn des großen Krieges gewesen sein könne. Er wußte wohl, ob er auch nur ein kleiner, hinsinkender Mensch war, ein rostig gewordenes, winziges Kettenglied, daß nach Jahrhunderten der Sinn des ungeheuren Geschehens unerklärlich sei wie am Tage des Geschehens, nur in seiner Folge sichtbar geworden. Der Krieg konnte eine Rache der Natur für die entwundenen Züchtigungen durch Pest und Seuchen sein, die sich der Weltwirtschaft als eine Folge der Überproduktion von Waren und Menschen bediente. Er konnte vieles andere sein, was Eckenpenn selbst in unzähligen klugen Schriften gelesen hatte, und was in wenigen Monaten am Zeitgeschehen töricht geworden war, Futter für seinen Abfallwagen: Aber er konnte nicht glauben, daß der Krieg aus der Menschheit jemals entfernt werden könne wie etwa ein überflüssig und lästig gewordener Blinddarm. Es schien ihm mit dem Wesen der Menschheit untrennbar verbunden, und der Buchtrödler hatte durch viele Jahre erlebt, daß nichts mehr tötet als der Krieg durch Gedanken, die gewaltsam verhinderte, gärend und giftig gewordene Tat. Kinder und Alte sah er trotz ihrer Rede und ihrer Sehnsucht sich feindlich, sie *mußten* sich feindlich sein, wenn sie ihr Selbst behaupten wollten und nicht mit der Umwelt formlos zusammenfließen ...

Wer zeugt, bejaht den Tod — und den Krieg.

Wer ißt, bejaht den Mord.

Wer besteht, sagt ja zum Ende, und der Krieg, das Töten, ist nur eine vielfach in der Notwendigkeit liegende, nicht aus dem Geschehen zu entfernende Form des Abschlusses, des Sterbens ...

Aber Eckenpenns Gefühl wollte nicht dulden, daß immer und ewig die Reihen der Greuelbilder über die Erde zögen, und er grübelte nach, ob es nicht doch möglich sei, den Streit zu entgiften durch freiwilligen Verzicht auf das schwankende, flimmernde Recht: — da leuchtete in der Dämmerung eine elektrische Reklame auf. Ein grünes Band lief links herab, ein violettes folgte rechts, in der Mitte leuchteten allmählich blaue Buchstaben: ein lichtzuckendes Bild entstand auf dem grauen Dämmerungstuch.

»Schön«, sagte Eckenpenn zu sich. »Wo gibt es das wieder als in der großen Stadt? Hier ist der Jupiter nicht mehr als eine ferne, schwache Öllampe. Die Sterne des Landes sind nicht die der Stadt!« Aber dann, als er die Inschrift der Reklame entzifferte — Marke Nola ist die beste — fiel die Erkenntnis auf ihn herab: das ist der Krieg, der ewige Krieg! Geschöpfe des Friedens könnten niemals sagen, das oder das ist das beste! Und es schien ihm, als ob alle möglichen Wendungen und Einwendungen schon von der glühenden Zunge einer Reklame überwältigt wären ...

In seinem Hause war große Aufregung.

Die kiebigsten Knubben und die kessesten Krabben standen noch staunend in den Winkeln und auf den Treppenabsätzen umher. Die rutschenden Kinder hatten die Mäuler mit Schokolade beschmiert. In den Gängen lagerte Zigarettenqualm.

Als der Buchtrödler die Treppen hinanstieg, hörte er

einen Halbstarken in grenzenloser Bewunderung flüstern:
»Mensch – hat sich die Mine rausjemacht! Ick habe ihr noch jekannt – mit'n Zopp uffn Kopp, und jetzt läuft sie in alle Töppe!« Da wußte Eckenpenn, daß Hermine ihren Plan ausgeführt hatte, um das Haus ihrer Herkunft niederzuschmettern. Schon auf der dritten Treppe sah er den zusammengelaufenen Auflauf der Nachbarinnen und hörte die überschlagende Stimme seiner Schlafwirtin.
Es stellte sich heraus, daß Hermine einen Ohrring hier verloren hatte, und Frau Lehnert, voll von nachträglichem Mutterstolz und Ehrempfinden, wollte durchaus den Ohrring ihrer nunmehr berühmten Tochter noch heute zurückgeben. Da aber Wäsche aufstand und der Wrasen schon die Treppen herabquoll und den Zigarettenrauch neutralisierte, hätte sie gern einen vertrauenswürdigen Menschen nach dem großen Kino gesandt, das diesen Abend durch das persönliche Auftreten der Hermia da Via beehrt wurde. Den Namen des Kinos wußte sie. Nur hatte Hermine doch unterlassen, der Mutter ein Logenbillett anzubieten. Eckenpenn schien ihr hierzu geeignet. Er kam ganz gelegen, denn er war offensichtlich so dumm, daß sie ihm jede Ehrlichkeit zutraute.
Der Buchtrödler, in einem jähen, merkwürdigen Hunger nach Leben, war bereit und machte sich wieder auf den Weg.
Vor dem Kino teilte ein blaugekleideter Negerboy Reklamezettel aus. Von allen Wänden schrien die Riesentransparente mit dem Glühlichtschlangen die Hauptdarsteller aus.
Hermia da Via mit ihrem Goldhelm leuchtete schwefelgelb mit mathematisch geordneten Zähnen herab. Vor

den Photos in Sehhöhe drängten sich die Menschen und verschlangen die furchtbaren Szenen von Liebe und Gefahr, die sachlich erschütterte Hand des pulszählenden Arztes, den verräterischen Schatten aus der dunklen Verbrecherecke, das schlafende Kind mit dem süßumschlungenen Elternpaar, den bis an den Kopf im Wüstensand vergrabenen Helden mit dem heulenden Hund der Treue daneben und die kraftvoll und riesig aufeinandergerichteten drei Revolver.

Eckenpenn sah zu seinem Bedauern, daß mehrere würdige Gentlemen auf den Photos deutlich angeklebte Bärte aufwiesen, und er fühlte sich fast tragisch erschüttert in dem Bewußtsein seiner Differenz von dem allgemeinen Volksgefühl.

»Asozial«, ging es ihm durch den Sinn. »Wie gut, daß so ein Wort da ist. Habe ich denn anderes Blut oder andere Augen?«

Dann waren Garderobefrauen da, die sich strumpfstrickend in der Zwischenzeit betätigten, – gute, friedliche Geschöpfe mit Schürzen und alten, überlieferten Späßen, die wie in einem Museum für vorzeitliche Kultur dasaßen. Sie würden wohl mit den Rotundenfrauen und den Laternenregulierern die letzten aussterbenden bürgerlichen Berufe sein! – –

Die Filmschauspielerin hatte sich schon erhoben, um zu gehen, als der Buchtrödler zu ihr trat. Sie nahm in literarischer Zerstreutheit und flüchtig dankend den Ohrring entgegen. Zwei weißgestärkte Hemdbrüste nickten wohlwollend und lächelten, als sie erst jetzt bemerkten, daß Hermia nur einen Ohrring trage. Man hatte nur auf eine neu zu lancierende Mode geschlossen. Hermine überlegte sich das. Zwei Schritte zurück bewegte sich ein fader, verlebter Bengel in Shimmyschuhen. Er hatte das Profil eines Maschinengewehrschützen. Der Tänzer Fredy müßte so aussehen, durchfuhr es den Buchtrödler. Die große Hermia besann sich indessen und flüsterte Eckenpenn über die Achsel zu, daß er in etwa zwei Wochen sie mittags besuchen solle, kurz vor dem Aufstehen. Sie habe einen ganz guten Abendnebenverdienst für ihn. –

Auf dem Heimweg fiel ihm eine Ansammlung von Volk beim Zirkus auf. Der Buchtrödler sah aus seinem Nachsinnen empor und erkannte zu seinem Erstaunen die Plakate, auf die Fox ihn in der Zeitungsstraße hingewiesen hatte. Die Sehnsucht nach Fox wurde übermächtig. Er opferte das Geld für einen Stehplatz und trat ein.

Ein Schimmel trabte im Kreise. Eine Reiterin in Flittern sprang durch einen Reifen wieder auf den Rücken des Pferdes. Dann zählte Martha, das kluge Schwein, bis drei, was Fox nicht zu können vorgab. Man glaubte es ihm. Hierauf fand es aus einer großen Aufstellung von Wertpapieren das nach Tageskurs wertloseste heraus. Reicher Beifall belohnte das Schwein. Dann führte Fox seine Insektenpulverszene vor ...

Eckenpenn verließ den Zirkus. –

Die Menschen tragen Masken, er wußte es. Nur die wenigen, die ihre Haut zu Markte tragen, werden wie Narren und Maskenträger behandelt und bespottet. Man ruft ihnen während ihres ganzen Lebens zu, sich zu demaskieren, denn für sie ist es immer zwölf Uhr, und wenn sie erblassen und auf ihr nacktes Gesicht zeigen, so schindet man ihnen die Haut herab, denn sie *mußten* doch eine Maske haben! Aber unerträglich deuchte es Eckenpenn, Narr zu sein um der andern und um des eigenen Lebens willen, noch dazu die Maske eines Narren umzunehmen, auf daß die Erleger eines Eintrittsgeldes sich als Gott fühlen können!

Als Eckenpenn hinaustrat und die Viertelstunde bis zu seiner Schlafstunde zurücklegte, fiel Regen, der kühler und kühler wurde. Am Himmel, der die Farben von Eisenschlacke hatte, schwammen fleischrot angeleuchtete, fahle Wolken wie die aufgetriebenen Leichen Ertrunkener. Die Straßen wurden einsamer, hallender, und doch klangen die Schritte im Regendunst erstickt. Die seltenen Laternen blickten gelb und schläfrig. Ihre Schatten glitten zitternd wie riesige Fledermausflügel hinaus. Der Kellereingang einer Kaschemme fing an gleich einem bösen Auge aufzuglühen. Das Bellen und Worthacken von Betrunkenen war von der andern Seite der Straße zu hören. Über das Pflaster schienen die lautlosen Schritte des Diebstahls und des Betruges zu laufen ...

Der Mantel des Buchtrödlers wurde feucht und schwer. Als Eckenpenn vor seinem Hause stand, fühlte er sein Herz klopfen. Am Treppenaufgang blieb er stehen ... Durch die Tür zum linken Eingang für den Kartoffelkeller, sechs Stufen hinab, fiel ein rötlicher Lichtschein. Die Tür war wohl nur angelehnt und hatte sich in der Zugluft wieder geöffnet. Eine Laterne erhellte kaum die abgetretene Steinschwelle. Der Buchtrödler sah, als er oben müde vorbeitappen wollte, den etwa dreizehnjährigen Knaben aus dem Kartoffelkeller, auf den Zehenspitzen stehend, die Augen nahe an der Laterne und dicht vor ein Buchfragment gehalten. Selbst das rote Licht konnte die Blässe seiner Stirn nicht verklären und die Schatten aus den Höhlen der Wangen nehmen. Der Knabe erschrak plötzlich. Es war, als ob ihn der Blick Eckenpenns erweckt hätte. Seine Augen waren nicht auf der Erde.

Den Buchtrödler durchfuhr das glühende Schwert einer

Erkenntnis: *Hier war sein Sohn!* Nur die nicht gezeugten Söhne sind die wirklichen Söhne! –

Der Knabe erkannte jetzt Eckenpenn und lächelte hilflos. Er reichte die Blätter hin. »Sie haben sie einmal aus Ihrem Mantel verloren. Verzeihung!«

Es war ein Rest Hebbelscher Dramen ...

»O Seele«, dachte Eckenpenn, als er die Treppen hinanstieg, »törichte Seele, willst du denn gar nicht aussterben?« –

IX OKTOBER

Die große Stadt ist ein Symbol der Erde und aller Geschöpfe des Kosmos, die aus Nebel und Glut einmal auf die Zeit einer Minute in der Weltenuhr Blüte und Leben werden müssen. Sie hat eine steinerne Haut, auf der das Leben in tobenden Sprüngen sinnvoller Punkte sinnlose Konfigurationen schichtet. Über der dünnen Asphalthaut aber wölbt sich der phantastische Luftraum aus jagenden Plänen mit dem ewig veränderlichen Wolkenhimmel der gleichen Ideen und ihrer Gewitterreibungen. Unter ihr aber sind die Keller und Gänge, in denen die zusammengepreßte Glut der Urfeuer, der kochenden Elemente Haß und Neid, des Rasens in Explosionsgier und Fraßsucht, des Besitzdranges durch Umschmelzung in das geduckte Leben der unteren und der verheimlichten Triebe sich verbirgt. Wenn aber die lebendigen Geschöpfe des Grenzgürtels, da sie übermäßig zusammengedrängt werden, sich gezwungen fühlen, in die untere Welt hinabzusteigen, so müssen sie durch Röhren mit verdichteter Luft jagen und werden, zusammengeballt, von elektrischen Wellen geschleudert. Um Zeit zu sparen, gehen die Menschen hinab und unterliegen nun dem Gesetz und dem Tempo der gedrückten, vergewaltigten Tiefe. –

Berlin war sich selbst zu eng.

Da die Stadt nicht mehr Zeit hatte, fehlte es ihr an Raum. Menschen, die ihre Seele nicht mehr gebrauchen können, um in sich zu geraten, müssen außer sich werden. Arbeit und Wohnung lagen nicht mehr wie

Geschwister nebeneinander. Die Stätten des Rausches leuchteten am dritten, entferntesten Punkte. Das Tagewerk in Schichten zwang Schlaf und Wachen von Hunderttausenden ineinander. Immer war Arbeit und freie Lust gleichzeitig. Millionen, die es nicht mehr verstanden oder nicht mehr vermochten – oder dessen müde geworden waren, zu sich zu kommen und mit sich in furchtbarer Einsamkeit zu sein, waren ständig auf der Straße, in Geschäften unterwegs – nie überwegs. Der Export, den sie liefern mußten, um bestehen und genießen zu können, waren sie auch selbst geworden. Sie führten sich selbst aus, waren hautlose Internationale, selbstbewußte Selbstunbewußte ...

Der Verkehr hatte alle Adern Berlins verstopft. Die steinernen Schläuche drohten in jedem Augenblick zu bersten. Jede Straße war ein Ort des Anstoßes und des Ärgernisses geworden, von Gasen und Abdämpfen vergiftet, ohne Luftfarbe, in gelbe, graue, bräunliche oder trüb violette Mißtöne gehüllt. Es schien, als ob der Gasstellungskampf des Krieges die gewöhnliche Umgangssitte friedvoller Stadtgenossen geworden wäre.

So wurde das Antlitz der großen Stadt verändert. Das Gewordene fiel, da das Leben des Zusammenhangs sich an ihm zurückgezogen hatte, und sollte Werdendes sein. – Die Straßen begannen zu wandern. Der Moloch Verkehr fraß sich durch die Mauern. Seine Diener hießen Zwang und Gewalt, Enteignung und Geschehen ohne Frage, Spitzhacke und Sauerstoffgebläse. Die Eingeweide der Gasstränge und Kanalisationsröhren wurden freigelegt. Zwischen aufgeworfenen Erd- und Steinhaufen, von Stangenholz gestützt, zogen sich die Verdauungsgänge der großen Stadt hin, Kletterplätze der tobenden Jugend. Kanäle mit Resten alter Blickschönheit wurden zugeschüttet. Die Bagger arbeiteten. Elektrisch besessene Steinbohrer sprengten den Zementgrund des Pflasters. Abgelenkte Autobuslinien schreckten die Ruhe aus den letzten, stilleren Straßen an den Wassern, um die sie sich bisher zärtlich gebogen hatten. Von dem mahlenden Stampfen der schwankenden Ungeheuer mit den vier Achsen erzitterte der Grund wie unter dem ehernen Gleichtritt einer Herde von Büffeln. Ihr Motor bebte vor Ungeduld an den Haltestellen und schrie: Zeit friß Raum! Zeit friß Raum!

Die fünfzigjährigen Häuser bekamen Sprünge und Risse. Ihre Gänge wurden brüchig. Kalk rieselte, Putz fiel. Die geplagten rechten Winkel gaben nach. Um so besser! Es würde Platz werden für Fabriken und Gewerbehallen, für Messeburgen und Flugzeughäfen, für Zweckgeburten aus Glas und Eisen! Die Ingenieure der Industrie träumten davon, daß die Luft sich tags verdunkeln und nachts erhellen würde von den Schwärmen der Doppeldecker. Ihr Surren tönte schon jetzt bis in die Nacht durch alle Scheiben, — der Takt der Luft! Bald würde sie zur Ruhe gebracht sein, die Stille! Der Explosionsmotor ist die Sekundenuhr der Erde. Stille ist Absonderung. Lärm ist Zusammensein. Wer die Ruhe braucht und liebt, ist Schwächling, ein seelenzermürbter Reaktionär, den der Tod vergaß! Wer nicht im Gehämmer schlafen kann, tief und erquickend wie der Imperator mit den unterschlagenen Armen im Kanonentoben der Schlacht, der ziehe sich still aus der Zeit. Gas, Unterernährung, der Sprung von der Brücke stehen jedem frei! — Unten werden durch die Drehkreuze Massen gevierteilt, in die beschlagene Luft der Untergrundbahnhöfe gedreht, der Stollen, der seine Diener lang, bleich und faltig macht wie Kartoffeltriebe. An den Stricken der Wagen werden die Menschenschwärme alle zehn Sekunden hängen und im Schütteln Zeitungen lesen, um fünf Minuten zu sparen. Fünf Minuten! Eine furchtbare oder fürchterliche Leere für das Geschäft, ein unermeßlicher und unersetzlicher Raum für das Telephongespräch, den Scheck, den Duplikatfrachtbrief, die kalte, überlegende, überlegene, überlistende Abrede!

Oben aber werden Grünflächen sein, Planschbecken, Sportplätze, die Schule und das Traininggehämmer der unerweichten Leiber, der neuen Siegfriedshaut, die auch nicht mehr *eine* Lindenblattstelle zwischen den Rippen hat, die zum Träumen führen könnte, zum Herzen, zum unrationierten und untypisierten Gefühlsflackerrhythmus, — zur Verschleuderung der Zeit, die krank und weich macht, rückständig, tempolos, leistungsunfähig. Sport, die Religion der Zeit, gibt er nicht den gesunden, rücksichtslosen Leib, der die gesunde Seele ist? Das Kommando des Weitsprungs, den abgestimmten gleichen Klang, die Wellenmenschen ohne Moral — Moral, diese Wortübung in Gesetzestexten — für matte Seelen? —

Durch die untere Stadt lief es wie das letzte Schwanken von Erdbebenstößen. Der Atem der Straße war so stark, daß dies unterirdische Rollen unbemerkt in rhythmischen Pausen kommen konnte. Niemand achtete darauf. Jeder der Treibenden war luftberauscht und hatte das Geräusch wie kreisendes Blut in den Adern. Nur die wenigen Abseitigen, die den Blick noch nach oben und nach unten mit gleicher eindringlicher Versunkenheit zu richten vermochten, wurden getroffen und dachten dem Sinn des unterseitigen Pochens nach. Dann wanderte zuweilen einer oder der andere nach den anschließenden Ringen der Stadt — dem Schalle entgegen, bis er erkannte, daß das Wasser umgelagert wurde und andere Wege in den Fluß gehen sollte. Das Bett von äußeren Kanälen sei zu trockenen Sohlen für den neuen Weg der Untergrundbahnen bestimmt. So müßten Gerüste von über Haushöhe errichtet werden, Dreiböcke von Mastbäumen, durch ein Geflecht von Schienen und Stahlstangen verbunden, ein riesiger Widder, der sein eisernes Röhrenhorn in die Erde stößt, wenn der Dampfhammer fauchend auf seinen quergelegten Schädel fällt. Von dem Schrei des apokalyptischen Tieres geht ein Zittern durch die Häuser. Dampf stößt aus seinen Nüstern. Die Fenster klirren. Das Licht wird aus ihnen zurückgetrieben. An den Füßen des Tieres aber stehen die erstaunten Wanderer und lauschen auf das bohrende Rohr, das die Proben des Bodens aus den Lagern für die neuen, unteren Wege heraufholt. — —

Es war Mittag. Die Arbeiter saßen auf den Hausschwellen und rauchten. Das Essen war verzehrt. Am Schuppen, dem hölzernen Gehäuse der Dampflokomobile, standen die Fahrräder und Stiefel. Der Wächter mit der roten Fahne lag auf einem Stoßkarren und schlief. Seine Holzpantinen stachen quer über den Weg. Man mußte einen Bogen um den Heroen machen, wenn man die Auslage eines Schuhgeschäfts betrachten wollte. Aber es stand nur ein hagerer Herr mit einer Hornbrille vor den herabgesetzten Preisen und starrte in das merkwürdige Spiegelsystem, das auf eine in Berlin sehr seltene Weise gestattete, sich selbst im Profil, von vorn, verschwindend und fast dreiviertel zu sehen. Der Herr betrachtete die Reihe seiner möglichen Erscheinungen ernsthaft wie in wissenschaftlicher Erstarrung. Das bleiche Gesicht mit der vorspringenden Stirn und dem matten, zurückweichenden Kinn schien ihm selbst auf eine so eigenartige, zusammengefallene und ausgehöhlte Form gebracht, daß es aussah, als suche er sich mit bedeutender Anstrengung zu erkennen. Von Zeit zu Zeit wandte er sich, wie um zu sehen, ob das Horn des Tieres noch nicht wieder stoße! Dann aber starrte er von neuem in den Spiegel.

Die Zuschauer hatten sich verlaufen. Der gewöhnliche Mittagsstrom dieser Geschäftsstraße des Südostens brauste unabhängig. Hier war noch Steinpflaster, dessen Köpfe eigenwillig hervorstachen, in untemperierter Widerborstigkeit kleine Bergzüge bildeten oder plötzlich ganz ausgefallen waren, so daß das Pflaster zuweilen zahnlose Lücken zeigte. Hier lag der niedrig streichende, widerliche Ölatem der eisernen Pferde gelb über dem Weg. Die riesigen Kastenautomobile in Warenform, Siebenmeilenstiefel, Zigarrenkisten oder ungeheure Petroleumfässer, stampften unter Wutschreien dahin. Das ratternde Gekreische und Gebelle der Motorräder lief allen Stimmen voran. Ihr fauler Auspuff stieß schräg gegen den Boden und machte ihn schlüpfrig und stinkend. Immer in Gefahr, zerpreßt zu werden, flirrten die gewöhnlichen, nicht einmal riechenden oder heulenden Fahrräder wie Konfettischlangen hindurch. –

Das apokalyptische Tier lag verlassen. Der Verkehrspolizist stand an der Straßenkreuzung und regelte. Sein ordnendes Auge war hier nicht mehr notwendig. Nur zwei oder drei Menschen, die Zeit hatten, sahen staunend an den riesigen Rundhölzern hinauf. Hastig, ein wenig einknickend, den abgeschabten Lodenmantel mit unförmlich gebauschten Taschen zusammengenommen, kam ein kleiner Mensch spähend näher. Er stand einige Schritte vor den Gerüsten still und betrachtete sie. Sein

Gesicht war sinnendes Erstaunen. Dann fuhr er in die Seitentasche seines Mantels, wie um einen Zeichenblock hervorzuholen, besann sich — und schüttelte den Kopf. Diese Bewegung mußte der hagere Herr mit der Hornbrille in den Spiegeln der Schuhauslage aufgefangen haben. Er drehte sich plötzlich scharf um und trat auf den kleinen Mann zu.

»Sie kannten meinen Vater! Sie sind der Buchtrödler Eckenpenn?«

Eckenpenn sah auf und erkannte den letzten Sohn Pans ...

»Herr Doktor Hettwer?«

»Nein, nein!« erwiderte der Herr hastig und ergriff den Buchtrödler am Arm. »Ich bin ein Idiot. Die anderen Idioten haben mich zwar in jungen Jahren wegen meiner Verdienste um die Erforschung des Seelen- und Kiesellebens der Krustazeen zum Professor gemacht. Aber ich weiß doch, daß ich ein Idiot bin, denn ich kann nicht leben! Die Menschen kommen mir alle wie Krustazeen vor, die Weichtiere werden, wenn sie ihren Kieselpanzer nicht mehr haben! — Sagen Sie, wo ist ein Raum, der gedrängt voll ist, wo man Kaffee trinken kann und sich ganz einsam unterhält, weil es so voll ist und alle andern für sich schnattern? — Ich muß mit Ihnen sprechen, weil Sie meinen Vater gekannt haben. Nur wenige Menschen haben meinen Vater gekannt!« —

Eckenpenn war von innerstem Erstaunen getroffen, daß der lange, unbeholfene Gelehrte so hastig und so viel sprach.

»Die Kaffeestube«, schlug er vor.

»Die — Nein! Da saß mein Vater so oft. Ich würde mir wie sein unausgereifter Schatten vorkommen!« Seine Stimme zitterte. »Es — kann auch Lärm dabei sein — Musik ...«

Eckenpenn überlegte.

»Wir könnten in den Erfrischungsraum eines Warenhauses gehen. Es ist immer voll dort. Viele essen. Nebenan wird auf dem Flügel vorgespielt. In den Cafés ist um diese Zeit noch keine Musik und wenig Publikum. Ich muß auch nachher wieder zu meinem Wagen, und später habe ich eine besondere Stelle auszufüllen ...«
Im Gehen faßte der Gelehrte ihn am Arm. »Sind Sie auch wegen des unterirdischen Hämmerns hierher gekommen?«
»Ja«, erwiderte Eckenpenn. »Es war so ein sonderbarer Rhythmus. Er lief durch viele Straßen. Ich hatte das Gefühl, man wäre wieder ein Junge, läge wie im Indianerschmöker auf der Prärie und lauschte auf das ferne Dröhnen des Bodens, wenn die Feinde angaloppieren, Meilen entfernt, — oder wilde Pferde ...«
»Es ist etwas anderes«, sagte der Gelehrte geheimnisvoll. »Spiritistische Klopftöne der Erde sind es. Ein Geisterreich will sich offenbaren.«
»Die neue Zeit«, erwiderte Eckenpenn und sah ihn aufmerksam an.
Der Sohn des Professors hatte jäh ein zusammengefallenes, jenseitiges Gesicht bekommen. Seine Stimme war ein geheimnisvolles Raunen geworden.
»Nein. Die Häuser zittern. Die Finger der Ewigkeit klopfen. Die Geister sagen der Zeit den Untergang an. Weltwende ist da. Sie glauben zu bauen, babylonische Türme zu machen — und sind Krebse, die rückwärts gehen und ihre Schalen zertrümmern. Aber die Toten haben jetzt eine Sprache bekommen ...«
Der Gelehrte schwieg und ging bedenkenlos neben Eckenpenn hin.
Der Buchtrödler sann erschrocken nach. Was war mit diesem nüchternen, blut- und traumlosen Menschen ge-

schehen? Wer hatte dies Leben, das nur Leben war, wenn es kleinste Beobachtungen häufte und registrierte, was hatte den Sammler zerstreut?
Im Augenblick aber, als läse er die daneben gedruckte Übersetzung einer Vokabel, wußte er, daß der jähe Tod der Eltern, der Riß aus allen Bindungen und kaum bewußten Gewohnheiten ihn zerstört habe. Die Faust eines blinden Riesen hatte eine genau abgestimmte Versuchsreihe von Reagenzgläsern gepackt und durcheinandergerüttelt. Nun hatte die Kette ihren Sinn verloren und auch das an sich Vollkommene und Planvolle war unverbunden und dadurch wurzellos — sinnlos ...
Sie gingen durch winklige Straßen. Ihre Linienführung, jetzt hemmend und unorganisch, war einstmals bedachtsam der schützende Gürtel der Stadt mit den Waffen der Bastionen und den Atmungsspalten der Tore. Noch tönten die vergessenen Namen sagenhaft in das Jetzt hinein, dem lebenden Menschen ohne Vorwissen töricht und dunkel. Denn die Namen der Gassen und Plätze sind noch Jahrhunderte der Kirchhof der in der Stadt begrabenen Städte, bis wieder — alle tausend Jahre vielleicht — ein großes Umwühlen kommt, das Erinnerung mit ungelöschtem Kalk zerfrißt und bedeckt und eine neue, voraussetzungslose Schicht ausbreitet ...
Ein Museumsbau war da, eine Stilverbundenheit zu neuer Einheit, von einem winzigen Park umgeben, der die Reste eines alten Hügels, Reste von alten, in Gräben versunkenen Bauteilen und steinernen Grabplatten dem Sonnenlicht dieses warmen Tages des Oktoberendes aufbewahrt hatte.
Dann kam der Fluß.
Es roch nach Äpfeln. Die böhmischen Kähne wurden entladen. Frauen mit großen Taschen schleppten das billige,

angestoßene Abfallobst. – Der Geruch des noch einmal warm atmenden, dunstigen Wassers hatte einen Hauch von Meer in sich, von Salz und Fischen. Hier waren die listig versenkten Reusen, die großen, gedeckten Fischkästen, über die die Wellen der Vorortdampfer spülten. Auf der Gracht standen Wagen. Die Fischergesellen in den hohen Transtiefeln schleuderten den blitzenden Fang hinüber in die Wassertonnen auf den Wagen. Weit offene, hilflose Mäuler mit den Barthaaren eines greisen Mannes darüber schnappten in der Luft. Entronnene Aale schlängelten im Rinnstein ...
Dann – jenseits einer Brücke – eine enge, alte, verfallene Straße mit Bretterbelag. Unten lief weiter jung und staubig die Sohle einer neuen Strecke der Untergrundbahn.
Es roch nach Schmieröl und Benzin. Niedrige Vorstadtbauten, halbhohe Garagen waren da, Bellen und Knattern, qualmendes Gas und irres Geschrei: die Prüfungs- und Abnahmestelle für Motorräder und Kleinautos ...
Das schweigende, graue Prunkhaus der Gerechtigkeit mit der vergoldeten Waage über dem schmiedeeisernen Portal sah stumm und blind nach dem schwingenden Bogen der Stadtbahn hinüber. Kalkstaub vom fallenden Putz wirbelte. Im Winter würden drüben Wärmehallen sein ...
Einhundert Schritt weiter schliefen Kaschemmen neben Geschäftsläden. Vor einer Stunde waren sie voll von gefährlichen Menschen, und draußen, an der sonnigen Mauer, hatten fahle Züge geleuchtet, die schmierige Locke in die Stirn gezogen.
Und plötzlich war der ungeheure Krater der Arbeit da, der große Platz des östlichen Zentrums, mit seinen Warenhäusern und dem Fernbahnhof, dem kupfernen Sinn-

bild der Stadt auf dem Granitsockel, durchtobt von Sprachlauten aller Erdenländer, durchschnitten von unablässig rasenden Gefährten, Straßenbahnen und den breit schwankenden, kurvenseligen Kästen der Autobuslinien. Hier hatte die große Stadt eine noch andere, eigene Atmosphäre, denn auch die Markthalle sandte von Mitternacht bis zum frühen Abend ihre Dünste hinaus in die lagernde Luft, die fast als Bodennebel zäh quirlte und die Massenanhäufungen von Menschen wie schwimmende Kuppen oder geballte Baumgruppen erscheinen ließ. Hier, in den legitimen und illegitimen Cafés, duckte sich der unterirdische Handel auf die runden Tische. Jargon und Rotwelsch durchmischten sich mit dem Zigarettenrauch. Jedes Laster, jedes Geschenk aus den Verbrecherinternationalen der Erde saß hier in Bügelfalten und im großen Abendkleid. –

Eckenpenn hatte Not, mit dem kurzsichtigen, unbeholfenen Gelehrten über den Damm zu kommen. Drüben war das Warenhaus, von meterhohen Reklameleinen bedeckt, das aus seinen Drehtüren in Doppelstößen Menschen ein- und ausatmete. Der Sohn des Pan kam nur mühsam auf den wie immer frisch gebohnerten, mit Sägemehl bestreuten Gängen vorwärts. Eine Reihe von Glasschalen und Teegläsern geriet in Gefahr. Vor der neu installierten Rolltreppe stand er in so fassungslosem Erstaunen, daß die kräftige Treppenaufseherin in ihrer grünen Uniform mitleidig lächelte. Der Buchtrödler wagte nicht, ihn dieser wunderbaren Institution, bei der man nur stehenzubleiben brauchte, um Stufe für Stufe nach oben befördert zu werden, diesem Idealgleichnis sozialer Güte, ohne Vorbereitung anzuvertrauen und ließ sich von dem Menschengewühl an die Fahrstühle pressen. Hier gelang es, den dritten zu benutzen.

Im fünften Stock war der Erfrischungsraum. Um fünf Uhr wurde hier konzertiert, um die Geselligkeit und die Verdauung des endlosen Bandes, gewebt aus Schlagsahne, Kuchen und Kaffee, angenehm zu beschleunigen. Jetzt herrschte das Würstchen, das Bier und das Mittagbrot vor, so daß in einer Ecke noch Platz war.
Das Klappern der Gabeln und Teller, das Gewoge von Satzresten, der vorgespielte Flügel von drei Stockwerken tiefer, das Summen der Fahrstühle, das verschleierte Brausen aus dem Schacht des großen Lichthofes: das alles kam zusammen und wurde zu einer rhythmischen, einlullenden und doch absondernden Brandung des Meeres Mensch und seiner Diener, der Stoffe und der Maschine ...
Der Sohn des Pan nahm Tee mit Milch. Eckenpenn mußte schwermütig lächeln. War nicht der alte Professor Hettwer naturnäher, wenn er Rum trank?
Plötzlich ergriff der junge Gelehrte den Buchtrödler am Ärmel, neigte sein angespanntes, höhlenhaftes Gesicht dicht zu ihm hin und fragte flüsternd: »Glauben Sie, daß mein Vater tot ist? — Sie kannten ihn besser als ich, damals, als gesagt wurde, er lebte. Halten Sie es für möglich, daß er tot ist?«
»Sicher«, erwiderte Eckenpenn, im Innern kalt und fremdartig berührt wie von der jähen Annäherung eines andern Sternes mit andern Gesetzen und anderer Luft. »Ich sah, ohne es zu wissen, — ich kam damals von einer Sonntagsfahrt in das Land zurück —, ich sah den Ort seines tödlichen Unfalls. Gingen Sie nicht selbst hinter seiner Leiche her?«
»Gewiß. In Schwarz. Ein traurig aufgeweichtes Oberhemd mit umflortem Zylinder ... Ein paar entfernte weibliche Verwandte dekorierten meinen Schmerz. Ich

warf drei Schippen Sand hinunter. Es ist so Sitte ... Und dann saß ich in der leeren Wohnung wie ein Krebs ohne Schale und Scheren in einer unendlichen Berghalle ... Damals wußte ich es noch nicht, was ich jetzt weiß. Wir liefen hinter einer Strohhülle her. Mein Vater – jetzt kenne ich ihn erst! – Mein Vater ist nicht fort! Es gibt keinen Tod. Jetzt sehe ich ihn wie einen übersichtigen Flurgott durch die Straßen schreiten, den Stab vor sich, eine Herde von Urtieren stampft hinter ihm durch den Staub. – Manchmal ist mir, er sei Odin gewesen, und ich sehe ihn wie früher, den Kopf zur Seite geneigt, – und Hugi und Munin, die Raben, die alles wissen, was nicht zu sehen ist, fliegen auf ihn zu und nisten im Geklüfte seines Mantels ... Und dann«, – seine Stimme wurde ganz leise, wie ein aus den glühenden Augen vorgestoßener Hauch – »dann – – *weiß* ich ja auch, wo er jetzt lebt: auf einer ganz fernen Erde, zweihunderttausend Lichtjahre von uns, in einem andern Sonnensystem, auf einer Wiese von milchweißem Grase! Er ist voll höheren Lebens. Sein Atem ist leicht. Ich weiß jetzt, daß unser Atmen schon Leiden ist! Die Luft ist schon gleich Sünde, wenn davon gesprochen werden soll. Und wir wundern uns, daß alle Völker Bestien geworden sind! Sie atmen die Sünde in jedem Augenblick ein! Ich aber war einstmals ein Tatarenkhan und dann ein buddhistischer Predigermönch ...«

Der Sohn des Pan schwieg erschöpft und starrte vor sich hin. Eckenpenn fühlte sich mitten in dem Mittagssausen des Lebenswirbels, der Berlin genannt wird, von Grauen erfaßt.

»Woher wissen Sie das alles?« fragte er.

»Haben Sie nicht auch eine Erscheinung von meinem Vater gehabt?«

»Nein. Ich habe nur einmal — allerdings seltsam — mittags, in der Kaffeestube, von ihm geträumt.«
»Also doch geträumt!« Der junge Gelehrte flüsterte es scharf und fast triumphierend. »Träume sind höheres, wahres Wissen. Sie kommen von außen — oder besser von innen — in die jämmerliche Erfahrungswelt hinein und sind kosmische Wahrheit, *weil* sie unlogisch sind! Ich will Ihnen sagen: man kann mit den Geistern, mit der durch den sogenannten Tod freigewordenen höheren Individualität des Lebens, schon jetzt verkehren. Es gibt magische Zirkel. Schon ohne Medien offenbaren sich die Geister den bereiten und den verwandten Seelen durch das schreibende Glas, durch das Pendel, durch das geheimnisvolle, unendliche Band, das Fluidum der geschlossenen Kette aller Hände. Es kommen seltsam primitive Antworten heraus — unirdische Sprachen ...«
»Aber das sind Märchen. Selbsteinflüsterungen, unbewußte Zuckungen, Massenhypnosen wie bei Volksversammlungen«, wandte Eckenpenn ein und blickte sich unruhig um. Es war ihm, als müsse er aus diesem Kreis von dunklem Flüstern entfliehen.
»Haben Sie denn noch nie darüber nachgedacht und wissen wollen, wo unsere Toten sind?« fragte der junge Gelehrte und hob entsetzt die Hände.
»Nein. Ich weiß nicht einmal, wo die Lebenden sind und wie mein eigener Weg ist. Ich bin von Geheimnissen des *Lebens* umgeben. Der Tod aber ist ein Ergebnis, ein undeutsames Geschehen. Kann ich mit den Mitteln des Lebens die Geheimnisse des Lebens nicht einmal enträtseln, was soll ich den Tod, das abgelaufene Leben, mit den Mitteln des laufenden Lebens erforschen wollen? Ich sah noch keinen lebendigen Toten. Und dann — wissen Sie —, wenn wir etwas davon werden wissen können, wird

es Wissen sein, also ein neues Geheimnis. Jetzt aber – verzeihen Sie – reden die Toten in ihren Klopfmitteilungen so törichtes Zeug, daß es besser wäre, sie schwiegen.«
Der junge Gelehrte erhob sich mit einem Ruck und ging. Sein Gesicht war plötzlich von dem Hochmut um den Besitz einer ausschließlichen wissenschaftlichen Erkenntnis kalt und verschlossen. Sein Schritt stieß vorwärts wie eine Lanze ...

Der Buchtrödler saß noch eine Zeit erstaunt und fast schmerzlich betrübt über die unerwartete Weiterführung eines Menschengebildes. Er hatte es längst aufgegeben – und wäre auch kaum in die Lage gekommen oder in der äußeren Macht dazu gewesen –, Menschen zu bilden, zu bestimmen, ihre Seele oder den Ort der Seele zu beeinflussen. Seele und Wesen strahlt aus, aber diese Flamme ist kein wanderndes oder aufdringliches Feuer. Wer der Wärme bedarf und sie in der Sehnsucht seines eigenen Wesens, die er als Starre, als schmerzliche Kühle empfindet, unbewußt sucht, naht sich der Flamme. Die tausend auf einen aber fühlen ihre Glut nicht, weil sie selbst unschmelzbar sind, von der Vorzüglichkeit ihrer Herzgegend überzeugt, – und das Harte bedarf der Flamme nicht ...

Dann überlegte Eckenpenn, daß es doch wohl Zeit sei, sich zu seinem Wagen zu begeben, zu der festen Berechtigung seines Seins in der großen Stadt. Und er mußte sich noch ausruhen, um abends für eine besondere Einnahme bereit zu sein, die ihm Hermine – oder die große Hermia da Via – nach einem Besuch verschafft hatte: er sollte Hilfslogenschließer in einem großen Theater und anschließend Ordner bei einem Sechstage- oder besser Sechsnächterennen sein. –

Auf dem Wege kam es ihm ein, ein altes Spiel seiner

Jugend zu spielen, ein Spiel seiner ersten Jahre noch in der Heimat und dann in Berlin, als er aus der Neugier des wachsenden Menschen heraus Nahrung für sich bei dem Geschehen um ihn suchte: er hörte genau im langsamen Gehen auf die Satzbruchstücke der schneller Vorüberschreitenden. So konnte er auch seine Müdigkeit vor sich verbergen und den ihm peinlichen Vorwurf der Gebrechlichkeit beschönigen. — — Er erfuhr, daß die Spanne zwischen Debet- und Kreditbankzinsen unerhört sei und eine trockene Inflation darstelle — daß es früher viel besser und billiger gewesen wäre — daß der Lehrer ein alter Affe sei — auch daß der Frisiergehilfe um die Ecke süß onduliere und überhaupt ein fescher und einfach entzückender Junge genannt werden müsse. Dann zwei Sätze über den neuesten Film, ein Gelächter über »ihn«, das Asthmaseufzen um den Arzt der Ortskrankenkasse, wütend gesprudelte Schimpfworte wie Wohnung-Wucher-Bande. Streikkasse — Bonzen ... Es wehte ein Flüstern über Puder und den Winterhut, ein eifriges Gelispel um die Möglichkeiten des Wintersports und die voraussichtlich gedrehten Farben des Wollpullovers. An der Ecke zu einer abführenden, engen Straße hörte der Buchtrödler noch ein wenig von den Aussichten des letzten Ausscheidungskampfes zum demnächst fälligen Schwergewichtsmeisterkampf im Boxen — und dann, zuletzt, ob es sich empfehle, Elektrowerte zu kaufen oder besser ein Lager in Rauchwaren sich anzulegen.

Dann wurde es, drei Minuten vom Gestampf und Gedröhn der berstenden Minute entfernt, so still, als habe die müde Biegung einer schmalen Straße voll alter, in sich gekrümmter Häuser Jahrhunderte zu abschließenden Mauern aufgebaut. Die Straße sah aus wie ein alter, vorgeneigter, im Schlafe hockender Mann ...

Eckenpenn ging langsam. Breite, ermüdete Schatten mit verschwimmenden Zackenrändern lagen friedvoll auf den ausgetretenen Steinen und schliefen. Hier hatten sie Platz – und Ruhe zum Schlaf. Es schien, als ob sie zitternd und wohlbehaglich in Träumen von Weideland und Wallgräben atmeten und sich sonnten.
Hier lag die alte Kirche, und um sie herum war ein Gewinkel und Neigen von Puppenhäusern, von Fliederbüschen und Grasstreifen mit späten Maßliebchen. Eckenpenn hielt sich am schmiedeeisernen Gitter fest, erschöpft – und träumte.
Es war um die zweite Stunde des Tages.
Eine ganz kurze Zeit war hier inmitten des Föhrenwaldes von Schornsteinen ein lichtes, grünes Schweigen wie ein Moosfleck hineingezaubert. Ein spitz ausgezirkeltes Rund vom Himmel hing blau herab. Die Sonne hielt sich in diesen ausgehenden Oktobertagen fleckenlos. Ihre Angstträume, die kälter drückenden elektrischen Wirbel, hatte sie abgestoßen und lag nun in einem letzten Traum von Jugend, warm und strahlend unzeitgemäß in den Blätterfall und in die farbigen Fieber des blutlos werdenden Laubes hinein. Schon hatte die Kastanie, die erstandringende Läuferin des Frühlings in der Stadt, ihre welkenden tausend Hände im Eishauch kalter Nächte schrumpfen und fallen lassen müssen. Die vorsichtige Linde, die hier am Rande des Platzes stand, war auf einmal gelb geworden, und den Ahorn, ungleicher Empfindung und leicht verstört, hatte schon ein violettes, rotes und fahlgelbes Schaudern überkommen. Heute aber war es warm und still. Heute hatte sich der Wind unter die alten Glocken der Kirche gelegt und schlief so fest, daß die Klöppel um die nächste Stunde bangten, wenn das Glockenspiel tönen würde. –

Nun war es so still, daß die alte Zeit aufwachen konnte. Sie ist verzaubert und darf nur wieder emportauchen, wenn ein Raum ganz ohne Lärm ist. Dann ist er leer und hat Platz für die aufschwebenden Ringe der Jahre und Jahrhunderte ...

Eckenpenn sah mit sinkenden Augen noch einmal um sich. Da erblickte er eine leere Bank, eine Bank frei von Menschen. Nur ein abgewehtes Kastanienblatt lag da, braunrunzlig, mit ausgespreizten Knochenrippen wie die erlöschende Hand eines Greises ...

Der Buchtrödler setzte sich hin, müde, mit gelösten Gliedern, aber noch im Halbschlaf vorsichtig bemüht, den Platz des Blattes nicht in Anspruch zu nehmen.

Dann mußte er wohl in den einzigen, zauberhaften Schlaf mit dem Bewußtsein des Schlummers gesunken sein, in die große, einmalige Entrückung, die nur zwischen Mittag und Nachmittag möglich ist und weniger als eine Sekunde währen kann. Sie hat keine Dauer, da sie ohne Maß ist, hat keine Gegenwart, da Gehör und Gesicht ausgelöscht sind. Sie ist wach und doch nicht wach. Nur ein Bewußtsein an Gefühl ist da, eine Unschwere der Gedanken und eine Erlösung der Vergangenheit, in der es nicht Tod und Nacheinander gibt, sondern ein gleichzeitiges Aufschießen des Märchenbaumes Zeit in quirlenden, sich breiter umschwebenden Jahrhundertringen. In dies lautlose Sausen hinein fiel wie tropfend der Widerhall einer Stimme, und es schien Eckenpenn, als ob Pan den Klang des toten Professors umnehme, um sichtbar zu werden ...

Immer war die Kirche da, das schlanke Streben auf die breite Schwere von Findlingsblöcken gestützt. Aber es gingen Damen in Kapotthüten und weiten Röcken und flüsterten zierlich und boshaft mit einem blassen, braunlockigen Herrn, der den geschweiften Kastor in der Hand hielt und skandierend die Finger der Linken bewegte. –

Dann ging ein großer, schwerer Mann mit einem kirschroten, befehlenden Gesicht über den Platz und klopfte zornig mit dem spanischen Rohr auf das Grundmauerwerk eines Hauses. Kalk und Sand lag da. Zimmerer trugen Balken. Der Schatten der Kirche bog sich über den Bauplan in der Hand des Mannes. –

Dann lagerten Kriegsvölker auf dem Platz. Auf einer Trommel hallte der Fall von Würfeln. Pferde wieherten, und vom Turm der Kirche schlug eine Glocke in schnellen, ängstlichen Lauten ...

Und nun wandelten ernsthafte Ratsherren in Talaren mit weißen Halskrausen und stritten eifrig über Gerechtsame der Stadt und über Sätze eines neuen Glaubens. Ein Truthahn kollerte. In Pfützen wateten Enten. Der Schatten der Kirche aber lag breit über dem Platz. –

Und dann standen wieder Stadtknechte da, mit gegrätschten Beinen, Spieße in der Hand. Aus der Ferne kam Trommelgerassel. Der Himmel war rot. Schwelende Wolken zogen heran. Der Boden war durchwühlt von Wagenspuren, Feldsteine lagen umher und hoben ihre Häupter aus Morast. Eine Zugbrücke hockte sich über einen breiten Graben. Eine zornig zusammengeduckte Burg lauschte jenseitig. Aber keine Kirchen warfen Schatten – –

Jetzt flickten Fischer ihre Netze. Über einen abgründigen Sumpf führte ein Holzsteg auf eine Insel. Reiher schwangen sich empor. Auf dem Steg – in der Mitte – war ein Gerauf und Gelärm.

Dann huschten immer schneller und undeutlicher dämmerige Bilder.

Fuhrleute, von bewaffneten Knechten geleitet, – und wendische Fischer. Geharnischte Ritter mit eisernem Blick. –
Das Flattern von Hunnenschöpfen über verhängten tückischen Augenspalten.
Ellernbruch um eine versumpfte Seeniederung, über der Fischadler kreisten. –
Das breite Spreetal, von Kalkhängen umgürtet.
Eichenwaldungen, Pferdeschädel und Gere im Gewipfel. Jagende Semnonen hinter dem brechenden Ur ...
Die offenen Stangenhütten eines Pfahldorfes ...
Einsamkeit mit Kranichzügen und schnellenden Fischen ...
Eine rote, verhangene Sonne, Überschwemmungen, schwere, lastende Wolkennebel ...
Flockentanz. Die große Wanderung des Eises von Norden herab, Granitblöcke auf den Schultern tragend. Nun poltern sie im Wälzen, Felsbrocken für Felsbrocken ...
Eckenpenn hob erschrocken die Augen. Er war nicht mehr allein. Zwei junge Herren aus der laufenden Zeit, in der selbstverständlichen Gepflegtheit der Mode, sprachen laut miteinander. Ihre Worte mußten ihn erweckt haben.
»O wir sind weit, und es ist gar nicht abzusehen, wo wir in fünfzig Jahren sein werden! Daß man die Kampfflugzeuge und die Tanks unbemannt durch abgestimmte elektrische Energie steuern kann, ist so sicher und einfach wie die Konstruktion einer alten Streugranate auf Zeit.«
»Aber« – der zweite lächelte spöttisch – »diese niedlichen Insekten werden durch Störungswellen einfach abgeschlagen. Du weißt, daß es gar nicht schlimm ist, einen elektrischen Sperrgürtel an der Landesgrenze,

vielleicht fernwirkend auf einer Linie im Meer oder in der Luft, zu ziehen. Der Atlantik, die ganze Luft wird gleich dem alten, unendlich primitiven, geladenen Stacheldraht sein. Man wird zum Beispiel bis fünfzehn Kilometer in den Äther hochgespannte gefährliche Luft haben!«

»Gewiß. Dann kommen aber die kurzen Wellen. Sie werden kombiniert, unterbrechend, und so schwierig zusammengestellt werden, daß sie wie fünffache Kassensicherungen mit Stichwort wirken.«

»Bis es der zärtliche Gegner heraus hat! Das kann sehr schnell gehen. Aber es wird schließlich gar nicht schwer sein, aus der Luft etwas herauszunehmen, so eine winzige Spektrumlinie, oder etwas hinzu zu tun, so daß unsere Nachbarländer nicht mehr atmen können, — etwas später wir auch nicht! Aber die Differenz genügt!«

»Ja«, schloß der erste Ingenieur ab und strich zärtlich über sein Kinn, »es wird sich in gar nicht langer Zeit nur darum handeln, wer fünf Minuten früher aufgestanden ist. Das wird zwanzig bis dreißig Millionen Menschen und eine Kollektion von D-Banken kosten! Übrigens: ich muß heute zu Ria gehen. Das Kind wird launisch ...«

Der Freund lachte. »Dann geh! Weißt du — kratze die Technik, — und das Weib ist da!«

Die beiden Herren erhoben sich und gingen lachend davon.

Pfiffe ertönten. Das Heer der Geräusche stürzte sich brausend in dies zeitlose Gewinkel. Die Minute des Pan war abgelaufen ...

Als der Buchtrödler in dem Drang, vielleicht den seltenen Fox sprechen zu können, in die Kaffeestube noch schnell hineinsah, fand er wieder niemand. An seinem gewöhnlichen Tisch saßen die drei alten Stadtvertreter, die nicht mehr fest und flink genug auf den Beinen waren und hier Stunden der Geschäftserinnerungen verbrachten, gehüllt in den mangelhaft duftenden Qualm ihrer Shagpfeifen. Fox hatte sie »die Philosophen« getauft, weil sie sämtlich unverheiratet waren und bei Erwähnung von Frauen mit Hochachtung von ihnen zu sprechen pflegten. Fox selbst war nicht da.

Eckenpenn, noch in Gedanken über das merkwürdige Gespräch der beiden Ingenieure, über die Merkwürdigkeit des Menschen von heute, seine Art zu leben, zu denken – oder nicht zu denken –, schüttelte traurig den Kopf. Nie würde er den gleichen Pulsschlag haben können wie die neue Zeit! Je mehr er sich um die Geschöpfe Berlins und um die Seele der großen Stadt bemühte, je mehr er von ihr zu enträtseln und zu verstehen glaubte, desto fremder und unzugehöriger empfand er sich, und desto stärker wurde der Drang in ihm, so lange es noch Zeit für ihn gab, das bis in die letzte Quelle zu enträtseln, was ihn anzog, weil es Leben war, und abstieß, weil es nicht sein Leben war, – und weil er nicht in dies Leben hinein konnte und mit seinem Rhythmus Schritt zu halten vermochte ...

Als er leer und mit hängenden Armen dastand, trat die Kaffeespenderin in der weißen Schürze an ihn heran und reichte ihm einen Brief. Erfreut betrachtete er die Schriftzüge der Aufschrift. Sie waren von Fox. Er wollte sich eben setzen und begierig den Brief erbrechen, als er mit Bewußtsein die merkwürdigen Worte auf dem geschlossenen Umschlag las: »Herrn Eckenpenn! Heute vor dem Schlafengehen zu lesen!«

So ging er sofort auf die Straße zurück.

Während er seinen Wagen wieder aus dem Schuppen zog und etwas verspätet sein Brot zu Mittag aß, lag noch einmal der Sonnenschein sonderbar warm, beinahe brütend, auf dem Plan und auf den Goldtiteln der Erzväter und der großen und kleinen Propheten seiner Literatur. Aber oben im Blau des Himmels, das fern in milchenem Opal verschwebte und vom Dunst der abwärtsschreitenden Sonne überhaucht war, hatten sich die weißlichen Bastfasern der Zirruswolken ausgebreitet, und es war, als ob sie das Blau zwischen sich schaukelten.

Der Buchtrödler dachte gerade, daß dieses Hereinwirken der magnetischen Sonnenstürme bis in die Lufthülle der Erde den endgültigen Umschlag in den Herbst bringen könnte, als zwei Automobile in schneller Fahrt in seine stillere Straße einbogen. Auf der Rücklehne des ersten hockte ein junger buckliger Mensch mit seinem Kurbelkasten, die Zigarette zwischen den Zähnen. Neben dem Schofför saß ein Herr im Staubmantel. Er war erhitzt. Sein Gesicht schien gespannt und abwesend. Das blonde Haar flatterte strähnig im Winde. Aus dem zweiten Auto rief eine gepflegte Stimme: »Halt!« — und eine Hand fuhr winkend hoch.

Eckenpenn erkannte am Klang sofort den Autor Doktor Seidenschwanz. Hinter seinem Bücherwagen stehend, vom Plan und dem Preisbrett nebst den Erzvätern verdeckt, war er noch in einem erstaunten Überlegen, was das wohl bedeute, — es schien eine Art Filmexpedition zu sein —, als der Mensch mit dem Kasten sich schon erhob, die Zigarette fortwarf und sich bereit machte, während der barhäuptige Herr aus dem Wagen sprang, aufgeregt umhertanzte und endlich dem Photographen etwas zuschrie. Im Augenblick waren Leute da. Das rasende Arbeiten begann, und ehe der Buchtrödler einen klaren Gedanken fassen konnte, saß der Regisseur wieder im Auto und erhob die Hand zum Abfahren.

»O Gott – einen Augenblick! – Da sind Sie ja, Eckenpenn!« rief Doktor Seidenschwanz aus dem zweiten Auto. »Ich hab' Sie gar nicht gesehen! Aber wir brauchten nur Ihren Wagen! Wissen Sie, aus den Sternennovellen wird jetzt ein fabelhafter Film gedreht, *fabelhaft!* – Der Traum eines Buchhändlers nach der Lektüre meiner Novellen! – Ja – ja – zwei Jahre Arbeit! Drei Millionen investiert! – Kampf zwischen Sonnensystemen –, das Hinunterfressen von Erden und Monden durch einen Heerwurm von Spiralnebeln. – Ja doch!« – –
Die Autos hatten sich in Bewegung gesetzt und stießen Dampf aus. Eine Hand winkte aus dem zweiten Fond. Der Luftzug verschlang fast die letzten Worte des Autors Doktor Seidenschwanz: »Komme mal wieder mit heran, Eckenpenn. Adieu!«
Aber Eckenpenn wußte, daß der Dichter nicht wieder mit herankommen würde. Die Villa am Lago Maggiore, der Jagdgrund in Vorarlberg, das Konto in Holland, London und New York schienen gesichert. Der Autor war Auto geworden ...
Der Buchtrödler hockte mit müden Knien auf der Deichselstange. Er hatte das Gefühl – und ein paarmal zwang es ihn fast, sich umzusehen –, als wäre dieser ihm einzig zugehörige Sitz sein letzter und es müßte sich einmal, heute oder bald, eine Gruft öffnen, ein vertieftes ländliches Quadrat ...
Seine Augen schlossen sich wieder. Ein Schatten fiel über sein Gesicht, im selben Augenblick spürte er, daß der Wagen einen Ruck bekam und die Bücherplatte schwankte. Im Emporfahren sah er, daß ein abgerissen aussehender Mensch sich eiligst entfernte. Der Mensch hatte vielleicht schnell die ärmliche Kasse dieser Abfallhandlung stehlen wollen und nichts gefaßt, da Ecken-

penn das wenige Geld immer in die weite Seitentasche seines Lodenmantels steckte. So hatte der Raub nicht gelingen können, und nur einige Bücher waren im hastigen Zugriff verschwunden. Eckenpenn erhaschte noch, ehe der Mensch im Gewühl der Straße verschwand, ein farbiges Licht, und es kam ihm zum Bewußtsein, daß sein blaues Heft gestohlen sei! ...

Der Buchtrödler mußte fast lächeln. Er überdachte die sonderbare Laune dieses Geschehens, die Verse statt Geld stehlen und das Überflüssige in die Hände des Gierigen fallen ließ. Würde Dichtung nun wirken? Würde er sein blaues Heft jemals wiedersehen?

Eckenpenn fand sich, so überschätzt, aufgefordert, seinen regulären Erwerb für heute aufzugeben und sich für den Abend und die Nacht bereitzumachen. Er mußte noch ein paar Stunden zu schlafen versuchen und dann essen, um einigermaßen der Fürsprache seiner großen Gönnerin gerecht zu werden.

In der Hoffnung auf den bevorstehenden Gewinn fuhr er mit dem Autobus und wurde im zweiten Stock des Wagens an Firmenschildern, Laternen und später an ausgelegten Betten, die sich noch sonnen sollten, und an farbiger werdenden Baumwipfeln entlanggeschleudert.

Am Spätnachmittag schon, als er sich zu mißgünstigem Erstaunen seiner Schlafwirtin auf das Bett streckte, um Vorrat zu schlafen, wie von zwei Paradieswächtern von zwei mächtigen Waschkörben flankiert, wollte Eckenpenn den Brief des hinkenden Freundes öffnen. Aber er gab dem neugierigen Kinde in sich, das das Verbotene mit dem betonten Wortsinn tun wollte, einen zurechtweisenden Backenstreich und ließ den Brief wieder in den Orkus fallen — bis auf die Zeit, da er ihn, vielleicht um vier oder fünf Uhr morgens nach der Neutralisation des

Sechstagerennens, vor dem wirklichen Schlafengehen lesen dürfe ...

Der Buchtrödler hatte eine Art Uniform mit silbernen Knöpfen bekommen. Der grüne Tuchrock, für einen größeren Mann bestimmt, wurde fast zum Kaftan. Der Hilfslogenschließer Eckenpenn sah sich zufällig in dem kleinen Spiegel einer der Logen, die er zu bedienen hatte: ein Paket von Theaterzetteln über dem linken Arm, in der Hand zwei zu verleihende Operngläser, ein altes Gesicht mit Augen, die ihm in dieser Umgebung von Empirestühlen und Samtbrüstung töricht und halb erloschen vorkamen. Und er empfand es als logisch und zeitlich gerechtfertigt, daß er nachher zumeist elegante junge Menschen oder fette, saturierte Herren und Damen der mittleren Jahre in ewig jungen, platingefaßten Steinen zu bedienen haben würde ...

»Eigentlich sollte das Alte immer das Junge bedienen, weil es so dumm war, nicht früher zu sterben«, dachte Eckenpenn und steckte ein gütigst gespendetes Zehnpfennigstück in den Kaftan. Aber gleichzeitig erinnerte er sich mit milder Dankbarkeit daran, daß das ein Drittel seiner täglichen geliebten Tasse Kaffee bedeute ...

Im Zuschauerraum schien die Literatur in Familienform anwesend zu sein. Es gab Distanzbegrüßungen. Etliche Herren, die in irgendeinem Sinne prominent zu sein schienen, kreuzten gelassen die Arme und ließen erhobenen Hauptes die Welt in den Gläsern ihrer Hornbrille sich spiegeln. Gleichzeitig schossen aber Jünglinge aufgeregt umher wie Stichlinge, die Angreifer auf den Laich ihrer Weibchen wittern.

Der Buchtrödler hatte viele Jahre nicht mehr eine Theatervorstellung gesehen. Die Bühne sagte ihm nichts mehr besonderes, sicher weniger als die Bilder seiner Phantasie ihm beim Lesen vorspiegelten. Die Schauspieler erschienen ihm immer schamlos und eitel auf ihre Bloßstellungen. Er hielt das für schuldhafte Schwäche seines Auges und mangelhaftes Einordnungsvermögen in den großen Rausch der Zuschauermasse, die den Erfolg und die große Begabung zu machen schien. — Vom Gange her hörte er das Dröhnen der Stimmen von der Bühne, ein zerhacktes Schreien leidenschaftlicher Empörung, Schüsse, Röcheln, Wahnsinnsbrüllen — dazwischen gellendes Meckern, dämonisches Pfeifen und Höllengelächter! Schließlich war er doch in der Ecke einer nur halb besetzten Loge, ungesehen, von Schatten eingehüllt, und konnte hören und die Bühne zum Teil sehen.

Es schien wieder das große Thema der Zeit zu sein: der Kampf des Sohnes gegen den Vater, des Jungen gegen das Alte, des Werdenden gegen das Gewordene, des Unreifen gegen das Verwesende. Ein Sohn, glaubte Eckenpenn zu verstehen, schien sich grenzenlos zu empören und gleichzeitig darüber lustig zu machen, daß die Erzeugung Anrecht auf das Erzeugte geben solle, wo doch offenbar der Vater im Stücke durch nichts bewiesen habe, daß er eines Sohnes würdig sei, vielmehr alles darauf hindeute, wie der Sohn den Vater zu zeugen habe!

Der Buchtrödler, erstaunt und verwirrt, wollte sich gerade fragen, wo dann der *Mann* geblieben sei, das *Seiende* — als der Vorhang über einem Vatermord fiel und ein Toben einsetzte, das Eckenpenn erstarrt stehenzubleiben nötigte, obwohl er auf dem neutralen Gebiete des Ganges hätte sein müssen.

Zuerst schien es, als ob jemand »Pfui« gerufen habe. Dann hatte wohl ein wütendes Klatschen eingesetzt, ausgeführt zumeist von den jungen Leuten und wenigen älteren Herren und Damen, von denen einige auf ihren Platz gestiegen waren. Ein Pfiff gellte vom ruhigen Munde eines Aluminiumschlüssels aufreizend hoch und beharrlich. Ihm antwortete eine Kindertrompete, begleitet vom kunstvollen Heulen auf hohlen Fäusten. Unter taktmäßigem Schlagen auf die Lehnen wurde ein Name fordernd hinausgetönt, offenbar der des Dichters; denn als Gegengewicht klangen die Rufe »Gemeinheit«, »Frechheit« — »Anmaßung«. — Es bildeten sich lebhaft streitende Gruppen. Eckenpenn sah verdutzt eine ausholende Armbewegung, die eine Ohrfeige nicht nur anbot. Die blaue Uniform eines Sicherheitspolizisten tauchte auf und ließ sich von zwei aufgeregten Saaldienern geleiten ... Der Hilfslogenschließer glaubte in einer ultraradikalen Volksversammlung zu sein und hatte ganz vergessen, daß es sich um die Zukunft der deutschen Dichtung handele, als der Vorhang sich teilte, ein Hauptdarsteller erschien und einheimste, darauf zwei andere mit dem Regisseur, der einen blassen, blonden, zögernden Jüngling hervorzog, welcher seinerseits ängstlich, mit scheuen, runden Augengläsern sich in das Rasen, das Geschrei seines Namens und in den Vorwurf der Blödsinnigkeit hinein verbeugte ...

Eckenpenn stand hilflos da. Ihm war das alles fremd. Seine Begriffe von Dichtung zerbrachen. Er kam sich wieder uralt und kindisch vor. Dann konnte er auf einmal nicht begreifen, warum der Dichter dieser abgehackten, revoltierenden Sätze, dieser Wirbel von Anklageszenen so kraftlos und ängstlich ausgesehen habe. Und ob es nicht besser sei, statt der uralten Dispute zwischen Vater und Sohn, die das Fortschreiten zu Großvater und Vater von selbst erledigen und ihm nur zu beweisen schienen, daß der Mensch auch im Geist und im Gefühl biologisch je-

desmal von vorn anfängt, statt solches Gewölles einmal den Kampf zwischen Tochter und Mutter, zwischen Stadt und Land, oder zwischen Amerika und Europa dramatisch darzustellen, erhielt er einen heftigen Stoß von einer vorbeirauschenden Dame aus der Loge, die aufgeregt, dem Zug der Zeit folgend, dem Foyer und den Restaurationsräumen zustrebte.
Da raffte auch Eckenpenn seine Theaterzettel zusammen und setzte sich in einen stillen Winkel, um mechanisch und gehirnbenommen eine Schmalzstulle mit Gebirgskräuterkäse zu verzehren. — —

»Hilfslogenschließer — Kulissenschieber — Hilfsbilleteabnehmer: nie wirst du etwas anderes sein, alter Mann, während die Fürsten des Lebens, unerweicht vom Gewissen, Gefühl, Moral, Seele, Grundsatz, Idee — oder anderen Wortmohnsäften, jede Verwandlung der Zeit verzehrend, und sich von ihr nährend, in großer Aufmachung an dir vorbeirauschen und du in einer Livree dastehst, gebückt und mit demütigem Dank das eventuelle Trinkgeld empfängst«, sprach Eckenpenn zu sich, als er im Morgengrauen auf seinem Bett saß und den Brief des Fox in der Hand hielt. »Aber es geschieht dir recht. Du kannst nicht mehr verlangen, du Lump kannst ja nicht einmal anständig lügen und willst etwa noch verlangen, daß man dich schätzt oder — sogar achtet?« —
Der Buchtrödler war entsetzlich müde. Die Stunden der Nacht drehten sich fortwährend von ihm ab, schneller und rasender noch als die Bilder des Sechstagerennens. Die Menschen, jeder Unterschied von Stand, Rang, Geschlecht, Alter, Bildung, Scham abgewischt wie ein Abziehbild, eine einzige wogende Horde, ein geöffneter Mund mit bleckenden Zähnen, *ein* Schrei, ausschwel-

lend zum heulenden Krampf, *ein* Pfeifen und Gellen, *ein* hetzendes Anfeuern, *ein* Wutkreischen, *ein* wollüstiges Entzücken, wenn einer von den irrsinnig rasenden Punkten unten in seiner Kreisjagd die andern Punkte überholt hatte. – Dorian Gray in einer Loge, eine bekannte Tennisspielerin und den jungen Menschen neben sich, hatte mit kaltem, aufmerksamen Lächeln einen Tausendmarkschein als Prämie gespendet. – Ein Surren, Schleifen, Blitzen aus dunklen Staubhaufen war da, das heisere Gebrüll eines Megaphones, der entsetzliche Dunst von Gier, Schminke, Puder, Schweiß, die zu einem einzigen glühenden Toben geschmiedete Massenauflage Mensch, trotz der Kleidung nackt, ein einziger Trieb, eine schamlose, lechzende Hingabe an Eros-Maschine: Tempo – Sport!

Der Buchtrödler fror in den Schauern des beginnenden Morgens.

Ein Rauschen kam von unten durch die kältere Nacht. Er fühlte bis hierher, daß der härtere, angreifende Wind das letzte Spiel mit den Ästen und Ruten der Bäume trieb, Laub für Laub mit Knochenfingern abzupflücken begann, um sie in die Eisvasen zu stellen. Der Pfiff einer Lokomotive schnitt herauf. Der letzte Blitz des Jahres riß breit den grau gedehnten Himmel auf. Eishagel schlug herab …

Eckenpenn lauschte. Dann zog er gedankenlos die Schublade seines Tisches auf. Es war kein Brot darin. Im Blitzschein hatte er den grauen Rest der Heimaterde fahl aufglimmen sehen.

Aus dem Tisch kam ein starker Duft. Eckenpenn fand in einer Ecke eine kleine, braune Tüte, vergessen, aus früheren Tagen. Es war noch Kaffee für einige Tage darin. Er stand leise auf, machte den Spirituskocher zurecht,

stellte einen Buchdeckel gegen das Fenster und brühte sich eine Tasse Kaffee auf.
Beim Schein der Spiritusflamme erbrach er den Brief des hinkenden Freundes. Ein unerklärliches Bangen überkam ihn. Fox schrieb: »Teurer Gnom und Eckenpenn! Deine Geschäfte machen dich unpünktlich. Meine Geschäfte machen mich immer mehr unsichtbar. Mein Wanderzirkus macht sich bald auf die Beine. Es ist möglich, daß ich meine Pflöcke weitertragen muß, um meinem Schicksal, dem klugen Schwein Martha, zu folgen. Berlin, die große, taube Hülse, hat nur noch einen einzigen, schrumpfenden Kern. Der alte Geheimrat, oder vielmehr sein verständigeres Ich, Seine Majestät der Satan, haben recht: man duldet, daß das Volk sich nährt, daß es sich bildet und belehrt — und man erzieht sich nur Rebellen! Nicht den Revolutionär, den freien, großen, adeligen Empörer, den Schöpfer, sondern den kleinen, geifernden, erbärmlichen, zungendrehenden, taschenfüllenden Mengenrebellen, das Geschöpf mit dem kleinsten Hirn und der größten Schnauze, den Schweinmenschen! — Martha tut mir dazwischen leid. — Es langweilt mich. Jedoch sei am *vierzehnten November* mittags zwei Uhr *pünktlich* — bedenke dies! — in der Kaffeestube!« —

X NOVEMBER

An dem Tage des Fox im November ereigneten sich, durch eine Zeit von neun Stunden voneinander getrennt, zwei merkwürdige Geschehnisse. Beide beschäftigten die Zeitungen: das erste zwei Tage, das zweite zwei Monate. Und doch waren diese Ereignisse für das Leben der großen Stadt, die die Bevölkerung von Norwegen in den Umkreis weniger Meilen ineinanderfilzt, so durchschnittlich charakteristisch, daß sich im Grunde niemand und keine Zeitung hätte verwundern dürfen. Ähnliches geschah, und es geschieht gleichzeitig in jedem Land, das eine Aufeinanderfolge von Landschaften darstellt, und niemand erfaßt diese durch viele Meilen getrennten merkwürdigen Dinge zusammen oder auch nur nacheinander. Vielleicht kommt eines von beiden der übergroßen Menge gar nicht zur Kenntnis und erlischt in der Weite des Landes. Häufen sich aber Taten auf einen kleinen Raum, seien sie heldischer oder verbrecherischer Art, so kommen sie auch gehäuft in das Bewußtsein. Die Enge des Ortes bedingt die Gleichzeitigkeit der Wirkung und die Vervielfachung ihres Ausmaßes. — Aus einer im zweiten Stock gelegenen möblierten Wohnung des alten Westens, die gewöhnlich erst in der Nacht Licht zu zeigen begann, tönte um zwei Uhr, in tiefer Dunkelheit der Lärm eines heftigen Zankes. Heimkehrende Besucher von Mokkastuben, Likörhimmeln und Tanzdielen sahen an herabgelassenen Vorhängen die hastig hin und her fahrenden Schatten zweier Streitenden. Dem verworrenen Getön nach setzte sich ein Liebespaar auseinander. Von einigen Passanten, die belustigt stehenblieben, entsannen sich zwei, daß dort oben die nun schon recht berühmt gewordene Filmschauspielerin Hermia da Via ihr Nest habe. Sie wurden darin von dem ärgerlich spuckenden Nachtportier eines einigermaßen verheimlichten Spielklubs schräg gegenüber bestärkt. Der wackere Mann empfand diese ärgerliche Szene als einen unzulässigen Eingriff in seinen geordneten Betrieb. Doch da einer der Herren sich ihm anschloß und sich für die Lageveränderungen jener Kristallisationskomplexe, die man Vermögen zu nennen pflegt, zu interessieren begann, versöhnte sich der Nachtportier schließlich mit dem musikbegleiteten Schattenkino auf den Fenstervorhängen.

Plötzlich wurde die Haustür aufgeschlagen. Ein junger Mann in eleganten Tanzschuhen entfernte sich eilig. Im gleichen Augenblick wurden im zweiten Stock die Vorhänge zurückgerissen. Das Fenster öffnete sich. Eine flehende Stimme gellte: »Fred, Fred!« Dann beugte sich eine junge Dame wie irrsinnig weit hinaus, griff mit dem Arm durch die Luft nach dem eilenden Jüngling, verlor das Gleichgewicht und stürzte auf das Pflaster. Nach kurzer Zeit erschien der Polizist vom nächsten Platz. Ihm folgte ein Auto. Die Filmschauspielerin wurde hineingehoben. Sie schien sich den Knöchel verletzt zu haben. –

Gegen elf Uhr vormittags am gleichen Tag schien eine Villa im vornehmsten westlichen Vorort noch im Nachtschlummer zu liegen. Die Tür war geschlossen, die Pforte zur Garage noch nicht eröffnet. Kein Mensch war zu sehen. Nur eine große graue Katze schlich durch die Gartenwege, duckte sich, wühlte Erde auf und raschelte im letzten welken Laub. Es klang, als ob das Tier mit Kinderknochen spiele.

Durch den scharfen Wind, der wie Eisspitzen stach, kam ein Mann mit einer Aktenmappe, die Hand fest an der Mütze. Er klingelte an der Gartentür. Niemand öffnete. Der Mann schien ein amtliches Gewissen darzustellen; denn er drückte nach einiger Zeit auf die Klinke und ging, als die Tür sich sofort öffnete, auf dem Kiesweg zum Eingang der Villa, legte die Hand gegen die lautlos weichende Tür und wurde wie von einem Staubsauger in das dunkle Innere der Villa gezogen.
Der Mann nahm die Mütze ab, verwunderte sich und klopfte dann gegen eine Glastür. Es kam keine Antwort. Jedoch gab die Tür sofort nach, so daß der Träger der Aktenmappe annahm, es hätte sie jemand von innen geöffnet. Im Eintreten blieb er betroffen stehen. Die Tür schlug mit einem leisen Fauchen dicht hinter ihm zu, und er sah nur einen offensichtlich schlafenden Herrn in einem Klubsessel am Kamin sitzen. Der Herr hatte ein wundervoll ebenmäßiges schönes Gesicht. Das Lächeln eines Traumes schien seine Lippen halb geöffnet zu haben. Eine seidene Krawatte bauschte sich. Die weißen, mühelosen Hände ruhten wie unschuldige, schlafende Tiere des Gartens Eden auf dem braunen Leder.
Der Mann mit der Mütze glaubte, den Arzt Doktor van Leyen vor sich zu sehen, den Eigentümer der Villa, den an einen offenbar vergessenen Feuerkassenbeitrag schonend zu mahnen er beauftragt war. Er öffnete deshalb die Aktenmappe und nahm Formulare heraus, aus denen er das mit dem Namen des Arztes im Aufblättern suchte. Plötzlich fiel ein Tropfen auf das Papier; ein gelbrotes, abscheuliches riechendes Geriesel, ein Kern mit zackigen Rändern, breitete sich aus. Erschrocken, von einem kaum erklärbaren Herzklopfen befallen, blickte der Mann starr umher, dann hinauf auf die Zimmerdecke

und fand endlich auch einige Tropfen auf dem Boden, indem ihn zugleich ein Geruch wie von faulem Fleisch immer mehr benahm. Die Decke wies einen kleinen, feuchten Fleck auf, vielleicht einen zufälligen Defekt, aus dem eben ein zweiter Tropfen ihm kalt auf die Hand fiel. Der Mann schrie unwillkürlich auf. Im selben Augenblick kam durch die Erde ein Dröhnen gelaufen. In Sprüngen setzte der eiserne Klang von Schienengehämmer heran ...

Der Arzt öffnete die Augen und lächelte verbindlich.

»Wie sind Sie hereingekommen, lieber Freund? Ich habe jetzt keine Sprechstunde. Ich habe überhaupt keine Sprechstunden. Ich habe nur Handelsstunden. Was halten Sie da in der Hand?«

Der Mann stammelte etwas und trat in einem plötzlichen Grauen einen Schritt zurück. Denn eben fielen wieder Tropfen herab, und der entsetzliche Geruch wurde stärker ...

Als der Amtsbote später – nach einer Zeit fast unbewußten, spukhaften Handelns – auf der Polizeiwache ausgefragt wurde, ergab sich, daß Doktor van Leyen bei dem stärkeren Fallen nach der Decke gesehen und gelächelt habe. Dann habe er etwa gesagt, diese Tropfen seien Leichenwasser, weil sich oben in einem Eisschrank ein ihm etwas mißliebiger Mensch längere Zeit ohne Bewegung aufgehalten hätte. Daß die Decke gerade schadhaft geworden sei, als er unter Ausnutzung des Schlafes hereinzukommen sich gestattet habe, nötige ihn, dem Mann im Eisschrank einen Gesellschafter zu geben. Ohnehin störe diese ekelhafte Menschheit mit ihrem Bau eines Kraftwerkes dicht bei seiner Villa seine Studien. Vielleicht wäre es gut, sich zur Erhaltung der Schönheit zu entfernen ... Eine Pistole hätte sich plötzlich auf ihn gerichtet.

Im Instinkt des alten Frontsoldaten habe er sich hingeworfen. Der Schuß sei in die Glastür gegangen. Dadurch, daß seine Füße von selbst geflohen seien, müsse er dem zweiten Schuß entgangen sein ...

Der Arzt war verschwunden. Arbeiter der Baustelle wollten einen eleganten Kraftwagen in schnellstem Tempo gesehen haben. Ein Mensch mit einer blauen Schirmmütze hätte auf dem Führerplatz gesessen. Es sei ihnen aufgefallen, daß zu diesem funkelnden Wagen ein Lenker ohne Schofferdreß gehört habe. In der Villa fand sich im Eisschrank des verschlossenen Schlafzimmers des Doktors van Leyen die Leiche eines Mannes. Das Gehirn war kunstgerecht entfernt und lag in mehreren Schichten sorgsam aufgetragen auf verschiedenen gläsernen Objektträgern. Fragmente einer wissenschaftlichen Abhandlung lagen in losen Blättern daneben. Sie behandelten das Thema: *Moral als funktionelle Folge von Gehirnschwäche.* —

Das polizeiliche Gedächtnis konnte sich dieses Arztes in keiner Weise entsinnen. Es lag nichts gegen ihn vor. Nicht einmal einer Denunziation, der doch im Laufe eines mittleren Lebens kaum jemals ein anständiger Mensch entgeht, konnte sich die Polizei amtlich erinnern. Privat war zwar das eingezogene Leben des Doktors van Leyen und auch die Tatsache bekannt, daß nur selten Patienten bemerkt worden waren, jedoch mußte das mit Recht auf Reichtum und wissenschaftliche Absonderung gedeutet werden. Und dann hatte man ja doch von eigenartigen Kuren und überraschenden Operationen gesprochen. Eine Art Ruf war da ...

Am Wanderzirkus stand in aller Frühe schon eine Schar von Arbeitslosen und von Leuten, die Zeit hatten, alte

Rentenempfänger, die den Hund der Schwiegertochter schlurrend spazierenführten, und ein paar Burschen mit Handwagen, die die Gelegenheit zum Ausruhen benutzten. Der Zirkus wurde abgebrochen. Mit zauberhafter Geschwindigkeit, vielleicht die merkwürdigste und am meisten sehenswürdige Vorstellung von allen, rollte sich alles zusammen, wurde Paket, Bündel, Traglast, Kulisse — Futter für mächtige Kastenwagen, die aussahen, als könne ein Dorf wie aus einem Modellierbogen zusammengerückt und hineingeschoben werden. Ein besonderer Wagen wurde zur Arche Noah. Ein Parlament von Tierstimmen konstituierte sich. Clowns und Stallmeister rannten umher. Ein Schwein, nach der neuesten Mode in einen schlank machenden Pelzmantel gehüllt, wurde von einem hageren, hinkenden Menschen mit großer Ehrerbietung geleitet. Dieser Anblick schien den Zuschauern selbst die kalte Temperatur des Novembermorgens um einige erwünschte Grade zu vermenschlichen.

Nachdem Hermine das vererbte, nicht emporgekommene Blut zu so hohen Ehren gebracht hatte, war Frau Lehnert überzeugt, daß es unschicklich sei, mit einem Mann, auch wenn er einen differenzierten Geschmack in der Auswahl von Schnäpsen und Schimpfworten habe, dauernd in einem kryptogamen, eheähnlichen Verhältnis zu leben. Sie war fortgeschritten und bevorzugte alternierende Liebhaber, die nur tageweise, zuweilen auch nur für Stunden, Unterkunft und Beschäftigung bei ihr fanden. Das Waschen hatte sie leider nicht aufgeben können. Denn Hermine, dies ungeratene Kind, nachdem ihr so Bedeutsames geraten war, legte keine weitere Anhänglichkeit für die Stätte ihres Ursprungs an den Tag. In der Unterhaltung mit begierigen Interviewern war dies dunkle Haus zwar ein interessanter Ausgangspunkt, aber erwünschte Folgen für die stolze Mutter und den verstorbenen, verschollenen, unbekannten oder Gemeinschaftsvater hatte der Aufstieg Hermines über das Mädchen mit dem Goldhelm zur Hermia da Via nicht. Der Gram der Frau Lehnert hatte bisher nur schlechte Behandlung der Ehemänner auf Zeit, eine bedeutend erhöhte Produktion an Seifenschaum des Zorns und sehr energische Inangriffnahme der Wäschestücke zur Folge gehabt. In letzter Zeit war aber ihre Unzufriedenheit darüber hinaus auf den Untermieter Eckenpenn übergegangen, dem sie heimlich eine Art schlechten Einflusses auf Hermine, etwa wie eine Erziehung zur Undankbarkeit, als schuldhafte Verfehlung aufbürdete. Auf den Treppenabsätzen hielt sie Hausbewohnern leidenschaftliche Reden über das entsetzliche Laster der kindlichen Undankbarkeit und über die göttliche Rache, die unfehlbar in Gestalt der aus dem Grabe herauswachsenden verdorrten Hand kommen müsse. Diesseitig und praktisch nahm sie zunächst eine Steigerung der Miete für die Schlafstelle des Buchtrödlers in dringende Erwägung mit verhüllten Hinweisen auf die Notwendigkeit, diese Kammer sehr bald selbst in den Wäschebetrieb hineinziehen zu müssen. –

Eckenpenn hatte ziemlich früh seinen Morgenkaffee bereitet. Der Zorn seiner Schlafwirtin über die einseitige Bevorzugung einer gewissen Likörsorte, die zu sehr verspäteter Heimkehr in unaufrichtigem Zustand geführt hatte, mußte notwendig laut und erweckend sein. Der Buchtrödler hatte ohnehin kaum schlafen können. Eine angstvolle Erwartung war in ihm, und der Sturm, auf dem der Winter mit der Sense aus Eis jählings einritt, hatte in seine Träume eine fürchterliche Beschleunigung der Zeit und eine Überfüllung mit schrecklichen Ereignissen geworfen.

Je älter und erlöschender sich Eckenpenn fühlte, desto mehr empfand er sich vom Wetter und von den Strömen, die über die Erde vom Unerforschten ins Unbekannte rinnen, auf eine geheimnisvolle Weise abhängig. Zu Zeiten schien es ihm, als ob die ganze Entwicklung des Menschen darin bestünde, aus der Ausnutzung des gekommenen Wetters über die Anpassung an das Wetter in die einfühlende Abhängigkeit, in eine Blutsverwandtschaft mit dem Wetter zu schreiten – oder zu altern. Der Greis aber fühlte zum erstenmal und in einem schicksalhaften Sinne, was das Wort heißt, ein Kind der Sonne zu sein. Der unendlich Reife aber, der dem Leben entfällt wie eine tiefgefärbte, mürbe gewordene Frucht, hat beinahe das schauerlich süße Gefühl, aus seinen Nerven und Blutverflechtungen ströme die Sonne, und seine Empfindungen, seine Gedanken, seine Worte, seine Taten selbst, die mit ihm und um ihn geschehen, seien den Bahnen der Planeten gleich, der rätselhaft mystische Zwang aber, die unerklärliche Klarheit, die zu einem unbekannten Sonnenbild im Wirbelpunkt des möglichen Weltenraumes sich hinwendet, sei der unerlöste Rest des Lebens, der letzte Sinn des Geschehens, der alle Klammern der Gleichung und alle Beziehungen der Werte und Schicksale auflöst, um sie zum großen Gleichgewicht der erhabenen Null zu bringen, in dem sie verschwinden ...

Eckenpenn hörte dem grimmen Toben der Wirtin durch die Tür zu, dem Sieg der Gegenwart über den Traum. – Er spürte es in seinen Gliedern. Jetzt war ihm Kaffee, was ihm früher Sonne war ...

Gab es denn einmal eine Zeit, in der er den Geruch des frischgemähten Grases entdeckte und den Abstand der

Stunden nach dem Sichelschnitt am herben Duft schätzen lernte? Hatte er jemals Leberblümchen aus dem Schnee gegraben, den Storchschnabel gegrüßt, vor dem Doldengeheimnis des Schierlings geschaudert, den Ruf des Pirols enträtselt und vor der ringelnden Natter durch die Himbeerbüsche flüchten müssen? — Wann war der Berg aus seinem Wissen geschwunden, wann die sanftere Linie des Hügels matt geworden? Welches Jahr hatte ihm zuerst die Landschaft in der Stadt sichtbar gemacht? Wann waren die Schornsteine mit den Rauchkronen Stamm und Wipfel geworden, die Fensterscheiben im Rot der sinkenden Sonne ein Feld voll Pechnelken, die wandernden Giebel im blassen Grün des Abendhimmels zu Hügeln, die Hochhäuser, Maschinenwerke und Türme zu Bergen? —

Die Tasse Kaffee dampfte.

Es war der dunkle vierzehnte November, der Tag des Fox. — Der Buchtrödler empfand plötzlich Sehnsucht nach seinem blauen Heft. Aber das war gestohlen ... Wer sollte auch Verse *kaufen,* wenn es schon zeitgemäß und richtig war, daß sie auf der Platte des Trödlerwagens wie Würste in Margarine gesotten feilgeboten werden? — — Was würde Fox Bewundernswertes zu sagen haben? Feierlichkeit und Vorherbestimmung, Zuverlässigkeit in amtlich-geschäftlichem Sinne, lag nicht im Wesen des hinkenden Freundes. Er pflegte nie etwas zu versprechen, wohl weil er nichts zu halten hatte. Denn Besitz, erfreuliches Eigentum, das zwingt, Wort zu geben und Wort zu halten, soweit dies durch Verkehrssitte üblich und etwa durch Paragraphen der zur Zeit erlassenen Gesetze im Notfall erzwungen werden kann, Besitz besaß er nicht. Er duldete nie, daß man um seine Wohnung wußte oder ihn besuchte, ja, es mochte zuweilen fraglich sein, ob er überhaupt ein Unterkommen von vier Wänden habe. Vielleicht hatte er, der im Fahren auf der Landstraße geboren war, den Rhythmus des großen Weges in sich und war nirgends heimisch, weder auf dem Lande noch in der Stadt. Er pflegte nur das zu halten, was er nicht versprach, und wenn er einen bestimmten Tag zu einer Unterredung festsetzte, wo er doch an jedem Tage neben Eckenpenns Wagen auftauchen konnte, wie er das manchmal zwei, drei Wochen hindurch tat, so konnte das ebensogut ein schweres Geschehen wie eine Boshaftigkeit, einen bissigen Witz der Selbstverachtung bedeuten. Aber inzwischen hatte Fox vermieden, ihn zu sprechen, obwohl es dem Buchtrödler einige Male, während er einen seiner seltenen Verkäufe abschloß, vorgekommen war, als habe er das gelbe Gesicht des Freundes auf der Straßenseite gegenüber auftauchen sehen. So sah er doch mit Beklemmung der Aussprache in der Kaffeestube um zwei Uhr entgegen.

Eigentlich war ihm die bestimmte Stunde ungelegen; denn er mußte ziemlich früh am Abend einen Hilfsdienst als Ordner bei dem großen Boxkampf leisten, zuvor noch essen, sich ein wenig ausruhen und auch noch, wie er es jetzt zuweilen versuchte, einige seiner dicken Wälzer in Studentenlokalen umsetzen. Er hatte das Gefühl, daß er seinen Wagen allmählich auflösen müsse, da ihn das innere Bewußtsein von der Auflösung seines Besitzes, seiner Zähigkeit im Widerstand, immer stärker überkam. Dann war die Wand da. Immer deutlicher und immer näher sah er sie aus den verhüllenden Nebeln der Tage auftauchen.

Eckenpenn sicherte mit großer Sorgfalt den Rest des Kaffees, indem er die braune Tüte immer mehr ineinander verkruschelte. Nur in der letzten straffen Spitze war noch der Trank des Geistes. Glich das nicht dem Leben? Wird nicht die braune Haut der Leihbibliothek immer faltiger zusammengestülpt, um das Leben am Entweichen zu verhindern, den Duft der starken, phantastischen Seele? Dann aber – reißt nicht gerade infolge der faltenden und geknitterten Behutsamkeit schließlich die braune, morsch und brüchig gewordene Tüte und läßt das Aroma der Welt zerstreut werden? –

Als der Buchtrödler vorsichtig die Treppe heruntergegangen war, um einem vorzeitigen Nachruf durch Frau Lehnert zu entgehen, sah er vor der Tür, am frühen Morgen schon und hier in der Gegend ein seltener Anblick, einen Krankenwagen stehen. Fahrer und Begleiter waren beschäftigt, sachlich und kühl, eine Zigarette zwischen den Lippen, eine weiß bespannte Tragbahre herauszunehmen, die ebenso sachlich und kühl aussah.

Eckenpenn blickte nicht weiter genauer hin. Das Haus beherbergte unzählige Parteien. Zuzug und Wegzug wechselten unaufhörlich. – Er bemühte sich daher nicht besonders, das meist unerfreulich duftende Ein- und Ausatmen des Hauses zu beobachten. Er stieß dauernd auf fremde Gesichter, Frauen und Männer dehnten sich breit in der Haustür und in allen Aufgängen und Winkeln, als wären ihre Wurzeln von jeher hier, während der Buchtrödler nicht wußte, ob sie überhaupt eine Wohnung im Hause hatten und sich unter behördlicher Billigung angemeldet aufhielten. Die ganze Welt schuppte ihr unzufriedenes und ungern gesehenes Material ab, um es an die großen Städte abzugeben, an die Kessel, in denen die Zeit kocht und jede Zutat auslaugt und mit zur beißenden Brühe verwendet ...

Nun war der Winter da, unzeitgemäß, umgekehrt, gegen die Regel wie alles, was sich jetzt ereignete. Revolution war in den Gestirnen. Die Sonne warf ihren Unwillen in magnetischen Riesenwirbeln durch die pralle, glühende Haut und machte sie fleckig. Die geheimnisvolle Verbundenheit der Periodizität, die Mutter und Kind auch durch alle Trennungen des Raumes untereinander verknüpft, eine nie reißende Nabelschnur, mußte sie nicht auch in den kosmischen Familien herrschen? Der Zorn der Sonne wurde gärende Unzufriedenheit auf den Planeten, Krieg und Haß zwischen den Geschöpfen, zersetzte Sitte, ekstatische Bräuche des Eros, Verkrampfung der Jahreszeiten ... Mit Sehnsucht dachte Eckenpenn: wann wird je Ordnung sein — ohne Versklavung? Volk — nicht Horde?

Immer, seitdem Geschichte als Kenntnis und Erkenntnis des Geschichteten aller Ströme und Strömungen betrachtet worden war, hatte dies Land Deutschland und diese große Stadt die Mitte und den Kampfplatz bedeutet. Immer war sie Mitte mit der Stärke und der Schwäche des Zentrums, die Wende mit allen ausstrahlenden Möglichkeiten, die Mitte, die alles einsaugen und von der alles ausgehen konnte und mußte, aber auch die Wurzellosigkeit des Zentrums, das vom Kreise abhängt, von der geschwungenen Linie, die sich in sich dreht und im Drehen weiterschiebt. Schwäche des Eigenbewußtseins war hier, kein Wille und keine Unterordnung aus Bewußtsein des Abstandes, Einfallstor und Neigen zu allen Winden der Macht, der Ideen, der Kultur aus anderen Gegenden, der Drang und die Wandergier nach Osten, Westen, Süden und Norden bis zur Auflösung der eigenen Witterung. Der tiefer berührte Einzelne, der Führer hätte werden können, mußte hier zum Einzigen werden, sich selbst geographischer und psychologischer Mittelpunkt des Landes, nur in sich und für sich fast gewaltsam beharrend in Felseinsamkeit, da Anschluß Versandung oder Fortspülung bedeutet hätte. Eine Häufung von Landschaften war das Land dieses Volkes, das bestand, weil es von den Weltrichtungen bedrängt wurde, sein Eigenes und Bestes ein Dasein von zerstreuten, einzelnen Einsiedlern der Tiefe und der Höhe, machtlosen Menschen, Narren des Durchschnitts, deren Leistungen als selbstverständlich ausgebeutet wurden, wenn gleichzeitig ihr sonderbares Wesen dem Spott aus Osten, Westen, Norden und Süden ein Raub wurde! –

Nun war die Kälte aus dem Osten eingebrochen. Auf dem Ural hatte sie gehockt und ihren Hauch auf dem Eise gekühlt. Dann fand sie es an der Zeit, zu erwachen und die Troika der Winde, des eisengrauen Geschwistergespanns, anzuschirren. Den Mantel der Steppe hob sie vor der Linie des halben Horizonts auf und brauste herab auf den Westen. Was noch in unruhigen Träumen von Wolke und Sonne oder in wochenlangen Dämmerungsnebeln und Regenschleiern lag, wurde in einer Nacht, gegen Morgen, vom Frostatem der eisengrauen Steppenpferde geweckt. An der Gabel der Troika klingelten scharf und klirrend die Glöckchen. Der letzte Saft in den Ästen gefror. Das Holz brach im Stoß des Windes, da es nicht mehr schwingen konnte. Was nicht zerschellte, pfiff das metallische Sterbelied des Baumes. Die Riesen des Waldes aber, fest mit den Zehen in den Boden eingekrallt, schwankten doch und schrien ihren Zorn hinaus gleich dem wiegenden, ins hohe Gras gestellten Elefanten, dem die Kugel in den Eingeweiden wühlt ...

In Berlin spielte der Sturm auf der Äolsharfe der Türme und hohen Schornsteine das wilde Lied seiner Ankunft. Kreisend wühlte er sich durch die Luftschächte der Höfe hinunter und brach als Marke seines Weges Dachschiefer und Ziegel, lose Krammen und Giebelputz ab. Beim Erwachen der Arbeit war er weitergerast. Aber in den Brunnensteinen stand das Wasser erstarrt, und die versprengten Tropfen des letzten Regens hatten sich im Staube schaudernd zu Kristallnadeln und Eisblumen zusammengezogen. Die Fenster der Straßenbahn überzogen sich während der Fahrt unter dem Hauch der zusammengestopften Menschenherden mit einer dicken braunen Schicht, einem unnatürlichen Zwitter von Kälte und rauchendem Brodem. An den Trittbrettern hingen Geschöpfe, die mit einem satanisch-amtlichen Witz Fahrgäste genannt werden und durch Entrichtung von Geld einen Beförderungsvertrag schließen. Verzweifelnd aber, ein stygischer Fährmann, ein Seelenverkäufer mit Überfracht, zwängt sich der Schaffner durch die Schatten. Schwer hocken sie da oder hängen halb schlafend an den Haltestricken, taumelnd wie aufrechtstehende Ertrunkene in der Strömung am Grunde des Meeres. Innen aber, wie Bullaugen, sind Löcher in die braune Schicht an den Fenstern gerieben. Kaum aufgegangene Augen starren hinaus, um nicht die richtige Straße zu verfehlen, auf daß sie die Fabrikpfeife nicht erwische — oder die elektrische Klingel — oder der Streifen der Kontrolluhr. Denn die Kontrolluhr ist das moralische Sittengesetz der neuen Zeit, nicht die innere Verbundenheit zum Werk, die sich die richtige Zeit nimmt, indem sie schafft, sondern die Maschine, die das Tempo regelt und den Serientyp — des Erzeugnisses und des Erzeugers — erfordert. Die Maschine erst erschuf, erzwang den Krampf und Kampf, und die Gleichordnung ist das Haschisch, das die allgemeine Unterordnung unter das Leblose rauben muß, um sich in Zielträumen Rang und Phantasie vorzutäuschen, Rang und Phantasie, die als Obulus beim Eintritt in das plutonische Reich der Maschine gezahlt werden mußten. –

»Auch die Luft wird mit Pluto befahren«, dachte Eckenpenn, als er wartend und frierend an der Haltestelle stand. »Von der dreiköpfigen Elementordnung der Alten ist nur Pluto geblieben. Zeus und Poseidon sind im Schlaf. Das Untere hat die Fläche und die Luft gelähmt, die Wellenrosse und die Vögel des Himmels, Phantasie und Dichtung ...«

Drei Wagen waren schon vorbeigefahren. Immer war der Buchtrödler von solchen Gedanken bewegt und müde an den Pfahl der Haltestelle gelehnt, durch die entschlossene Kraft seiner Mitmenschen zurückgestoßen worden und fand sich stets als Übriggebliebener, der dem kreischenden Wagen nachsah.

»Aus dem Salon des Lebens zurückgewiesen«, lächelte Eckenpenn vor sich hin. Und er erwog, warum er eigentlich nicht schimpfen könne. Sonst hätte er zweifellos noch einen erträglichen Platz finden können, wenn es ihm morgens schon zu schwer fiel, den weiten Weg zu laufen ...

Am Vormittag wurde es etwas wärmer. Die Sonne kam vorsichtig, wieselhaft, an die Ränder eines mißgestalteten Ungeheuers von Wolke und leckte den Eishauch von den Dächern. Vor den Türen lag eine dünne Schnur von getauten Tropfen, einen Schritt vom Haus. Der bläuliche Atem der Reifriesen, die auf Nebelschuhen über die Stadt geschritten waren, verdunstete langsam. Die Straße trat in das Licht. –

Eckenpenn hatte gezögert. Es kam ihm heute so zwecklos vor, seinen Betrieb zu eröffnen. Was sollte er in der Kälte stehen, die Hände im mangelhaft wärmenden Orkus verkrampft, oder dampfend mit steifen Knien den kurzen

Aussterbetrab des antediluvianischen Berliner Droschkenpferdes nachahmen? Wer blieb noch stehen und opferte Zeit — oder sogar Geld, wo doch der Sommer schon geschäftsunlustig vergangen war und die bequemere Phantasieform des Kinos, die maschinelle Ankurbelung von Geschehnissen billig erregend jede Arbeit ersparte?

Dem Buchtrödler erschien es heute, als habe die Straße kein Interesse an seinem Bestehen und zöge sich von ihm zurück, als stünde sein Wagen und demgemäß er selbst fremd in der Luft, wie in einer gemalten Landschaft ein aufgeklebtes Steinchen als Fels oder in einem renovierten Zimmer ein vergessenes, wurmstichiges Bild ... Die Straße ist grausam. Wer das Maß ihrer Bewegung nicht mehr in seinen Nerven und Gedanken hat, den stößt sie erbarmungslos aus. Er glaubt zu rennen und tritt mühsam auf der Stelle. Alt sein, heißt überflüssig sein. Überflüssig aber ist gleich schädlich. —

So stand Eckenpenn kalt und nachdenklich vor der Kunsthandlung. Radierungen waren da, Tänzerinnen und Kaffeehausszenen, groteske Lithographien, die neuesten Bücher mit den großgedruckten Lobschürzen umgetan, Bücher, die einmal Kurs hatten und nun im Preise herabgesetzt waren, weil sie das Zeitinteresse herabgesetzt hatte.

»Was ist ewig?« grübelte der Buchtrödler. »Wer weiß um das Geheimnis und die Sicherheit des Wirkens? Wo bleiben die unzähligen bemalten Leinengründe, die Millionen gebundener Bücher — die verendenden Rehe und Hirsche? Wer weiß, was er schafft? Wozu er schafft? Ob er schafft oder sich nur verzettelt? Müßte nicht jeder Schöpfer sein Werk vernichten, wenn er es vollendet hat?« — —

Eine Hand legte sich auf seine Schulter ...
Als sich Eckenpenn umdrehte, sah er sich einem sonnengebräunten Mann gegenüber. Eine junge Landfrau – ihr Hut verriet es, und die feinen Gräben um ihre hellen Augen sprachen von Ernten in der Glut – stand am Wagen und blickte neugierig auf den Kram.
Eckenpenn erkannte immerhin noch den galligen Mann wieder, der zur Beruhigung seines Magens während der Straßenbahnfahrten jede Woche ein Heft expressionistischer Lyrik gekauft hatte, und er entsann sich, daß er nun schon Monate auf dem Lande leben müsse.
»Marie«, sagte der Landmann zu seiner Frau, »siehst du, er ist immer noch hier! – Meine Frau wollte es nicht glauben«, wandte er sich an den Buchtrödler, »daß man in Berlin Sommer und Winter auf der Straße sein kann und arbeiten. Sie glaubt, hier ginge auch im Winter alles in die Spinnstube. Aber es ist doch so, Marie! Das ist der Mann, der mich immer mit Saatkartoffeln versorgt hat, jede Woche eine! – Jünger sind Sie aber nicht geworden.«
»Wie sollte ich«, sagte Eckenpenn höflich und grüßte. »Ist ein Gaul einmal alt, so geht es reißend bergab. – Aber Ihnen hat das Land wohlgetan. Sie waren ja doch wohl schon immer in Gedanken auf dem Lande.«
»Ich wollte meiner Frau nur einmal Berlin zeigen. Für eine Mecklenburgerin ist schon Neustrelitz imponierend! Mich bringt nichts mehr zurück!«
»Es wird einem ganz angst in Berlin«, sagte die junge Frau und preßte die Hände gegen die Schläfen. »Man wird dröhnig. Nirgends ein Ende. Man kann stundenlang fahren. Es ist gar kein Himmel da! ... Aber da hat Ihnen vorhin jemand etwas hingelegt und ist davongegangen – das kleine Paket da!«

Eckenpenn sah erstaunt auf seine Platte und griff nach dem dünnen Paket in Zeitungspapier. — Beim Auswickeln fand er — das gestohlene blaue Heft ...
»Marie, nun such dir etwas Schönes aus — für den Winter, wenn der Schnee bis über die Fensterbleche liegt!«
Die junge Frau wurde rot vor Freude und griff hastig nach einem alten Goldschnittband.
»Die Königin Luise, unsere Prinzessin! Das war ja doch ein Mecklenburger Kind!«
Eckenpenn hielt träumend ein blankes Zweimarkstück in der Hand. Dieser Tag brachte in seiner ersten Hälfte einen solchen Glücksfall, daß der Buchtrödler beklommen wurde und daran dachte, was er vielleicht dafür zahlen würde. Gedankenvoll blätterte er das auf so seltsame Art wiedergekommene blaue Heft auf und fand einen Zettel mit dem einen, in klobigen Zügen geschriebenen Wort: *»Idiot!«* —

Mit dem Besitz dieses Zweimarkstückes war ganz von selbst in Eckenpenn das Gefühl einer Leere gekommen: er empfand einen vorzeitigen Hunger auf Mittagbrot, auf warmes, gebratenes, oder wenigstens gekochtes Fleisch, das von einem Mittelgebirge aus Kartoffeln umgeben und von einem braunen See gewürziger Bratensoße bespült sei ... Mit dem Besitz kommt Bedürfnis. Die hinterhältige, listige, wohlwollende Stimme der Moral des Gewissens, das süße Schlangenzischeln aus dem Garten Eden, erfindet alsbald die beruhigende tiefere Begründung. Der Buchtrödler hörte in sich reden, daß das frühere Aufstehen, das Warten an der Haltestelle, die außergewöhnliche Kälte und manches Derartige sein vorzeitiges, ausschweifendes Hungergefühl durchaus erkläre und damit rechtfertige. Mehr noch: es erschien

unbedingt vorteilhaft, in dieser Gegend und jetzt bald zu essen, weil er nicht wissen konnte, ob Fox nichts Besonderes vorhabe. Dann war aber nachher keine Zeit, bis sich der große Boxkampf entwickeln müsse.
Eckenpenn wußte, daß kaum einige Minuten entfernt in der großen Nordsüdstraße mit der gehobenen Unsittlichkeit, den Untergrundbahnhöfen, Bilderauktionen, Füllfederhaltern, Antiquitäten, Billardakademien, Briefmarken, Bräus und Kaffees ein kaum zu entdeckender Speisekeller sich befinde, eine Zufluchtsstätte armer oder wechselfiebriger Studenten. Er hatte hier manchmal – fast immer vergeblich – Bücher zu verkaufen gesucht. Der Fremde und der Geschäftsmann eilten hier vorüber. Nur der Wissende bog sich geschickt die schmale Treppe hinunter und kam dann in ein großes, unterirdisches Gewölbe, die niedrige Decke von Eisenpfeilern gestützt, von Schwaden eines unechten Fettgeruches durchzogen ...
Die Tische waren besetzt. Eckenpenn fand kaum hinter einem Pfeiler einen verlorenen Platz. Das Essen war vom Einheitstyp, billig und reichlich, wenn es sich auch noch nicht mit seinem gewöhnlichen Futterplatz darin messen konnte. Um die Säule hatte der Ökonom die hektographierte Speisekarte kleben lassen. Sie umschlang zärtlich fast drei Viertel des Pfeilers. –
Ein Schatten fiel auf Eckenpenns Teller. Auf einem nachgedunkelten Regenmantel schmolz Eis. Von einem breitkrempigen Hut tropfte es herab und rieselte einen Schatten aus dunklem Wasser zusammen. Ein junges, blasses Gesicht versuchte ein Mahlerprofil zu bilden. Dann war ein Seufzer zu hören. Die Fledermausgestalt substrahierte sich ihres Mantels. Ein langer, schmächtiger Mensch verbeugte sich und setzte eine alte, stark geschwollene Ledermappe auf die Erde, sich aber auf den zweiten

Stuhl. Die Mappe schien das Kontergewicht gegen die verwehenden Tendenzen des Novembertages zu sein. Um die hohlen Augen bog sich eine schwarzgerandete Brille, zwei gebundene ganze Noten ...

Der junge Musiker wickelte aus der Mappe eine stark abgegriffene Partitur, die er aufschlug und mit einem Zahnstocher studierte. Dann schien er sich zu entsinnen, warf einen verstohlenen Blick auf das Planetensystem des Königsberger Klopsgerichtes auf Eckenpenns Teller und eilte mit hastigen Sturzbewegungen dem Kellner entgegen, um ihm eine Bestellung zuzutuscheln.

Dem Buchtrödler wurden seine eigenen Gedanken als Beigabe serviert. Aber er mußte dennoch wahrnehmen, daß der junge Mensch ganz langsam nur eine Suppe zu seiner Partitur aß, daß der Löffel in seiner Hand zitterte, daß in seine eingefallenen Wangen Beschämung stieg, um sofort durch Schwäche herabgerissen zu werden.

Eckenpenn sah auf der umgebogenen Rückseite des Partiturdeckels ein großes lateinisches IX. So sagte er leichthin: »Die neunte Symphonie?«

»Nicht die neunte von Beethoven — auch die nicht von Bruckner — die von Mahler. Aber alle neunten Symphonien sind gut — und an der neunten sind sie alle gestorben. — Schade!« Der Jüngling sprach flüsternd und überstürzt —, »daß Schubert nicht bis zur neunten gekommen ist! In der Unvollendeten fing etwas von Vollendung an. Aber das Fett von Gemüt war zu dick — da hat der Bruckner ein Quintett geschrieben, da sind Stellen darin, aus denen das Neue anfängt. Dann die verklärte Nacht ...«

Der junge Mensch schwieg erschöpft und schlang übermannt, den Rest der Suppe hinunter. Dann sah er starr auf die Partitur und strich mit einem Bleistift Takte an.

»Als ich jünger war«, sagte Eckenpenn vorsichtig, »wurde um Wagner gekämpft. Bach und Beethoven blieben zurück. Mozart war ein Schatten an der Wand. Dann kam Mahler. Man entdeckte Bruckner, wohl, weil er schon tot war. Dann, glaube ich — ich verstehe von Musik nichts, weil ich nur zuhören kann — sprang man von der Tonleiter herab — auf die Viertelstufe und schrieb ohne Vorzeichen, ohne Takt und ohne Tonart, und trotzdem war wieder Mozart da — und Händel! Es ging wie in der Malerei. Die Internationale in der Musik ist wohl gekommen, weil Europa in jedem Kampf und in seiner Kultur verlor: Neger und Malayen und die Javaner, China oder eine neue Chinoiserie, da man in Europa niemals China kennen wird — und viel Rußland! Und ist jetzt nicht, wie ich in den alten Mittagszeitungen lese, der musikalische Wille zu einer neuen Sachlichkeit da? Und Beethoven und Bach und Brahms leben immer noch! Trotz Strawinsky und Schönberg und Bela Bartok und der sozialen Sprechmusik! Oder — wie heißt er doch? — der Hindemith ...«

»Haben Sie jemals etwas von ihm gehört?« Der junge Musiker fuhr empor.

»Nicht im Konzert«, lächelte Eckenpenn. »Den Eintrittspreis bringe ich nicht auf — und auch nicht den Gesellschaftsanzug. Aber einmal — im Rundfunk — hörte ich eine Cellosonate. Ich hatte — aber ich bin allerdings ein alter Mann und mit dem gewöhnlichen Dreiklang großgezogen — ich hatte den Eindruck, als ob ein betrunkener Student sich in einem zu engen Bett wälzt ...«

Der Musiker lächelte grimmig. Sein Mund stand rund und verbissen aus dem eingefallenen Gesicht. »Merkwürdiger Ausdruck für diesen Aufschwung der Jugend! Aber Sie haben sich doch wenigstens etwas gedacht!«

»Und doch« — der Buchtrödler sah nachdenklich auf seinen Teller mit den Soßenresten und einer verlorenen schwarzen Kartoffel — »hatte ich damals, vor vielen Jahren, als sich noch die Musik mit mir beschäftigte, den Eindruck, als ob Beethoven mir nicht genüge, das Erwachen froher und dankbarer Gefühle auf dem Lande, als ob ein Genie des Themas, des Aufbaus und der melodischen Linie kommen müsse wie Beethoven, aber aus einem neuen Geist, da doch die Musik bisher, die alte Musik, der Klang des Landes war, nicht der der Stadt!«
»Mit Zuchthaus müßte man alle bestrafen, die jetzt Beethoven oder Brahms oder Mozart oder selbst Wagner spielen, den dickflüssigen Heldenbourgeois!« Der junge Mensch fauchte es hervor. »Mindestens für zwanzig Jahre! Sie nehmen dem Neuen, der Jugend, den Platz weg! Wir verhungern und ersticken! — Bachs Kontrapunkt: ja! Er ist ewig! Führer braucht den Gefährten! Für sich ist nichts Klang; erst die Gegenstimme macht es dazu. Selbständigkeit ist nur in der Gemeinschaft! Melodie und homophone Begleitmasse ist unnatürliche, aussaugende Aristokratie, die sogenannte Lilie über dem Sumpf: Aber das Thema ist anders, nicht gebunden an die Froschregel der Leiter, ist neue Zeit, ist neuer Rhythmus, neues Blut! Engführung ist Not, Umkehrung Revolution, die weite Lage ist der Löwenatem des Aufbruchs! Vier Stimmen sind die Wucht von kämpfenden Parteien. Aus ihnen kommt das Gesetz! Die Fuge ist Volk und ihr Sinn — Politik! Groß ist sie — und erbarmungslos ...«
Der junge Mensch sank plötzlich zusammen. Sein Gesicht verzerrte sich. Er legte die Hände über die Augen.
Eckenpenn winkte dem vorübergehenden Kellner zu und gab ihm flüsternd eine Bestellung.
»Pardon«, stöhnte der Musiker abgebrochen. »Ich habe

— mir den Magen erkältet. — Es ist ein scheußliches Wetter draußen ...«
Der Buchtrödler sah ihn schweigend an. Nach einigen Minuten kam der Kellner. Eckenpenn nahm ihm die schwere Schüssel ab, drückte ihm ein fürstliches Zehnpfennigstück in die Hand und stellte das Riesengericht Wildragout neben den leeren Suppenteller.
Der Musiker zuckte zusammen. Mechanisch griff er zur Gabel und zum Messer. Seine Lippen zitterten. Nach einem Augenblick überfiel ihn Gier. Er schlang hastig große Bissen Fleisch. Dann hielt er inne, legte entsetzt die Gabel hin und stammelte: »Aber ich habe doch keinen Hunger ... Ich kann doch von Ihnen, von einem Fremden, kein Mittagbrot annehmen! Sie haben doch auch nichts!«
Eckenpenn sagte still: »Eben weil ich nichts habe, habe ich es übrig. Sie können das ruhig annehmen. Ich kenne Sie nicht — und ich bin gewöhnlich auch in Not.«
Der junge Mensch fing an zu weinen. »Ich strecke die Soße«, stieß er grimmig hervor, und während des hastigen Essens murmelte er: »Ich mache einem Kerl seine Operette. Er kann mit einem Finger brutale Schlager hämmern. Ich instrumentiere. Er steckt ein ... Jetzt habe ich nichts ... Hunderte laufen herum. Wer läßt Klavierstunden geben? Zum Steinetragen bin ich zu schwach. Nach den Kneipenstellen muß man sich abjagen. Immer sind sie besetzt ... Immer — sind sie besetzt ...« flüsterte er, sank auf seinem Stuhl zusammen und war plötzlich durch die Erschöpfung der Sättigung eingeschlafen. — Eckenpenn entsann sich, daß die Mädchenkneipe neben seiner Speisewirtschaft für einige Abendstunden einen Klavierspieler suche. Er griff in den Orkus, faßte — das blaue Heft, riß die Schlußseite heraus und schrieb hastig

die Adresse und ein paar Worte auf. Dann zahlte er, erhob sich leise und ging. Ein Blick auf die Wanduhr ließ ihn eilen. So sah er gar nicht auf die eingespannten Mittagszeitungen, die als fette Überschrift hinausschrien: »Der Arzt als Mörder! Geheimnisvolles Doppelleben eines Gelehrten!« — —

Im Gehen dachte Eckenpenn an das alte Wort des weisen Alten, das immer die Zuflucht der Güte des Alters ist: Wenn sich der Most noch so absurd gebärdet ...! Wenn der Most noch Wein würde! Aber wer konnte wissen, ob er am Ende nicht Limonade oder Scheidewasser sein wird.

In die riesige Kirche des Sports schoß die Masse der Gläubigen, durch die Schächte der Eingänge geformt und gepreßt, in einem schwarzen Strahl und spritzte bis in die Dachsparren der Halle empor. Wo zog noch eine Religion mit solcher Inbrunst Zehntausende an ihren Altar? Ließ sie in Zungen reden, eine neue, ungeformte ekstatische Sprache des Schreis, Wut und Verehrung zugleich, über jede Schranke hinweg, und ließ sie sieden im eigenen Gefühl? Der Altar aber ist der Ring aus vier gespannten Seilen, dem erhöhten Schaffott ähnlich, und über ihm schwebt der neue Gral, die Jupiterlampe, die mit ihrem bläulichen Lichtgezisch von unerhörter Helligkeit die Wandlung über die schwarze Masse mit den ausgelöschten und bereiten Gehirnen herabträuft. Es gibt nur einen Gott. Muskel! Und Tempo ist sein Prophet! —

Durch eine Seitenpforte, ein unbeachtetes, fast von Plakaten verklebtes graues Loch, schlüpfte um halb acht Uhr des Abends der kleine, alte Mann Eckenpenn. Sein Mantel bauschte sich um ihn wie eine Engelswolke. Er entfuhr ihr hastig, mit teilender Gebärde des Anfangs. Das Chaos war vor ihm — und hinter ihm. In den Falten der Wolke aber trug er seine jämmerliche Schöpfung, die Scharteken, abgelaufene Planeten des Geistes, schwarze, erloschene Sonnen ohne Umlauf, er selbst ein jämmerlicher, abgedankter Gott, zerschlagen, aus der Trennung gerissen, ohne Luft der Sympathie um sich. Die Zeit ruft. Die Verabredung ist getroffen und trifft dich nagelnd gleich einem Speer. Tue deine Pflicht und verdiene Geld, damit du das Leben verdienst! Ob es dessen wert ist — denke nicht darüber nach, auf daß du nicht zum zweiten- und letztenmal aus deiner Schöpfung fällst! Es ist das Leben! —

In der Halle pfiffen die Ventilatoren. Der Zigarettenqualm wurde fortgeschleudert, zu Nebelringen geformt, hinausgequirlt, auf daß reine Luft beim Beginn der Kämpfe sei. In den Gängen um den Ring tobten die Photographen und Filmkameraträger, startbereit, gierig auf den Moment der Präsentation der Helden wartend. Und dann kam auch der Einzug der Presse, des Bleistifts vom Fach, des Stenogrammheftes, das das Mark saugt aus den acht Runden, den zweimal zehn Runden und den großen, seit Monaten von Millionen ersehnten fünfzehn Runden zu drei Minuten plus eine Minute Pause für die hilfreiche Ecke der beiden Heroen, aus der Masseur, Manager, Arzt, Trainingspartner hervorschießen und das Idol zurechtmachen für die nächste Runde. — —

Der alte Mann Eckenpenn war in Gefahr, hinweggeschwemmt zu werden. Seine hilflose Stimme markierte Ordnung. Die müden Augen, die der Dunst der schaugierigen Masse umdampfte und beschlug, mußten sich bemühen, Eintrittskarten zu erkennen, seine Arme Wege zu ebnen und Plätze versuchsweise freizumachen und zu zeigen ...

»Gnom und Eckenpenn pünktlich wie die ehemals pünktliche, jetzt verschwundene Normaluhr beim Kammergericht — oder wie die Uhr im Senderaum, die dreimal des Tages eine volle Minute gibt! Sammle sie, Eckenpenn! Wenn du lange genug lebst, hast du einen Monat Leben gut!« — Der Kaffee ist da. Über seinem beseelten Dampf ruht schützend und abschließend der braune Napf mit den beiden Stücken Zucker. Das Milchkännchen hat keinen Henkel. Der gelbgesichtige Freund sitzt schattenhaft gegen die braunpolierte Vitrine mit den Konfitüren und Schokoladenpackungen. Seine Zähne entblößen sich, wenn die Stelle der Seele sich verschließt. Sein Lächeln ist fremd und abseitig. Der Hauch eines andern Erdteils ist um ihn. Ein bemalter, tongebrannter Lohan aus der verborgenen Felsnische eines chinesischen Gebirges lächelt so. Seine Totenhand hält eine grüne Karte. Die Knochenfinger wirbeln wie im Spiele eines Clowns. Der heiße Trank duftet. Das Mädchen im schwarzen Kleid mit der weißen Schürze sieht die Karte und fragt erstaunt: »Tee?« — Nein — Billett nach Prag.« — —

Es konnten zwanzigtausend in Spannung zitternde Menschen sein, geladen mit allen Möglichkeiten der Begeisterung, des Hohns, der Wut, des Gelächters, der Bestialität und der Hingabe bis zur blutenden Schamlosigkeit. Das Sprachrohr brüllte ... Der erste Rahmenkampf. Das Vorgericht. Die Appetitplappen, serviert von zwei kleinen Managern. Was waren das für schmale Bissen! Zwei Leichtgewichte auch noch mit acht Pfund Differenz! Lächerlich! Der eine ungelenk, steif gespreizt, eine Fußarbeit wie ein Bauerntanz und die Reichweite des Affen Tarzan! Der andere Muskeln noch in Fett gepackt, seine Deckung ein Backtrog!

Der alte Mann Eckenpenn sah mit seinen leeren Augen ein rosa Gewirbel. Kaum hörte er ein Klatschen, fern, als spülten die Töchter im Gebirge Wäschezeug am Bach ... Blendendes Licht stürzte sich plötzlich auf den Ring, Magnesiumblitze für die photographischen Platten. Pfeifen und Klatschen zusammen, Spottrufe, gönnerhafter Straßenwitz: der erste Gang in acht Runden — die Vorspeise, war hinab. Der Saal hungerte nach dem zweiten Gericht. — —

Der Buchtrödler nimmt zitternd die Tasse in die Hand. Er sieht diese Hand, ihre gefurchten, geneigten Flächen, die Einsenkungen, die trockenen Gänge mit den Knoten: er glaubt, halb abwesend, ein altes, zerbröckelndes Stück Erde, eine Zeichnung im Atlas, zu sehen. Dann spürt er den Trank brennend auf der Zunge ... Es ist so weit. Nach dem Professor geht Fox, der Animierspieler, der Clown, der Mensch mit dem umgekehrten Vorzeichen, in dem Vulkan, Luzifer, Judas, Ahasver, jeder Geist ist, der herabgeschleudert wird, weil er brennt und — zuviel fragt. — Nun ist er Eis geworden, da er sah, daß jede Gemeinheit sich Liebe nennt ...

»Sie — Mann — wo ist mein Platz? — Wenn Sie zu schlapp sind — Schupo! Das Eigentum ist in Gefahr! Schmeißen Sie den Kerl in die Galerie! Mein Auto hat Panne, Kotflügel gegen einen Autobus, zwei alte Weiber kleben an einem Laternenpfahl ... Fliege hierher auf Taxe — sitzt ein fremder Lümmel auf meinem Platz! Verflucht — da sind schon die Halbschwergewichte im Ring! Feste! Massiert euch, Jungs! — Mensch, der Solarplexus ist doch kein Adamsapfel! Zuviel clinch! Werdet ihr das Halten lassen, ihr Schweine! Affen! Eure Spucke kann ruhig rot sein!«

Der alte Mann Eckenpenn sah, daß ein halbnackter Mensch an den Seilen entlangtaumelte. In die gespannte Stille hinein hörte er von weitem eine kalte, langsame Stimme zählen! — »— drei — vier — fünf — sechs ...« Dann warf jemand ein Taschentuch in den Ring. Zwanzigtausend Menschen brüllten und trampelten ...

»Der Zirkus wandert. Ich begleite Martha, das kluge Schwein. — Es wird mir nachgerade zu mufflig und langweilig in Berlin. Ich bin der zweizinkigen Gabeln aus einer Fabrik müde, die behaupten, Menschen zu sein, weil sie alte Kulturen anspucken. Dabei leben sie von ihren Resten, mindestens im Aberglauben. Sie haben Weihnachtsbäume und binden ihnen eine rote Schleife um — an Stelle des Engelshaares ... Man muß Fortgeschrittenheit bekunden. Sonst sind sie Serienausgaben, Klischeedrucke. Daß sie verschiedenen Parteien angehören und sich bestialisch befeinden, obwohl sie alle gleich sind, dokumentiert sie als Besitzer von Weltanschauungen. Gleichzeitig sind sie gedankenlose Anbeter der Partei als Institution und tragen alle den Fetisch Zeitung herum. Sie können es alle nicht begreifen, daß der Mensch sich selbst widersprechen muß. So etwas nennen Sie charakterlos. Sie haben kein Werden, kein Wachsen. Sie werden nur ausgebildet, träniert. Eine Sekunde schneller schwimmen, zehn Pfund mehr heben, eine größere Maschine bauen, dem Kampf um das Petroleum mit der Moral umkleiden und afrikanische Stämme mit Bombengeschwadern bekehren, nennen sie kulturelle Sendung! Gut verdauen, die Erde ein Schachbrett von gleichgroßen Siedlungen und Fabriken, alles von Menschen besetzt, immer mehr Menschen, bis kein Vogel, kein Tier leben kann, das nicht im Käfig sitzt und nutzt: das ist das Idol der Zahl! Das Gesindel hat

die Radioaktivität, die Zerspaltung des Atoms, die Verwandtschaft der Sterne, die Ahnung des Menschen als magnetisches Sternensystem, das Problem Seele vor sich — und macht nur Technik daraus! Berlin frißt und treibt Sport. Auch Klassenkampf ist Sport. Ich gehe fort. In Böhmen ziehen wir auf dem Planwagen weiter. Es ist die letzte Minute. — Kommst du mit, Eckenpenn? Hier bist du in ein paar Monaten Straßengulasch ...«
Die Halle bebte. Zwei riesige Kerle wurden triumphierend hereingeführt. Von den geduckten, massiven Nacken hing der Flanellmantel herab. Das Megaphon schrie: einhundertvierundachtzig Pfund Ringgewicht — einhunderteinundachtzig dreizehntel Pfund Ringgewicht! Worte, Blitzlicht, Sturm der Filmmänner, Handschuhe auslosen, das Trikot, Wirbel der Fäuste, Klatschen, Hetzen, Gebrüll ... Der alte Mann Eckenpenn erwachte, fühlte sich beiseitegestoßen und sah einen der Riesen am Boden. »Sechs — sieben — acht« klopfte die Stimme. Dann hob sich der Muskelberg und tastete in das Licht. — »Kinnhaken!« tobte die Füllung der Halle. Wieder schlug der Körper zu Boden. Dann kam das eherne Schüttern eines Gongs. — —
Die Kaffeestube versinkt. Fox und Eckenpenn gehen schweigend auf die Straße. Aber der Buchtrödler tritt durch Glas. Die Sehnsucht, schlesische Erde zu fühlen, das Gebirge zu betasten, noch einmal, wo es auch sei, *Erde* zu beschreiten, nicht Asphalt, Holz, Steinwürfel, erhebt sich zum letztenmal. Die Straße gleitet unter ihm fort. Er schweigt. Dann kommt der Platz. Im Sommer sind dort Anlagen. Eine Fontäne leuchtet für Gerechte und Ungerechte. Und Schirmgeschäfte sind da, Blusen aus Wolle, sonst — im Sommer — aus Waschseide. Ein Warenhaus hat eine Weltkugel über dem Dach, die

nachts leuchtet. Denkmäler aus unbekannten Zeiten für unbekannte Menschen machen sich gut im Grün und sind als Anheftungspunkte des Volkswitzes wichtig. An der Ecke sind Sportphotographien unter Glas gebracht. Davor ruft ein Chor von Männern und Frauen die ersten Abendzeitungen aus, teils drohende Reichstagsauflösung, teils grauenhafte Morde eines Arztes oder die Doppelrolle eines Gelehrten. Fox zündet seine Shagpfeife an, schräg vor der Reklametafel gegen den Wind gestellt. — —

»Bravo«, brüllte es jetzt in der zweiten Runde. »Noch so'n Schwinger, und die Wand hat ein neues Tapetenmuster!« Der kleinere von den Riesen, der Mann aus hundert Kämpfen, der fast schon ein alter Mann von beinahe vierzig Jahren ist, ging zu Boden. Bis sechs war er wieder hoch und deckte ab, bis der Gong rettete. Jetzt war das Fieber da. Die Wetten kamen, ob er die dritte, die sechste Runde überstehen würde ... Der alte Mann Eckenpenn hörte Zahlen nennen. Gezänk tobte. Über allem aber war die zärtliche Begeisterung der Frauen für den jungen Boxer, der aus primitiver Deckung seinem Gegner fürchterliche Schläge beibrachte, als sei er ein Sandsack. — —

Die Pfeife brennt. Fox spricht: »Wir trennen uns jetzt: also, alter Gnom, entscheide dich: kommst du mit?« Der Buchtrödler will »Ja« sagen. Da — eben pfeift ein böiger Eiswind aus Nordost — bricht die Fontäne auf. Ihre Strahlen irisieren in betäubendem Lichte. Tulpenbeete schießen hervor und blühen. Auf zärtlichem Kies gehen Menschen, tausende, in leuchtenden Kleidern, jeder eine Welt für sich. Auf den rund gestellten Stühlen sitzen sie und lesen. Ihre Blicke sind schamlos oder hingebend. Ihre Körper blühen in seligster Eitelkeit. Gierige, rastlose Pläne eilen in den Hirnen der Männer, die die Kraftwagen noch peitschen möchten. Das Gerücht schwebt wie eine allgegenwärtige silberne Wolke über dem Platz. Alles Geschehen der Erde wird hier gleichzeitig bekannt und bewußt. Hier sind die Wurzeln aller Länder und Meere, aller Wiesen und Gärten und entfalten sich in einer einzigen, blühenden Sekunde zu unerhörtem Duft! Der Stein tönt. Der elektrische Strom singt. Die Schreie der Straße werden Musik. Eine Stimme aus Eckenpenn sagt statt: »Ich komme« — »ich kann nicht gehen ...« — — »Er hält sich. Er wird immer besser. Die achte Runde war klar für ihn! — Natürlich, man muß auch mit dem Kopf boxen!« Drei Jünglinge prügelten sich. Die Ordnungspolizei wischte den randalierenden Fleck fort. Eine ganze Schar von Herren behauptete, der Ringrichter hätte vier Sekunden zu spät zu zählen angefangen. »Er war schon in der ersten Runde knock-out!« »Gemeinheit — Schiebung!« heulte es. Dann ging ein befreiendes Aufatmen bis unter die Decke der Halle. Endlich war es eine nahe Sache. In der zehnten Runde wurde dem jungen Boxer das Auge geöffnet. — —

Eine Bedürfnisanstalt ist mitten in den Verkehr eingebaut: eine steinerne Stätte der menschlichen Zurückziehung. Fox gibt dem alten Mann Eckenpenn die Hand. Sie ist kalt und legt sich hin wie fünf Eiszapfen. Sein Mund verzerrt sich zu einem verzweifelten, viereckigen Grinsen. Es ist, als ob um die Augen Risse aufspringen. Dann kommen die letzten Worte: »Sonderbar ... Was ist zwischen unseren Fleischfasern? Da innen steht es: Sillery befördert die Ausscheidungen — und doch, Eckenpenn, habe ich dich altes Kind geliebt, und meine Liebe war sonderlicher als Frauenliebe!« — Der Platz stürzt ein. Die Häuser winden sich. Ihre Quadern werden gleich fallenden Knochen und poltern in den Abgrund. Die Erde hat

ihren Mund aufgetan. Menschen und Gefährte strudeln hinab. Die Luft stürzt heulend nach. Das unterste Feuer sieht mit glühenden Augen herauf ...
Megaphon! »Nach Punkten gewonnen!« Der Gürtel wird umgelegt. Rasen läuft vom Grund bis zum letzten Sparren der Halle. Frauen und Rosen werfen sich hinab. Hände donnern. Fäuste schwingen sich über einem Schaum von roten Köpfen. Im Glanz steht der junge Boxer da, die Brust zwei genietete Stahlplatten, die Arme hängende Kurbelstangen auf gespreizten Trägern, die Ohren abstehend, um den Mund ein jauchzendes Grinsen, das linke Auge geschlossen, die Haare verklebt vom dunkelnden Blut, den Dampf des Kampfes um sich: der neue Heros der Stadt! — Der alte Mann Eckenpenn besorgte einigen prominenten Herren die Garderobe. — —

XI DEZEMBER

Die Zeit, die ewig alte und ewig junge Gefährtin des Menschen, sein Geschöpf und sein Beherrscher, die Trägerin vieler Mäntel, vieles Putzes und vieler Seuchen und Leiden, die gleichschreitende, zerspaltende und doch messend-verbindende, kann einmal im Traum aus ihrem anerzogenen Wesen springen und ihrem feindlichen Bruder Raum ähnlich werden. Dann sind die Geschehnisse in einem fremden Taumel. Sie wirbeln atemlos, verschlingen sich, borgen und stehlen einander die Farbe und müssen kämpfen, um ihre Schärfe und Deutlichkeit in der Hast des peitschenden Nacheinander nicht zu verlieren.

Ein alter Mann in einem fahlen Lodenmantel schritt durch die Landschaft. Seine vornüber hinknickenden Füße hasteten; aber es schien, als ob er durch Heidesand wate und kaum eine Spur Raum zwischen Schritt und Schritt brächte. So mußte er fürchten, daß die Stadt, das große Berlin, schneller sich bewege, als er und ihm unter den Füßen entschwinden könne. War sie nicht immer schneller als er? —

Der Sturmmantel mit den gefüllten, schweren Taschen schlug dem kleinen Mann um die Knie, verballte sich zu hängenden Wolken, ward von den Stößen seiner Bemühungen zurückgeworfen und wehte lastend hinter ihm her, voll von eingekrallten Dämonen. Sollte seine Schöpfung Gottvater entrinnen wollen? —

Der alte Mann murmelte vor sich hin: »Ich weiß es. Sie kann mich nicht betrügen und mir meinen Namen rau-

ben, da sie doch mein innerstes Selbst getrunken hat! Ich heiße Eckenpenn! Eckenpenn, so lange ich laufe, und ich muß dich ganz durchschreiten, Berlin!«
»Du wehrst dich. Es ist Dezember. Sie werden bald Lichter anstecken und die Tannen in den Gebirgswäldern kreuzigen, um in ihren Gebräuchen festlich – weich zu werden – alle, die Betrüger und Narren, die Heiligen und die Mörder! Es ist Feuchtigkeit in der Luft. Dein Odem ist dampfend geworden in einer faulen, unzeitig geborenen Wärme. Der Asphalt raucht vom Hauch der Kreatur, als hingen schwere Abendnebel über den dunklen Teichen! Aber die Erde, der Asphalt, ist weich und zähklebend, wie wenn die Glut des August in deine Schlünde herabgefallen wäre! – Aber ich habe keine Zeit! Heute ist die Zeit losgebunden und schnell wie Fledermausflug. Und doch komme ich nicht hindurch durch die Straßennebel. Aber ich muß heute noch deinen Anfang und dein Ende sehen!« – –
Der alte Mann war auf einer Chaussee zwischen Waldresten, auf einer Schlange, die unablässig sich bog und Staub ausatmete, Staub, in dem ölige Geiferflocken hingen. Die Randbäume, die verlorenen Haufen des Waldes, standen ergraut, mit dorrenden Ästen, ohne das lebendige Blut in ihrer Herzkraft, in den Wurzeln des Bodens gebrochen. Das Gras zu ihren Füßen mußte von den Herdentritten eines Volkes zerstampft sein. Auf dem Rücken der Schlange donnerten die ungefügen Kastentiere mit den eisenbeschlagenen Gummifüßen, Ware als Eingeweide, ein Stahlherz in sich, das nach Öl griff und vor raumfressender Ungeduld in rasenden Stößen erzitterte! – Der alte Mann im wehenden Mantel sah Geschöpfe wie Taucher, auf tobenden Rädern festgebunden, Rauchschleier hinter sich stoßend, und es schien, als

würden sie von dem offenen Maul eines Ungeheuers in immer größerer Schnelligkeit eingezogen.
Noch hing hellere, grauweiße Luft in der Höhe. Aber die Ferne schien sich zu trüben. In einem Meilenkessel von dunkelndem Dunst hockte das breite Ungeheuer, mühsame Gärten, Landstrecken, kleinere Tüpfelhaufen von Häusern zwischen den Pranken. Flugzeuge schwirrten geiergleich in die Nebelfühler hinein. Der Regen strich in stärkeren Netzen vor seinen Weichen herab und fing das letzte, vortastende Licht ein. Wie Finger standen Wassertürme am Horizont, ehe noch die Stachelhaut der äußeren Maschinenhallen mit ihren Schornsteinen begann. Und das Ungeheuer Stadt schlief nicht. Die Augen seiner Scheinwerfer und Mündungsfeuer standen wachsam im Dunkel!
»Da liegt sie — und frißt Menschenfleisch!« murmelte der alte Mann im Gehen. »Alle Geschöpfe rasen, um zwischen ihre Kiefer zu kommen! Nur ich taste im Sand! Ich laufe rückwärts. Ich bin machtlos! Und doch muß ich hinein und eine Seele suchen! Aber du schläfst nicht. Nur wer schlafen kann, hat Seele! Die Hölle ist der Ort der Schlaflosigkeit! — Eckenpenn, du alter Mann, wer hat deine Taschen vollgestopft? Du trägst deinen Wagen im Mantel. Er wird dir zu schwer. Du mußt beweisen, Eckenpenn, daß du in Berlin gewesen bist! Lege dein Zeichen nieder, Indianer auf der Fährte! — Da ist die Haut aufgerissen. Kabel sind durchgeschnitten. Neue Nerven werden dir eingezogen. Ewig willst du wachen und verdauen!«
Der alte Mann sah sich ein Buch aus dem Orkus nehmen und in den Schacht werfen. Augenblicks schloß sich die Wunde der Landstraße. Ein Sturmwind ergriff den Mantel, wirbelte ihn zusammen und warf ihn durch die blinde

Luft. Die Zeit rauschte wie der bläuliche Auspuff eines Motors von den Füßen des Mannes Eckenpenn zurück.

Da war ein Gewälze von Bergen. Breit krümmten sie die Schultern. Blauschwarz und rotdunkelnd schuppte sich ihre Haut. Wolken von Kohlendunst hoben sich vom Boden und nagten mit den Säurezähnen am Gebirge. Ein klirrender, eisengrauer Hügel brannte. Wasser schwang sich herab auf die hüpfenden Feuergeister. Nun stoben die weißen Dampfnebel auf und hüllten die Schreie der Gnomen mit den breiten Schaufeln und den Eisenstangen ein.
Der alte Mann Eckenpenn fuhr in seinem geballten Mantel einher gleich einer fremden Wolke. Er umkreiste den blauenden Halbkreisberg des Gaswerks in riesigen, fernbleibenden Spiralen, ward wirbelnd um den Förderturm geschleudert und stürzte endlich lotrecht ab. Der Koksberg dampfte vor seinen Füßen. Unablässig rollten heiße, im Wasserdampf widerwillig zischende Geschiebe herab. Ihr bösartiges Flüstern ertrank im Heulen eines losgebundenen Ventils. Aus einer offenen Feuerstelle rannen die Massen gelber und grüner Dämpfe auf der Flucht vor den ausbrechenden geschwungenen Flammenfahnen ...
»Hier ist der Krieg der Elemente«, lachte der Sturmgeist in Eckenpenn. »Hier fließt das schwarze, rauchende Blut des Teers aus den Leibern der Kohle, der losgerissenen Wälder der Tiefen, und die farbigen und duftenden Wunder eines chemischen Ringes schweben als lebendige Geister der Erschlagenen über der Schlacht! Und selbst die Leichen, millionenfach übereinander geworfen, sind noch voll von gebundenem Haß, von gekerkerter Flamme! — — Wie meine Füße brennen! — Und doch ist der

Weg weit ... Holla — alter Mann! Nimm dich zusammen! Gleite nicht zurück! Du wirst noch durch Sand und Steine, durch Feuer und Wasser gehen müssen! — — Sind nicht Töne hier? Und der junge Mensch sitzt im Raum, oben, auf der Galerie? — Ein Mann hebt den Stab, — unten. Die Töne rollen. Die Bilder schweben wie farbige Wolken, gezogen von der doppelten Stimme des Gesangs!«

Der alte Mann sah sich plötzlich schwer schreiten. Seine Füße schienen im rinnenden Teer versinken zu wollen. Mit Gewalt riß er sich los. Nun stand er vor dem offenen Feuerloch des riesigen, gemauerten Zauberers Retorte. Ein Buch aus dem Orkus, in frühen Zeichen voll von dunklen Geschichten der Kabbala, glitt auf den Boden.

»Mein Wagen ist zu schwer«, murmelte Eckenpenn. »Hier ist die Arbeit mehr als der Arbeiter! Ich muß dies Zeichen hineintun als Mal, daß ich die dunkle Geburt des Lichtes gesehen habe!«

Das Buch fiel in den brennenden Mund der Retorte. Er schloß sich sofort. Das Gebäum der Schornsteine und die rollenden Hügel verlöschten. Es war Sturmwind da. — —

Ein Leierkasten spielte auf dem Hofe.

»Der alte Eckenpenn spielt wieder«, schrie es aus den Fenstern. »Was hat er heute mitgeschleift? Ein Affe tanzt auf dem Kasten!«

Hier fing Berlin an, sein Gewand in vier Schichten wachsen zu lassen. Es war grau, mit Kalkspitzen und Mörtellöchern. Jetteperlen waren nach der Schnur eingestickt: winzige, viereckige Fenster, halbblind, gebogenes Glas, das verzerrte wie Schimpfen.

Der alte Mann fand, daß er der Leierkastenmann sein müsse. Aber der Mann hatte merkwürdige Walzen in sei-

nem Kasten. Er spielte Gedichte! Ein blaues Heft wurde abgedreht. Es kamen abgehackte, zerbrochene Töne, ein diabolisches Krächzen, zerrende Pausen, hohes Pfeifen, gellend, hohl wie die Lieder eines Schwindsüchtigen.
Hinter dem Müllkasten wuchs Gras. Eine Ziege war angebunden und tanzte meckernd nach den Tönen. Um den Hauklotz wälzten sich Kinder in Holzpantoffeln. Mädchen mit hungernden Augen und lasterhaft weißen Gesichtern warfen sich hin und her.
»Seht doch den Affen!« riefen hundert Stimmen aus den aufgerissenen Fenstern.
Der Affe tanzte Charleston. Seine grüne Jacke spreizte sich. Die braunen Plüschhosen winkelten sich grauenhaft komisch.
Nähmaschinen sausten im Takt. Ein Treibriemen pfiff aus dem Keller. Kolbenstöße machten das Haus beben. Aus den Fenstern aber quoll ein ungeheuerlicher Schrei: Gesang, Stöhnen, das Wispern des Klatsches, der kreischende Zank, das unbeachtete Sterbegelächter, Kinderwimmern, das tiefe, erschöpfte Atmen der Schichtschläfer ... Tausendmaltausend mußten hier wohnen.
Der alte Mann fühlte, daß das Haus nach dem Takte des Affen schwankte und seufzte. Wind erhob sich. Die Kurbel des Kastens stockte ... Geldmünzen klapperten. Der Mann, der Eckenpenn sein mußte, bückte sich. Im Sturm entflog der Kasten. Die Taschen des Mantels bauschten sich. Ein Buch fiel heraus ...
Plötzlich war Stille.
»Ein Philosoph! Ein Flicken des Weltsystems! Eine Dichtung von Begriffen! Ein ausgerissenes Blatt aus dem blauen Heft ...« hörte der alte Mann murmeln.
Ein blasser, dreizehnjähriger Knabe stand am Hauklotz

und hackte Holz. Haufen von Stangenabfällen, Abschnitte aus der Arbeit der Kreissäge, lagen aufgetürmt. Das blaue Heft lag auf dem Hauklotz. Der blasse Knabe schlug mit dem Beil auf das Heft. Die Schneide flammte auf. Rot schwamm es auseinander. Der Knabe lag zerschmettert am Hauklotz.
»Auch hier war ich«, sprach die Stimme eines alten Mannes.

Ein doppeltes Gleißen lief durch die Stadt. Zwei stählerne Läufer, die Bahn immer im gleichen Abstand, rannten in verbissenem Grimm, mit kaltleuchtendem Blick; doch ihr schwingendes Blut raste. Aber sie glichen allen Geschöpfen der großen Stadt: niemand sah ihre graue Haut zittern. Sie hielten jedes Tempo! Sie konnten wohl zusammenbrechen, aber sie wichen nicht!
Rauchschwaden stießen auf die Stadtbahnschienen herab. Sie legten sich feuchtend auf die kantigen Steintrümmer zwischen die Spur. Sie laugten jede Farbe aus der Tünche der Häuser gegenüber, weichten den Platz ab und streuten schwarze Rußflocken auf die kümmerlichen Blumen der Fensterbleche ...
Nun sangen die beiden Läufer das dumpfe, dröhnende Lied des Drucks. Die Maschine stampfte heran, aus dampfenden Lungen in überjagten Kolbenstößen atmend. Das Ventil schrie erlöst. Kohlenbrocken flogen in den hungernden Feuerschlund. Von den Rädern tropfte das verbrauchte Öl.
Am Schutzgeländer des Bahndammes sah ein alter Mann sich mühsam gehen. Der Mantel, kantig, aufgebauscht, schlug gegen seine Kniee. Er winkte dem donnernden Zuge bittend zu. Aber die Wagen mit ihrer Fracht Menschengeschäfte rollten vorbei.

»Sie lassen mich allein gehen. Der Kies ist beschwerlich. Er ist schlimmer als der Sand, aus dem du aufbrachst, Berlin, das Riesenkind der Unfruchtbarkeit, du Zeugung aus Willen im Unwillen. Warum kann ich nicht fahren? Ich habe keine Zeit und muß noch einen weiten Weg gehen! Aber ich habe nicht bezahlt, und ich bin nicht in der richtigen Station eingestiegen! Wie komme ich hierher an das Eisengeländer? Auf die Strecke? Auf den verbotenen Weg? Wenn der Mann mit dem Hammer, mit der Zange und mit der Laterne kommt, bringt man mich an einen verschlossenen Ort der Willenlosigkeit! Was muß ich opfern, um mich loszukaufen?«
Der alte Mann Eckenpenn suchte in seinem Orkus. Er zog ein Buch mit einem farbigen Umschlag heraus. Ein Dampfschiff und eine Lokomotive waren von Blumenranken umrahmt. Zugleich aber fiel ein dünnes, blaues Heft heraus. Es blätterte auf. Seiten schienen zu fehlen.

»Waren sie nicht eben auf dem Richtblock? Der Knabe mußte zuschlagen. Und doch – sollte er nicht alles bekommen? Aber – ein Blatt ...«
Der alte Mann riß ein Blatt aus und legte es auf die Schienen. Ein Summen und Sausen wie von vielen Schwungrädern kam aus dem Haus gegenüber. Pochen und Stampfen klumpte dazwischen. Ein Revueschlager kletterte frech aus einer zerbrochenen Fensterscheibe. Eckenpenn sah den alten Mann Eckenpenn sich emporrichten und spähen. Junge Gesichter, voll und blaß, beugten sich über Strumpfmaschinen. Der elektrische Strom trieb. Die Maschen fielen rasend herab gleich Paragraphen. Arbeitsplatz war neben Arbeitsplatz gereiht. Das Bild einer Filmdiva, aus einer Wochenschrift geschnitten, klebte dicht neben einer Fensterscheibe.

»Hermine?« flüsterte der alte Mann und besann sich. Aus den Lüften kam ihre Stimme, lustig und kalt: »Vierzehn Tage habe ich mal in der Strumpffabrik gesteckt. Dann bin ich – getürmt ...«
Ein Zug kam. Sturmwind quoll auf. Der alte Mann fühlte sich davongetragen.

Es war ein unaufhörliches, lautloses Vorbeihuschen von winzigen, viereckigen Lichtflecken. Aber hinter den glasigen Häuten dieser Lichtquadrate waren Bilder, mehr: Geschehnisse! Und nun erkannte der alte Mann, daß es Küchenfenster waren, oder die Augen halbdunkler, nach den Höfen gelegener Stuben, oder hineingebrochene Lidspalten von Treppenaufgängen.
Alte, erlöschende Frauen saßen unbeweglich hinter den Scheiben, die Gesichter angepreßt, um den letzten farbigen Schein des Lebens nach außen noch mühsam aufzufangen. Sie glichen, rotbraun, verrunzelt, den abfallenden Geranienblüten an den Stöcken am Fenster.
Kinder mit starrenden Augen hockten hinter den Scheiben und winkten den donnernden Feuerwagen nach. Garnrollen, die Bausteine ihrer Märchenschlösser, fielen vom Fensterbrett.
Wäsche hing zum Trocknen da, Hemden, Strümpfe, darunter eine Emaillewanne zum Unschädlichmachen der Tropfen.
Eine junge Frau kämmte sich. Mühsam bog sie sich vor einem Spiegelscherben, um den Glanz des blonden Haares aufzufangen.
Der Giftatem von Schimpfworten sprang an den Fensterscheiben vorüber und machte sie blind.
Sehnsucht blühte an ihnen wie eine Rade im Felde.

Kranke starben hinter den Gläsern. Kinder schrieen ihre erste Erkenntnis der Welt ...
Nun ward die Bahn des Mannes Eckenpenn langsamer. Der Wind, der seinen Lauf verantwortete, schien müde zu werden und ausruhen zu wollen.
Etwas sann nach, welchen Beruf dieser langsam gehende Mann haben könne!
Dann ward eine lange, furchtbare Pause, ein Luftloch im Schweben des Gefühls, als hielte die Zeit den Atem an. Und nun watete der alte Mann schwer in Blättern, die aber nicht der späte Herbst des Landes, sondern der Stadt waren.
Blätter waren da, Strünke, Reste von Früchten, faulig, zertreten, von Wagenrädern zermahlen. Papierfetzen hatten sich daruntergemischt, Benzin hatte seine schillernde Fettigkeit und Farbigkeit der Verderbnis darübergegossen. Hungernde Greise, zusammengekrümmte Spittelweiber suchten am Boden nach Fruchtteilen, die noch zu essen wären. Wilde Tauben hatte sich eingefunden. Sperlinge, die in der großen Stadt seltener wurden und am Kraftwagen, am Öl und an der Kohle ausstarben, die Straßenlungerer unter den Vögeln, zankten sich aus Grundsatz, weil sie erkannt und von den Menschen gelernt haben mochten, daß es keinen Besitz ohne Streit gibt und der Lärmende immer Recht behält.
Der Mann Eckenpenn watete in dem Müll. Als er aufsah, erkannte er eine Uhr über einer geschlossenen Einfahrt. Ihr Zeiger wanderte, bis er die Zeit erreicht hätte, in der das riesige Maul der Markthalle sich wieder öffnen würde. Jetzt kam es dem alten Mann vor, als ob die Zeiger desto schneller liefen, je tiefer er in den Abfall einsank. Nun rasteten sie. Ein Glockenschlag ertönte ...
Das Tor öffnete sich lautlos, gespenstisch. Ein ungeheu-

rer Schrei brach aus der Stadt. Ein Sturm von Wagen und Menschen begann. Fischfrachten, glotzende, todzerschnittene Mäuler, erstarrtes Schuppengeriesel, auf Eisschichten gepackt, die Früchte des Südens aus den Güterzügen, das Edelgemüse, die Blumen, von Flugzeugen herausgeschüttet, noch den Geruch der Geburtserde an sich, — und immer wieder Fleisch — Fleisch! Blutige Rinderhälften mit den Edelsteinknollen des Talges und den irisierenden Häuten, das Geschlinge, das Gekröse, die aufgehauenen Häupter, alles was die Idealität, die Sitte, die Tugend, die Menschlichkeit, die Moral und selbst die Liebe, die Familie, das Mitleid nährt! Hinter ihnen tobte die Gier, der Grund aller Tage und Nächte, der Vater der Arbeit und des Rausches: der Hunger! — Auf tat sich das Tor, gähnend, zweiwagenbreit, auf daß der Bauch voll werde! Dann würde er nach einer Stunde herausschleichen, der träge Bruder des Hungers, stumpf, blinzelnd, schlafgeladen: die Sattheit, die gut heißt!

Der alte Mann, der Eckenpenn sein mußte, fühlte schwer und brennend, daß einstmals ihn ihm etwas war, das nicht hier zu kaufen gewesen wäre — und gekauft wurde. Was war es nur?

Da zog er ein Buch über die Tugend aus dem Orkus und warf es in das Tor. Der Schlund schloß sich ... Wieder war Wind da — —

Einen Augenblick nur brach das Bewußtsein einer anderen Zeit ein. Es saß ein Geschöpf in einem blauweiß gestreiften Flanellanzug in einem Korbstuhl. Ein Tisch, kreisrund, mit einem einzigen Fuß, ein flacher Pilz, dämmerte noch zur Seite in den braunen Samt des verschwindenden Bewußtseins hinein. Bücher lagen auf dem Tisch.

Eins war aufgeschlagen und zeigte das farbige Bild einer waldigen Gebirgslandschaft. Eine rechte Hand lag schwer auf dem Rande dieses Bildes. Sie war das Deutlichste im Augenblick; denn alle Adern traten bläulich stark hervor und liefen wie umrandete Ströme auf einem Pergament von Landkarte.

Ehe aber dies Geschöpf als Eigner der rechten Hand sich zu erkennen vermochte, ergriff jene seltsame Zeit, die sich aus Sturmwind und mühseligem Schritt kreuzte, das Bild und schleuderte es hinweg. — —

Die Kurve der Stadtbahn schwang wieder vorüber. Aber ihre Hast bog sich kreisend von einem ungeheuren Steinblock und stieß den alten Mann im Mantel aus ihrer Bewegung.

Drei Straßen schlichen um den Block, eine stürmte. Aber die stürmende brachte nur harmloses Feuer in die offenen Eisenportale, den schlimmen, gefährlichen Fraß führte die eine schleichende Straße heran.

Eckenpenn sah einen alten Mann schwer durch die schmalste Pforte des Backsteinblocks gehen. Dann war die Dunkelheit da, ein Kreuzen und Brechen von schmalen, hohen Gängen. Und in diesen grauen Adern der Korridore war schwarzes, unheimliches Leben. Treppe auf Treppe schwang sich empor, und alle diese Steinstufen mußte der alte Mann steigen! Fast bog ihn die Last des noch immer überfüllten Orkus rückwärts und ließ ihn die Treppen zurücktaumeln. Aber langsam, unendlich langsam kam er vorwärts.

Tür an Tür war in die Gänge eingelassen. Namen standen daran. Nummern saßen da, kalt, gleichmäßig, aneinandergereihte Pflicht. Aber jede Nummer deckte Schicksal ...

Der Wind kam wieder. Doch trug er den steigenden, entlang tappenden alten Mann nicht empor, sondern riß auf einmal alle Türen auf, so daß das Licht in die Katakomben der Akten drang. Es schien eine Auferstehung der Toten ...

Sie gingen hervor, die Vergehen, die Verbrechen, gefälschten Gesichts, geschminkt, fahl, neidgelb, blutbespritzt, und ihre zusammengepreßten Lippen brachen sich widerwillig auf und gaben flüsternd die Paragraphen der Strafe an. Die Aktenstreifen mit dem Rubrum leuchteten rot. Rot floß es unter den Schränken und Pulten hervor. Wie Friedhofsschmuck glänzten die wuchernden, grünen Wedel der Papyruspflanzen in den Fenstern ... Dann kam ein Stöhnen und hieß Vernehmung. Es läutete das Telefon und wisperte die Denunziation von der Membran. Oben aber, fast im Turm, war das furchtbarste, geheime Gemach, schlimmer als ds Zimmer Blaubarts, der Ort, an dem die Medizin die käufliche Liebe im Interesse der Volksgesundheit auf bakterizide Integrität untersuchte. –

Der alte Mann sah den alten Mann im laufenden Bilde schaudern. Kam ihm der entsetzliche Fall ein, daß dasselbe Organ käuflich und frei sein konnte, im selben Leibe Liebe und Liebe, Unterstes und Erhabenstes? Wo war der Unterschied, da doch ein Gemeinsames da sein mußte, das Grund genannt werden müsse?

Ein Buch schien aus dem Mantel zu wandern. Sein Titel leuchtete im eigenen Licht. Es wurde größer und größer, und als es in den Turmknauf fiel, flammte ein Satz auf: die Geschichte der Sitte ist die Geschichte der Polizei!

Dann kam ein Kreiselwind und zerbrach das ungeheure Gefüge von Zellen, die Vergöttlichung des Rechtecks. Ein Gebirge von Buchstaben klirrte herab, als sei der Schuß einer Revolte hineingeschlagen. Der alte Mann Ecken-

penn fuhr mit den Scherben der Gesetze abwärts. Er watete durch die Trümmer, mühevoll, keuchend. — —
»Auch hier war ich, Berlin«, flüsterte er.

Jetzt kam der Nebeldunst aus den Wassern des Flusses. Sie waren schwer, widerwillig, gefurcht. Mürrische Wellenzüge liefen wie Falten an die Ufermauern. Die Nässe kletterte an ihnen empor und machte sie braun und rissig. In die Verwitterungen hatte sich Moos gesetzt, olivfarben, nachgedunkelt, halb schillernd, wie vom Öldunst befruchtet. —
Noch immer schwang der Bogen der Stadtbahn. Aber seine Kurve wurde flacher, gereckter. Eine Zangenhand mußte ihn gepackt haben. Nun lief die Spur gerade. Die Überführung schnitt eisern zwischen Licht und Straße. Ihre Träger zitterten in den Fiebern der Erwartung. Unter den Trägern lag dichtere Luft. An ihren Grenzen sank der Vorhang des grauen, laulichen Regens stumm und unaufhörlich herab ...
Ein alter Mann stand schwer atmend an der Wand der Unterführung. Die Taschen seines Lodenmantels bauschten sich immer noch. Er hatte sie auf die dritte Stufe eines Lokals gelehnt, um von ihrem Gewicht auszuruhen. — —
»Da ist er wieder, der alte Eckenpenn!« sprach die Stimme.
Das Klavier dröhnte gehackt heraus. Ein Saxophon traf vor lackiertem, selbstverulkendem Gefühl näselnd daneben. Das Banjo wimmerte spitz und lüstern.
Der alte Mann las erschüttert eine grell mit Ölkreide plakatierte Ankündigung, daß der beliebte Stimmungspianist Fox Randolfini für ununterbrochenen Betrieb garantiere. — —

Da trat ein mürrischer Kellner mit rasender, weißer Serviette viele hundert Stufen herab und forderte ihn wütend auf, mit seinem Mantelpaket nicht den Eingang zu versperren!
Sturmwind war da und nahm den alten Mann, der Eckenpenn sein mußte, von neuem unter die Arme. Jetzt tappte er mühselig durch Lumpenabfälle, Papier, zusammengeballte Asche, trat auf verfaulte Bananenschalen und glitt zurück. Es wurde dunkel. Seine Schritte liefen durch geduckte Eingänge, über verwinkelte Höfe mit Kellereingängen und Falltüren, tasteten sich an schleimigen Wänden entlang — und unter neue Durchgänge, über dunkle, von Giebeln überschrittene Höfe, wankten an Lumpenkellern vorbei, an zerschmetterten Scheiben, durch Säcke verstopft — —, und nun fuhr er in ein schwarzes Loch herab.
Eine Karbidlampe stand fast an der Erde. Durch einen Schirm abgeblendet, schoß sie einen scharfen Strahl in eine einzige Richtung. In allen Winkeln saß prahlend die Dunkelheit. Zwei Gnome hockten am Boden. Die Schattenbewegungen ihrer langen Arme huschten gleich Fledermausflügeln durch den Lichtkegel der Lampe. Ein technisches Geschöpf fuhr auf und nieder, fast lautlos. Riesig, ein Dämon, stand die aufgereckte Gestalt eines Mannes.
»Wir brauchen etwas. Das Papier geht zu Ende!« hörte der alte Mann die hinabgepreßte Stimme des Dämons. »Da sie uns das Geld nahmen und mit ihrem Zeichen Wert setzten, das wir nicht bekommen können; da sie uns zwingen wollen, das Geld, das sie gemacht haben, ihnen wieder zu geben als Steuer; da sie betrügen im großen und ihre Sippen und ihre Parteien mästen, wenn wir unsere eigenen Feinde bezahlen sollen, weil wir

nicht Parteien sind: her mit dem neuen Papier! Es muß besonders sein! Aus dem Wertlosen soll das Wertvollste werden! Jede Bewegung des Tieres Maschine hier wird ein Geldschein!«

Der alte Mann konnte nur fühlen, daß die zischende Stimme der hockenden Gnomen wie aus der Erde kam.

»Her mit dem neuen Papier! Die Maschine will Futter haben. Aus dem Nichts soll der Besitz gestampft werden. Da sie uns drücken — drucken wir!«

Plötzlich griff der riesige Dämon in den Orkus und holte das blaue Heft hervor. Ein Bocksgelächter schallte durch den Raum.

»Hier ist es ja, das Niedrigste, mit Recht Verachteste! Was ist wertloser als Dichtung?«

Der Schirm der Karbidlampe flog im Sturmwind davon. Der alte Mann, der Eckenpenn sein mußte, sah den Dämon Blatt für Blatt aus dem blauen Heft reißen und in den Anleger der Maschine tun. Gleißende Helle war im Keller. Der riesige Mann streckte die rechte Hand wie suchend vor und verbeugte sich unsicher.

»Mein Name ist Hettwer, abgebauter Professor der Geschichte, Doktor Hettwer ...«

Dröhnend fielen neun Glockenschläge herab.

Immer sanfter wurde der Wind, sanfter und tönender. Er mußte sich freiwillig gefangen gegeben haben, in neue Wohnungen gekommen und Schwingung harmonischer Art geworden sein. Durch Lippen und Zungen sprach er, von einer abwägenden Hand geleitet, in Maß und Ordnung zur Melodie geworden. Leid und Lust klangen zusammen und wurden Fülle. Das Schneidende stürzte sich in die Breite der Ruhe und gab ihr die dunkle Bewegung. — Teufel hoben den Engeln die

Schwingen, auf daß sie farbiger und leuchtender würden. — —

Der alte Mann fand sich auf einmal eiligen Schrittes und beschwingterer Bewegung. Er mußte Eckenpenn genannt werden; aber dem alten Manne schien es, als ob dieser Schreitende braunes Haar habe, und als ob ein grünschimmernder Mantel ihn umwoge. Er schritt durch die Kirche und stellte sich an einen Pfeiler des Chors. Von der Empore klang die süße Stimme eines jungen Mädchens im weißen Kleide. An der Orgel saß ein alter Mann mit grauem Haar. Seine Züge waren kindlich und narrenhaft, aber unter seinen Händen brauste das Meer. Der Mann, der Eckenpenn sein mußte, hörte die Wälder der Heimat tönen und sah die Berge in trunkenem Zuge schreiten ...

»O hätt' ich Jubals Harf' und Mirjams süßen Ton ...«

Langsam griff er in die Tasche seines Mantels und streute goldgebundene Bücher in den Raum. Sie wurden zu Krokosblüten und tanzten ...

Schneidend kreischte die vox humana herab. Sturm jagte ihre Töne apokylptisch durcheinander. Der alte Mann sah den Mann am Pfeiler alt und grau werden, und der Sturm hob ihn auf und führte ihn durch den steinernen Mantel der Kirche. Dämonen krallten sich an ...

Der Stern wurde sichtbar und zu farbigen Bändern. Nun blaßten sie aus, wurden weiß, zackig, von Sternen und Kreisen durchzogen. Der alte Mann schritt auf einem Boden von Bändern, die sich wie Konfettischlangen um seine Füße wanden. Aber sie hinderten ihn nicht und bogen vor seinem Fuß geschmeidig aus. Sie hoben sich in die Luft, bildeten phantastische Schlingen und waren jetzt wie schwirrende Reklamebänder. Menschen tauchten in ihnen auf. Junge Mädchen redeten eifrig, mit ekstatischer Höflichkeit. Preistafeln wanderten. Eine laufende Treppe zog die Göttin des Warenhauses, die Kundin, in raffinierter Langsamkeit hinauf. – Da war die Bücherabteilung. –

Der alte Mann, der Eckenpenn sein mußte, sah einen schüchternen Verkäufer an einem Musterbau lehnen. Seine Tasche bauschte sich von verheimlichten Büchern, die er in der Freizeit las ... Eine Folge von Glockenzeichen ertönte: die Pause! Der Verkäufer stürzte davon. Das Gelächter der Damen aus der Teppichabteilung flog ihm nach wie ein wehender Mantel.

Der alte Mann sah, wie der alte Mann Eckenpenn im Schreiten innehielt und ein Buch auf den Stand des Verkäufers legte.

»Auch hier war ich!« flüsterte der alte Mann Eckenpenn.

Der Wind stürmte durch die Lüfte. Ruß kam in seine Wirbel und lud sich zu elektrischen Kernen auf. Staub wurde eingefangen, Dampf emporgerissen. Feindschaft setzte sich zwischen sie und formte sie zu Tropfen und Rußkernen, angezogen von den entgegengestimmten, unten laufenden Erdströmen. Der Regen fiel dichter, vom Winde gepeitscht, und hing weißsträhnig herab gleich dem greisenden Haar eines alten Mannes. Auf der Sonne trat der magnetische, äthergekühlte Wirbelsturm, der in der Mächtigkeit von hundert Kontinenten tobte, der Erde gegenüber und machte sie fiebern, so daß der Götze Wahrheit wieder ein doppeltes Gesicht bekam und Kampf hieß.

Der alte Mann, der im Sturm daherfuhr und Eckenpenn sein mußte, fühlte sich von der Feindschaft des Kosmos erschüttert und bebte in Stößen von einem unirdischen Weinen. Etwas entschwand aus der Erde, ein geistiges Element, – eine so unwahrscheinlich dünn gewordene Linie im Spektrum der Menschheit, daß ihr Aufsaugen nicht gefühlt wurde. Aber er der fliegende alte Mann, fühlte das Verschwinden. Wie war sie zu nennen? –

Nun stieß der Wind in einer Trombe herab. Durch den Trichter sank der alte Mann langsam und langsamer, schwebte durch eine weich sich öffnende Kuppel und stand in einem Saal. Müde schmiegte er sich in die Scheren eines florentinischen Sessels; aber seine Füße klopften unwillig und begehrten nach Wanderung.

Bilder waren da. In ein farbiges Dunkel schoß gleich dem Speere Michaels das Licht. Das Buch Daniel begann zu sprechen. Der blonde Scheitel des Engels stand gegen die Iris der Flügel.

Der alte Mann sah den alten Mann jünger werden. Er nahm den Hut ab, kreuzte die zitternden Arme und neigte sich, wenig, daß keiner der fremden Menschen, der modischen Schatten, das sehen konnte. Nun legte er ein Buch, es schien eine schwarze Bibel mit goldener Aufschrift, still auf den Boden unter dem Bild und flüsterte: »Lebe wohl, Rembrandt! Von morgen ab hat mich die Straße, und ich sehe dich nicht mehr. Aber du wirst wissen, auch hier war ich, Eckenpenn.«

Ein Fenster flog auf. Der Wind griff mit Regenarmen herein.

Der Sturm wurde Menschheit. Zwiegespalten war sie, die ewig schlangenzüngige. Eine große Menge saß im Dunkel, den Leib bequem eingefangen und umhegt vom Plüsch, auf daß sie schauen konnte, nur schauen! Alle waren festlich gewandet, den Jubel und das Gelächter zu ehren, um dessentwillen sie hergekommen waren. Geld, der große Zauberer und Verwandeler aller Dinge und Werte, Geld, das jedes Gefühl kaufen kann und ihm seinen Namen gibt, unter dem es Geltung hat, Geld hatte ihnen die Berechtigung zur Freude erkauft.

Oben aber, im Gezuck der Lichter und der Farben, unter dem Dröhnen, Schmettern und Hämmern, dem Seufzen, Kichern und Näseln, das Musik war, raste die Revue! Oben lachte über Unten. Unten bezahlte Oben, damit es lachen mache. Das nackte Weib zeigte sich und wurde von Blicken gestreichelt und aufgesogen, auf daß es besser unter der Verhüllung zu erkennen sei. — Alle Geschehnisse wurden Stoff des Witzes. Fades Geifern lief über die Primitivität des Gefühls. Bissiges Knabbern fraß die Ehre und den Verstand an. Dann kam die elektrische Mondnacht. Die blaue Blume Romantik, auf neu aufgezupft, wurde zu schmieriger Sentimentalität ausgequetscht, bis der Gong dem Weihnachtsengel die Kehle abschnitt ...

Der alte Mann suchte vergeblich den alten Mann, der Eckenpenn sein mußte. Er hatte das Gefühl, ihn hier zu finden. Aber unter den Verzerrungen des Vergnügens und dem windenden Gelächter vermochte er den Schritt und den gebauschten Mantel nicht zu entdecken. Endlich sah er ihn in einem Kasten. Er soufflierte und gab den Komikern die Stichworte und die Zeit für schnoddrige Extemporees.

Wie er genauer hinsah, glaubte er das blaue Heft als Stoffbuch zu erkennen. Aber das war doch auf dem Hauklotz zerhackt, lag auf den Schienen der Stadtbahn, war zu Papiergeld bedruckt!

Da sah er, daß der alte Mann im Kasten ein Buch aus der Tasche zog und in das Orchester warf. In einem Augenblick überhöhter Schärfe des Gesichts, die alles groß und nah heranbrachte, erkannte er den Titel. Es war die *Kritik der reinen Vernunft*. Die Jazzmusik spielte danach den großen Schlager der Revue.
»Auch das war ich – auch hier bin ich gewesen – Berlin!«
Ungeheures Klatschen und Tosen erhob sich. Der alte Mann fühlte sich auf den Wellen des Lärms. Er kam sich geschleudert vor, über alle menschliche Empfindung wie an einem Kabel hinausgeworfen, als sei er ein Telefongespräch der Erde.
Hohe Luft war um ihn.

Es sprach eine dröhnende Stimme aus einem gewulsteten schwarzen Mund:
»Wir haben einen Turm gebaut, der bis an den Himmel reicht! Nie wieder kann unsere Sprache verwirrt werden. Möge Gott jetzt herabfahren und unsere Laute mehrfachen Sinnes und unser Gefühl vieldeutig machen wollen! Er wird seinen Arm sinken lassen müssen. Denn da wir nicht mehr mit dem Hauch unseres Atems und dem Beben unserer Lippen sprechen, sondern mit der Welle, da wir nicht mit der Schwankung rechnen, sondern mit der abgestimmten Notwendigkeit, so kann kein Zittern unseres Blutes Mißverstehen werden und den Gang unseres großen Gottes, den wir erschaffen haben, den großen Gott Maschine, der Glück aussät, jetzt und morgen hemmen.«
»Komm herab, Gott, und zeige die Blitze deines Antlitzes! Wir fangen sie auf und machen mit deinem Zorn unsere Äcker fruchtbar!«

»Wir verbergen nicht mehr! Da alles allen gemeinsam ist, ein jeglicher nur Rad, Stift, Schraube, Bolz, haben wir keine Scham. Denn Scham ist Absonderung. Scham ist das Geständnis der Unvollkommenheit, das Verbergen vor sich selbst, die Flucht vor sich selbst. Wir aber, von denen jeder jeden sieht, durch die Ferne hört, das Bild seines Denkens auf der weißen Wand hat, was soll uns die Scham? Was wir sind und was wir fühlen, ist Mensch, ist der Stoß unseres Gottes Maschine!

»Von hier geht die Sprache der gestimmten Ströme aus! Hier atmet die große Stadt ihren Hauch über den Ball der Erde! Hier ist die Stelle des Sendens und des Empfangens! Hier ist die große Wellenerzeugung, das Gebären ohne Scham! Hier zuckt der vollkommenste Sinn der Welt, die große Stadt!«

»Als Opfer unserer Größe fiel die Scham, die Seele heißt, das verborgene Geschlechtszeichen eines müden und alten Gottes, der sterben mußte um unseres jungen Gottes willen!«

»Berlin betet dich an, du große, junge, glühende Schamlosigkeit!«

Der Lautsprecher verstummte. –

Der alte Mann stand schweigend, vom elektrischen Sturm umweht, und schaute in die Ferne mit ihren tausend Straßen. Er klammerte sich fest an den stählernen Turm, denn der Sturm der Lüfte riß an seinen grauen Haaren. Er fühlte, daß ein anderer Mann, der zweite wache Beobachter, mit ihm zusammengeflossen sei. Zwei Arten von Zeit hatten sich treibend miteinander vereinigt.

Der alte Mann, der Eckenpenn sein mußte, starrte mit vorgebeugtem Haupt in die Ferne. Das Land unter ihm bewegte sich. Aus Raum wurde Zukunft.

Eine ungeheuerliche Spinne steckte die Radien ihres Net-

zes aus. Die Fäden liefen. Ihr Lauf waren Häuser, die Punkt für Punkt in das Land hinausschossen. Die Namen aller Winde verloren ihren Sinn und wurden steinerne Fangfäden der ungeheuren Spinne Berlin. Wälder wurden eingesponnen und ausgesogen, Weiler und Dörfer erdrosselt, träumende Städte in ihren alten Wällen und Märkten gelähmt, die Felder ausgehungert und blutlos gemacht. Die Spinne aber wuchs. Ihr dunkler Leib flammte auf in den tausend Farben aller Reize, die aus Schlaflosigkeit, Arbeitswut, Lusthunger unaufhörlich schossen.
Ins Unermeßliche streckten sich die Fäden des Netzes, verknoteten und verstrickten sich. Das Land lag bewegungslos in den Fängen der Spinne. Vom Meer bis ins Gebirge währte der lebendige, steinerne Leib! –
Der alte Mann griff in die Tasche und streute unaufhörlich Bücher auf alle Straßen hinab. Aber der Sturm riß sie hinweg. Sie verschwanden wie verschlagene Tauben ...
»Sie will mein Futter sein«, seufzte der alte Mann. »Aber mich soll sie nicht fressen, die große Spinne Berlin! Ich will über sie hinwegspringen!«
Der alte Mann, der Eckenpenn sein mußte, stürzte sich mit einem gewaltigen Sprunge hinaus.
Er fiel lotrecht herab und zerschmetterte. – –

Der Buchtrödler erwachte und fand sich im Vorzimmer des Büros. Vor dem Fenstern des Krankenhauses schoß der Regen herab.
Eckenpenn blickte auf seinen blauweißen Anzug. Die rechte Hand lag erstarrt auf dem runden, einfüßigen Tisch mit den bunten Zeitschriften. – Er konnte nur zwei furchtbare, furchtbare Sekunden geschlummert ha-

ben! Nun entsann er sich, daß er auf seine Entlassung warten und noch eine gewisse wichtige prokollarische Eröffnung entgegennehmen solle.

Der Arzt trat ins Zimmer.

»Da wären wir ja soweit, Herr Eckenpenn«, sagte er verbindlich. »Zur Entlassung ist das Wetter nicht gerade angenehm. Aber es ist jetzt eben immer nicht besser. Und Sie können froh sein, daß Sie so davongekommen sind! Fall im Gedränge zieht bei Ihrem Alter sonst leicht Schenkelhalsbruch nach sich, — und dann kommt die Lähmung — oder der Tod!«

»Ein drittesmal komme ich nicht mehr hierher«, flüsterte der Buchtrödler, noch traumbenommen.

»Sie brauchen das ja auch nicht« — der Arzt sprach leise musterte den alten Mann vorsichtig. »Wissen Sie auch, daß jemand aus Ihrem Hause gestern hier gestorben ist — wie zur Auslösung?«

»Ich kenne die Menschen aus meinem Hause kaum ...«

»Es war ein dreizehnjähriger Knabe mit früher Intelligenz. Aber bei diesem mitbekommenen erschöpften Blut mußte er ausgehen wie ein Pfenniglicht — schade ...«

Eckenpenn erzitterte. »Mein Sohn — —«

Der Arzt erstaunte.

»Ihr Kind? Sind Sie denn verheiratet — gewesen? Er hatte doch aber einen ganz anderen Namen!«

»Nein. Aber er war — mein Sohn nicht aus dem Fleisch. Was will das sagen? Er sollte meine Bücher haben ... Jetzt verstehe ich etwas — von meinem Traum ...«

Der Arzt verstummte. Dann ging er zum Wandkalender und riß ein Blatt ab.

»Das vergessen sie hier fast alle Tage.«

»Wann« — der Buchtrödler stieß es hervor — »wann wird mein letzter Tag abgerissen?«

Der Arzt sprach plötzlich lebhaft: »Aber nein! Sie sind gut davongekommen, Herr Eckenpenn, ich sagte es schon! Sie sind doch noch beweglich! Zwar mit dem Stehen und Laufen wird es nur ganz kurze Zeit gehen. Aber man muß in Ihren Jahren nicht immer und ewig arbeiten wollen! Es gibt da wundervolle städtische Altersheime, im Grünen, wahre Paradiese des Alters! Sie brauchen auch nicht Kartoffeln zu schälen oder auf einem Fleck zu hocken. Man könnte da Pförtner spielen, die Pfeife schmauchen, oder eine Bibliothek wird da sein ...«
Eckenpenn erbleichte.
»Muß ich fort aus Berlin? — Ich besitze nichts. Meine Bücher habe ich schon in die Winde gestreut — im Traum. Betteln kann ich wohl nicht. Aber — könnte ich nicht mit dem Leierkasten gehen und spielen, einen kleinen Affen neben der Kurbel? Nur — in dieser Luft?«
Der Arzt wandte sich halb nach dem Fenster. »Es wird nicht gehen. Ich will mein Möglichstes tun, daß Sie es gut haben. Entrinnen Sie doch den Steinen!«
Der Buchtrödler verschloß sich.
»Ich danke Ihnen, Herr Doktor. Wollte man mir — das — dort — zu Protokoll eröffnen?«
»Nun ja. — Aber Sie werden sehen, Herr Eckenpenn, es ist zu Ihrem Besten!«
Der Buchtrödler erhob sich schwer. Seine Hände zitterten.
»Ich sehe sie — die Wand ...« flüsterte er: »Bis an die Wand — hat mich der Sturm geworfen! — Ich werde ... das Protokoll unterschreiben ...«

XII JANUAR

Der Glasermeister und Wohlfahrtsvorsteher Williger fühlte sich gehoben müde von seinem gestrigen Kegelabend. Er war von Natur wohlwollend, denn er war Eigner eines guten Magens, demgemäß eines guten Gewissens und dazu, vielleicht eine zweite Folge, eines gutgehenden Geschäftes. Herr Williger warf niemandem Fensterscheiben ein. Aber doch fügte es eine geheimnisvolle Verbundenheit zwischen böse und gut, daß alle eingeworfenen Fensterscheiben zu seinem Vorteil dienten. Dies aber ist das wahre Kennzeichen eines guten Bürgers ...

So saß er nach beendeter Sprechstunde (sie fiel in die geschäftsstille Zeit) ausruhend bei einer Zigarre und bedachte seine amtliche Kundschaft. Trotz seiner Müdigkeit konnte sich selbst bei schärfsten Nachdenken niemand über mangelndes Wohlwollen beklagen. Das stellte er vor seinen amtlichen Protokollen und Notizen mit Befriedigung fest. Desto mehr erfüllte es ihn mit Verwunderung, daß der alte Buchtrödler Eckenpenn sich so außerordentlich still und bedrückt gezeigt hatte, als er das Gutachten des Wohlfahrtsarztes über seine gesundheitliche Hospitalfähigkeit vorlegte. Konnte es etwas Besseres für einen mürben Menschen geben, als sorglos, von der Zentralheizung erwärmt, unter ehrenwerten alten Herren, unter dem Schutze eines Arztes und der gütigen Hand einer Pflegerin und einer blitzenden Kochküche das Ende heranzuträumen, im Winter auf den Schnee vor dem viereckigen Lindenhof zu

schauen, im Sommer den Schatten des Anstaltswäldchens zu genießen und sogar im Treibhause die frühen Hyazinthen anzustaunen? Wer weiß, bedachte Herr Williger, ob ihm selber ein solch glücklicher, friedevoller Lebensabend beschieden sein würde? War es denn ein Vergnügen, unter der Herrschaft der augenblicklichen Witwe Lehnert zu stehen, dieses rabiaten Weibes, das wütend im Seifenschaum arbeitete, von scharfen Schnäpsen erleuchtet und voll von Galle über ihre ungeratene Tochter, die siegreich nach ihrem kleinen Reklameunfall von neuem die Brücke zum Film betreten und die zu ihrer Herkunft abgebrochen hatte, unbekümmert um kindliche Pflichten, untreu ihrem Namen. Mußte es dem alten Mann nicht unerträglich sein, täglich zu hören, daß die ungeratene Tochter zwar einen Freund oder viele Freunde aushalte, aber jeder Unterstützung ihrer hinfälligen Mutter sich entzog, weil ihre sogenannte Mutter selbst arbeitsfähig sei. Und wo wollte der alte Eckenpenn noch eine Schlafstelle finden, da er doch nachgewiesenermaßen nie wieder auch nur annähernd erwerbsfähig werden würde? War nicht die Kündigung schon ausgesprochen? Es mußte eigentlich eine wahre Erlösung für den schleichenden Buchtrödler sein, morgen in das Altersheim übersiedeln zu können!
Und doch schien er traurig und abwesenden Geistes zu sein! –
Herr Williger betrachtete seine Zigarre wohlwollend, denn sie zeigte einen gut erhaltenen, tadelfreien Brand, und er bedachte, wie sonderbar doch alte Leute seien! Vorzüglich entwickelte sich der Geruch des werdenden Mittagbrotes. Es gab Kassler.

An demselben Tage, gegen Mittag, wunderte sich der Hausdiener neben der Kunsthandlung, im Torweg stehend und vor Kälte stampfend, weshalb der alte Buchtrödler Eckenpenn Erstaunen und offenbare Trauer bezeigt habe. War es nicht völlig selbstverständlich, daß ein Handwagen mit Büchern nicht ewig unbeaufsichtig stehen könne! Hätte *er* vielleicht, der Nichtinteressierte, auf der Platte in der Garage schlafen sollen? Wer eben fort ist und sich um nichts kümmert, verliert den Anspruch auf Eigentum. Natürlich finde sich bald ein armer Mensch, der einen Handwagen brauchen könne. Die Bücher, das alte Zeug, das Rattenfutter: — wer weiß, unter wieviel Brücken das schon schwimme! Am Ende seien jetzt schon die Möwen darauf und ruhten sich aus. So käme auch etwas Gutes aus dem verdrehten Zeug heraus! Denn die Möwen seien auch nur arme, hungrige Proletarier! Der alte Eckenpenn müsse doch lange wissen, daß Eigentum Diebstahl sei und das Produktionsmittel nur so lange dem Menschen gehöre, wie er damit im Betriebe tätig sei! Hier rief ihn der junge Buchhalter, und der Hausknecht stampfte sofort durch das Tor, schiefen Blickes und mit grinsender Genugtuung. Denn er dachte an verschiedene bei der Kälte wohlgefällige Schnäpse, in die sich einige der alten Scharteken umgesetzt hatten. —

Als der Buchtrödler Eckenpenn um seine gewöhnliche Mittagszeit in der Kaffeestube erschien, konnte die Verkäuferin an der Kasse nicht wissen, daß er nicht von seinem Wagen kam, daß der Wagen und der Buchhandel nicht mehr bestand, und daß er nach dem Gesetze der Stadt kein Recht mehr auf die Straße und damit auf das Leben habe. Und doch schien es Eckenpenn, als ob das Mädchen ihn zuerst nicht erkenne und ihn dann mit einem sofort von Geschäftsauftrag und Kundenhöflichkeit unterdrückten Erschrecken betrachtete. Sie mußte es in den Fingerspitzen fühlen, daß das Geld noch aufbewahrte Barschaft aus dem Krankenhause war und etwas wie von Desinfektion und ungesunder Keimfreiheit an sich habe, denn ihre Hand zögerte einen Augenblick. Dann sagte sie langsam, indem sie die Kontrollkasse betätigte und die Karte hinreichte: »Es hat niemand nach Ihnen gefragt ...«

Eckenpenn schauderte. Die Karte in der Hand, schlich er auf seinen Platz. Zwei Hocker neben ihm waren leer, obwohl der schwatzende und schlürfende Massendrang der Konfektion die Stube erfüllte.

Sein Schicksal schien ihm durch die Worte der Verkäuferin an der Kasse vollendet. Das Gericht hatte gesprochen, das Gericht aus dem Tale Josaphat, das immer den letzten Sinn verkündet, wenn es nur unbedeutende und leere Worte zu sprechen scheint!

Der jüngste Tag war gekommen ...

Die dunkelbraune Tasse Kaffee stand vor ihm.

Zärtlich sah der Buchtrödler auf ihren weißen, abgeknabberten Rand und den ehrwürdigen Fasersprung. Der heiße, erregende Dampf stieg aus ihrer dunklen Flut, die der Kastalische Quell der Stadt ist und zugleich der Styx, der Leid und Bewußtsein löst, um Vergessenheit zu geben, und bei dem der Geist schwören sollte! Noch einmal war das große Summen und Raunen um Eckenpenn, das Anschlagen von Worten und Themen, das Durcheinanderquirlen von Menschen und Geschäften! Die Gier der Erschöpfung, das kleine Geschäft, die große Schiebung, die Rast nach dem Einkauf, der Heimatlose, der sich von erbetteltem Gelde wärmt, die Straßenmädchen, die ihre Klappstullen aßen und sachlich-betrüblich von

den schlechten Aussichten sprechen, der aufgeregte Jüngling mit der Uhr der Sehnsucht in der Hand, die Dame, die telephonieren muß und zugleich die Fassadenbemalung ergänzt, der alte Junggeselle mit dem ledernen Büchertrost: das ewig alte und ewig veränderliche Bild!
Über Eckenpenn kam fast das Vergessen. Sehnsüchtig trank er das bekannte Bild im Dampf, Nebel und Geflüster, das lang entbehrte: ein Nichts in dem Gebrause des Millionenschwarms und doch ein Gleichnis für den, der sehen konnte, jedes Gesicht gräßlich oder gemein, banal oder verkniffen, verbrecherisch oder verträumt, keiner gekannt — und doch jeder ein Farbton, unentbehrlich, sei er nun die Farbe der Galle oder die der Besinnung, der Wut oder des Grams ...
»Wie schön bist du, Ruhe in der Unruhe!« dachte Eckenpenn, und seine Augen sanken. »Nicht das, was ist, ist das Wesentliche, sondern was es mir ist, — oder was es uns sein könnte, was es bedeutet! Nun bin ich der letzte von den drei Unnützen der Stadt, von den Dreien, die nicht den Achtstundentag anbeten müssen und die Pflicht haben, den Akkord zu verabscheuen! Die nicht arbeiteten, Folge an Folge reihten, Bewegung an Bewegung, Maschinenteil an Maschinenteil, Denkhammer an Denkhammer niederfallen ließen, sondern die Zeit ihre Seele treiben sahen, selbst wenn sie arbeiteten, das Geschehnis erwarteten und dem Geschick die Gelegenheit wie ihren Hals darboten, die denkberauschten oder traumberauschten — oder zeitberauschten, die die Stadt ausstößt — oder totschlägt — oder verhungern läßt!«
Und Eckenpenn dachte mit plötzlichem Grauen an die amtliche geregelte Ruhe des Greisentums, an die Erholung, das Verwelken und Abfallen nach der Hausordnung, an die soziale Herzlichkeit des Mitmenschentums,

die schon die Särge vertraglich mit der Firma abgeschlossen hat — nach der Wahrscheinlichkeit der Todesfälle! Jetzt erst verstand er Fox, den Sohn der Landstraße, der das Ende am Zaun erwartete, — und die Schwermut der Erkenntnis umpreßte ihn, daß Mitleid und Liebe nichts anderes seien als Krotos und Bia, die Dämonen des Zwanges und der Gewalt, die einst — wie immer — Prometheus an den Kaukasus schmiedeten!

Morgen also müßte er sich von hier trennen und eine Nummer werden, ein beköstigtes und gepflegtes Es, der Gegenstand von Dienststunden ...

Leise und scheu streichelte der alte Buchtrödler die beiden leeren Schemel. Selbst die Leute der Kaffeestube schienen die Schatten zu spüren, die auf ihnen saßen ... Eine stygische Müdigkeit überkam ihn. Er blickte zur Seite und schauderte zusammen.

»Acherontisches Frösteln«, murmelte er vor sich hin, und er sah in verschwimmendem Gedächtnis das Gedicht mit dieser Überschrift vor sich, die vergilbte Seite mit den Stockflecken ...

Die furchtbare Kälte auf der Straße machte die Wärme des Raums noch einschläfernder. Wenn die Tür aufging, stieß der Frost mit seinem Speer herein. Aber er zersplitterte nach wenigen Schritten und brach in Tautropfen zusammen. Die Verkäuferinnen für Kaffee, Tee, Zucker und Gebäck hatten dicke Strickjacken übergezogen und achteten darauf, daß die Tür geschlossen wurde. So klang das Anklappen wie ein Sekundenhammer, als würde die Zeit klingend, ein hartes Klopfen, schnell, heftig, zögerungslos, ohne Sentimentalität wie der Puls der großen Stadt.

Der alte Buchtrödler horchte in sich hinein. Der Pulsschlag der Tür klang ihm vertraut. Ihm war es das

Schlummerlied von vielen Jahren. Sein Schmerz selbst schlief ein. Für jeden kostbaren Augenblick schwebte das Glück, die wellengeborene Göttin, auf dem Schaume der Zeit und warf ihm ihren purpurnen Schleier zu. Im Entschwinden des Bewußtseins duftete ihm die Vergangenheit wie eine köstliche, reife Frucht ...

Ein kalter Tropfen fiel auf seine Hand. Die Kälte mußte hereingetreten sein in die behütete Höhle der Zuflucht und sie mit ihrer Gewalt gesprengt haben.

Eckenpenn richtete sich auf. Seine zeitentwöhnten Augen faßten nur schwankende Bilder. Die Menge um ihn schwamm in den Rauchringen und war blaß, schemenhaft. Aber neben ihm, auf einem der leeren Plätze, hockte ein langer, pockennarbiger Mensch, die Schirmmütze in der Hand. Von ihm ging Frost aus. Seine grauen, glanzlosen Augen unter rotborstigen Lidern starrten ihn an. Auf seiner Mütze mußte Schnee geschmolzen und in Tropfen auf die Hand des alten Mannes gefallen sein.

Eckenpenn erschrak. Sein Gesicht zog sich zusammen. Furcht fiel auf ihn wie ein eisiger Tropfen. Der Mensch war ihm im Augenblick unbekannt. Aber das treue, schlafende Tier Gedächtnis in ihm zuckte, als wäre es von einer Hand angerührt worden.

In demselben Augenblick erhob sich der lange, pockennarbige Mensch, schüttelte die Mütze aus, stülpte sie heftig auf seinen strähnigen Kopf und ging mit zitternden, schlenkrigen Bewegungen. Seine Knie bebten, der Kopf schlug wie ein Pendel aus. Sein Kaffee dampfte noch und war kaum angetrunken. Im Gehen wandte er sich gegen seinen Willen um und sah Eckenpenn noch einmal an. Der Ausdruck seiner Augen mit den zuckenden Lidern war stechend, bösartig und doch voll einer geheimen

Furcht. Er ging immer schneller, springender und riß die Tür so weit auf, ohne sie zu schließen, daß die Verkäuferin mit einem bösen Blick hinzutrat und zuklappte. Eckenpenn glaubte jetzt einen der Zitterer zu erkennen, die an den Häusern der großen Stadt erbarmungswürdig lehnten, die Mützen schüttelnd und mit rollenden Augen. Einmal, spät abends, hatte er ihn auf einem Vergnügungsplatz vor einer Würfelbude gesehen, zahllose Zigaretten rauchend, in einem eleganten Anzug, gebräunten Gesichts und kaum noch zitternd, wie um nicht völlig ohne Übung zu bleiben. Aber dies Bild war nur die verhüllende Schicht der tieferliegenden, wahren Figur: jetzt, als er bereits verschwunden war, kam ihm ins Gedächtnis, daß einst dieser lange Mensch mit der Schirmmütze, damals ohne eine Spur eines Gebrechens, das blaue Heft von der Platte stahl.

Daß sich dieser geheimnisvolle Bote so schnell und betroffen entfernt hatte, erschreckte den Buchtrödler. Wider seinen Willen, der noch einmal das Vergessen, das Auflösen in die Wärme erflehte, kam ihm der rätselhafte Tod der Bankierstochter und der rätselhaftere Herr der letzten Mode ins Gedächtnis. Dorian Gray schien ihn vergessen zu haben. Er hatte sich ausgelöst. Und auch der Buchtrödler war seiner nicht mehr ansichtig geworden. Eckenpenn fühlte einen Geruch von Unheil um sich. So mußte es sein, wenn der giftige Atem eines fremden Sternes in die blühende Luft der Erde herabwehte ...

Er stand auf und ging langsam.

An der Tür sah er sich um. — —

Es war die weiße Stunde, die Stunde des triumphierenden Lichts. Die Sonne stand ein wenig schräg, über der Hälfte ihres Bogens, aber doch so, daß sie die Stütze der Dächer noch nicht gebrauchte. Schwebend, überfüllt von weißem, kaltem Glanz, betrachtete sie die Stadt. Die Trübungen der Bodendünste hatte sie aufgelöst und in Eiskristallen herabstieben lassen. Nun ruderte sie im glatten, stahlfarbenen Blau, die Einäugige, lachender Bosheit voll, in funkelnder Freude über die weite, vereiste Stadt ...

Alle Schlote und Türme waren weiß belegt. Ihre Kanten und Zacken schwebten für sich als Perlenreihen, vom Frost besonders hinzugetan. Die Dächer waren Schuppen des Eiswals geworden und wälzten sich schräg herabschlagend in die Bläue der fernen, vom Eisstaub durchblitzten Luft. Die Laute der Höhe tranken sie satt an der Kälte und klangen weiter, schneidender: der Glockensang der grünbehelmten Kirche, der unersättliche Schrei der kreischenden Möwen – gleich dem ewig gierigen Heischen des hungernden Lebens –, das Sausen des Schraubenbohrers und der Groll der gepeitschten Luft unter den schrägblitzenden Tragflächen des Doppeldekkers, der Kurven über dem Flughafen schnitt. Aber auch die Laute der Tiefe veränderten ihr Wesen. Sie wurden dringender, unverhüllter, drohender und nah wie das Geheul der Empörung. Jede Schiene knirschte in ihren Weichen. Der Strom an den Kupferbügeln knatterte und funkelte blauzornig. Alle Räder der Kraftwagen schnitten gewaltsam in die gefrorenen Straßen und lachten schreiend über das zornige Dröhnen des unterdrückten Pflasters ... Die Kraft des Winterriesen war endlich aus dem schlammig-wüsten Nebelhelm hervorgebrochen. Nun stand er breitbeinig, eisäugig, roten Gesichts, mit bunten Fellen behangen, lachend über Berlin und blies den Atem der Kälte über sie hin! –

Der alte Mann versenkte die gekrampften Hände tief in die Taschen seines Lodenmantels. Die Kälte riß ihm fast

das Gefühl aus dem Leibe. Hunger zernagte ihn, Hunger, der rechte Bruder des Frostes. Aber doch trank er mit entzückten, traurigen Augen das einzige Bild der großen Straße, wie sie donnernd, farben- und lärmgesättigt, in unaufhörlichen Explosionen, die Leben und nichts als Leben waren, rastlos dahinschoß. Er schloß die Augen und versuchte, sich die Ruhe des Alteleutehauses vorzustellen, das langsame, friedevolle Erlöschen mit dem Blick auf die immer wechselnde, immer lebendige Landschaft, das behagliche Plaudern mit den erfahrungsgesättigten Greisen, das sanfte Aufglühen lange zuvor erloschener Stunden in raunenden Worten und im hinnickenden Schweigen —: Aber er sah nur den lebendigen Tod, das Anpressen der gelben Knochengesichter an die geputzten kleinen Scheiben, als ob Menschen gleich Fliegen von Pilzen durchwachsen und festgeheftet würden —, und er sah nur das Husten und Stöhnen, das heisere Gebelfer und marklose, brummelnde Greinen, das unwillige, würdelose Sterben, abgeschlossen von der wahren Luft der Erde, das behütete Vermodern in einer geheizten Gruft — vor dem Ende …
Der quälende Hunger zwang ihn, an sein letztes Mittagsmahl in der Stadt zu denken. Ein paar Groschen blieben ihm noch. Seine Bücher und sein Wagen hatten sich selbst verkauft. Aber was brauchte er noch bis morgen? Und war nicht das Geschick gütig, das ihm ersparte, den Weg des Traumes wirklich zu machen und seine vergilbten Schätze eigenhändig über alle Brücken und in alle Winde der Stadt zu verstreuen? Eckenpenn wollte schräg über den Damm zur nächsten Haltestelle der Straßenbahn gehen. Aber als er sich prüfend umsah, um nicht noch zuletzt dem Götzen Verkehr in die Sichelarme zu fallen, hörte er Lärmen, Johlen und Pfeifen — und blieb stehen.

Der irre junge Mensch, der Tanzbesessene, war wieder da und zog seinen Schwarm hinter sich her. Fabriken pfiffen. Lehrlinge und Arbeiterinnen kamen aus den Höfen, die Arme vor Kälte um sich schlagend, die Zigarette im Mund. Ein Betrunkener, ohne Überkleidung, aber voll erhitzenden Grogs, blieb bei dem Geheul in seinem Torkeln wie erstarrt und ernüchtert stehen. Sein glühender Atem, Dampf geworden, stand um ihn gleich der berauschten Lufthülle eines taumelig gewordenen Planeten. Mit zitternden Fingern deutete er auf den Tanzbesessenen.

Der Verrückte, abgezehrt, nur Gelenk, noch den zerrissenen blauen Fabrikanzug auf dem Körper, hielt wieder eine frische Rose aus den Treibhäusern in der einen Hand. Mit der andern stieß er einen Kinderwagen vor sich hin, in dem alte Pappschachteln und kopflose, verrenkte Puppen durcheinander aufgehäuft lagen. Die rostigen Räder schrillten doppelt, in dem geeisten Schnee und in den trockenen Achsen. Plötzlich stieß er den Wagen einige Schritte von sich, verbeugte sich eckig und schlenkernd, wie um einen ehrenvollen Wunsch zu befriedigen, — und begann seinen Springtanz.

Der Tanz des Irren machte die Fabrikmädchen aufkreischen und trotz der Kälte sich wie angesteckt winden.

Der Irre war eine ganze Kapelle. Er sang gequetscht, aufschreiend oder meckernd den Negerhohn auf die parodierte, versklavte weiße Rasse. Er schrillte die Terzflöte, wand eine dünne, hämlinghaft schwankende Geige, rollte ein rauhes, hinaufgreifendes Cello, tüpfelte abgebrochene, asthmatisch-lüsterne Klavierrhythmen, stieß spitz und stählern das Banjo. Aus seinem offenen Munde mit den bleckenden weißen Zähnen lief das brutal den Ton vergewaltigende Heulen und Torkeln des Saxophons. Seine Knochen waren ein Schlagzeug noch trokkeneren Klanges der unerhörtesten Präzision. Aus seinen eckigen Grimassen und aus den glühenden Augen wogte die betrunkene Nüchternheit, die besessene, verrückte Sachlichkeit und ließ die drehenden Rauchschwaden und den Schweißdunst des Tanzsaals entstehen. Das gehackte, vom Wahnsinn beschleunigte oder zurückgehaltene Zeitmaß mit den plötzlichen arhythmischen Pausen, die wie ein Boxschlag pfiffen, Gongschreie und Hupenheulen, das unsinnig ineinander verkrampfte, dann auseinandergewirbelte eckige Geschehen der Zeit war in diesem Tanz des Irren, der Rhythmus und das Tempo der großen Stadt: *Charleston!* —

Der Damm und die Fußwege wogten unter den Tanzenden. Der Irre war an den Kinderwagen herangesprungen und hatte eine kopflose Puppe ergriffen. Er tanzte mit ihr, drückte ihr die Rose in die Arme, leidenschaftlich auf sie einsingend. Bei dem tobenden Gelächter aber verzerrte sich plötzlich sein Gesicht. Er schleuderte die Puppe in den Wagen und schob ihn eilig mit weiten Schritten fort. Noch lange gellten seine unflätigen Schimpfworte in den Tanz. Kinder liefen hinter ihm her und bewarfen ihn mit Eisstücken. — —

Eckenpenn ging langsam über den Damm. Von fern schnitt noch das Gelächter in das Brausen der Straße. Er mußte sich an den Pfahl der Haltestelle lehnen, um auszuruhen. Mitten in der Stadt begann zum erstenmal in grausamer Bewußtheit die Einsamkeit an ihm zu nagen. Er fühlte, sie saß körperlich auf seinem Haupt und schlug die Zähne hinein, um Blut und Gehirn zu trinken. Ihr Saugen wurde zum Schwindelgefühl. Die Häuser neigten sich zu ihm und grinsten ihn an. Die Straße begann sich zu drehen. Seine Füße wurden taub und drückten schwer gegen die Erde. Die Luft zog sich sausend zurück und ließ

ihn allein, ohne Atem, ohne die Stimme des Lebens. Wände aus Gummi schienen sich an ihn heranzupressen ...
Da rief ihn der Schrei der Straßenhändler zurück, die dem kaffeebraunen Auto mit den Mittagszeitungen entgegenstürzten.
Der alte Buchtrödler klammerte die Hand so gierig um den Pfahl, daß ihn der Schmerz bewußt machte. Er sah eine Straßenbahn wie ein wohlwollendes Ungeheuer sich nähern und zog sich mühsam in den Wagen. Eine Händlerin mit einem Marktkorb stand auf und ließ ihn sitzen. Eckenpenn errötete vor Scham. Nun war das Alter, das marklose, sklavenhafte, des Mitleids und der Nachsicht bedürfige entsetzliche Alter da! — Müde lehnte er sich zurück und schloß die Augen.
Das acherontische Frösteln kam wieder über ihn. Es war ihm, als ob er eine stygische Fahrt erlebe, in einem Kahn mit Abgeschiedenen verfrachtet, den einzigen lebendigen Fährmann am elektrischen Hebel, und dem Schattenführer sich nahend, um den Obolos als Fährgeld für die Überfahrt zu fordern!
Er fühlte einen bitteren, metallischen Geschmack auf der Zunge. Im Begriff, die Hand zu heben, besann er sich und griff in den Orkus, um das Fahrgeld hinzureichen. Gedankenlos empfing er den Schein und öffnete die Augen, um auf die eingelochte Zeit zu sehen. Ein großer, weißer Schein blendete ihn fast. Unwillkürlich sah er hinein und fand, daß es das Blatt einer Mittagszeitung sei, die sein Nachbar entfaltet hatte. Auf der Ecke, die er lesen konnte, fiel ihm der Name des Autors Doktor Seidenschwanz auf.
Der Buchtrödler erwachte durch einen Strom von Interesse. Er hatte nie gezweifelt, daß der Doktor seinen Weg machen würde. Wer jung, gesund, eitel, von der Wich-

tigkeit seines Tuns überzeugt und mit der Fähigkeit guter Verdauung — auch aller angeeigneten und gegessenen Speisen des Geistes — begabt ist, ist wahrhaftig zeitgemäß talentiert und erzwingt die Anerkennung in jeder Form, die das lebendige Leben dem gibt, der ihm dient, indem er es beherrscht. — So war Eckenpenn auch durchaus nicht überrascht, daß er dank der ruhigen Gründlichkeit seines Nachbarn lesen konnte, der bekannte Dichter Doktor Seidenschwanz sei von seiner Reise durch Südamerika, Mittelamerika, Nordamerika und die westlichen Länder des europäischen Kontinents soeben wieder in Berlin eingetroffen und habe einige bemerkenswerte Vorträge sowie sein Reisetagebuch angekündigt. In Uruguay habe er einen Wettkampf der weltberühmten Fußballelf durch Abwerfen eines bekränzten Balles vom Flugzeug eröffnet, in Mexiko sei er von Zugräubern infolge Verwechslung überfallen, aber durch seine Energie gerettet worden, der Präsident der Vereinigten Staaten habe ihn in Privataudienz empfangen (Präsident schüttelt Hand ...), und in Paris habe er in der klassischen Vereinigung der Schriftsteller, Essayisten und Lyriker einen viel besprochenen Vortrag über das werdende Europa der Poesie im Rahmen der Weltkunst gehalten.
Eckenpenn lächelte ohne Bitterkeit. Verklärt erschienen ihm die Tage, an denen er dem Dichter Stoffneuigkeiten liefern konnte —, Rohfabrikat, das schwarze Teer für seine blühenden Anilinnovellen ... So übersah er, oder es konnte auch die umgebogene Ecke daran schuld sein, daß die Untersuchung wegen des geheimnisvollen Arztes und Mörders vor dem Abschluß stünde und demnächst das Hauptverfahren eröffnet werde, zwar in Abwesenheit des noch nicht ergriffenen Mörders, aber doch gegen zwei ermittelte Helfer. — —

Die Fahrt dauerte lange. Eckenpenn dachte an das blühende Leben des Dichters, jeder Tag eine aufgehende Knospe Erlebnis. Wer fragt danach, aus welchem Boden die Wurzel ihre Kraft saugt, der Tau, welcher Himmel sie nährt? Die Pflanze weiß nichts davon ...
In seinem Stammlokal war man erstaunt, ihn wiederzusehen, noch dazu zu einer ungewöhnlichen Zeit. Eckenpenn war in seinem Orkus auf Entdeckungen ausgegangen. Aber die Höhle blieb finster. – Jetzt konnte er sich nur das billigste Essen, die Terrine Erbsen mit Brühwurst zubilligen, wenn er noch Geld für eine Fahrt mit der Straßenbahn übrig behalten wollte.
Die Wirtin fand ihn sehr gealtert und verfallen aussehend. Aber man sprach hier nicht darüber, wie es sonst unter Menschen Sitte ist. Doch wußte Eckenpenn, daß nicht Zartheit des Empfindens, sondern Gleichgültigkeit der Grund sei. Es gab den Kundenkreis. Er war immer da. Aus welchen Menschen er bestand, war nicht wesentlich. Einer starb, ein anderer ging verschüttet, ein dritter aus Berlin, ein vierter ins Krankenhaus, ein fünfter stempeln oder an eine entfernte Ecke straßenhandeln, aber – neue Kunden kamen hinzu, und der Kreis war immer geschlossen. Sein Mittelpunkt war der Zapfhahn hinter dem Ladentisch, das bewegende Prinzip der Wirtin.
Als der Buchtrödler hungrig aß, kam die Kellnerin aus dem Lokal mit weiblicher Bedienung über den Flur durch die Seitentür in den Schankraum. Durch die geöffnete Tür klang das federnde Gehämmer eines Foxtrotts, außergewöhnlich brillant gespielt. Die Kellnerin sah stolz und rotglänzend aus.
»Was macht Ihr Schatz?« fragte die Wirtin mit fettigem Lächeln.
»O, Madame ist höllisch glücklich. Wir haben jetzt drei-

mal so viel Gäste! Ich habe ihn aber auch rausgefuttert!«
Eckenpenn entsann sich ...
Alles, was geschieht, ist nur der Punkt, in dem innere Kräfte sich schneiden und durch eine Tat sich zeigen, indem sie sich auslöschen. So ist auch alles, was geschieht, eine Erfüllung, und es steht uns nicht zu, darüber zu urteilen, was hätte geschehen können — oder was geschehen solle.
Der junge Musikstudent war vielleicht der Kunst verloren, aber als Menschentier gerettet. Denn wer konnte wissen, ob er sich unter Entbehrungen durchgeschlagen oder untergegangen wäre, und ob er selbst ein Großer der Musik oder nicht bloß ein kleiner Kärrner und verlorener Mensch der Enttäuschung zu werden bestimmt gewesen sei?
Der alte Mann hatte nicht den Wunsch, den jungen Menschen in seiner Sattheit zu sehen. Er war mit dem Anstoß zufrieden, den er einstmals geben konnte. Da er zur Zufriedenheit eines Menschen geführt hatte, war anzunehmen, daß irgendein anderes Geschehen denselben Erfolg hätte haben müssen. Denn Unzufriedenheit und der Kampf der Verzweiflung bis zum Untergang — oder zum Siege kommt immer ohne Zutun des Außen unhemmbar von innen heraus.
Bei diesem Satz seines Denkens war es Eckenpenn, als ob der Mund der Moira auch für ihn gesprochen habe, — und er schauderte zum andern Mal. Das acherontische Frösteln war wieder da, mitten im Gefühl der Wärme und der Sättigung. — —
Der alte Mann saß da und wartete. Er wartete auf etwas, das sein Zögern besiegen solle oder ihm einen Anlaß gebe, den Raum zu verlassen. Er hatte das entsetzliche Gefühl, ein Billardball zu sein, rund geschliffen, poliert, sein Ge-

schick in sich und bereit, zu laufen und abzuprallen, wie der Stoß es ihm befehlen werde. Nun stand da irgendwo in einer Ecke ein Dämon oder eine Idee oder ein Paragraph und kreidete bedächtig das Queue, um ihn mit leichtem Stoß anzuspielen, — und er würde rollen müssen ...
Ein paar Arbeiter aus einer Lackiererei, die Mittagspause hatten, würfelten eine Lage Kognak aus. Sie hatten den scharfen Geruch von Spirituslack an sich, der einschläfern macht. Zwei Agenten spielten auf dem harten, abgeleder-ten, kleinen Billard Karambolage. Die Bälle liefen wie die Teufel. Das abgeschabte Tuch bot keine Reibung. Dafür klopften die Band unelastisch und stumpf zurück. Ein paar Zuschauer lachten ...
Der Buchtrödler blinzelte.
Dort lief er ...
Endlich sprang ein Ball über die Bande und rollte gegen seinen Fuß. Das nahm er als ein Zeichen, endlich zu gehen. Er bezahlte, grüßte still — und ging hinaus.
Auf der Straße pfiff der Ostwind. Die Schilder klapperten knöchern. Ein offenes Fenster schlug gegen die Wand und das Holzkreuz. Rotgestreifte Bezüge hingen über eine-Wäscheleine zum Trocknen und wehten gespenstisch hin und her.
Eckenpenn fühlte plötzlich die Sehnsucht, noch einmal Bäume um sich zu sehen, reinen Schnee und unbewußten Himmel.
Nachsinnend betrachtete er den Fahrschein. Es fand sich, daß er noch innerhalb der Zeit die kurze Strecke bis zum Tiergarten fahren konnte.

Auf den Wagen liefen sie und alberten. Sie spielten mit ihren jungen, satten, übermütigen Körpern Verrenkungen, waren schnippisch, boshaft, lachten, um sich zu ge-

fallen, — und fühlten sich warm und geborgen. Auf den gefrorenen Wegen rollten die Schlitten. Geschrei erhob sich. Unten, auf den schmalen, vereisten Wasserläufen, tobten die Schlittschuhläufer.
Eckenpenn schlich an dem farbigen Gewimmel vorbei.
Das Standbild der Amazone, weiß bereift, glitzerte durch die Bäume. Ruhig saß die eherne Idee auf ihrem gezähmten Pferde Leben und klopfte es lässig, die Edelsteinaugen in die Ferne gerichtet — auf das Ziel ...
Hier wurde es zufällig still.
Der alte Mann hielt sich müde und aufatmend an einem Baum und sah in den Winter. Die Bäume standen dunkel oder bläulich in der eisigen, klaren Luft, traumhaft, unbewegt, an der Seite des Windes eisbeweht, auf den verflochtenen Zweigen weich mit Schnee belegt. Die Luft zwischen den Ästen und Ruten leuchtete in einem zärtlichen, schon verdämmernden Lila. Aber oben, als Gegenspiel zu dem ausgebreiteten Weiß der Wege und zugedeckten Grasflächen, stand der blaue, metallische Himmel und ließ still die höchsten Bäume an seine schicksallose Härte rühren. Eine einzige weiße Wolke, an den Rändern in rosigen Hauchen sich zerfasernd, hing selig im Netz der Wipfel und wollte sich schweigend auflösen ...
Eckenpenn brach das Herz auf.
Geschüttelt von Kälte, von Tränen überströmt, umklammerte er den Baum und sprach mit zuckenden Lippen unzählige Male: »O selige Wolke — o selige Wolke ...«, nichts als diese armen drei Worte. —
Er fühlte, wie er — gleich als in seinem Traum — zwei Wesen wurde, nebeneinandergestellt, das lebendige Ich und das hinter ihm stehende ewige Eis, das unsterblich schien und doch sterben mußte! Denn auch Ewigkeiten müssen sterben, wenn ihre Zeiten abgelaufen ist ...

Der alte Mann erkannte in diesem Augenblick, daß er nicht bloß der Buchtrödler Eckenpenn sei, der ärmliche, ungeschickte, machtlose Mensch, sondern daß in ihm diese Seele der Stadt sterben müsse ...
Mit zitternden Fingern schrieb er in die Schneelage des Baumes: »O — selige — Wolke«, und er fühlte, daß er Dichter geworden sei und sich erfüllt habe.
Vor seinem Blick schwankte die Stille. — —
Weit ab tobte das lebendige Leben.

Frau Lehnert hatte mit wohlwollendem Zähnezeigen bemerkt und dies durch ergiebige Spritzer von Seifenschaum bestätigt, daß die Schlafstelle ja nun morgen von einem soliden jungen Mann mit einem festen Berufe bezogen werde, und daß der Buchtrödler sich bereithalten möge. An eigenen Sachen würde er wohl kaum etwas zu befördern haben, was den Austausch für die rückständige Miete noch übersteigen könne. Auch sei gegen Mittag der Postbote mit einem Brief nebst Zustellungsurkunde dagewesen, den er in die eigenen Hände des Adressaten legen müsse. Er werde wiederkommen. Darauf wünschte sie, da sie jetzt bis zum späten Abend zu tun habe, mit likörgeschminkter Stimme eine angenehme Nachtruhe. —
Es war gegen Abend. Durch die Fenster kam ein eisiger Zug. Er brachte das schrille Pfeifen der Lokomotive mit. Draußen hielt die frühe Finsternis die Ecke umklammert und sog sie aus.
Eckenpenn sah sich um und fand, daß nichts zurückgeblieben sei, was ihm gehöre. Die schlesische Erde war verrottet, der Kasten spack auseinandergefallen. Er zog das Schubfach des Tisches auf — und fand den letzten Kaffeerest in der Tüte — und das blaue Heft.
Lange saß er unbeweglich, frierend, und dachte über die

Schicksale des blauen Heftes nach, seines letzten Eigentums, seiner aus ihm selbst gestiegenen Seele ...

Im Spirituskocher war noch ein wenig Spiritus nicht verdunstet. Er entzündete ihn und kochte seine letzte Tasse Kaffee. Als er sie in den Emaillebecher goß, klingelte es draußen. Frau Lehnert sprach unwirsch. Schwere Schritte kamen heran. Es klopfte. Der Postbote brachte den angekündigten Brief mit der Zustellungsurkunde und ging. Eckenpenn öffnete ihn mit zitternden Händen. Sein Herz schlug in unbestimmter Angst. — Es war eine Vorladung in der Mordsache gegen die Helfer des Arztes ...

Der alte Mann saß zusammengesunken auf seinem Bett. Er blickte sich um und sah das Entsetzliche vor sich, vor dem er immer geschaudert hatte: das Auseinanderzerren der geheimsten Gründe wie Gedärm in greller Paragraphenöffentlichkeit, die grinsenden Zuschauer, das unendliche Quälen ... — Der Kaffee war kalt geworden. Da nahm Eckenpenn das blaue Heft, zerriß es — und wärmte an seiner Flamme den letzten Trank. — An der Wand blitzte etwas auf. Es war eine Kramme. In der Ecke lag ein Stück vergessener Wäscheleine. Das gehörte ihm noch — diese eine Nacht. — —

Als der Arzt des Krankenhauses, der als Arzt der Rettungswache Dienst tat, am frühen Morgen kam, war Eckenpenn bereits lange erstarrt und tot.

Draußen leuchtete die rasende elektrische Lichtreklame für eine neue Zigarettenmarke »Berlin« auf. Der Name, grün flammend, wurde von gelben und blauen, unablässig aufzuckenden Ringen anbetend umkreist ...

Die Augen des toten alten Mannes starrten auf das Wort. Er streckte ihm die Zunge heraus, dem *verfluchten, geliebten Berlin!* —

NACHWORT

Der Dichter Paul Gurk (1880—1953) ist auch unter Literaturkennern ein Mythos: als Autor durchaus bekannt, aber keines seiner Werke ist heute greifbar. Literaturfreunde und persönliche Verehrer beklagten schon zu Lebzeiten des Autors, als im Handel von den über 30 verlegten Titeln, die so angesehene Häuser wie die Deutsche Verlagsanstalt, der Holle Verlag, V. O. Stomps' Rabenpresse oder Karl Rauch betreuten, daß er »vereinsamt und unbekannt in Berlin lebe«. (Franz Lennartz 1938 in *Dichter unserer Zeit*)

Ungedruckt liegen vor: 50 Bühnenwerke, 30 Romane, 53 Novellen, neben zahlreichen Gedichten, Märchen, Grotesken und Laienspielen. Weitgehend unbekannt blieb sein malerisches Ouevre von ca. 600 Aquarellen, Zeichnungen, Radierungen und einigen Ölgemälden mit dem immer wieder auftauchenden Thema von Wolkenbildungen und Lichtveränderungen der Berliner Landschaft mit zusätzlichen meteorologischen Notationen über Windstärken, Temperaturen, Luftfeuchtigkeit und Tageszeit.

Die biografischen Daten sind undramatisch, jedoch der inneren Anlage zum Solipsisten förderlich. Geboren in Frankfurt an der Oder am 26. April 1880 als Enkel eines Schäfers und Sohn eines Postkutschers, der an den Strapazen des winterlichen Überlandfahrens früh verstarb, wuchs Paul Gurk seit seinem fünften Lebensjahr in Berlin bei seinem Onkel Otto Zähler, einem Barbier, auf. Während seiner Schulzeit, die wegen des Geldmangels der Familie nicht einmal bis zur Mittleren Reife zu Ende gebracht werden konnte, war er ein ausgezeichneter Schüler mit ausschließlich sehr guten und guten Noten, so daß — nach dem Urteil eines seiner Lehrer — aus ihm durchaus »hätte etwas werden können«. Nach zweijährigem Lehrerseminar ließ er sich 1900 als Bürogehilfe beim Magistrat der Stadt Berlin anstellen. Bis zu seiner vorzeitigen Versetzung in den Wartestand 1924 brachte er es bis zum Stadtobersekretär im Hauptstandesamt. Danach lebte er als freier Schriftsteller völlig zurückgezogen in kläglichster Hinterhofatmosphäre die letzten 20 Jahre bis zu seinem Tod im Wedding. »Die völlige Einsamkeit und Abgeschlossenheit meines Lebens hat nie eine außerordentliche innere Spannweite des Erlebens und Schaffens gehindert«, notiert sich der Dichter in der Novelle *Die Traumstadt des Kaiser Kin-lung* von 1943. Verbittert stirbt er am 12. August 1953, einzig von einer noch heute lebenden selbstlosen Haushälterin umsorgt, nachdem ihm vier Monate zuvor wenigstens noch die Ehre zukam, vom Kasimir Edschmid zum Mitglied des PEN-Clubs berufen worden zu sein.

Paul Gurk ist ein in jeder Hinsicht bemerkenswerter Problemfall der deutschen Literaturgeschichte, der sich am wenigsten dadurch auflösen läßt, indem man das Faktum beklagt, er sei eben leider kein Bestsellerautor, jedoch von allerhöchstem Rang. In der spärlichen, meist von autobiografischen Äußerungen allein sich speisender Sekundärliteratur wird immer wieder dieser Gegensatz: unbekannt — aber zum Bestand deutscher Literatur gehörig — beschworen.

Angesichts eines Themenbereichs, der im Zentralthema der Darstellung des kauzigen Einzelgängers, gipfelnd, zwischen »Zeitkritik, Utopie, Historie, weltanschaulichen, philosophischen Deutungen« (G. Wilhelm, *Neue deutsche Literatur* 1970), weitgesteckt ist, müßte Paul Gurk gerade in unseren Tagen des erneuten Interesses am Privatmythos des Einzelnen Aufmerksamkeit erregen. Der offensichtlich von ihm selbst vorgesehene Untertitel seines Berlin-Romans »vom Sterben der Seele«, so in Koschs Literaturlexikon von 1927, ist der eigentliche Mythos, von dem sein gesamtes Werk durchsetzt ist und den schon Alfred Döblin 1922 rühmte: »Labsal der Seelen ..., denn das Wort ist seelengebunden, mehr als die Farbe, sogar mehr noch als die Töne der Musik ... Paul Gurk verdient Dank ... für seine Versenkung in den Mythos, für seine reine einfache Hinstellung vor vielbestürmtes, vielverdorbenes Publikum«. (*Ein Kerl muß eine Meinung haben* [1976] Kritik von *Persephone,* vom 30. 3. 1922).

Döblin, der mit Alfred Kerr, Herbert Ihering, Leopold Jessner und dem für Paul Gurk sich einsetzenden Julius Bab in der Jury der Stiftung für den Kleistpreis 1921 saß, der ihm dann einstimmig in Konkurrenz zu so angesehenen Autoren wie Johannes R. Becher, Arnolt Bronnen, O. M. Fontana, Arnim T. Wegner für sein Drama *Thomas Münzer zugesprochen wurde — Döblin hat bei gleichzeitiger Benennung fehlender »Tiefe« die »einfache, saubere, durchfühlte Erneuerung eines Mythos« gelobt, somit ein Stichwort geliefert, das ernstgenommen sein will.*

Der durch Herkunft und Entwicklung gehemmte, trotz Kollegenhilfe — auf Grund eines Vorschlags von Thomas Mann erhielt er 1923 für seinen Roman Meister Eckehart einen von der Frankfurter Zeitung ausgesetzten Buchpreis — nie zu literarischem Durchbruch gelangte Autor hat sich laut einer Selbstaussage der ihn bedrohenden Flut von Gestalten, Bildern und Gedanken nur dadurch zu erwehren vermocht, indem er anhand verschiedenster Figuren der Geschichte oder seiner Phantasie den ewigen Mythos vom Sterben der Seele an der Zivilisation, an der Verruchtheit der Großstädte, an den eigenen Grenzen darzustellen suchte. Seine pessimistische Weltschau erblüht jedoch auf dem Hintergrund einer jubilierenden Huldigung an die Natur, die Recht und Unrecht gleichermaßen verteilt. So steht nicht nur Thomas Münzer — anders als in der ebenfalls 1921 erschienenen Monografie Ernst Blochs — in seinem gleichnamigen Stück im Mittelpunkt des Geschehens, sondern auch dessen Gegner Martin Luther, Gut und Böse zugleich. In seiner »Abendländischen Trilogie« *Wendezeiten* von 1940/41 unter dem Pseudonym Franz Grau erschienen, ist das durchgängige Thema die Durchleuchtung einer zu Ende gehenden Epoche, im *Serenissimus* die des ancien régime, in *Gapon sucht den Zaren* die des Zarismus, im *Büroassistent Tödtke* das Kaiserreich Wilhelm II. Nach Ansicht Gurks ist einer abtretenden Epoche das Recht auf einen ehrenvollen Abgang ebenso zuzugestehen wie die Neue Geschichte dauerhaft nur in einer aus Chaos kommenden Revolution sich gründen kann.

In der Figur des Nachtwächters Uhlenhorst in seinem letzten Roman *Ein ganz gewöhnlicher Mensch,* dessen Geschichte nur einen Tag dauert, geht wie ein Jean Paulscher Spiegelmensch an sich selbst, an seiner Fähigkeit mit Hilfe einer Sprechmaschine seine Erlebnisse »ganz gewöhnlicher Art« schildern zu können, zugrunde. Die Dämonie seiner Gestalten, z. B. im *Magister Tinius* die des gleichnamigen Schäfersohns, der als Bibliomane zum Mörder wird — ein figurenreiches Stück, das Heinrich Koch in Heinz Hilperts Deutschem Theater 1937 zwar nur einmal, aber mit Erfolg aufführte — oder die der historischen Figur des Judas speist sich nicht aus einem christologischen Urgrund der Verdammnis, sondern im Gegenteil: Pfarrer Tinius ist von faustischem Bildungseifer besessen, hat jedoch keine Mittel, sich die lebensnotwendige geistige Speise zu beschaffen: »Das Buch ist wichtiger als der Mensch«, bestätigt er sich selbst auch nach Jahren des schweren Kerkers. Und Judas gar: sein Verrat ist die intellektuelle Rechtfertigung für die im Plan Gottes vorprogrammierte Erhöhung Christi, er ist also ein Werkzeug in der Hand höherer Mächte, der zum Mitleiden auffordert.

Der Sonderling Eckenpenn, Held des vorliegenden Romans *Berlin* muß am Schluß nicht allein des Unverständnisses seiner Umwelt wegen den Strick nehmen, sondern seine innere Kontaktarmut, seine fehlende Bereitschaft auf andere einzugehen, auch wenn das Bezugssystem der ihn umgebenden Figuren zunächst vordergründig intakt erscheint, läßt ihn völlig vereinsamt, aus seiner Schlafstube gekündigt dastehen und verzweifeln. Die heraushängende Zunge des Gehängten gilt seiner geliebten Stadt Berlin, die der Autor wie kein anderer in »ihrem Wechsel der Tages- und Nachtzeiten, im Wechsel der Monde, mit ihrer Luft, Glut und Kälte ... als Organismus und Nervengeflecht ... mit schärfster Beobachtung und abgeklärt überlegener Ironie« dargestellt hat (Herbert Günther, *Drehbühne der Zeit* 1957).

Die Schriftenreihe Agora, die seit Jahren Themen oder Bücher zu Unrecht vergessener Autoren herausbringt, will mit der Neuherausgabe des in den Jahren 1923 bis 1925 geschriebenen, 1927 erstmals erschienenen *Berlin*-Romans von Paul Gurk nicht nur einen Autor rehabilitieren, der literarisch nicht einzuschachteln ist, weder als

Expressionist noch als Surrealist oder Dadaist, weder als Neuromantiker noch als Realist oder Naturalist, sondern auch einen Autor erneut zur Diskussion stellen, dessen Werk umfangreich genug ist, um eine Werkausgabe zu planen. Es geht um kritische Aneignung eines Autors, dem ein eigenwilliger Sprachreichtum erlaubte, jede Stimmungsänderung der Landschaft im Wort auferstehen zu lassen.

Der Druck folgt der Buchausgabe von 1934 im Holle & Co Verlag Berlin, ein Manuskript war nicht mehr auffindbar. Eindeutige Druckfehler wurden verbessert. Nicht jedoch eigentümliche Satzkonstruktionen.

Dem Senator für Kulturelle Angelegenheiten des Landes Berlin ist für eine finanzielle Beihilfe zur Drucklegung zu danken.

Berlin, im April 1980 *Manfred Schlösser*